E. E. Knight, né en 1965 à La Crosse, Wisconsin (États-Unis), est un auteur de science-fiction et de Fantasy. Il a grandi à Stillwater, Minnesota, et vit maintenant à Chicago avec sa femme. Il enseigne l'écriture de genre à l'université d'Harper. Pour en savoir plus, nous vous conseillons de visiter son site : **www.vampjac.com** (en anglais).

Du même auteur chez Milady :

Terre Vampire :
1. *La Voie du Loup*
2. *Le Choix du Félin*

L'Âge du feu :
1. *Dragon*
2. *La Vengeance du dragon*

www.milady.fr

E.E. Knight

Le Choix du Félin

Terre vampire – 2

Traduit de l'anglais (États-Unis) par Thierry Arson

Milady

Milady est un label des éditions Bragelonne

Titre original : *Choice of the Cat* – Book Two of *The Vampire Earth*

Originellement publié aux États-Unis par Roc,
un imprint de New American Library, Penguin Group (USA) Inc.

Illustration de couverture :
Laurent Beauvallet

ISBN : 978-2-8112-0121-0

Bragelonne – Milady
35, rue de la Bienfaisance – 75008 Paris

E-mail : info@milady.fr
Site Internet : http://www.milady.fr

À Paul, pour avoir ouvert la porte.

« Chat pas plaisanterie. Toi rien voir, toi rien entendre…
Et poum ! Lui sauter. »

Richard Adams, *Les Garennes de Watership Down*.

Chapitre premier

Le Goulag des Grandes Plaines, mars de la quarante-cinquième année de l'Ordre Kurian : de la civilisation ne subsistent que les ossements, des monuments à la grandeur de l'humanité. La nature et le temps rongent le reste. Des derricks se dressent encore ici et là dans les zones d'exploitation pétrolière, tels des insectes de fer géants qui veillent sur la campagne environnante. Au sol les pompes rouillent, éparpillées dans les hautes herbes jaunâtres, comme des herbivores de métal, le groin enfoncé dans la terre. Les anciens champs de blé, en friche depuis des générations, ont été annexés par la forêt et la prairie. Les cerfs, les longues-cornes et les cochons sauvages méfiants y prospèrent. C'est une contrée d'horizons qui toujours reculent, une horloge arrêtée, éternelle.

*Les terres cultivées offrent l'aspect retourné du labourage de printemps. Les outils et les méthodes employés là laisseraient ébahi un fermier du XX*e *siècle, ou le feraient cracher de dégoût. Des charrues, certaines avec un seul soc, sont visibles à la limite des champs où on les a abandonnées en fin de labeur, et les parcelles encore exploitées ne reçoivent pour seul engrais que le crottin des chevaux qui tirent ces engins rustiques.*

Les exploitations agricoles implantées au centre de ces derniers champs, toujours près d'une route ou d'une voie ferrée, ressemblent plus à des camps de forçats qu'à des fermes familiales. Encerclés par des barbelés et surveillés par des miradors, les baraquements en planches abritant les ouvriers et leurs familles auraient grand besoin d'un coup de peinture et d'un toit solide à la place des bâches en plastique qui les coiffent. Des tas de détritus et des toilettes réduites à de simples trous dans le sol parsèment le camp, entre des potagers à l'aspect pitoyable. Les enfants qui jouent entre les bâtiments regroupés flirtent avec la nudité tant leurs vêtements sont élimés.

Près de l'entrée de ces camps, on trouve généralement un bâtiment plus solide, à bonne distance des baraquements, comme un promeneur égaré cherchant à éviter tout contact avec une colonie de lépreux. C'est souvent une construction en briques, érigée avant 2022. Ses fenêtres sont vitrées derrière des barreaux ou des volets, et l'intérieur est dissimulé par des rideaux.

À quelques kilomètres au nord du lac Oologah, en bordure de la vieille route 60, une de ces fermes collectives, baptisée « Rigyard » par ses habitants, est nichée entre des collines aux pentes douces. Une double et haute barrière de barbelés délimite son périmètre. Les baraquements en dur sont rassemblés à l'ombre de deux miradors, qui eux-mêmes semblent ridiculement petits en comparaison de deux garages caverneux pareils à des abris préfabriqués géants. Les garages sont un patchwork de murs en terre, de structure en fer et d'aluminium rouillé. De l'autre côté, occupant une position centrale près du portail, une bâtisse en parpaings datant des années 1950 protège par sa forme en L une série de pompes à essence. Un château d'eau récemment ajouté, à en juger par l'éclat de l'acier, s'élève légèrement de guingois au-dessus, et ajoute une sorte de chapeau penché au poste de garde. Derrière le bâtiment en parpaings, une maison élégante d'un étage se détache dans une solitude altière, au point le plus éloigné des baraquements. Un vaste porche court le long de sa façade, et elle est, elle aussi, protégée par une barrière de barbelés et un portail cadenassé.

Une sentinelle en tenue de camouflage et coiffée d'une casquette en cuir occupe chaque mirador. L'homme situé au sud est le plus alerte. De temps en temps, il traverse son petit nid-de-pie pour scruter la route qui longe les barbelés de son côté. Le guetteur dans la tour nord mâchonne un à un des cure-dents. Il concentre surtout son attention sur le trio de femmes en blouse qui lavent du linge dans les cuves communes installées entre les baraquements.

Si l'autre garde avait été équipé d'une excellente paire de jumelles (ce qui est improbable, mais toujours possible), et que sa vision avait été excellente (encore plus improbable, car la surveillance des fermiers et des mécaniciens est réservée aux plus anciens parmi les volontaires réservistes), et s'il avait fait preuve d'initiative intelligente dans l'accomplissement de son devoir (l'expression « Quand les poules auront des dents » vient aussitôt à l'esprit), il se serait intéressé à la ravine qui remonte vers la colline abritant Rigyard des vents dominants. Cette tranchée sur le versant boisé offre à la fois une cachette et un point d'observation idéal, pour le simple curieux comme pour quiconque souhaiterait préparer une attaque.

Un individu mû par ces motifs est justement étendu à plat ventre sur l'herbe de la colline, entouré des herbes sauvages blanches, jaunes et rougeâtres qui s'épanouissent au printemps dans cette partie de l'Oklahoma. C'est un homme jeune, mince et musclé, à la peau cuivrée ; ses yeux bruns sont aux aguets. Il porte une tenue assez peu différente de celle qu'affectionnaient ses ancêtres du côté sioux de sa famille, un uniforme en peau de daim, avec un ceinturon et des bottes en cuir de vache. Sa longue chevelure d'un noir de jais est tirée en arrière en une queue-de-cheval, et de face on pourrait croire qu'il a une coupe militaire. Il étudie la disposition du camp avec une attention soutenue. Un jeune guépard observant un point d'eau montrerait la même méfiance, en attendant de savoir si la végétation alentour recèle une proie éventuelle ou la menace d'un lion prêt à bondir. Derrière les jumelles, son regard passe lentement d'un point à un autre. Comme la sentinelle aux cure-dents dans le mirador sud, il mordille pensivement un brin d'herbe.

Il reporte sa concentration sur la petite cour de la maison, derrière sa barrière de barbelés. Au milieu de la pelouse, deux poteaux en forme de T se font face, sans les cordes à linge qui devraient les relier. Au lieu de vêtements séchant sous le soleil de l'après-midi, ce sont trois hommes et une femme qui sont attachés à ces potences improvisées. Les poignets ligotés derrière eux et accrochés à la barre métallique qui les surplombe, ils ont été placés dans une position assez déséquilibrée pour que leurs épaules se déboîtent s'ils s'affaissent dans leurs liens.

L'homme sait que la mort guette ces quatre-là. Elle ne viendra pas de leur supplice, mais d'un danger plus rapide, plus horrible, et aussi certain que le coucher du soleil.

Le lieutenant David Valentine jeta un regard en arrière dans le ravin. Les trente-cinq combattants de sa section se reposaient contre les arbres feuillus en utilisant leurs sacs à dos pour ne pas être en contact direct avec la terre détrempée. Après avoir contourné la pointe nord du lac Oologah le matin même, ils avaient progressé à marche forcée et couvert une distance considérable. Les Loups avaient posé leurs armes sur leurs cuisses. Leurs uniformes en cuir étaient de styles très variés. Certains avaient gardé la barbe de l'hiver, et pas deux n'avaient le même couvre-chef. Le seul élément commun à tous les membres de ces trois escouades était une machette à lame courte et large appelée « parang ». Mais, comme on pouvait s'y attendre avec des individualistes nés tels que les Loups, certains la portaient à la ceinture, d'autres dans un étui en travers de la poitrine, et quelques-uns accrochée à une de leurs bottes.

Valentine adressa un signal aux hommes dans le ravin, et le sergent Stafford grimpa pour le rejoindre dans les fougères humides. Connu en dehors du service sous le surnom de « Gator » à cause de son cuir aussi tanné et épais que la peau d'un alligator, et de son sourire féroce, le sous-officier grimpa sans hâte jusqu'au monticule depuis lequel David surveillait les environs. Sans un mot, ce dernier lui passa ses jumelles. Stafford examina le camp ennemi tandis que Valentine mâchonnait un autre centimètre du brin d'herbe coincé entre ses dents.

— On dirait que notre dernier sprint n'a servi à rien, lâcha enfin le jeune lieutenant. Le semi-remorque est bien arrivé ici. Nous ne l'aurions pas intercepté avant, de toute façon. Ça fait un sacré bout de chemin…

— Comment pouvez-vous en être sûr, monsieur? demanda Stafford.

En vain il scruta les environs, à la recherche de la moindre trace de l'engin qu'ils avaient repéré le matin, alors que le lourd véhicule avançait lentement sous la pluie. Avec l'aide d'une carte, d'un peu de bon sens, et en tablant sur un minimum de chance, la section avait foncé à travers la campagne dans l'intention de tendre une embuscade au camion, ce qui ne semblait pas trop difficile si l'on prenait en compte l'état délabré des routes dans cette partie de la Zone Kuriane.

— Regardez les ornières près de l'entrée, là où le chemin bifurque. Elles n'ont pu être laissées que par un dix-huit roues.

— C'était peut-être hier, ou avant-hier, lieutenant.

Valentine eut une moue de doute.

— Pas de flaques. La pluie aurait rempli des creux aussi profonds. Non, ces traces ont été faites après la dernière averse, il y a une demi-heure tout au plus.

— Vous avez raison… Donc le semi se trouve dans un de ces grands garages, et ils bossent dessus. Nous contactons le capitaine, le reste de la compagnie sera là dans un jour ou deux, et nous pourrons incendier le camp. Ils doivent être une quinzaine à garder les lieux, vingt, tout au plus. Plutôt dix, à mon avis.

— Rien ne me ferait plus plaisir, Staff. Mais nous avons un problème de temps.

— Val, je sais que nous sommes un peu courts pour la nourriture, mais ça n'a rien de nouveau. Il y a bien assez de gibier, de racines et de baies dans ces bois.

— Désolé, Gator, dit David en reprenant les jumelles. Je me suis mal exprimé. J'aurais dû dire qu'ils avaient un problème de temps.

Stafford ne chercha pas à dissimuler son étonnement.

— Quoi, ces quatre qui sont ligotés, là-bas ? D'accord, c'est moche, mais depuis quand avons-nous le moindre contrôle sur les punitions infligées par ces petits commandants de région ?

— Je ne pense pas qu'il s'agisse d'une simple punition, répondit Valentine sans quitter des yeux la bâtisse.

— Bon sang, monsieur, vous connaissez ces salopards de Collabs. Ils fouetteraient une femme à mort simplement parce qu'elle n'a pas nettoyé correctement leurs fringues. Ces quatre-là étaient sûrement absents du cantonnement lors du dernier appel, ou quelque chose dans ce goût-là.

Son supérieur hésita une seconde à formuler sa pensée.

— Staff, je crois qu'ils vont servir de petit déjeuner. Il y a un Faucheur dans cette baraque, peut-être plusieurs.

Tom Stafford blêmit.

— C-comment le savez-vous, monsieur ?

Valentine lut la terreur sur le visage du sergent, et il en éprouva une sorte de soulagement. Il voulait que son subordonné ait une peur bleue des Faucheurs. Tout homme qui ne tremblait pas à l'idée d'affronter deux Crânes Noirs était dément, ou très inexpérimenté, et il y avait déjà beaucoup trop de Loups novices dans la Compagnie Foxtrot. Tout le lot, officiers compris, était-il constitué de fous ? Voilà une question qui hantait David jusqu'à la nausée lors de ces longues soirées d'hiver.

— Regardez le rez-de-chaussée, sergent, dit-il en lui rendant les jumelles. C'est une belle journée. Quelqu'un a ouvert pour laisser entrer l'air du printemps. Mais à l'étage, tout est fermé. Il me semble même avoir aperçu une couverture ou quelque chose de ce genre coincé entre les lattes du volet. Et ce petit tuyau de poêle qui sort du mur, là ? Ce ne peut être que pour une chambre, pas pour la cuisine. Vous voyez la vapeur ? Quelqu'un fait du feu.

— Obscurité et chaleur. Tout ce que les Capos aiment, approuva Stafford.

— Après le coucher du soleil, ce visiteur va se réveiller et vaquer à ses petites affaires. Il ne se nourrira pas avant l'approche de l'aube. Il ne prendrait pas le risque de consommer ses proies avant de pouvoir dormir en sécurité de nouveau. Vous savez combien ceux de son espèce sont somnolents, après s'être nourris.

— Compris, monsieur, c'est à ce moment que nous attaquerons. Demain matin, dit Stafford d'un ton où perçait l'excitation. Peut-être même que le capitaine aura eu le temps de nous rejoindre. Cette raffinerie qu'il voulait vérifier n'est qu'à une quarantaine de kilomètres d'ici. Ils vont se nourrir, le jour se lèvera et ils se calfeutreront à l'intérieur. Nous les ferons rôtir, même s'il pleut encore d'ici là, et nous avons assez de puissance de feu pour les coincer, jusqu'à ce que nous les finissions avec les parangs.

— C'est précisément mon plan, sergent, répondit Valentine. À un détail près.

— Quoi, vous pensez que cette baraque ne s'enflammera pas s'il pleut encore ? Ces bâtonnets au phosphore, je les ai vus brûler à travers du fer-blanc, monsieur. Ils créeront un beau brasier.

— Vous ne m'avez pas compris, Staff, fit David qui cracha le brin d'herbe mâchonné depuis trop longtemps. Je ne vais pas laisser les Encapuchonnés plonger leurs langues dans ces pauvres types.

Valentine savait que le terme « incrédulité » ne figurait probablement pas dans le vocabulaire du sergent de sa section, mais l'expression qu'afficha Stafford illustrait parfaitement sa signification.

— Hem, monsieur, je… ça m'embête pour eux, moi aussi, mais je trouve que le risque est trop important. Si vous me permettez.

— Avoir trente Loups à moins d'un kilomètre et demi des Faucheurs est un risque également. Même si nous nous concentrons tous pour abaisser nos signes vitaux, il se peut qu'ils repèrent notre présence. Alors nous serions confrontés à des Faucheurs qui surgiraient de Dieu sait où dans la nuit. Le soleil n'attendra pas. Ma décision est prise. Nous allons les frapper maintenant, avec toute la section, pendant que la majorité des gardes sont dans les champs. C'est la seule solution, sergent. Gardez un œil sur le camp. Sifflez en cas d'alerte.

Le lieutenant retourna auprès de sa section et rampa jusqu'à atteindre l'échancrure dans la crête de la colline. Il rassembla ses trois escouades autour de lui.

— Votre attention, Escouade Deux. Le capitaine nous a envoyés ici avec la mission de semer un peu la pagaille chez nos amis, si l'occasion se présente. Et elle se présente. De l'autre côté de cette colline se trouve un camp civil de bonne taille. Apparemment, des fermiers et peut-être quelques engins motorisés : il y a deux grands garages derrière les barbelés. Deux tours de guet avec un individu dans chacune. En toute logique, la plupart des hommes valides sont aux champs, au nord, et une bonne partie de la garnison doit les surveiller. Avec un peu de chance, ils ne sont plus que quelques-uns en poste dans ce camp, plus les deux dans les miradors. Mais il se pourrait qu'il y ait aussi des Crânes Noirs.

Il leur laissa le temps de digérer ces informations. Les Loups les plus jeunes composaient la majorité de la Compagnie Foxtrot, reconstituée après avoir été saignée à blanc lors de combats à l'est d'Hazlett, dans le Missouri, en 65. Chacune des trois escouades ne comptait qu'un ou deux vétérans. Les autres étaient avec le capitaine ou bien menaient des patrouilles plus petites pour des missions de repérage dans les terres du Goulag, au nord de Tulsa. Bien que tout Foxtrot ait subi la formation rigoureuse à l'extrême imposée par la Région Militaire Sud, le gouffre entre l'entraînement et l'expérience n'avait été franchi que par une poignée de ces hommes. Mais tous étaient impatients de montrer leur valeur en tant que Loups, et tous avaient des raisons de détester les Faucheurs et les Collabs qui les assistaient.

Valentine chercha les regards attentifs de deux jeunes recrues au visage presque enfantin.

—Jenkins et Oliver, prenez une carte et partez au sud. Le sergent Stafford vous indiquera où le capitaine a établi son PC. S'il est déjà en mouvement, retournez au campement d'été, au sud du barrage de Pensacola, et faites votre rapport. Si vous le trouvez, dites-lui que nous sommes sur le point d'attaquer quelques Faucheurs. Une réaction des Collabs réservistes est à prévoir, et des colonnes ennemies convergeront certainement vers notre position. Il pourra peut-être tendre une embuscade à l'une d'elles. Nous allons filer vers l'est et attendre au camp. Compris ?

Marion Oliver leva une main.

— Monsieur, nous ne pourrions pas participer à l'assaut et *ensuite* aller chercher le capitaine ?

— Mauvaise idée. Non pas que vous ne me seriez pas utile, Oliver, mais au cas où tout irait de travers, il faut que le capitaine sache sur quoi nous sommes tombés, où et quand, et ce que nous nous apprêtions à faire. Lui apporter ces informations pourrait bien nous sauver la vie… Quand il a plu, tout à l'heure, j'ai vu que certains d'entre vous avaient mis ces ponchos pris dans l'entrepôt que nous avons visité il y a quelques jours. Il me faut trois de ces vêtements, et deux volontaires.

Une heure plus tard, Valentine descendait la route déserte en direction du campement, tout en observant les nuages qui se massaient de nouveau au sud-ouest. Un peu de pluie supplémentaire durant la nuit ne serait pas de trop. Cela permettrait de ralentir la poursuite.

Il portait un poncho vert emprunté à un de ses hommes, et du vêtement montait une odeur vague mais tenace de moisi. Derrière lui venaient deux de ses meilleurs tireurs instinctifs, habillés comme lui, qui allaient d'un pas vif et assuré.

À l'approche du campement, le guetteur juché dans le mirador sud leur fit un signe paresseux et lâcha quelque chose en direction du poste de garde en parpaings au-dessous de lui. Valentine sentit des humains rassemblés juste devant eux, ainsi que des relents d'huile et d'essence.

Grâce aux Tisseurs de Vie, les alliés de l'humanité dans le combat contre leurs frères déchus, Valentine, à l'instar de tous les autres Loups, possédait un odorat et une ouïe très développés, une endurance surhumaine et des réflexes remarquables. Il se fia à ses oreilles en arrivant au portail et se concentra sur les deux Collabs qui venaient à leur rencontre. Il était encore à cent mètres de distance, mais il perçut l'échange aussi bien que s'il s'était trouvé à dix mètres :

— Le premier type a tout d'un Peau-Rouge, si tu veux mon avis, glissa un des deux hommes en uniforme à son compagnon.

— On ne te demande rien, Gomez, répliqua l'autre qui se gratta le menton d'un air songeur. Mieux vaut prévenir le lieutenant que des inconnus arrivent à l'entrée du camp, et à pied.

— Franks se boit une bière avec ce camionneur. Il saute vraiment sur n'importe quelle excuse. Ils doivent en être à six canettes, à cette heure.

— Tu ferais quand même mieux d'aller le prévenir, si tu ne veux pas perdre tes galons. Il est toujours tatillon avec les inconnus.

Valentine releva le chien de son pistolet dans sa main gauche. Dans sa droite, il tenait un revolver. Il plaça le pouce sur le percuteur pour que celui-ci ne gêne pas quand il le sortirait des larges manches de son vêtement, qui dissimulaient ses bras et ses mains. Les secondes de leur approche parurent interminables. Le réserviste nommé Gomez était un homme de grande taille, efflanqué. Il jeta son mégot au loin et franchit le portail.

— Merde, ils sont quatre, rien qu'à l'entrée..., marmonna Alpin, le jeune Loup qui venait derrière Valentine.

— On suit le plan. Je veux seulement que vous deux vous occupiez du type dans la tour de guet, murmura Valentine en pressant le pas. Salut, ajouta-t-il d'une voix forte. Je dois voir un certain lieutenant Franks. Il est bien là, hein ? J'ai un message pour lui.

Dans le mirador sud, le Collab désœuvré s'accouda à la rambarde pour entendre ce qui se disait en bas. Il avait son arme en main, mais il la pointait vers le ciel. Valentine engloba le camp d'un regard rapide. Du côté des baraquements, là-bas, quelques femmes et enfants étaient accroupis sur les marches ou les observaient par les petites fenêtres.

Le lieutenant trop grand et trop maigre s'avança et dévisagea Valentine à travers les barbelés de l'enceinte. Il avait posé la main sur l'étui en toile rêche de son arme.

— Je ne te connais pas, mon gars. Où est ce message ? Et qui t'envoie ?

— C'est un message verbal, lieutenant, répondit David. Laissez-moi me rappeler… Ah oui, ça dit à peu près ça : « Vous n'êtes qu'une merde, un traître et une honte pour l'humanité. » C'est tout.

Les Collabs se figèrent.

— Quoi ? aboya Franks.

Le Velcro fermant son holster de ceinture émit un son sec quand il l'ouvrit, mais Valentine avait braqué ses deux armes avant que l'officier saisisse seulement la crosse de la sienne. Deux balles de l'automatique et une du revolver firent tournoyer le lieutenant sur place, avant qu'il s'écroule.

Derrière David, les deux Loups avaient sorti leurs carabines de leurs ponchos. Alpin visa et logea une balle dans le menton du guetteur avant que celui-ci réagisse. L'autre Loup se dégagea à temps pour le toucher encore alors que son arme tombait dans le vide.

Avant que son fusil touche le sol boueux, six mètres plus bas, Valentine vidait ses deux chargeurs sur les autres Collabs au portail. Les trois Loups plongèrent aussitôt dans l'eau qui emplissait le fossé bordant la route. David se délesta de son revolver vide et glissa un chargeur plein dans l'automatique. Un projectile tiré du mirador nord siffla à ses oreilles.

Alpin rampa dans le fossé tandis que David se redressait juste assez pour apercevoir l'entrée et les fenêtres du vieux poste de garde. Une porte métallique ornée d'une pancarte « Bienvenue » battait dans le vent. Le Loup se rabaissa prestement.

— J'essaie d'atteindre le portail, monsieur ? s'enquit McFerrin dont le visage dégoulinait de boue liquide.

Valentine secoua la tête.

— Non. Tenez votre position jusqu'à l'arrivée du sergent.

Un peu plus loin, Alpin se redressa pour échanger quelques coups de feu avec le gardien de la tour nord.

— Alpin, restez à couvert, bon sang !

Le jeune Loup leva de nouveau son arme, et un projectile vint s'enfoncer dans la terre détrempée juste devant son visage. Avec un cri de douleur, il lâcha sa carabine et plaqua les deux mains sur son œil droit. Poussant un juron, Valentine rampait déjà vers lui quand il entendit un bruit mat suivi d'une détonation. Alpin s'écroula à la renverse dans le fossé. David se risqua à se relever légèrement pour foncer vers le jeune Loup dont l'œil intact s'ouvrait et se fermait sans cesse à côté de la ruine qu'était maintenant l'autre.

De loin lui parvint un cri de défi tandis qu'il s'efforçait de traîner Alpin dans le fossé pour s'abriter derrière le poste de garde. Avec le reste de la section, Stafford attaquait le côté nord du camp. Valentine entendit un coup de feu et un bruit de verre brisé. Son autre homme visait une cible quelconque dans le poste de garde.

Il localisa la blessure au bras d'Alpin et pressa la paume sur la plaie pour stopper l'épanchement de sang. Par chance le flot épais s'accumulait avec régularité sous sa main, et non par giclées subites, ce qui aurait signifié qu'une artère était touchée. Il ordonna à l'autre Loup de les rejoindre.

— McFerrin ! Alpin est touché !

— Quelqu'un s'est mis à la fenêtre, là-bas… mais je l'ai raté, bredouilla McFerrin.

— Gardez la tête baissée. Venez ici et posez un tourniquet à Alpin immédiatement.

L'autre les rejoignit à croupetons, mais il parut complètement perdu dès qu'il découvrit l'état de son compagnon. L'entraînement aux premiers soins se déroulait toujours dans un espace ouvert et calme, et non dans un fossé trop étroit et empli d'eau. Valentine réprima son exaspération.

— Bon, tant pis. Contentez-vous d'appuyer là, comme ça, fit-il en plaçant la main ouverte de McFerrin sur la blessure. Pressez fortement. Ne vous en faites pas, il est en état de choc et il ne sent rien.

David arracha une bande de tissu au poncho et se servit du canon du revolver pour serrer le tourniquet. Puis il risqua un coup d'œil en direction de l'ennemi. Toujours aucun signe des autres Loups, bien qu'il n'y ait plus aucune détonation du côté du mirador nord. La sentinelle s'était enfuie, ou avait été abattue. McFerrin semblait s'être repris et il tenait son rôle d'infirmier avec beaucoup de sérieux.

— Monsieur, monsieur ! cria quelqu'un depuis le poste de garde. Nous nous rendons. Je me rends, je veux dire. Je vais sortir. Je ne suis pas armé. Il y a une femme avec moi.

— Je ne suis que l'intendante ! Je ne fais pas partie des réservistes ! ajouta une voix féminine.

Valentine préférait rester prudent, et c'est sans se découvrir qu'il cria :

— Alors sortez de là ! Et les mains en l'air !

La porte à la pancarte « BIENVENUE » s'ouvrit et un homme jeune en treillis apparut, suivi par une femme vêtue d'une robe très simple. David braqua son arme sur le Collab.

— Vous, là, en treillis. À plat ventre sur le sol ! Maintenant !

L'autre obéit. Aucune nouvelle détonation ne provint de l'autre côté du camp, mais Valentine aperçut des gars de l'Oklahoma qui fonçaient hors des baraquements vers le nord de l'enceinte. Les Loups avaient certainement atteint le camp.

— Ouvrez le portail, dit-il à la femme qui se hâta de faire ce qu'il lui demandait.

Les battants pivotèrent en douceur sur leurs charnières et Valentine entra dans la place. Il alla droit vers le Collab, toujours couché à terre, le visage tourné de côté et son regard apeuré posé sur le Loup.

— Bon, mon vieux, à moins que vous vouliez énerver le gars qui tient le flingue, vous feriez bien de me dire qui se trouve à l'intérieur de la maison avec le grand porche.

— Monsieur, il y a quatre Crânes Noirs et une sorte d'administrateur venu de Tulsa. Et je ne suis pas vraiment un réserviste, je ne porte cette tenue que parce que je suis dans les transports. Je conduis des camions. Je ne fais que conduire des camions, je le jure.

— C'est vous qui étiez au volant du camion-citerne arrivé aujourd'hui ?

— Oui, monsieur, c'était moi. Ils ont une pompe pour les tracteurs et les autres véhicules. Je suis censé passer la nuit ici, et puis…

— J'ai trouvé le lieutenant ! lança un Loup en pointant son arme au coin du poste de garde.

— Sergent, le lieutenant Valentine est ici ! Il va bien, ajouta un autre.

— Gardez ces deux-là à l'œil, ordonna David. Sanchez, aidez McFerrin à transporter Alpin à l'intérieur.

McFerrin releva brusquement la tête, comme un chien de prairie en alerte. Des Loups se précipitèrent pour l'aider à soulever leur camarade blessé.

Chaos dans le campement. Des civils de l'Oklahoma, pour la plupart des femmes et des enfants, couraient partout en poussant des cris d'excitation. Les Loups avaient pris position autour du bâtiment, armes pointées sur lui depuis leur cachette, mais aucun n'était très chaud pour s'approcher plus qu'il était absolument nécessaire. Deux Loups avaient attrapé un cheval et l'interposaient entre le bâtiment et eux tandis qu'ils décrochaient les quatre corps pendus aux vieux montants métalliques en T. Le sergent Stafford dirigeait la manœuvre au sein d'un groupe d'hommes armés qui braquaient leurs fusils sur la porte arrière.

D'un signe, Valentine appela à lui un caporal.

— Prenez quelques hommes et investissez le mirador sud. Je veux savoir s'il y a du mouvement sur la route.

Il scruta l'horizon. Avec ces nuages denses, il ferait nuit dans moins de une heure. Il fallait faire vite. En admettant d'ailleurs qu'il dispose vraiment de ce délai : si les Faucheurs se sentaient réellement menacés, ils déguerpiraient, tout simplement, et il doutait de pouvoir stopper la fuite simultanée de quatre d'entre eux. Or, dès l'obscurité venue, quand les Faucheurs auraient recouvré toute l'acuité de leurs sens, les Loups triomphants se transformeraient en moutons très alléchants, et Rigyard en piège mortel.

Il observa le sauvetage des quatre victimes suspendues puis revint au trot auprès du camionneur prisonnier. Deux Loups l'avaient obligé à s'accroupir, face contre le mur et mains jointes sur la nuque. Valentine les congédia d'un geste et se baissa pour se mettre au niveau de l'autre.

— Voilà comment ça se présente, l'ami. D'habitude, quand nous capturons un homme portant l'uniforme de l'ennemi, nous réglons le problème avec une balle, ou une corde si nous avons assez de temps. Sais-tu ce qu'est le Territoire Libre d'Ozark ?

— Oui, monsieur. C'est votre territoire, dans les collines qui s'étendent dans le sud du Missouri et dans l'Arkansas.

— Je peux m'arranger pour t'emmener là-bas, dit Valentine.

Son interlocuteur ouvrit de grands yeux.

— Pour me pendre ?

— Non, en tant qu'homme libre. J'ai seulement besoin que tu conduises ton bahut une fois de plus.

— Laissez-moi deviner : c'est une mission suicide ?

Valentine eut une grimace amusée.

— Peut-être. Mais je serai ton passager. Et armé.

Le moteur démarra dans un grondement persistant. Les freins se desserrèrent avec un grincement hydraulique. Le camion semi-remorque sortit au ralenti de la grange qui servait de garage.

Quand le véhicule prit un peu de vitesse, un Loup donna au dévidoir sous la citerne un dernier tour pour dévisser complètement la capsule. Dans le rétroviseur extérieur, David aperçut l'essence qui s'écoulait sur le sol tandis que son homme s'écartait d'un bond. Le camion traversa le camp, en laissant derrière lui une traînée aux reflets arc-en-ciel.

Tressautant dans la cabine, son fusil à pompe prêt à repousser les Faucheurs, Valentine lança un regard au chauffeur. Celui-ci arborait un sourire qui tirait nettement vers le rictus.

— C'est quoi, ton nom, au fait ? demanda David d'une voix forte pour couvrir le vacarme du moteur.

— Pete Ostlander. J'ai toujours rêvé de planter ce bahut dans quelque chose. Et vous ?

— David Valentine.

Ostlander tourna pour se retrouver face au large porche de l'entrée de la maison.

— Accrochez-vous, Valentine ! cria-t-il en passant les vitesses.

Le camion frémit et accéléra. David cala ses deux pieds contre le tableau de bord et se plaqua au fond de son siège.

Le vieux véhicule grimpa sur le porche en emportant le plancher, les piliers de soutien et le toit. Le bois, trop ancien, s'écroula comme du carton sous la violence de l'impact. Une partie de la maison s'affaissa, et Valentine aperçut le mobilier confortable par la vitre du côté conducteur.

Dès que le véhicule s'immobilisa, le Loup ouvrit sa portière et sauta hors de la cabine, le doigt toujours sur la détente. Il perdit l'équilibre puis roula sur l'épaule pour se redresser aussitôt et foncer vers le poste de garde en parpaings. Il lança un coup d'œil en arrière et vit qu'Ostlander se démenait comme un beau diable pour retirer le crochet de sa ceinture de sécurité qui s'était pris dans sa botte. Le chauffeur se libéra enfin et se glissa sur le siège passager.

— Allumez ! Allumez ! cria David.

Dans le garage, un Loup approcha une flamme de la traînée d'essence. Le feu se propagea le long de cette mèche liquide. Près du poste de garde, trois autres Loups surveillaient la scène, grenades à la main au cas où la manœuvre échouerait. Ils lancèrent des cris et du doigt indiquèrent un endroit situé derrière Valentine. L'un fit usage de son arme. David tourna le buste, son arme solidaire du corps.

Ostlander sauta du camion. La mort était tapie sur le toit de la cabine, et une capuche de moine cachait son visage. La créature drapée d'une cape noire bondit vers le sol et saisit le camionneur par le cou. Ostlander tressauta violemment – Valentine perçut le craquement des cervicales – puis tout son organisme se détendit et sa tête s'inclina mollement sur le côté. Des tirs venus des Loups à couvert touchèrent le Faucheur. Ses vêtements épais amoindrissaient l'énergie cinétique des projectiles, et son corps endurci faisait le reste.

Il entendit probablement les flammes avant de les voir. Lâchant sa victime agonisante, il fléchit les jambes et, défiant la loi de la gravité, bondit par-dessus le toit de la maison. Quand Valentine vit ses Loups se jeter au sol, il fit de même. Il se plaqua à terre, se protégea les tympans avec les pouces et les narines avec les auriculaires. La citerne explosa dans un bruit d'enfer. David sentit le souffle brûlant remonter le long de son dos avant que l'onde de choc l'assomme.

Il ouvrit les yeux avec à l'esprit de vagues souvenirs d'un rêve délicieux. Ce sentiment de béatitude se dissipa quand son attention se focalisa sur le caporal Holloway.

— Bonne nouvelle, Holloway, murmura Valentine, pas encore tout à fait réveillé. J'aime la manière dont vous vous y prenez avec les autres… Je vais vous recommander au capitaine pour une promotion. La place de caporal-chef vous tente ?

Holloway esquissa un sourire, avant de froncer les sourcils.

— Gregg, allez dire au sergent que le lieutenant est revenu à lui. Il a l'air un peu groggy.

Les Grogs *? Danger !* Valentine retourna dans l'Oklahoma dans une longue glissade précipitée vers la réalité. Il sentit l'odeur de caoutchouc brûlé et de chairs calcinées, et il se rendit compte qu'il gisait dans le poste de garde. Après un regard alentour à l'ameublement grossier, il se mit en position assise avec difficulté. Il était nauséeux.

— D'accord, Holloway... Ça va mieux, maintenant. Un peu d'eau, s'il vous plaît, fit-il d'une voix cassée qu'il eut du mal à croire sienne.

Le caporal lui tendit un quart, et il le vida d'un trait.

— Combien de temps suis-je resté inconscient ?

— Une bonne quinzaine de minutes, monsieur ; presque vingt, en fait.

— Les Faucheurs ?

— Je préfère laisser le sergent vous expliquer, monsieur. Mais je ne pense pas que nous ayons des raisons de nous inquiéter, pour le moment.

Stafford entra en trombe dans la pièce et sourit de soulagement.

— Il commence à faire sombre, monsieur. Aucun signe des groupes d'ouvriers ni de leurs gardiens. Probable qu'ils ont vu la fumée et qu'ils ont compris ce qui se passait. Tout le monde est prêt à lever le camp. Il y a deux pick-up que nous pouvons prendre. J'ai mis Alpin dans le premier. Big Jeff s'est porté volontaire pour le conduire. Nous pourrions vous transporter dans l'autre, monsieur.

Valentine se leva, et la sensation de vertige s'estompa rapidement.

— Pas besoin d'ambulance, Staff. Quelqu'un d'autre a été blessé ?

— Personne, monsieur.

— Et les Faucheurs ?

— Un seul s'en est tiré, celui qui a sauté par-dessus le toit. Ses vêtements avaient pris feu, et il a filé comme un chat échaudé. Nous l'avons pourchassé, mais le soir tombait. On a cru qu'il s'était écroulé au sol. Sa cape brûlait toujours.

Nous lui avons tiré dessus une bonne vingtaine de fois, et nous avons balancé deux grenades en prime. En fait, c'étaient seulement ses vêtements. Il a dû s'en débarrasser et se débiner fesses nues. À mon avis, il n'y voit plus rien : il s'est pris dans les barbelés et a eu toutes les peines du monde à les franchir. Je ne crois pas que nous ayons beaucoup à craindre de celui-là.

Valentine réfléchit un moment.

— Et pour les civils ?

— C'est à vous de décider, monsieur. Nous avons donné à manger aux pauvres salopards qui étaient suspendus devant la maison. Ils sont plutôt mal en point. Des femmes m'ont posé la question, mais j'ai fait l'idiot. Je leur ai quand même donné les clés de la réserve. Elles sont en train de la vider.

— Très bien, je leur parlerai. Nous allons nous diriger vers le barrage de Pensacola. Mettez les prisonniers dans un des pick-up, et trouvez un conducteur. Je vous nomme responsable des véhicules. Prenez de la nourriture, de l'eau, de l'essence et des pneus de rechange si vous parvenez à en trouver. Roulez à allure réduite, tous feux éteints. Vous y arriverez. Passez par la campagne quand c'est possible, surtout après la vieille voie expresse.

— Ce sera toujours mieux que marcher, monsieur.

— Bougez-vous avant que les réservistes volontaires s'organisent.

Stafford acquiesça et se mit à appeler ses troupes. David se tourna vers un sous-officier portant un unique galon sur sa tunique.

— Caporal Yamashiro, préparez les hommes pour une marche. Distribuez des armes aux gens de l'Oklahoma. Mettez hors service tous les véhicules à l'exception des deux pick-up. Y avait-il d'autres prisonniers issus des réservistes volontaires ?

Yamashiro eut un toussotement éloquent.

— Nous en avons trouvé deux en uniforme, cachés dans le garage, monsieur. Ils ont affirmé n'être que de simples mécaniciens.

— Je laisserai les femmes décider de leur sort. Nous leur donnerons des armes, et elles pourront les abattre si ça leur chante.

— Bien, monsieur.

Valentine tendit une main, que Stafford serra, l'air grave.

— Bonne chance, Staff. On se retrouve au barrage.

La nuit était tombée sur le camp, et les baraquements délabrés étaient maintenant illuminés par le brasier qui dévorait les restes de la maison. Valentine surveilla les préparatifs de départ des pick-up pendant un moment. Les deux véhicules étaient équipés de pneus tout-terrain, tenaient bien la route et paraissaient bien entretenus. Il adressa un signe de tête à Big Jeff qui était déjà derrière le volant du sien et avait lancé le moteur pour écouter son grondement, comme un médecin attentif à la respiration sifflante de son patient.

David se rendit aux baraquements où les Loups distribuaient les armes. Un ancien grisonnant choisit un fusil et empocha deux boîtes de munitions. Il examina les crans de visée, ouvrit le boîtier de culasse et vérifia le canon. L'homme s'y connaissait. Valentine accrocha son regard et l'attira à l'écart.

— Désolé que nous ne puissions faire plus pour vous maintenant, monsieur. Nous ne devons pas traîner ici, expliqua-t-il.

Son interlocuteur fit jouer le mécanisme du fusil.

— Ne vous tracassez pas, l'ami. C'est la meilleure chose qui soit arrivée dans le coin depuis des années, votre petit coup de main contre ces salopards.

— Qu'allez-vous faire ?

— Eh bien, rien n'est encore décidé. La plupart ne vont pas bouger. Les femmes veulent que leurs hommes restent auprès d'elles. Même si quelque chose de moche arrive, ils préfèrent être ensemble. À mon avis, les volontaires vont revenir ici. Deux des plus jeunes ont déjà filé, en direction de vos terres, à l'est, je crois.

— Et cette arme dans vos mains ?

— J'ai soixante-six ans. J'assure de petites tâches à droite et à gauche, dans le camp. En fait, je parie que j'aurais figuré au menu de ces Crânes Noirs que vous avez fait griller, s'ils étaient restés ici un peu plus longtemps. J'ai repéré une position idéale dans le tas de rebuts à l'arrière du garage. De là, on a une vue dégagée sur tout le site. Un certain sergent des volontaires se trouve en poste à cet endroit. J'espère avoir une chance de le coincer dans mon viseur. Et un ou deux autres après, peut-être. Je dois vous remercier, lieutenant. Ce sera une bonne mort. Maintenant, je peux partir avec un grand sourire.

Valentine allait tenter de le raisonner, mais il lut quelque chose, dans le réseau de rides dures autour de ses yeux, qui l'en dissuada.

— Bien, fit-il en cherchant ses mots, car il semblait inapproprié de lui souhaiter bonne chance. Alors… tirez juste.

— Ne vous en faites pas pour ça, fiston.

Avec un hochement de tête, l'homme passa le fusil à sa bretelle et se glissa dans les ombres du garage ouvert, en sifflotant. Le Loup l'entendit longtemps après qu'il eut disparu.

Une femme le tira par la manche.

— Monsieur, implora-t-elle. Monsieur !

Il se retourna.

Elle lui fourra entre les mains un bébé emmitouflé dans un plaid.

— Il s'appelle Ryan. Ryan Werth. Il n'a que onze mois. Il mange de tout, il suffit que ce soit en purée, dit-elle très vite.

Les larmes débordèrent de ses yeux et coulèrent sur ses joues.

Valentine voulut lui rendre le bébé.

— Désolé, madame… mais…

Elle refusa de reprendre l'enfant. Elle plaqua les paumes de ses mains sur ses yeux et s'enfuit dans la foule.

— Madame Werth ! Madame Werth, je suis désolé, mais nous ne pouvons pas…, cria-t-il en courant après elle.

Il baissa les yeux sur le bébé, qui maintenant braillait à pleine gorge. Il pouvait comprendre les motivations de la mère. Les Kurians étaient capables de n'importe quoi dans le camp en guise de représailles, s'ils pensaient que les habitants avaient coopéré avec les Loups.

Du regard il chercha autour de lui quelqu'un dans ce camp à qui confier le bébé, mais tous avaient disparu. Il ne pouvait quand même pas le déposer à terre et le laisser là. Il avait le sentiment d'être un peu ridicule lorsqu'il rejoignit les pick-up tout en berçant l'enfant. Peut-être Stafford aurait-il un peu de place pour accueillir le nourrisson.

— Monsieur ?

Un Loup du nom de Poulos s'était avancé et saluait son supérieur. C'était un jeune homme d'aspect agréable, athlétique, qui avait tendance à préférer s'isoler. Ancien de la Compagnie Foxtrot dont il était un des rares survivants, il ne faisait pas d'efforts pour nouer des liens avec les nouvelles recrues, ce qui expliquait pourquoi il n'avait pas encore été promu. Valentine comprenait très bien ses raisons.

— Oui, Poulos, qu'y a-t-il ? Je suis assez occupé, en ce moment…

Le jeune Loup réprima l'amorce d'un sourire.

— Monsieur, je dois vous demander la permission d'emmener une civile avec nous. Le caporal Holloway m'a dit de m'adresser à vous, monsieur.

Poulos fit un pas de côté pour révéler une très jolie jeune fille enveloppée dans un long manteau, avec un sac passé à l'épaule.

— Monsieur, voici Linda Meyer. Elle veut se joindre à nous. Sa mère était une des personnes ligotées devant la maison. Je la nourrirai sur mes rations. Elle pourra suivre, elle est en pleine forme, et elle peut courir, monsieur.

Valentine secoua la tête d'un air navré.

— Une fille, déjà, Poulos ? Nous avons passé combien d'heures ici ? J'aurais pensé qu'avec ces Faucheurs et le périmètre à sécuriser, vous auriez d'autres choses à faire.

— Elle m'a montré où les volontaires cachaient leurs réserves, et nous avons commencé à…

— Passons sur l'histoire. Vous savez que c'est contraire à nos règles. Et il est dangereux pour elle qu'on la voie parler avec nous.

Et il est mauvais pour la discipline que les soldats cherchent de la compagnie à droite ou à gauche dans la ZK, ajouta-t-il en pensée. Il fallait également envisager la possibilité que cette fille soit une taupe. Deux ans auparavant, son premier commandement dans la Zone Kuriane avait bien failli tourner à la catastrophe à cause d'un garçon qui avait laissé des indications écrites à l'ennemi qui les poursuivait.

Poulos et la jeune beauté échangèrent un regard désespéré.

— Mais, monsieur, le règlement interne de la compagnie autorise les femmes à accompagner leur mari, avec la permission du commandant.

Mlle Meyer eut un petit hoquet de surprise.

— Pas lors d'une mission, Poulos. Je veux bien aborder les questions juridiques au camp, mais pas dans la ZK.

Valentine se demandait s'il avait réellement repris conscience. Le camp éclairé par les flammes devenait plus irréel à chaque instant. Même le bébé semblait plus calme dans la lumière orangée de cette scène dramatique.

— Il y a un prêtre, ici, monsieur. Il peut nous marier sur-le-champ. Et nous sommes sur le trajet du retour. Ce n'est pas comme si nous partions tout juste en mission : nous en revenons. Est-ce que ça ne fait pas une différence ?

— Je suis capable de suivre la cadence, monsieur, affirma la jeune femme, et les deux amoureux se prirent par la main.

— Je ne veux pas entendre un mot de plus sur le sujet, trancha David en évitant les regards pleins d'espoir du couple.

Le règlement intérieur du régiment, appliqué à la lettre par le capitaine, décourageait ce genre de pratique. Les prisonniers étaient traités comme des objets : les Kurians pouvaient avoir leurs raisons de vouloir leur mort ; il croyait savoir qu'un ou deux de ces Kurians étaient des soldats de la Région Sud. On offrait toujours aide et assistance aux réfugiés qui atteignaient le Territoire Libre par leurs propres moyens, mais, à moins d'une opération destinée spécifiquement à secourir et rapatrier les habitants d'un endroit prédéterminé, l'acceptation de traînards générait des problèmes innombrables. Valentine était partagé entre ses penchants humanitaires et son sens du devoir. Il pensa subitement à la mère de cette jeune fille. Bien qu'elle ne soit probablement pas une prisonnière de guerre venue du Territoire Libre d'Ozark, elle avait indéniablement besoin de soins médicaux. Un motif peut-être suffisant pour faire passer la jeune fille. Et il pourrait aussi se débarrasser de ce bébé encombrant.

— D'accord, Poulos. Vous avez gagné une femme. Et un enfant.

Il plaça le bébé dans les bras de la jeune fille, et aussitôt le petit Ryan parut s'apaiser.

— Poulos, vous les emmenez et vous montez avec Stafford et la mère de cette femme. Mademoiselle, prenez soin de ce bébé. Il s'appelle Ryan… euh…

— Ryan Werth. Né en avril dernier, monsieur Valentine. Merci, monsieur. Je m'occuperai bien de lui.

— Je n'en doute pas. Dépêchez-vous, ou les pick-up partiront sans vous.

Le jeune couple s'étreignit aussi étroitement que la présence du bébé le permettait. Puis Poulos et sa compagne tournèrent les talons et s'élancèrent vers les véhicules qui démarraient déjà et roulaient au pas vers la sortie du camp.

— Poulos ! fit Valentine.

Le Loup fit volte-face vivement alors que le pick-up s'arrêtait pour laisser grimper la jeune femme à son bord.

— Monsieur ?

— Félicitations.

Chapitre 2

Sur les berges du Lake o' the Cheerokees : la Compagnie Foxtrot attend dans un camp avancé. Tipis, tentes, chariots, têtes de bétail et un fumoir à viande sont regroupés autour d'un ruisseau qui part des collines pour se déverser dans ce qui reste du lac, au-delà du barrage éventré. Quelques aigles pêcheurs planent encore sous les arches en ruine, mais la plupart de leurs congénères sont remontés plus loin au nord, le long de la Mississippi Valley.

Dans cette région frontalière, les Loups de la Région Sud imitent les rapaces. Ils se déplacent rapidement, dans une direction puis dans l'autre, afin de surveiller les alentours et de frapper toute proie à leur taille. Leur mission consiste à patrouiller dans la Zone Kuriane, accumuler les renseignements et prévenir le Territoire Libre de toute menace imminente visant les installations humaines situées dans les collines et les vallons de leur repaire des Ozark. Des camps militaires similaires sont disséminés au pied des Ozark et des Ouachita à travers tout le Missouri, le long de la frontière est de l'Oklahoma, du Texas et de l'Arkansas. Au-delà de ce cordon de sécurité s'étend la chape ténébreuse de l'Ordre Kurian.

De l'autre côté de ce no man's land, *l'ennemi attend l'occasion propice, peut-être la combinaison d'une faiblesse et d'une erreur, pour envahir le Territoire Libre et mettre fin à l'existence d'un des derniers bastions de la civilisation humaine.*

—Mes félicitations, Valentine, dit le capitaine Beck qui émergeait de sa tente pour recevoir le rapport du lieutenant exténué. J'ai appris que vous aviez eu la peau de quatre Faucheurs. Vous faites honneur au régiment.

Il tendit la main dans un geste raide, avec un sourire crispé à l'adresse de son subordonné.

Le jeune Loup la serra.

—Trois Crânes Noirs, monsieur, corrigea-t-il. Le quatrième a été sérieusement brûlé, mais il a réussi à nous échapper.

—Stafford m'a dit qu'il avait été aveuglé. Pour moi, c'est un Faucheur de moins dont nous soucier.

Pour sa part, David ne se « souciait » plus d'une de ces créatures que lorsqu'elle avait définitivement cessé de bouger.

—Espérons-le, monsieur, dit-il en se massant la nuque d'une main.

Il était épuisé, mais il se devait de garder une certaine contenance devant tout supérieur, et celui-ci en particulier. Le capitaine Beck avait la réputation d'être un meneur d'hommes et un combattant courageux. Promu officier commandant après avoir survécu à la bataille d'Hazlett, à l'été 65, il avait reconstitué sa compagnie et, une fois celle-ci suffisamment entraînée, avait demandé à occuper une position avancée.

—J'ai reçu le rapport de Stafford concernant les événements à Rigyard, fit-il en invitant d'un geste Valentine à entrer à sa suite dans sa tente.

Une odeur de cuir et de cigare y flottait. Des chaussettes et des sous-vêtements mis à sécher sur une corde ajoutaient une touche d'humidité à l'atmosphère.

—Comment s'est déroulé le retour ?

Valentine ordonna ses souvenirs avant de répondre :

— Eh bien, après le départ de Stafford, il s'est mis à pleuvoir, ce qui nous a ralentis un peu. Le jour suivant j'ai envoyé de petits détachements allumer quelques incendies dans le nord, pour faire croire à l'ennemi que nous faisions mouvement à travers les plaines, en direction de la frontière du Missouri. Vers la tombée de la nuit nous avons repéré deux patrouilles, une à cheval et l'autre motorisée, un camion. Nous avons fait profil bas et campé sans allumer de feu. Le lendemain…

Beck leva la main pour l'interrompre :

— Pardon, lieutenant ? Un seul camion ? D'après ce que vous me dites, c'était là une bonne occasion de faire quelques prisonniers…

— Le véhicule était équipé d'une antenne radio, monsieur. Même si on leur avait tendu une embuscade, nos ennemis auraient pu envoyer un message et donner l'alerte. Jusqu'alors, nos pertes avaient été minimes, et je n'ai pas voulu pousser notre chance trop loin.

Beck se rembrunit.

— J'aimerais que mes officiers se préoccupent plus des dégâts qu'ils peuvent infliger à l'adversaire que de ceux qu'ils risquent de subir. Votre retour serait plus aisé si les volontaires craignaient trop de perdre des patrouilles pour en envoyer dans cette zone.

— Nous aurons du mal à les effrayer plus que les Faucheurs, monsieur.

Le capitaine eut un claquement de langue difficile à interpréter, mais l'atmosphère parut se détendre.

— Je ne remets pas en question votre jugement, je vous explique seulement comment j'aurais sans doute agi dans cette situation, si j'avais été là.

— Merci, monsieur. Le lendemain, donc, nous avons parcouru une bonne distance. À la nuit tombée nous avons traversé la vieille autoroute. Quand êtes-vous revenu, monsieur ?

— Il y a deux jours, au matin. Nous avons effectué une reconnaissance de cette raffinerie, à l'extérieur de Tulsa. L'endroit est fortifié, mais je pense que la compagnie au complet pourrait en venir à bout, pour peu qu'on parvienne à attirer une partie de la garnison au-dehors afin de diviser les forces ennemies.

Valentine acquiesça. Des mois plus tôt il avait appris que la meilleure façon de faire changer d'avis le capitaine consistait à présenter chacune de ses objections comme si c'étaient celles de Beck.

— Certainement, monsieur. Et pendant que nous attirerons la garnison au dehors, quels ordres donnerez-vous si une colonne mobile survient ? Ou des Faucheurs ? Je suis sûr que nous pourrions l'emporter avec l'appui de quelques Ours et d'un régiment en réserve. Ou avec l'aide d'un Félin vraiment expérimenté.

— Il n'est pas facile d'obtenir le feu vert du commandement de la Région Sud pour une telle opération, commenta Beck avec un rictus désabusé. Mais nous verrons plus tard. Prenez votre nuit, restaurez-vous et reposez-vous. Vous me ferez un rapport détaillé demain.

— Quelqu'un a parlé aux quatre types de l'Oklahoma que Stafford a ramenés, monsieur ?

— Stafford leur a soutiré l'essentiel. Aucun d'eux n'était militaire. Ne vous gênez pas pour les interroger et, si vous obtenez quelque chose de nouveau, incorporez-le dans votre rapport. Vous avez fait du bon boulot, Valentine. Vous pouvez disposer.

David salua.

— Monsieur, dit-il calmement, avant de tourner les talons et de sortir de la tente.

Une nuit de repos. Harassé comme il l'était après les combats au Rigyard et huit jours passés dans la Zone Kuriane, il ne désirait rien plus que s'écrouler sur sa couchette et sombrer dans l'oubli. Il aurait bien pris un bain chaud avant de se coucher, mais il devait encore aller jeter un coup d'œil à sa patrouille. Par ailleurs il voulait parler un peu aux prisonniers libérés avant qu'ils soient emmenés plus à l'est, dans les Ozark.

Il trouva Stafford avec la section. Ses hommes improvisaient une petite cérémonie pour Poulos et son épouse. Quelqu'un avait déniché une carafe, et Freeman, le plus ancien du groupe, emplissait les chopes en bois tendues vers lui. Ces récipients étaient des exemples des œuvres artistiques que créaient les combattants quand ils étaient de repos : le bois avait été taillé en forme de têtes de loup ou de renard. Certains de ces réceptacles avaient une anse en forme de queue arrondie. Dans la Compagnie Foxtrot, même la recrue la plus récente possédait sa tasse personnelle.

— Stafford, j'ai un mot à vous dire, fit Valentine d'une voix forte, pour couvrir les plaisanteries adressées à Poulos et à sa femme.

Le sergent quitta ses frères d'armes et le rejoignit. Ils allèrent un peu à l'écart et observèrent ces festivités simples depuis la limite du halo lumineux dispensé par le feu. Bien qu'abstinent lui-même, Stafford permettait toujours à ses hommes de se détendre un peu, quand ils avaient accompli leur devoir. Cette fois, c'était après quelque cent quatre-vingts kilomètres parcourus à pied durant les sept derniers jours.

— Alors, Poulos et la fille Meyer ont sauté le pas, Gator ? demanda Valentine.

— Ce matin, Val. Ils ont fait les choses dans les règles. Elle porte maintenant l'alliance de sa mère.

— Une jolie histoire qu'ils pourront raconter à leurs petits-enfants, un jour. Je souhaite que personne n'approche la gnôle trop près du feu. Je crois que Freeman y a ajouté un peu de térébenthine pour lui donner ce parfum boisé.

Gator renifla pour ne pas rire, et le jeune lieutenant revint à des sujets plus sérieux :

— J'ai parcouru votre rapport sur le trajet de retour. Il ne s'est rien produit d'autre, que vous n'auriez pas voulu coucher par écrit ?

— Non, monsieur. Sinon que j'ai dû éteindre le moteur tous les quarts d'heure pour tendre l'oreille. Bon sang, chaque fois j'avais l'impression de déclencher un feu d'artifice. C'est un miracle que nous n'ayons pas alerté tous les volontaires réservistes à soixante-dix kilomètres à la ronde. Mais nous n'avons vu que deux cerfs. Ils ont bondi d'un coup dans le faisceau des phares, et ensuite il m'a fallu deux bonnes minutes pour retrouver un rythme cardiaque à peu près normal…

Un tressautement agita le coin de sa paupière gauche à ce souvenir.

— Il faut que je parle à la mère de cette jeune fille et aux autres que vous avez ramenés. Où puis-je les trouver ?

— Le capitaine s'est occupé de ce problème dès notre arrivée. Puisqu'ils sont sous votre responsabilité, il a décidé de les garder dans votre tente. Peut-être qu'il a envoyé un message pour qu'on aille chercher ceux qui ont pu s'égarer. Le lieutenant Caltagirone est toujours en patrouille avec une partie de la Troisième Section, et Beck s'est dit qu'il pouvait les laisser à cet endroit pour l'instant. Le petit vieux, celui avec les cheveux très longs, vous n'en tirerez pas grand-chose. À mon avis, il est fêlé. Il n'a rien dit de cohérent pendant tout le trajet de retour.

— Je ne me rappelle même plus à quoi ils ressemblent. Je peux vous demander de faire les présentations ?

— Suivez-moi, Val.

Ils contournèrent les danseurs et se dirigèrent vers le cercle de tentes de la compagnie, au centre du camp.

À la suite de Stafford, Valentine franchit le rabat de la tente qu'il partageait avec le lieutenant Caltagirone. Les réfugiés se reposaient à l'intérieur. Ils s'étaient lavé le visage, et des assiettes qui semblaient avoir été léchées avec le plus grand soin étaient empilées près d'une bassine.

— Voici le lieutenant, annonça Stafford. Il a juste quelques questions à vous poser.

Le regard de Valentine glissa avec envie sur son lit de camp, sans s'y attarder. Au centre de la tente, le feu de la veille n'était plus qu'un petit tas de cendres grises et froides. La couche de Caltagirone, une petite table pliante et un tabouret bancal complétaient le mobilier. Un treillage en bois repliable était déployé derrière les deux lits. Le peu d'équipement et de vêtements appartenant aux lieutenants de Foxtrot y pendait, accroché à des clous.

Tandis que les prisonniers s'asseyaient, Valentine s'approcha de la sacoche en toile frappée de son nom – des mois plus tôt, quelqu'un avait cousu un morceau de tissu blanc en forme de capuchon, orné de deux yeux noirs, sous les lettres qui y figuraient, en référence à son surnom, « Le Spectre » –, et il en tira une écritoire. Un nouveau message était coincé sous la pince, masquant les précédents. Il reconnut dans cette calligraphie précise d'écolière la main de Molly, et eut un instant la tentation de laisser toutes les autres questions en suspens, le temps de prendre connaissance du contenu de cette lettre, mais il réussit à refréner son envie et rangea la feuille dans le sac.

Cette découverte avait cependant chassé la fatigue de son esprit. Il balança une jambe par-dessus le petit tabouret, s'assit et attendit qu'on fasse les présentations. Stafford s'en chargea. Le sergent déclina l'identité des trois hommes – Mme Meyer assistait toujours aux réjouissances qui suivaient le mariage de sa fille –, puis il prit congé pour retourner auprès de la section.

Leur histoire était celle, habituelle et attristante, des réfugiés de la Zone Kuriane. Quand ils récitèrent la propagande kuriane bien connue sur la vie dans les Ozark, la prétendue existence d'une Onzième Règle condamnant à la peine capitale ou à un esclavage terrible quiconque avait coopéré avec les Kurians, sans parler de l'autorisation donnée aux soldats du Territoire Libre de violer n'importe quelle prisonnière, Valentine secoua la tête et prit la parole pour entamer l'interrogatoire de routine. Des centaines de fois déjà, il avait recueilli le témoignage de réfugiés, et tous disaient peu ou prou la même chose : ils avaient mené une vie rude et sans joie faite de labeur intense en attendant une fin inévitable, quand un Faucheur refermerait sur eux son étreinte fatale.

Un seul compte-rendu se démarqua des autres, et c'était celui de l'homme que Stafford avait qualifié de « fêlé ». L'individu était frêle et de petite taille, avec des yeux perpétuellement plissés, ce qui accentuait son air ratatiné. Il s'appelait Whitey Cooper, sans doute à cause de sa chevelure d'un blanc de neige. Il était vêtu d'une sorte d'uniforme élimé à rayures bleues et blanches, taillé dans de la toile à matelas. Il n'y restait plus un bouton, le col et les poignets avaient disparu, ce qui donnait l'impression que ses mains et ses avant-bras squelettiques étaient d'une longueur anormale. Les débuts de la conversation furent difficiles, mais Whitey finit par révéler qu'il avait trimé dans les principaux dépôts ferroviaires d'Oklahoma City.

— Et pendant plus de trente ans, jeune homme, fit-il en pointant sur Valentine un index décharné. Et non, je ne suis pas le genre d'oiseau à changer de chant, pas moi. Alors je peux vous dire que j'en ai vu passer, du monde. Pareils à des canards, tous. Ils cancanaient la petite histoire de leur vie, et puis ils s'envolaient vers le sud. Mais moi je n'étais pas du genre à m'envoler, oh que non…

David glissa un regard aux deux autres, et à leur expression il comprit qu'il était inutile d'essayer de comprendre quelque chose au charabia du vieil homme. Il brûlait de savoir ce que Molly lui avait écrit, et si la santé de sa mère s'était améliorée.

— Ah non ? fit-il, plus par acquit de conscience que par curiosité.

— Nan. Moi, je suis resté aussi calme qu'une télé hors d'usage. Quand on est dans la mouise jusqu'au cou, mieux vaut ne pas faire de vagues. Et c'est ce qui m'a permis de survivre tout ce temps. Jusqu'à ce que ces nazis arrivent. Ils faisaient route vers le nord, et ils ont tout chamboulé avec leur gros train. Ils ont tout bousillé, mais ils finiront par payer pour ça. Voyez-vous, jeune homme, je connais l'histoire, moi. J'ai lu plus de bouquins que vous avez de doigts aux deux mains. Je sais que les nazis ont pris une sacrée rouste une fois, et je sais que nous leur en ficherons une deuxième.

Quelque chose dans ces propos décousus éveilla l'intérêt de Valentine.

— Des nazis ?

— C'est ça le problème : de nos jours, plus personne n'a aucune culture. Ouais, des nazis, m'sieur le lieutenant. C'étaient les méchants dans le temps, à l'époque où le monde tournait encore à peu près rond.

— Comment savez-vous que c'étaient bien des nazis ? demanda David en prenant son crayon.

— Oh, tout au début j'ai pensé que c'étaient juste des types rattachés aux chemins de fer, tout comme moi. La plupart ne payaient pas de mine, ça non. Drôlement maigres, comme s'ils étaient tous malades. Alors j'ai cru que c'étaient des types des chemins de fer, qui crevaient la dalle. Bref, je vois ce convoi qui arrive, pas le plus gros que j'aie vu de ma vie, non, mais avec une loco blindée, *idem* pour le fourgon de queue, et tout le bataclan. Une fois qu'il est à l'arrêt, j'aperçois ces types qui boivent du café entre les voitures, l'air de faire une petite pause. Je me dis que je pourrai peut-être échanger une tasse bien chaude contre une cigarette. Je grimpe à bord, et ils se mettent tous à rire. Ils m'aident à monter sur la plate-forme du wagon de queue, et voilà-t-y pas que ce général qui se donne des airs commence à me filer une raclée. J'avais les tampons de trente ans de boulot dans mon passeport, mais vous croyez que ça l'a amadoué ? Rien du tout. Non, m'sieur. Il dit que je suis un espion, comme si on espionnerait quelques wagons de marchandises couverts. Et tout le monde le salue et l'appelle « grand chef généralissime », ou un truc de ce genre. Ensuite ils m'emmènent quand le train repart, et ils se mettent à me torturer avec cette baguette électrique. J'ai crié, ah ça oui, je leur ai crié que je n'étais pas un espion. Non, non, pas un espion…

— Ce général, c'était lui qui commandait les nazis ? Vous avez peut-être vu un nom sur son uniforme ?

Cooper grimaça, comme si ces souvenirs le faisaient encore souffrir physiquement.

— Il avait l'air vieux, m'sieur. Pas vieux et en bonne santé : vieux et tout sec, avec la peau comme un nid de guêpes en hiver. Des cheveux noirs, épais et rêches, et drôlement bien coiffés. Un peu plus petit que moi, et pourtant je ne fais qu'un mètre soixante-cinq. Et il avait des yeux rougis, comme quelqu'un avec une sacrée gueule de bois. Et sa voix, on aurait dit le crissement des roues d'un vieux chariot sur du gravier. Jamais entendu un jeune parler comme ça. C'était une voix vieille, fatiguée et grinçante.

— Ils avaient un accent que vous avez reconnu ? demanda Valentine d'un ton qu'il voulait posé. Ils ont mentionné une ville en particulier ?

— Non. Si leur grand chef en a cité une, me souviens plus.

— Et ces hommes… Vous dites qu'ils étaient minces, avec un aspect maladif ?

— Seulement ceux sur les wagons. Ceux qui m'ont hissé dans le train, c'étaient des gars costauds, pouvez me croire ! Et ils avaient un tas d'armes, brillantes et propres. Il y avait aussi quelques types énormes, aussi effrayants que des gorilles, et grands… Ils m'ont retenu quand je me suis fait dérouiller.

— Je ne vois toujours pas en quoi c'étaient des nazis, fit remarquer David.

Whitey se tenait accroupi sur les talons, et il se mit à osciller d'avant en arrière, les yeux fermés.

— Non, moi j'ai un dossier impec, je leur ai dit. Vérifiez. Suis pas un espion, moi…

Sa voix baissait. Il se perdait dans ses souvenirs. David changea de tactique :

— Je pense que vous vous trompez, monsieur Cooper. Vous les avez probablement confondus avec des nazis à cause de la manière dont ils vous ont maltraité.

— Je sais de quoi je parle, jeune homme, je vous le dis. Je sais lire, c'est juste que je ne tombe pas souvent sur un bouquin. Comment j'en suis sûr, hein ? À cause du drapeau, comme celui qu'ils avaient par centaines sur ces vieilles photos. Sur les uniformes, et sur les drapeaux dans le fourgon de queue, derrière le bureau du grand chef généralissime de mes deux. Ils en avaient l'air très fiers, ces fumiers… Mais vous allez leur montrer, c'est sûr, tout comme vous l'avez fait dans la baraque du camp.

Valentine griffonna quelque chose sur l'écritoire, et lui montra le croquis.

— Quelque chose dans ce genre ?

— C'est ça, m'sieur le lieutenant. C'est bien ça, oui. Je parie que vous leur êtes déjà tombé dessus des tas de fois, pas vrai ?

David eut un hochement de tête qui s'adressait moins au vieil homme qu'il exprimait sa perplexité. Il avait déjà vu ce symbole, ici et là, et il avait toujours été signe de problèmes.

Sur le papier légèrement jauni, il avait tracé au crayon la croix gammée aux branches inversées qu'il avait entendu appeler la « Croix Torse ».

— Vous êtes certain de ne pas savoir d'où ils venaient ?

— Nan. Pourquoi vous voulez le savoir ?

— Vous avez dit qu'il fallait qu'on les batte.

— Et c'est ce que vous ferez, m'sieur le lieutenant. Bien sûr, c'est ce que vous ferez. Mais pas la peine de partir à leur recherche ; eux, ils vont venir à vous.

Valentine mit une seconde avant de comprendre.

— Comment pouvez-vous être aussi affirmatif ?

— Tout l'été, ils ont préparé la construction d'une nouvelle ligne. Ils ont fait venir un tas de manœuvres et de matériaux. Je devais être le second d'un chef de section. Une nouvelle voie ferrée qui fera Dallas-Tulsa-Kansas City, avec au bout trois embranchements.

— Des embranchements ? Ils iront dans quelle direction ?

— Ils pointeront comme les dents d'une fourchette droit sur ces collines.

Avec trois autres Loups qui avaient laissé leur tente à Poulos et à sa jeune épouse, Valentine campait dans un chariot aménagé. Après les dernières réjouissances, quand tout fut redevenu calme, David relut la lettre de Molly à la lumière froide de la lune qui se levait.

« 18 janvier 2067

Cher David,

J'espère que cette lettre te trouvera en bonne santé et ne mettra pas trop de temps à te parvenir – ils devraient pouvoir retrouver ton unité en moins d'un mois, n'est-ce pas ? Ici, à Weening, tout le monde va bien et il n'y a presque pas eu de malades cet hiver, mais la nourriture commence à avoir toujours un goût semblable, même si je sais que je ne devrais pas me plaindre : ça doit être pire pour toi. J'ai lu ton dernier courrier à voix haute lors du service dominical, et je t'envoie les meilleurs vœux et le salut de tant de gens que je ne peux pas en faire la liste ici. M. Bourne a quelque chose qu'il va t'envoyer dès qu'il aura trouvé un Loup qui passe dans ton coin, parce qu'il ne fait pas confiance à la poste. C'est une boîte ou une malle, alors guette son arrivée. Il a travaillé dessus tout l'hiver et il m'a fait promettre de ne pas dire de quoi il s'agit – il ne risque rien, c'est lui qui m'aide à rédiger cette lettre ! Comme tu t'en doutes, je suis un peu en retard dans mes études, on manque de professeurs dans cette partie du Wisconsin où nous nous sommes rencontrés. As-tu des nouvelles de Frat ? Je pense qu'il est toujours Apprenti en Louisiane, mais vous déménagez tellement souvent que mes renseignements sont toujours périmés. On m'a dit que la distribution du courrier était encore plus lente pour lui, et qu'on garde les lettres pour les lui remettre quand il reviendra à son camp de base.

Graf est pressenti pour passer lieutenant – je crois qu'il va me demander de l'épouser s'il a cette promotion. Ça signifiera peut-être mon départ du village, mais maman va beaucoup mieux. Mary est maintenant assez grande pour assumer la plupart des tâches, et les frères Hudson se chargent déjà des plus pénibles. Mon père et ma mère s'occupent à peu près de tout ce qui touche aux soins vétérinaires pour le bétail du village, et quand quelqu'un a un problème avec une vache prête à vêler, ce sont eux qui s'en occupent. Comme maman va mieux, papa va se voir confier un rôle plus important dans la communauté, et on parle de lui comme Directeur. Quand on pense qu'à son arrivée sur place, le village lui a juste donné une vache, deux porcelets et quelques poules, et maintenant nous avons huit bonnes laitières ! Bien sûr, d'une certaine façon notre installation ici te doit tout. Il faut que je le dise, nous te devons tout : c'est toi qui nous as sortis des ennuis dans le Wisconsin et de ce qui s'est passé à Chicago.

Tes lettres sont très enjouées et polies quand tu demandes des nouvelles de Graf. Mais tu es toujours très poli quand tu es irrité. David, tu es un des meilleurs hommes que j'aie jamais rencontrés. Je t'aime toujours, d'une certaine manière, mais ce n'est pas comparable à ce que je ressens pour Graf. Je pense que toi, tu as un But. Je sais bien, nous avions dit un jour que notre avenir serait commun, mais quelque chose en moi associe toutes les épreuves de cette époque avec toi, et chaque fois que je te revois, je me rappelle. Je ne veux pas dire que tout était mauvais ; avant Chicago le temps que nous avons passé ensemble a été merveilleux, et très précieux pour moi, mais avec Chicago j'ai mis de côté tout ce qui était arrivé auparavant, c'est comme le souvenir d'un vieux cauchemar, quelque chose d'imprécis dans mon esprit.

Tu as fait preuve d'une telle patience durant tout cet hiver, dans le Minnesota… Je ne sais même pas si je t'ai parlé une seule fois ! Je pense que tu dois être libéré de moi pour devenir ce que tu dois devenir (parce que vous êtes tous liés avec les Tisseurs de Vie et d'après M. Bourne c'est une voie très difficile à suivre, qui interdit une vie normale). J'ai besoin d'être libérée de toi pour recommencer ici à zéro. Nous avons essayé, au printemps dernier, et ça n'a pas été une réussite. J'étais glacée – pourtant Dieu sait que c'est la dernière chose que tu mérites ! – et de ton côté tu étais préoccupé.

Les choses sont mieux telles qu'elles sont aujourd'hui, j'en ai la conviction. Tu as écrit que c'était très bien pour moi d'avoir un homme comme Graf à mes côtés, et ces mots comptent beaucoup pour moi. J'espère seulement qu'ils n'ont pas été douloureux à tracer. Je suppose que nous avons chacun des sentiments un peu mêlés envers l'autre. Mais une chose est certaine : tu auras toujours ta place chez les Carlson de Weening, quoi qu'il puisse t'arriver. Tu as été mon ami, mon amant, mon protecteur, mon guérisseur, mon guide, et aujourd'hui tu es pour moi un frère très cher qui occupe une Place Très Spéciale dans mon cœur. J'attends avec impatience ta prochaine lettre, et je prie pour que ton devoir te permette de passer nous voir bientôt.

À toi, toujours sincèrement,

Molly »

Molly était une jeune femme intelligente, et sa vision de leurs rapports se montrait douloureusement lucide. Valentine replaça la lettre dans sa sacoche. Mentalement il revit Molly telle qu'il l'avait connue à différents moments : lors de leur première rencontre dans le Wisconsin, quand la famille de la jeune femme l'avait caché des Collabs en prenant des risques énormes, jusqu'à son expédition à Chicago pour la sauver d'une mort publique atroce après qu'elle eut tué un officiel de haut rang. Ils s'étaient échappés à bord d'un bateau qui les avait débarqués dans le Minnesota, près de l'endroit où Valentine était né et avait grandi. Ils étaient demeurés là une saison entière, dans la maison de son père adoptif.

David et le vieux prêtre étaient restés éveillés tard, nuit après nuit, à discuter de ce que ce dernier avait appris sur les Kurians. Ce fut le Padre qui lui fit découvrir l'antique guerre civile qui avait déchiré les Tisseurs de Vie et mené à la naissance des Seigneurs Kurians. Ceux-ci, par l'intermédiaire de leurs Faucheurs vampiriques, tuaient les êtres pensants pour moissonner leur énergie vitale et prolonger leur propre existence. Ils avaient été chassés de la Terre voilà bien longtemps, et les portails intergalactiques ainsi créés avaient été scellés et détruits. Mais ils étaient revenus en 2022, et cette fois ils l'avaient emporté.

Valentine n'avait rien fait pour ranimer l'intimité qui avait existé un temps entre Molly et lui, préférant consacrer ses efforts à nourrir tout le monde. Chaque soir, à la lueur d'une unique bougie, il lisait à la jeune fille des passages tirés des vieux livres du Padre. Après la perte de toute sa famille, ces ouvrages l'avaient remplacée, d'une certaine façon. Ils l'avaient détourné de son chagrin, et il espérait qu'ils auraient le même effet sur Molly.

Au printemps il prit la décision de la ramener auprès des siens, alors qu'il ignorait si les Carlson avaient réussi à fuir dans les Ozark avec Gonzalez, son ami Loup.

Molly reprit des forces et s'épanouit durant le voyage vers le nord. Valentine avait un flair excellent pour détecter et éviter les ennuis éventuels, et ils passèrent au large des régions contrôlées par les Collabs au service des

Kurians. Le 1er mai, les deux jeunes gens atteignirent la périphérie de la Région Sud, et retrouvèrent la famille Carlson dans un des petits avant-postes fortifiés situés dans les collines, d'où on surveillait les anciennes routes et les voies ferrées venant de St. Louis. Cette réunion dans le Territoire Libre d'Ozark fut peut-être le moment de sa vie où il éprouva la plus grande fierté. Comme si quelque marché tacite avait été rempli, Molly et lui revécurent une nuit d'intimité. Ils firent l'amour dans une ambiance d'abandon joyeux, mais sans lendemain.

Car plus rien n'était pareil. Le désespoir et le sentiment de danger latent qu'ils avaient connus dans le Wisconsin avaient disparu, et Valentine se sentait obsédé par la question de son devoir. Il avait été porté disparu, supposé mort, et, en apprenant qu'il était de retour sain et sauf dans les Ozark, Gonzalez et quelques autres Loups de la Compagnie Zulu vinrent le féliciter de s'en être tiré. Il installa les Carlson auprès d'amis, dans la petite ville frontalière de Weening, dans le nord de l'Alaska, près de la Saint Francis, puis il reprit le cours de sa vie de Chasseur.

Ce fut une réapparition des plus frustrantes. Le commandement de la Région Sud lut et oublia très vite son rapport sur les mystérieuses opérations kurianes dans les collines du sud du Wisconsin, que Gonzalez et lui avaient découvertes par hasard, et ses supérieurs ne prêtèrent guère attention à sa théorie d'une nouvelle organisation ayant pour symbole un svastika inversé qui s'appellerait la Croix Torse.

La Compagnie Zulu lui avait trouvé un remplaçant, et il fut affecté à la Compagnie Foxtrot, sous les ordres du capitaine Beck. Ce groupe était principalement constitué de Loups initiés de fraîche date, qui n'avaient jamais vu un Faucheur vivant et ne connaissaient les Grogs – ces êtres semi-intelligents créés pour aider Kur à soumettre l'humanité – que par leurs empreintes démesurées.

L'entraînement intensif l'épuisait, et il lui était impossible de rendre visite à Molly, car Weening était trop éloigné. Ils s'écrivaient, mais la fréquence de leur correspondance diminua peu à peu. Molly était jeune et séduisante, et elle ne tarda pas à attirer l'attention d'un sergent de ces Gardes à l'uniforme impeccable qui constituaient le gros des forces armées de la Région Sud. Valentine oscillait entre une jalousie diffuse et l'espoir sincère qu'elle connaisse le bonheur.

Il changea de position sur les planches dures du chariot, et son mouvement fit grincer les ressorts. Des pensées de ce genre ne pouvaient le mener qu'à une impasse. Il revint donc aux problèmes présents et réfléchit aux propos apparemment délirants de Cooper. Il en savait toujours très peu sur la Croix Torse. Les membres de cette organisation étaient humains, au moins certains d'entre eux, et on les redoutait dans la Zone Kuriane et sur la frontière. Il avait croisé le chemin de l'un d'entre eux à Chicago, dans le Zoo, ce lieu de perdition et d'amusements déviants, quand il s'y était aventuré pour sauver Molly. Un homme qui parlait en soldat et se conduisait en Faucheur, au point d'avoir soif de sang. Et quelle que soit leur nature précise, les adeptes de la Croix Torse hantaient maintenant le *no man's land* séparant le Territoire Libre de la ZK.

Malgré ces pensées peu rassurantes, il finit par s'endormir. Au-dessus de lui, les étoiles scintillaient dans le ciel nocturne limpide.

— Des Grogs, monsieur Valentine. Par centaines. Ils sont à huit kilomètres et ils avancent à marche forcée, dit une voix adolescente qui arracha David à son sommeil, peu avant l'aube.

Il s'éveilla en sursaut, aussitôt sur le qui-vive, et le garçon cessa de lui secouer l'épaule. C'était Tom Nishino, un des jeunes Apprentis qui voyageaient avec les Loups et se chargeaient des tâches quotidiennes lors des campements, dans l'espoir d'intégrer un jour leurs rangs. Celui-là dansait presque d'excitation à côté du chariot. Le capitaine Beck l'avait pris sous son aile parce que c'était le plus prometteur des Apprentis de la Compagnie Foxtrot, et il avait fait de lui son estafette.

— De quels Grogs s'agit-il ?

La question parut dérouter Nishino. Il n'avait jamais servi dans le Sud, là où le gouverneur Steiner avait créé une enclave indépendante unique en son genre, peuplée d'humains et de Grogs qui vivaient ensemble. Jusqu'alors, Steiner n'avait jamais mené ses troupes hors de ses terres, lesquelles faisaient tampon, au sud, entre la partie kuriane de la Louisiane et le Territoire Libre. David avait toujours souhaité une coopération plus étroite entre leurs forces. Lui-même avait joué un rôle dans leur alliance, pendant sa première année en tant que Loup.

— Je ne sais pas, monsieur. Ils viennent de l'Oklahoma.

— Devons-nous sonner le rassemblement ?

Tout en posant la question, Valentine laissa son ouïe relever tous les sons du camp. Des hommes démontaient les tentes et ramassaient leurs affaires.

— Le capitaine demande que votre section soit prête, avec armes et bagages, et que vous veniez au rapport dans sa tente, monsieur, récita Nishino.

— Merci, mon garçon. Retourne auprès du capitaine et dis-lui que je me présenterai à lui dans cinq minutes. Et vas-y *en marchant*. Rien de tel qu'une course dans l'obscurité pour se fouler une cheville ou se prendre une balle d'une sentinelle trop nerveuse. Alors pas de précipitation, compris ?

— Monsieur, dit le jeune homme qui salua avec application avant de tourner les talons et de s'éloigner d'un pas raide.

Valentine essaya en vain de se souvenir s'il s'était comporté de la sorte quand il avait rejoint la Cause, à l'âge de dix-sept ans.

Les Loups qui partageaient le chariot avec lui étaient toujours étendus dans leurs sacs de couchage. Mais cette attitude était trompeuse : David les avait vus poser la main sur leur arme aux premiers indices d'agitation dans le camp.

Il enfila ses bottes.

— Benning, trouvez le sergent Stafford, je vous prie. Que la section se rassemble. Munitions et rations pour deux jours. Gabriel, faites aligner les animaux de trait. Il se peut que nous ayons à faire mouvement rapidement, sans les chariots. Merci.

Il sauta au sol, tandis que ses hommes s'entre-regardaient d'un air entendu. Ils connaissaient bien leur jeune lieutenant, et quand il se mettait à parler de cette manière polie et un peu guindée, ils savaient qu'il y avait de l'action dans l'air.

Valentine se dirigea vers la tente du capitaine. Inconsciemment, il enregistra les bruits et les jurons qui emplissaient la demi-obscurité comme le camp reprenait vie. L'arrivée des Grogs était lourde de sens. Les guerriers des Kurians étaient rares dans l'Oklahoma. Dans les plaines, l'ennemi préférait se servir des troupes de Collabs. S'ils descendaient du nord du Missouri, il pouvait s'agir de la première phase d'une tentative d'incursion au cœur du Territoire Libre. David imagina la suite : un raid dans la région de Fort Smith, ou peut-être une percée au nord-est pour établir la jonction avec un autre parti ennemi s'enfonçant vers le sud du Missouri, afin d'isoler les forces alliées et la population dans cette portion du Territoire Libre, avant de les annihiler. C'était plus probablement une riposte mal préparée à l'attaque récente opérée par la Compagnie Foxtrot. En ce cas les Loups pourraient appliquer leur tactique favorite : embuscade et escarmouche. Ils entraîneraient ainsi les Grogs à leur poursuite dans les Ozark, puis ils les harcèleraient sans relâche, jusqu'à anéantissement complet.

Dans les premières lueurs rosées de l'aube, le capitaine Beck se tenait immobile devant sa tente, mains derrière le dos, au repos.

Valentine fit halte devant lui.

— Quelle est la situation, monsieur ?

— Des sentinelles ont aperçu les Grogs qui traversaient le lac vers minuit, à cinq kilomètres au nord d'ici. La Compagnie Tango les a peut-être accrochés, ils approchaient de son secteur. Quoi qu'il en soit, ils ont bifurqué brusquement plein sud et ont longé le fleuve. J'ai envoyé l'escouade en poste au camp pour les garder à l'œil, parce que c'est la plus fraîche. Elle tendra des embuscades à tous les éclaireurs qu'elle repérera, ce qui ralentira un peu la progression des Grogs.

— Quelles sont leurs forces ?

— On ne le saura probablement pas avant le plein jour, mais ils se déplacent sur ces mille-pattes géants. C'est pourquoi ils ont traversé le cours d'eau aussi vite et facilement. Les sentinelles affirment avoir aperçu des Harpies au-dessus de la cime des arbres. Aucun signe d'elles ici pour l'instant. Espérons que c'est un tour de leur imagination.

— Ils viennent ici ou ils tentent un raid dans les Ozark ?

— Ils en ont après nous, aucun doute. Peut-être qu'un Kurian n'a plus qu'un seul Faucheur grâce à vous, Valentine. Nous allons leur faire regretter de nous avoir rejoints.

— Comment ça, monsieur ? demanda David en invoquant silencieusement le ciel, car ce n'était pas du tout ce à quoi il s'attendait.

— J'ai déjà contacté Decatur pour qu'ils envoient des renforts. Blessés et malades ont embarqué dans les véhicules que vous avez capturés. Oh, et les enfants, aussi. Il y a un régiment de cavalerie de la Garde dans la région, et d'autres forces alliées derrière. Les Grogs doivent avoir pour projet de détruire ce camp et peut-être de nous rattraper pendant que nous nous replions vers le Territoire Libre. Ils se sont déplacés très vite, ce n'est donc pas une attaque bien planifiée. En nous retranchant sur Little Timber Hill, nous pouvons tenir pendant des jours. Il faudrait aux Grogs plus d'artillerie qu'ils en ont dans tout le Missouri pour nous déloger de là-haut.

Beck sortit de sa vareuse la pochette en toile cirée dans laquelle il conservait ses cigares. Toujours courtois, il en proposa un à son subordonné, qui refusa poliment d'un signe de tête.

— Monsieur, dit David en choisissant ses mots avec soin, il n'y a rien ici qui vaille qu'on se batte. Pas une ferme à nous dans un rayon d'au moins trente kilomètres. Laissons les Grogs brûler quelques chariots et deux ou trois tonneaux de porc salé. S'ils nous poursuivent en direction de Fort Smith, plus loin ils iront et moins nombreux ils seront à s'en sortir.

Le visage de Beck s'assombrit.

— Bon sang, Valentine, vous savez ce que je pense de ce genre de raisonnement. Tant que nous n'aurons pas fait en sorte que ces salopards aient plus peur de nous que nous avons peur d'eux, ils continueront leurs incursions quand bon leur semblera. Et puis vous paraissez oublier le lieutenant Caltagirone. Il est toujours quelque part dans la nature, avec sa section. Je ne veux pas qu'il revienne dans un camp grouillant de Grogs.

— Je sais, monsieur, et je suis d'accord avec vous sur ce point. Mais nous sommes des Loups, pas des Gardes. Même deux d'entre nous comptent plus à nos yeux, et à ceux des habitants de la Région Sud, que tous les Grogs de cette colonne importent à la Zone Kuriane.

— Est-ce que vous sous-entendriez que je suis prêt à gaspiller la vie de mes hommes ? Parce que, si c'est ce que vous voulez dire…

— Non, monsieur, absolument pas.

— Les décisions les plus difficiles concernent toujours l'endroit où se battre. J'apprécie votre franchise, Valentine. Il faut une certaine forme de courage pour parler comme vous le faites. Et même si nos avis divergent, je ne vous en tiendrai pas rigueur.

Il s'interrompit une seconde, comme s'il attendait des remerciements pour sa mansuétude, puis continua :

— Un jour vous aurez votre propre compagnie à diriger. Ce jour-là, commandez-la. Pas de conseils de guerre. Nous sommes face à un parti de Grogs qui vont se casser les dents sur notre défense. Nous pouvons tenir jusqu'à l'arrivée des Gardes. Vous savez combien de temps j'ai tenu à Hazlett, Val ? Cinq jours entiers. Au soir du deuxième nous n'avions presque plus de munitions, et au troisième les armes des Grogs elles-mêmes étaient vides.

Valentine avait entendu l'histoire maintes fois. La version donnée par les Loups survivants de la Compagnie Foxtrot divergeait quelque peu de celle du capitaine, mais le moment était mal choisi pour le faire remarquer.

— Vos ordres, monsieur ?

— Votre section va transporter un maximum d'équipements et de ravitaillement au sommet de Little Timber Hill. Nous avons déjà abattu les arbres tout autour de la colline, puisque nous avons travaillé à fortifier l'endroit depuis notre arrivée. Emplissez deux chariots et amenez-les là-haut. Triplez les attelages, si nécessaire. L'eau ne posera pas de problème à cette époque de l'année, mais je veux que nous disposions de nourriture et de munitions en abondance. Et de toutes les grenades que nous avons. Faites aussi grimper le bétail, et construisez un enclos.

David écouta ces directives en dissimulant de son mieux l'amertume qu'il éprouvait. Ne lui restait plus qu'à les exécuter, et promptement. Sur leurs mille-pattes géants, les Grogs progressaient très vite, que des sentinelles les harcèlent ou non, et en plein jour ils se déplaceraient encore plus rapidement.

— Bien, monsieur.

— Parfait. Quittez le camp dès que vous le pourrez.

— Et les femmes ?

— Certaines sont parties avec leurs enfants. Les autres devront se réfugier au sommet de la colline, comme nous tous. D'autres questions, Valentine ?

— Non, monsieur.

David se demandait déjà comment il allait s'y prendre pour faire gravir une pente aussi raide à des chariots surchargés, même en triplant les attelages.

Une agitation fébrile s'était propagée dans tout le camp, où les Loups s'empressaient de rassembler leurs armes et leurs paquetages. Valentine retourna auprès de sa section et découvrit Stafford juché au sommet d'un chariot, qui distribuait ordres et équipements à ses hommes réunis.

— Nous serons prêts à bouger dans quinze minutes, monsieur, annonça Gator. Si nous ne prenons pas les chariots, certaines des femmes pourront chevaucher les animaux de trait. Nous devrions atteindre les abords du Territoire avant la nuit.

— Bon boulot, Staff, mais nous ne partons pas. Nous devons faire gravir cette colline à quelques véhicules après les avoir emplis de tout ce qui pourra nous être utile. Il faut monter les munitions et la nourriture à la redoute.

Les traits de Stafford s'affaissèrent brusquement, et il n'aurait manqué qu'un bruit sourd pour souligner la métamorphose.

— Le capitaine veut que nous nous retranchions là-haut et que nous combattions ?

Valentine dissimula tant bien que mal ses propres doutes derrière un sourire désinvolte.

— Gator, il s'agit probablement d'un simple parti de Grogs envoyés pour nous forcer à trahir notre position. Et si ce n'est pas le cas, les Gardes font déjà mouvement. Par ailleurs Caltagirone est toujours avec ses hommes quelque part dans la région. Nous ne pouvons pas les abandonner face à l'ennemi. Dites aux gars de s'activer : ils ont quinze minutes pour avaler quelque chose de solide. Ensuite il nous faudra faire monter ces deux chariots lestés de munitions et de nourriture au sommet de la colline. Chaque minute compte. Compris, sergent ?

— Oui, monsieur.

Gator se tourna vers les Loups et se mit à beugler les ordres. La nouvelle épouse de Poulos, sa mère et quelques autres civils du camp distribuaient déjà l'ersatz de café et les biscuits. Les hommes s'accroupirent en cercle autour de leurs sous-officiers et mangèrent tout en discutant de la meilleure technique pour hisser l'ensemble du ravitaillement jusqu'à la redoute. L'odeur du lard qui grillait fit saliver Valentine et il s'approcha du feu. Une enfant de sept ans, la fille du caporal Hart, de la Première Section, passa en trottinant devant lui à la poursuite d'un poulet.

Il jura à voix basse. Elle aurait dû partir avec les pick-up. Hart et sa femme avaient sans doute décidé de rester en famille, en dépit des risques. La gamine attrapa la volaille et la ramena en hâte au poulailler. David s'efforça de ne plus penser à elle. Il était trop facile d'imaginer un Grog lui sautant dessus.

Le temps qu'il avale deux croûtons de pain trempés dans la graisse et deux lamelles de lard encore grésillantes, la section avait fixé les grandes lignes d'un plan. Stafford et les autres sous-officiers avaient décidé de s'occuper de deux chariots, l'un ferait le trajet depuis le campement jusqu'au pied de la colline où se retrancherait la compagnie, et l'autre, tiré par un attelage doublé, acheminerait des chargements légers au sommet de l'éminence. David regarda le premier groupe d'hommes qui se dirigeaient avec des haches et deux petits chevaux vers la colline. Ils allaient améliorer le chemin et improviser un enclos en haut du monticule. Les civils du camp suivraient, en emportant avec eux le strict nécessaire et les chèvres, oies et vaches de la compagnie.

Aux premières heures du matin, Valentine confia tout le matériel à Stafford, à l'exception de l'équipement militaire. Il supervisa en personne l'évaluation des réserves en grenades et en munitions. Certains des explosifs étaient à base de poudre noire et il voulait s'assurer que dans la précipitation le mélange instable n'était pas manipulé sans toutes les précautions d'usage.

— Monsieur, lui dit O'Neill qui déterrait de sa tranchée la dernière caisse de grenades, accordez-moi une demi-heure et je piège ce coin. Nous abandonnons une caisse derrière nous, et le premier Grog qui veut la bouger se retrouvera déchiqueté en morceaux si petits qu'ils ne rempliront pas une cuiller.

— Si nous avions le temps, nous leur laisserions ce genre de surprises un peu partout, O'Neill. Mais ils vont arriver d'une minute à l'autre.

La matinée s'annonçait nuageuse. David marchait derrière le chargement de munitions et surveillait l'équilibre du chariot qui gravissait lentement la pente quand un Loup émergea en courant de la ligne des arbres au nord. Valentine le regarda disparaître dans la végétation de Little Timber Hill en direction du nouveau poste de commandement.

— On ne lambine pas, les gars. Les Grogs sont en chemin. Il nous faut cette cargaison là-haut pour les arroser comme ils le méritent, et pas le contraire.

O'Neill pressa les quatre chevaux, et les derniers membres de la section s'enfoncèrent bientôt entre les arbres frangeant la base de la colline. Stafford les attendait un peu plus loin avec des montures supplémentaires.

— Tout le monde est là-haut avec le matériel, monsieur. L'enclos n'a posé aucun problème : il y a une cuvette rocheuse au sommet, que nous avons simplement fermée d'un côté. Le capitaine se servira de l'autre chariot pour bloquer la piste dès que nous aurons atteint la crête.

— Bon boulot, Staff. Mettez un homme derrière chaque roue, avec un morceau de roc, pour l'immobiliser quand les chevaux auront besoin de souffler. Calez quelques peaux entre les caisses, juste au cas où le chargement bougerait. Je ne pense pas qu'un cahot puisse suffire à tout faire sauter, mais mieux vaut être trop précautionneux que mort. Où la section doit-elle se déployer, une fois que nous serons là-haut ?

— Nous formerons la réserve. Il veut que les civils soient armés, eux aussi. Le reste de la section couvrira le sud et le col à l'est, là où il rejoint les autres collines. La Première Section marchera devant et couvrira la piste. D'après le capitaine, s'ils montent à l'assaut, ils emprunteront ce chemin parce que la pente est plus douce par là.

Le chariot entama l'ascension de la colline avec son attelage doublé, escorté par les hommes prêts à bloquer les roues avec un morceau de roc si les chevaux ne pouvaient supporter plus longtemps l'effort. Cette partie de la pente, pourtant moins rude que la moitié supérieure, présentait une montée épuisante.

Arrivés à mi-hauteur, ils franchirent les fortifications. Quels que soient les points de désaccord entre Valentine et le capitaine, le jeune Loup ne pouvait qu'admirer la disposition et l'exécution de la redoute. On avait abattu des arbres sur la crête pour qu'ils tombent le long de la partie la plus pentue de la colline, et les branches dirigées vers le bas avaient été taillées en pointe. Les fortifications de terre et de bois, qu'on était allé jusqu'à équiper par endroits de rangées de rondins dressés, bloquaient l'accès. Si les Grogs voulaient prendre Little Timber, les tireurs de la Compagnie Foxtrot leur feraient payer la victoire au prix fort. Il s'imagina à la place de l'ennemi arrivant au pied de l'éminence. Comment organiserait-il l'assaut, pour minimiser les pertes ?

Il savait que ses hommes combattraient comme des fauves acculés, mais il détestait se retrouver acculé. Qu'ils vivent ou se battent, les Loups étaient toujours en mouvement, ils frappaient où et quand les Kurians étaient faibles, pour disparaître dès que l'adversaire se regroupait. Le lieutenant redoutait l'affrontement statique, mais que pouvait-il faire d'autre, puisque tels étaient les ordres ?

— Allez, les gars, poussez ! cria-t-il.

Lui-même appuya de tout son poids contre l'arrière du chariot quand les chevaux épuisés commencèrent à piétiner de côté. Ses Loups se jetèrent contre les roues et les flancs du véhicule, partout où ils pouvaient trouver une prise. Avec des grognements et des grincements, hommes et bêtes firent avancer l'équipage sur la pente.

Au niveau des fortifications, Valentine cala les roues et distribua des caisses de munitions et de grenades. À partir de cet instant, l'ascension fut relativement plus aisée. Un peu plus haut qu'eux, un éperon rocheux saillait de la couronne de la colline et marquait l'endroit où Beck avait installé son poste de commandement. Il aperçut le capitaine qui descendait vers eux.

— Continuez, sergent. Je vais parler une minute avec le capitaine.

Il rejoignit Beck qui avait fait halte et se tenait aussi raide que s'il avait été planté dans la roche.

— Bon travail, lieutenant. Sacré chargement.

— On a mis un peu de temps à déterrer les munitions, monsieur. Quelles nouvelles des Grogs ?

Son supérieur eut une moue maussade.

— Ils sont des centaines. Les éclaireurs ont repéré une douzaine de mille-pattes. Il y a aussi des hommes, mais ils étaient encore trop loin pour qu'on puisse dire si ce sont des Collabs ou le ravitaillement qui suit les troupes.

— Les Grogs ne se déplacent pas avec beaucoup de ravitaillement. Je crois qu'ils mangent des cailloux, quand ils ont faim.

— Valentine, vous savez aussi bien que moi ce qu'ils mangent. Faisons en sorte de ne pas figurer sur leur menu pendant quelques jours. Je veux que votre section couvre le ravin au sud et le col entre le sommet de cette colline et les autres. Gardez votre meilleure escouade en renfort, pour protéger l'endroit qu'ils décideront d'attaquer en premier. J'en ai moi aussi mis une en réserve, et nous les déplacerons selon les besoins. Vingt fusils supplémentaires feront une grande différence là où ils seront postés.

David effectua un rapide calcul mental. Beck avait déployé un homme tous les trois mètres environ le long des fortifications sur la crête de la petite éminence. Peut-être un peu plus à l'ouest et face au col, et un peu moins devant le ravin et le côté sud. Le lieutenant Caltagirone et ses vingt hommes seraient un véritable cadeau du ciel, s'ils voulaient bien les rejoindre enfin. Les deux escouades volantes ne chômeraient pas.

Il trotta jusqu'au sommet de la colline. C'était une étendue rocheuse posée sur des flancs densément boisés, que le vent balayait à sa guise. Des spécimens rabougris de pins poussaient entre les rochers, dans ce qui semblait n'être que quelques poignées de poussière. Les animaux amenés là se désaltéraient dans une dépression qu'emplissait une grande flaque d'eau de pluie. Les civils du campement se tenaient immobiles à l'écart, l'arme à la main. Tout paraissait prêt ici. Il trouva un moment pour sourire à la fille des Meyer – ou plutôt Mme Poulos, à présent. Elle avait toujours le bébé dans les bras, et il s'efforça de ne pas penser à leur sort si les Grogs réussissaient à investir le sommet. Il se tourna vers les hommes qui prenaient leurs positions.

Le sergent Stafford avait déjà disposé les tireurs, en une ligne hélas étirée le long du ravin, au sud, et en deux petits groupes face au col qui reliait Timber Hill à une crête plus imposante, à l'est. Au-delà de cette ligne de collines, au sud-est, se dressait la masse paisible des monts Ozark, bleutés dans le lointain.

Valentine n'apporta qu'une petite amélioration au dispositif du sergent. Il ordonna à ses hommes de draper des arbustes de taille humaine avec quelques cuirs, des chapeaux et d'autres vêtements. Les Grogs étaient des tireurs à longue distance remarquables, et quelques cibles supplémentaires pendant l'assaut sauveraient peut-être la vie d'un ou deux vrais soldats.

Les Loups confectionnèrent ces épouvantails avec entrain, et allèrent même jusqu'à en affubler certains de sobriquets comme « Gros Tom », « Le Bossu » ou « Le Sniper Vert ». Alors qu'ils plaçaient de vieux feutres sur ces mannequins, des détonations retentirent sur le versant ouest de la colline.

— On dirait bien qu'ils nous ont trouvés, annonça Valentine en voyant la tension gagner ses hommes. Gardez la tête baissée, messieurs. Laissez-les tirer, et repérez-les. Ensuite descendez-les quand ils rechargeront leur arme. Ou quand ils se prépareront à l'assaut.

Il lutta contre l'envie de se rendre de l'autre côté de la colline pour voir ce qui se passait. Sa place était avec ses hommes.

— Gator, vous êtes responsable de l'escouade de réserve au sommet. Ce sera la dernière ligne de défense si celle-ci cède. Apportez les munitions avec les bêtes, et emplissez tous les seaux et les récipients d'eau. Compris ?

— C'est déjà fait, monsieur, au moins pour les munitions. J'emmène la première escouade avec moi là-haut. Sifflez s'il y a un problème, d'accord ?

En glissant la main sous sa tunique en daim, David sortit un petit sifflet en argent pendu à une lanière de cuir. Stafford réprima une grimace en le voyant : l'objet avait appartenu au prédécesseur de Valentine, et il aurait dû être enterré avec lui, mais le sergent l'avait récupéré avant d'envoyer le corps à la morgue de campagne.

— Il se peut que le combat s'éternise. Faites tourner les hommes.

Une silhouette bondissante gravit la colline depuis l'éperon de Beck. C'était Nishino, l'Apprenti.

Valentine vérifia sa carabine et son pistolet tout en attendant le garçon.

— Lieutenant Valentine, monsieur, déclara Nishino, une fois de plus à bout de souffle, le capitaine veut que vous dirigiez les escouades volantes. Il a ordonné de les regrouper derrière le poste de commandement. L'ennemi nous a localisés, et il semble qu'il parte à l'assaut de la colline !

— Merci, Nishino. Dites au capitaine que j'arrive, fit-il avant de se tourner vers le sergent. Staff, je crois que ça vous laisse aux commandes ici. Placez le caporal Holloway avec les civils et le bétail, en dernière ligne.

— Oui, monsieur.

— Les Grogs devraient mettre un peu de temps à fouiller la colline. S'ils arrivent dans votre zone, ce sera par le col. Postez deux hommes à l'ouïe fine de l'autre côté, et dites-leur de faire en sorte que les Grogs ne passent pas entre eux et le sommet.

— Bonne chance, Val, dit Stafford qui serra la main du lieutenant un peu plus longtemps qu'il était de coutume.

— À vous aussi, Gator.

— À bientôt.

— À bientôt.

Valentine gravit la colline au trot, avec l'impression d'être libéré. Il avait agi au mieux. Aux Loups de combattre, maintenant. Tout ce qu'il pouvait encore faire, c'était s'offrir pour stopper une balle, comme chacun d'eux. Ce jour le transformerait peut-être en héros, en lâche, en fou furieux ou en cadavre. Comme un ivrogne qui se prépare à la gueule de bois, il savait que la peur viendrait plus tard, et qu'elle le laisserait tremblant et nauséeux.

Il rejoignit le poste de commandement en se faufilant adroitement entre les blocs rocheux. Les Grogs pouvaient sans doute déjà voir l'éperon, et il préférait éviter la rencontre avec une de ces balles de calibre 50 que tiraient leurs longs fusils à un coup.

Beck scrutait le bas de la pente avec ses jumelles, et sa tête pivotait de quelques degrés à chaque détonation, comme un hibou qui suit la progression d'un mulot à ses grattements.

Il jeta un coup d'œil à Valentine avant de reprendre son examen à distance.

— Lieutenant, dit-il, les éclaireurs sont revenus. Les mille-pattes attaqueront cette pente d'ici quelques minutes. Ils sont en train d'aligner ces satanées bestioles dans notre ancien campement, en ce moment même. Nous n'en avons dénombré que dix. Il faudra qu'ils effectuent quelques détours à cause des arbres, ils ne pourront donc pas lancer un assaut rapide. Prenez les escouades volantes et allez renforcer les nôtres auprès du chariot. Si je veux votre repli, pour une raison ou une autre, je lancerai trois coups brefs avec mon sifflet.

— Trois coups brefs – compris, monsieur, répondit David.

Beck abaissa les jumelles.

— Faites-leur-en baver, Val. On passe capitaine, après des jours comme celui-ci.

— Oui, monsieur.

David retourna en hâte auprès de Yamashiro et son escouade. Beck devait être tendu à l'extrême pour s'imaginer que son subordonné se battrait mieux s'il avait à l'esprit que ses galons de capitaine étaient en jeu. Il servait sous ses ordres depuis neuf mois, et son supérieur ignorait encore quel genre d'homme était son premier lieutenant. Une telle pensée paraissait assez troublante en cette journée au cours de laquelle bien d'autres idées désagréables vous venaient à l'esprit.

Il arriva face à l'arbre devant lequel Yamashiro attendait avec les vétérans les plus expérimentés des escouades de la Deuxième Section. L'expression assurée qu'il lut sur les visages le rasséréna un peu.

— Voici le tableau, messieurs : nous aurons une dizaine de mille-pattes sur les bras d'ici quelques minutes. Mais nous ne sommes pas en terrain plat et dégagé. Ces grosses chenilles ne seront pas à la fête quand elles traverseront les bois. Caporal, avez-vous deux lanceurs de qualité ?

— Bien sûr, monsieur. Baker peut faire mouche à trente mètres, et Grub est presque aussi bon.

— Parfait. Je veux une équipe juste sous le PC.

— Compris, monsieur.

— Deux rochers surplombent la ligne des fortifications sur le côté sud de la piste. Placez l'autre équipe à cet endroit. Emportez un sac de grenades, des hommes, et qu'ils fassent la différence. Et souvenez-vous, le cerveau d'un mille-pattes se trouve enfoui au milieu de ces saloperies.

Les Loups entreprirent d'assembler les catapultes. Ces armes avaient été improvisées pour lancer au loin les grenades de la Région Militaire Sud, lesquelles avaient la taille d'une balle de base-ball. Versions plus puissantes des lance-pierres pour enfants, elles étaient constituées d'un tuyau métallique en forme de U, et deux épais tubes chirurgicaux en plastique se trouvaient attachés à l'extrémité des branches. Les projectiles étaient placés dans une petite coupelle en cuir rigide au centre des tubes. Deux hommes tenaient le U, tandis qu'un troisième tirait et visait. Ce système permettait de propulser la grenade deux fois plus loin qu'aurait pu le faire le lanceur le plus puissant.

Valentine emmena le caporal Yamashiro et les quatre soldats à la palissade. Il regarda autour de la « porte » de fortune faite d'un chariot, et de rochers autour desquels étaient empilés des morceaux de bois.

— Sergent Petrie, c'est vous qui êtes en poste ici? demanda-t-il à l'homme agenouillé en compagnie de deux autres derrière un long rondin placé sur le chariot.

— Oui, monsieur.

— Vous avez parfaitement espacé vos soldats. Faites passer le mot : nous allons avoir la visite de mille-pattes géants. Inutile de tirer sur ces bestioles, elles ne sentiraient rien. Descendez les Grogs qui les chevauchent. Et ne vous gênez pas pour leur balancer des grenades. Nous en avons tout un stock.

Cette dernière information n'était pas tout à fait vraie, mais il voulait encourager ses hommes à utiliser ces projectiles. On avait déjà vu des mille-pattes apeurés par les explosions faire demi-tour et prendre la fuite aussi vite qu'ils étaient passés à l'attaque.

Quelques hommes avaient attaché plusieurs grenades à un bâton, ce qui formait une bombe plus facile à lancer. Valentine parcourut la ligne de défense pour vérifier la position des Loups et leur équipement. La plupart agrippaient leur fusil et scrutaient le bas de la pente, le visage dur.

David concentra son ouïe sur les sons qui montaient du pied de la colline. La lumière affadie par les nuages baignait les bois d'une uniformité irréelle, sans presque d'ombres. Un pivert frappa du bec un fût au loin, comme s'il annonçait la menace imminente.

— Allez, tas de singes, finissons-en…, maugréa un Loup, l'œil rivé à son viseur.

La réponse vint subitement : un cor lança un appel lugubre en trois coups, chacun plus fort que le précédent. Le son rappela à David ces oiseaux-trompettes qu'il avait connus dans le Minnesota, quand il était enfant. Quelques-uns des soldats les plus récemment incorporés s'entre-regardèrent pour se rassurer.

— Sympa de leur part de nous annoncer qu'ils arrivent, fit Valentine. Retournons-leur la politesse. Gardez votre position, les gars, et faites-leur savoir que des Loups les attendent de pied ferme !

Les hommes poussèrent des acclamations et commencèrent à hurler en imitant le cri des prédateurs auxquels ils avaient emprunté leur nom. Ces hululements furent repris et amplifiés par les autres Loups tout le long de la ligne de défense, jusqu'à ce que les collines alentour en renvoient l'écho. Valentine aperçut le petit Nishino un peu plus haut dans les rochers, le visage empourpré tandis qu'il criait à pleins poumons.

Un froissement régulier pareil au vent dans les feuilles mortes monta de la base de l'éminence. Le tintamarre des Loups cessa.

David leva sa carabine. Le poids et l'odeur d'huile de l'arme étaient réconfortants.

Les mille-pattes jaunâtres avançaient et entamaient l'ascension de la pente comme des chenilles géantes. Chaque membre se mouvait à la suite du précédent le long des dix mètres de corps, trop vite pour que l'œil puisse le suivre. Ce spectacle fascinait Valentine. Il songea à des dominos tombant rapidement les uns après les autres. Leurs gueules entourées de barbillons pareils à ceux d'un poisson-chat allaient et venaient au ras du sol pour sonder le terrain et trouver un chemin entre les arbres. Des silhouettes évoquant des singes géants étaient assises à califourchon sur le dos des monstres. D'une main, ces êtres tenaient devant eux des boucliers métalliques munis d'une encoche pour leur fusil à long canon. Chaque chenille géante transportait six Grogs ; ils tiraient déjà sur les défenses des Loups. Leurs salves étaient plus imprécises que d'habitude, à cause des mouvements de leurs montures.

Quelques balles sifflèrent au-dessus des Loups qui ripostèrent. Des explosions ravagèrent les arbres quand les grenades lancées par les catapultes touchèrent le flanc de la colline. Un Loup fit tournoyer un chapelet de projectiles au bout d'une longue corde, et le propulsa en contrebas.

Entre les mille-pattes, d'autres Grogs couraient d'un fût à un autre tout en se couvrant par un feu nourri. Quelques balles atteignirent les fortifications, mais les fantassins ennemis ne parvenaient pas à suivre leurs camarades sur leurs montures titanesques.

Plusieurs grenades liées ensemble roulèrent sous le ventre d'un mille-pattes. Elles explosèrent, tuant la chenille dont la partie centrale s'affaissa d'un coup, alors que ses deux extrémités continuaient à se tortiller sur leurs pattes.

Un autre projectile détona assez près du centre nerveux d'un des monstres pour que celui-ci soit parcouru de convulsions violentes. Dans ses spasmes, il écrasa au sol certains Grogs qui le montaient, en désarçonna d'autres, et abattit des arbres tandis qu'il se contorsionnait tel un scorpion se piquant lui-même à mort. Au nord de la ligne des assaillants, un mille-pattes parut soudain affolé et se mit à se déplacer de côté, au hasard, comme s'il cherchait à fuir. Les Loups en profitèrent pour tuer ses cavaliers. Libéré de leur contrôle, l'animal redescendit la pente en catastrophe. Deux de ses congénères l'imitèrent malgré les efforts frénétiques des Grogs qui les dirigeaient.

— Mettez le paquet, les gars, le paquet ! cria Petrie.

Une éraflure à la tempe inondait son visage de sang. Le projectile lui avait arraché le chapeau de la tête. On apercevait la blancheur de l'os sous un lambeau de peau.

Valentine tirait obstinément sur le premier Grog chevauchant le monstre le plus proche, mais ses balles semblaient rater leur cible ou ricocher sur le bouclier que la créature brandissait devant elle. Irrité, David s'accroupit pour recharger son arme. Les projectiles de snipers ennemis fusèrent dans l'air, là où sa tête se trouvait un instant plus tôt. À côté de lui, il remarqua un Loup dont la moitié droite du visage avait été emportée aussi nettement que si on la lui avait ôtée avec un instrument chirurgical.

La carabine prête, il roula sur lui-même et se redressa derrière le poste du Loup mort. Il pressa trois fois la détente en visant le premier Grog à califourchon sur le mille-pattes, et de cet angle il réussit enfin à l'atteindre : la créature glissa au sol. Celles qui se tenaient derrière elle tentèrent de saisir les rênes, mais la chenille géante avait déjà commencé à faire demi-tour. Au rythme d'un Grog par seconde, les Loups abattirent leurs cibles comme au tir aux pigeons.

L'odeur de cordite emplissait les narines de Valentine. Une autre chenille géante se tordit entre les arbres dans les affres de l'agonie, mais deux de ses congénères étaient arrivées aux fortifications et les franchissaient sans se soucier des branches transformées en épieux qui perçaient leur peau molle puis se brisaient.

David aperçut une lumière et entendit un léger bruit. La gueule d'un des monstres explosa en laissant une plaie béante et jaune-vert à l'avant de son corps. La créature tangua un instant, puis dévala la pente. Ses cavaliers furent précipités à terre dans le mouvement. Une des catapultes avait réussi à loger son projectile au fond de la gorge du monstre. Mais l'autre mille-pattes était déjà passé par-dessus la palissade de rondins et ses Grogs sautèrent sur le sol pour attaquer. Une troisième chenille suivit. Alors qu'elle escaladait les fortifications au-dessus de la tête de Valentine, celui-ci oublia ses propres conseils et déchargea son arme dans le ventre de la bête, à peu près en son milieu. Les projectiles créèrent des trous d'où suinta un liquide épais et verdâtre, et atteignirent des ganglions nerveux. Le mille-pattes s'affaissa sur le côté, coinçant le bas des jambes de David sous sa masse. Quelques-uns de ses membres martelèrent les cuisses du lieutenant une seconde, dans un dernier spasme.

Les Grogs en étaient au corps à corps avec les Loups. Ils repoussaient les humains plus frêles, tiraient à bout portant avec d'énormes pistolets et maniaient des haches à double tranchant qui très vite furent rougies de sang. Des rafales venues de plus haut les décimèrent. Les équipes de grenadiers avaient abandonné leurs catapultes pour reprendre leurs fusils.

David réussit à retirer une de ses jambes coincée sous la masse molle du mille-pattes.

Un Grog bondit sur la barricade. Valentine releva le canon de son arme mais rien ne se produisit quand il écrasa la détente. Sa carabine était enrayée, ou vide. L'ennemi brandit sa hache, et le Loup lut sa mort imminente dans les prunelles rouges de la créature ; puis deux trous s'ouvrirent dans la poitrine de cette dernière et la firent basculer en arrière. David n'eut pas le temps de voir qui lui avait sauvé la vie. Il dégagea son second pied et se redressa derrière les fortifications, l'arme braquée. Mais les Grogs se repliaient vers le bas de la pente. Une balle siffla si près de son oreille qu'il sentit le déplacement d'air.

Il s'accroupit à l'abri de la palissade et regarda sur sa droite, puis sur sa gauche. Les Loups continuaient à arroser la colline en contrebas d'un feu nourri. Un homme touché à la main en aidait un autre à stopper le flot de sang qui coulait de sa tête. Valentine compta quatre morts. Les blessés étaient beaucoup plus nombreux.

Il baissa les yeux et découvrit le pistolet d'un Grog sur le sol, près de lui. L'arme avait en fait l'aspect de deux revolvers réunis au niveau de la crosse, avec une unique détente qui permettait d'actionner les canons jumeaux.

— Ils s'en vont ! cria quelqu'un.

Les survivants de cette première vague d'assaut se laissèrent aller contre les fortifications. Beaucoup ne purent retenir des larmes de soulagement.

— Ils vont revenir, dit Petrie pendant qu'un autre Loup bandait son crâne. Ils reviendront jusqu'à ce qu'ils soient tous morts… ou nous.

Ils revinrent à six reprises ce jour de printemps. Et chaque fois, telle une marée montante, la vague des Grogs s'échouait plus haut. Et quand ils se retiraient, ils laissaient des snipers postés derrière les rochers et les arbres, des sapeurs qui ne pouvaient être réduits au silence que par les grenades et un tir ininterrompu. Les Grogs déroulaient leur ligne de front autour de Little Timber Hill comme un python resserre ses anneaux sur sa proie, pour l'affaiblir et l'étouffer sous sa pression irrésistible.

La mi-journée passa, et l'après-midi apporta deux heures entières de répit. Valentine autorisa les hommes à quitter les fortifications par petits groupes afin de remonter au sommet de la colline pour manger et boire – et même se laver rapidement, quand c'était possible. À l'horizon, les nuages s'amoncelaient de nouveau.

Un tireur ennemi blessa le capitaine Beck quand les Grogs déclenchèrent un assaut massif, vers 15 heures. En désespoir de cause, Tom Nishino utilisa le sifflet de son supérieur. Valentine entendit le trille malgré les hurlements des Grogs et regarda dans sa direction. Il aperçut le garçon qui lui faisait signe. D'un geste, il voulut le prévenir qu'il devait se mettre à couvert, mais trop tard. Une balle toucha Nishino qui décrivit une brusque pirouette avant de s'effondrer, mort, entre les rochers.

Valentine confia ses soldats à Petrie et grimpa à quatre pattes jusqu'au poste de commandement. Deux Loups et une des femmes du camp étaient agenouillés auprès de Beck. Son épaule gauche était fracassée, son bras inerte.

— Est-ce que les hommes tiennent bon ? demanda le capitaine entre ses dents serrées.

La femme bandait la plaie avec des gestes rapides, sans se soucier des grognements de Beck. Admiratif devant son savoir-faire, Valentine l'observa une seconde avant de répondre.

— Ils tiennent bon, monsieur. Mais j'ai neuf morts près de la piste, et beaucoup de blessés.

— Je ne sais pas combien de temps je resterai conscient, Valentine. Je vous transmets le commandement. Tenez cette position. Les Gardes vont arriver. Faites monter les blessés au sommet, ils y seront plus en sécurité. Tôt ou tard l'ennemi comprendra que la meilleure façon de nous atteindre est d'attaquer par le col, alors vous aurez tout intérêt à reformer vos escouades volantes.

David aurait aimé que le capitaine cesse de parler. S'il avait décidé de lui céder le commandement, autant qu'il arrête de lui donner des ordres.

— Oui, monsieur, dit-il. Nous allons vous transporter là-haut.

Les deux Loups aidèrent Beck à se mettre debout en le tirant par son bras valide. La douleur crispa le visage du blessé quand il fit ses premiers pas chancelants vers le sommet. Le trio restait courbé pour ne pas être vu des snipers en contrebas.

Valentine ramassa les jumelles de Beck. L'odeur des cigares du capitaine imprégnait le cuir de l'objet et la sangle.

Il était maintenant responsable du devenir de la Compagnie Foxtrot tout entière, et cela lui nouait le ventre. Il vit la jeune femme qui avait soigné Beck ramasser la carabine du capitaine et l'examiner. Elle avait des cheveux cuivrés coupés court et un visage plutôt joli, quoique anguleux, constellé de taches de rousseur. Elle donnait l'impression de ne pas avoir mangé à sa faim depuis une semaine. Son regard avait un éclat vif et vorace. Il se rendit soudain compte qu'il ne la connaissait pas.

— Excusez-moi, qui êtes-vous ? demanda-t-il. Je croyais connaître tout le monde au campement.

— Je ne suis avec vous que depuis quelques heures, le Loup. Il ne vous manque pas une vingtaine d'hommes ?

Il fronça les sourcils.

— Je m'appelle David Valentine, du Deuxième Régiment de Loups de la Région Militaire Sud. J'ai repris le commandement de ce qui reste de cette compagnie. Et j'aimerais beaucoup que vous me donniez votre nom.

— Je préférerais ne pas figurer dans les rapports officiels. Mon nom de code est « La Fumée », s'il faut absolument que vous parliez de moi.

Des détonations sporadiques ponctuaient leur conversation.

— Un nom de code ? Vous êtes une Féline ?

— Oui, lieutenant. Depuis l'âge de seize ans. En temps normal je parcours les plaines environnantes, mais pour l'instant je suis sur une certaine piste…

— Que signifiait cette allusion à des hommes qui manqueraient ? Nous n'avons pas de nouvelles de la section de Loups sous les ordres d'un lieutenant du nom de Caltagirone.

L'expression de la jeune femme s'assombrit.

— N'espérez pas les revoir. Ils se sont fait avoir au bord de la Verdigris. Ils ont été massacrés.

David encaissa la nouvelle avec une impassibilité de façade qui devait plus au choc qu'à la maîtrise de soi. *Un autre ami disparu.*

— Les Grogs ?

— Non, des Faucheurs. Enfin, ça ressemblait à des Faucheurs.

Elle passa une langue rapide sur ses lèvres, comme un animal qui vient de sentir une odeur désagréable.

Valentine avait du mal à accepter l'information. Caltagirone était aussi rusé qu'un Loup pouvait l'être. Se laisser surprendre ne lui ressemblait pas du tout.

— Que voulez-vous dire par : « Ça ressemblait à des Faucheurs » ?

— C'est assez difficile à expliquer. Il s'agit d'un groupe d'une douzaine de Crânes Noirs. Je n'avais encore jamais rencontré une bande aussi importante. Et ils se servent d'armes, ce qui est très inhabituel chez les Faucheurs, d'après ce que je sais.

— Je n'ai jamais entendu rien de tel.

Pour lui, tout cela n'avait aucun sens. Les Faucheurs étaient les intermédiaires par lesquels transitaient les auras vitales destinées à leurs Maîtres Kurians. S'ils n'étaient pas assez proches pour toucher leurs victimes, les énergies psychiques de celles-ci étaient perdues. Même en pleine bataille, ils tuaient de façon que le Maître obtienne les auras dont il se nourrissait.

— Vous mettez en doute ma parole, le Loup ?

— Non. Pas du tout. Merci pour les nouvelles concernant… les Loups près de la Verdigris.

La jeune femme rousse s'assit et délaça ses hautes bottes qu'elle retira, ainsi qu'une paire de chaussettes sales, puis elle massa son pied droit. Les cals visibles révélaient un marcheur assidu.

— Le moment est mal choisi pour discuter de ce que les Kurians manigancent. Quoi que soient ces Faucheurs, ils se reposent comme les autres pendant la journée. Mais je suis à peu près sûre qu'ils se dirigent par ici. S'ils se réveillent au crépuscule, ils seront là vers minuit, peut-être même avant. Ma monture est presque morte de fatigue pour me permettre de vous rejoindre au plus vite. À mon avis, ces Grogs ont pour seule mission de vous clouer sur place. Ce sont ces Faucheurs qui viendront vous écraser.

Elle sentait l'écume de cheval et l'eau des marécages.

— Ils pourraient en avoir l'occasion. Les Grogs nous encerclent.

— Lieutenant, si je trouvais un passage dans leurs lignes, pensez-vous que vous pourriez les occuper en un autre point ? Je crois que vous avez assez de chevaux pour exfiltrer vos blessés.

Valentine n'avait pas besoin d'être convaincu d'abandonner la colline s'ils pouvaient mettre un peu de distance entre eux et un ennemi qui allait recevoir des renforts décisifs.

— La nuit tombe toujours tôt, en cette période. Laissez-moi le temps de briefer mes hommes, et nous en discuterons.

Le premier obus de mortier toucha le sommet alors qu'ils s'éloignaient de l'éperon rocheux, et tous deux se jetèrent au sol.

— Cette journée est de plus en plus agréable, grogna Valentine avant de cracher un peu de poussière.

Il dut élever la voix pour se faire entendre malgré les cris des Grogs et la fusillade en contrebas. Les mortiers ennemis tiraient sporadiquement, sans causer beaucoup de dégâts. Les assaillants n'en avaient pas emporté un grand nombre, ou bien ils étaient très lents à recharger. Peut-être la technologie, peut-être l'entraînement.

Le soleil se coucha et l'obscurité monta à l'assaut de la colline dont elle engloutit les flancs boisés. David avait rassemblé ses meilleurs sous-officiers autour de lui, à l'exception de Hart resté aux barricades, et il pivotait sur lui-même pour donner ses ordres à tous :

— Une dernière fois, messieurs. Stafford, vous êtes avec moi pour créer la diversion. Nous allons donner à réfléchir aux Grogs sur le versant ouest pendant que tous les autres partent par l'est. Yamashiro, vous protégez les civières. Assurez-vous que les bras des traîneaux sont solidement attachés aux chevaux et que les blessés sont prêts au départ.

Le caporal acquiesça.

— Je ne veux pas entendre dire que certains d'entre eux ne sont pas en état d'être évacués. Nous n'achevons personne, et nous ne laissons personne derrière nous. Petrie, si vous vous en sentez toujours le cran, j'ai besoin que vous assuriez l'arrière-garde.

Il plongea son regard dans celui du sergent. Ses pupilles étaient normales, mais un hématome digne de figurer dans un livre de médecine bordait son œil gauche près de sa blessure. David se tourna vers l'homme suivant.

— Holloway, prenez cinq Loups expérimentés avec vous pour accompagner notre Féline ici présente. C'est elle qui ouvrira le chemin. Votre boulot consistera à faire en sorte que tout le monde suive. Évitez de tirer si c'est possible.

La Féline en question enfournait des cuillers pleines de haricots et de riz chaud dans sa bouche tout en écoutant. Les poches de son manteau miteux étaient tendues par du pain, et elle avait enveloppé encore un peu de nourriture dans son sac de couchage enroulé.

— Vous êtes sûre que les Grogs ne vous sentiront pas arriver ? lui lança Valentine.

Quelques ricanements fusèrent parmi les Loups, mais la jeune femme posa un regard froid sur le lieutenant.

— Pas la moindre chance. Faites juste un peu de raffut de ce côté de la colline, et ensuite, que tout le monde avance à marche forcée pendant au moins une heure. Vous y arriverez, lieutenant ?

Valentine faillit hausser les épaules. Dans une heure, il serait peut-être mort.

— Nous ferons de notre mieux.

L'expression déterminée qu'il lisait sur le visage de ses sous-officiers l'apaisa un peu.

— Des questions, messieurs ? Non ? Alors on s'y met. Je veux que nous soyons très loin d'ici demain à l'aube.

Pendant qu'il se glissait jusqu'aux fortifications avec Stafford et les quatre autres tireurs d'élite, il songea qu'il ignorait totalement les derniers ordres de Beck. Mais le capitaine était maintenant étendu sur une civière, inconscient. Même si la Féline s'était trompée sur la destination de ces mystérieux Faucheurs, il doutait de pouvoir tenir Little Timber Hill jusqu'à l'arrivée hypothétique des cavaliers de la Garde. Et si les Grogs recevaient des renforts, un assaut semblable au tout premier leur suffirait pour atteindre le sommet de la colline et les déborder.

Son équipe rejoignit le chariot. Les ombres avaient envahi les bois.

Le sergent Hart avait modifié le véhicule pour sa dernière descente. Chaque roue était maintenant équipée d'un frein à main dont l'extrémité comportait un nouveau patin en cuir. Un lecteur de *Ben-Hur* avait fixé des couteaux, lame tournée vers l'extérieur, au moyeu des quatre roues. On avait ajouté des branches entrelacées et des sacs de sable sur les deux côtés ainsi qu'à l'avant, pour améliorer la protection de l'ensemble. Une caisse de grenades et une boîte de bâtonnets au phosphore étaient attachées sur ces flancs renforcés.

Les volontaires grimpèrent sur le plateau, leurs armes prêtes.

— Ce serait marrant qu'un obus de mortier tombe là-dedans, après tout ce boulot, commenta Stafford qui aida Valentine à monter près de lui.

— J'ai entendu parler de descentes de toboggan infernales mais je n'aurais jamais cru participer à l'une d'elles, dit un autre Loup.

Il plaça deux cartouches de chevrotine dans les canons de son arme et la referma d'un mouvement brusque, avec un sourire satisfait.

Deux fusils pris à des Grogs tués étaient posés sur le plancher du chariot, chargés. Chaque arme était lourde et encombrante. David jugea qu'il pourrait viser et tirer correctement s'il prenait appui sur le côté du chariot. La détente et la culasse mobile étaient énormes et assez curieuses : cette dernière se relevait complètement pour éjecter la cartouche utilisée, comme un grand commutateur. Même le renvoi avait un aspect singulier. Puis Valentine se souvint de l'étrange mouvement de tête des Grogs au moment où ils faisaient feu – ils ouvraient la chambre et éjectaient la cartouche avec leur menton. Leurs balles de calibre 50 étaient aussi longues que sa main et plus épaisses que son index.

À la faveur de la pénombre toujours plus dense, les Loups quittèrent furtivement leurs positions. Bientôt il n'y eut plus que Petrie et sa poignée d'hommes derrière les fortifications.

Valentine confia un frein à chaque soldat. Lui-même s'adjugea celui de la roue avant droite. Les ombres se teintaient de pourpre à mesure que la nuit tombait.

L'obscurité, enfin.

—C'est bon, déclenchons un petit feu de couverture, les gars. Poussez, vous autres! cria-t-il aux hommes qui attendaient derrière eux.

Le chariot se mit à descendre la longue pente. Les ornières dans la piste permettraient de guider les roues en l'absence de chevaux, du moins tant qu'ils ne prendraient pas trop de vitesse.

—Continuez à freiner, dit David à ses compagnons.

Il voulait aller assez vite pour n'être pas une cible facile, mais pas au point de ne plus pouvoir stopper le véhicule. Des balles venues de droite et de gauche sifflèrent à leurs oreilles.

—On s'arrête avant de quitter le couvert.

Stafford et le second Loup disponible lancèrent des grenades de part et d'autre, comme les vedettes d'un cortège distribuent à la volée des bonbons aux enfants alignés le long du parcours. Un Grog bondit sur la piste devant eux et épaula son arme. Valentine se vit soudain agonisant au fond de ce chariot dont les planches buvaient son sang, mais la détonation ne fut accompagnée d'aucun impact. L'ennemi jeta son fusil et décrocha de sa ceinture un couteau de la taille d'une machette. Il courut pour tenter de grimper par le côté. Son rictus féroce se mua en une grimace de surprise quand les couteaux fixés au moyeu de la roue lui tailladèrent le ventre. Éviscéré en deux secondes, il s'écroula sur le bord du chemin où il se tordit de douleur.

«Crac!» Le Loup chargé du frein arrière baissa un regard consterné sur la poignée brisée de sa manette.

—Continuez à peser sur les freins! Nous sommes presque arrivés en bas, dit Valentine.

La pente s'atténuait. Ils sortiraient du couvert dans quelques secondes.

— Allez, freinez au maximum, tout le monde ! Il faut stopper ce foutu chariot !

Ils ralentirent, mais sans parvenir à s'arrêter. Le véhicule cahotant jaillit de l'abri des arbres en grinçant : les patins en cuir s'étaient détachés des freins.

Les éclairs des tirs ponctuèrent la nuit autour d'eux. Un Loup s'écroula dans le chariot en tenant de sa main valide son bras cassé. Les autres ripostèrent. Des Grogs surgirent d'un peu partout et se jetèrent à plat ventre pour mieux viser.

— Staff, les bâtonnets ! cria Valentine.

Il en prit deux et en tendit une poignée à Gator. Celui-ci lança une grenade dans l'obscurité, d'un geste presque calme.

Valentine et Stafford allumèrent les bâtonnets à un morceau de mèche à combustion lente. Ils s'enflammèrent dans une lumière d'un blanc bleuté éblouissant. David envoya le sien aussi loin qu'il le put. Les Grogs apparurent dans le halo où il retomba, et les Loups repérèrent leurs cibles. Stafford en lança deux autres sur la gauche.

— Encore ! Si nous ne pouvons pas les descendre, aveuglons-les !

L'un des bâtonnets éclaira une forme qui surgissait des ténèbres. Elle était enveloppée d'une large cape, et encapuchonnée.

Un Faucheur !

Valentine posa le canon du long fusil sur le rebord du chariot devant lui. Le Crâne Noir s'accroupit quand les Loups lui tirèrent dessus, et ses articulations inhumaines ployèrent telles les pattes d'une araignée. Il était prêt à bondir.

Le fusil grog tonna comme un canon, et la créature, renversée par l'impact, tomba sur le dos. Valentine eut l'impression de recevoir lui aussi une balle dans l'épaule, tant le recul de l'arme fut violent. Mais le jeu en valait la chandelle : le projectile avait transpercé la cape protectrice du Faucheur. David s'empara de l'autre fusil. Le temps qu'il prenne position, le Crâne Noir avait disparu.

Des échardes volèrent dans l'air quand les balles des Grogs frappèrent les branches et les sacs de sable derrière lesquels les Loups s'abritaient. L'espace entre le chariot et les arbres au pied de Little Timber n'était qu'un gouffre ténébreux et menaçant. Il leur fallait pourtant l'atteindre avant que les Grogs réussissent à les encercler. C'était leur seule chance.

— Maintenant ! Dans les bois !

Ses hommes semblèrent ne pas l'entendre et continuèrent à tirer.

— On bouge ! mugit Stafford en distribuant des tapes sur la nuque de ceux qui n'obéissaient pas assez vite.

Le sergent traîna le Loup blessé vers l'arrière tandis que les autres sautaient au bas du chariot.

À la vue de l'ennemi qui abandonnait sa redoute roulante, les Grogs se précipitèrent en échangeant des hululements. Avant de glisser hors du véhicule à son tour, Valentine prit le temps d'en abattre un avec le second long fusil.

Stafford s'affaissa subitement et plaqua les deux mains sur son ventre.

— Allez, allez ! lança-t-il d'une voix haletante aux Loups.

Il se plia en deux. Valentine l'attrapa avant qu'il tombe à terre.

— Allez… allez, répéta le sergent.

David n'aurait pu dire si Gator réitérait son dernier ordre ou s'il encourageait son supérieur à l'abandonner là.

D'un effort il le hissa en travers de ses épaules, comme un pompier sauvant la victime d'un incendie.

— Pas question. On ne quitte pas Foxtrot aussi facilement, souffla-t-il.

D'un pas quelque peu chancelant, il se hâta vers les bois. Les hurlements et les tirs des assaillants lancés à sa poursuite le galvanisèrent.

Un autre Loup s'effondra bras en croix à moins de dix mètres des arbres. L'éclair d'un fusil de chasse illumina un Grog qui fonçait sur eux depuis le couvert, et sa peau grise prit des allures fantomatiques dans l'éclat des bâtonnets au phosphore. La créature fut presque coupée en deux par la décharge.

Valentine s'élança sur la piste. Le sang chaud de Stafford coulait dans son dos. Rien n'importait plus à présent, sinon amener le sergent au sommet de cette colline. David en oublia les ennemis, ainsi que les autres Loups qui gravissaient la pente autour de lui et le couvraient de leur mieux. La douleur qui incendiait ses jambes, la brûlure dans sa poitrine étaient son présent, et tout le reste s'estompait dans le bruit et le chaos de cette fuite. Il sentit le corps de Stafford s'amollir... *Faites qu'il ait seulement perdu connaissance...*

—Allez... au... chariot..., dit-il d'une voix hachée.

Les Loups auraient déjà atteint le sommet de la colline s'ils n'étaient restés avec leur lieutenant et leur sergent pour les protéger.

L'un d'eux réarma son fusil.

—Après vous, monsieur.

Il mit un genou à terre et tira en contrebas. David perçut un cri de douleur inhumain. Il trouva la force et le souffle pour continuer l'ascension.

—Lieutenant, à terre! hurla le sergent Petrie en amont.

Valentine se laissa tomber à genoux et, de l'un de ses bras, il lâcha Stafford pour s'empêcher de basculer complètement.

Une volée de balles balaya la pente, suivie d'une seconde un instant plus tard.

—Maintenant, monsieur! lança Petrie.

Un petit point rouge, la mèche d'une grenade, décrivit un arc de cercle au-dessus de leurs têtes.

Ces quelques secondes de répit firent miracle sur ses jambes. Il se redressa et rejoignit les fortifications au pas de course. Les Loups tiraient depuis une ligne qui s'étendait sur une vingtaine de mètres.

—L'arrière-garde devrait déjà être au sommet de la colline, Petrie, grogna Valentine à son sauveteur. Mais je suis diantrement content de vous voir.

—Plaisir partagé, monsieur, dit le sergent. Dois-je allumer les mèches ?

—Je vous en prie.

Les roues du second chariot, comme celles du premier, étaient calées dans les ornières de la piste. Mais celui-là était chargé d'amadou, de munitions, de poudre noire et de grenades, et occupé par quatre épouvantails que l'on s'était procurés en haut de l'éminence. Sur un signe de Petrie, deux Loups ôtèrent d'un coup de pied les rocs qui bloquaient les roues, et quand le véhicule se mit à rouler, le sergent embrasa la tresse de mèches noires qui pendait à l'arrière. Elles crachotèrent toutes les six en se consumant.

Le chariot prit de la vitesse.

—On ne reste pas pour le feu d'artifice. Gavin, Richards, aidez le sergent Stafford. Placez-le sur cette civière. J'ai un autre homme avec un bras cassé. Où est Holbrooke ?

—Il ne s'en est pas sorti, répondit un des volontaires. Il est tombé sur la piste.

Valentine chassa de son esprit l'image de Holbrooke, ce jeune Loup qui avait tout pour devenir un bon officier.

—Il faut rattraper les autres.

Ils se replièrent alors que les explosions grondaient au bas de la colline. Les munitions et les grenades ajoutèrent leur note à cette symphonie destructrice.

L'itinéraire de fuite repéré par La Fumée descendait en lacets dans le ravin encaissé qui courait au sud de Little Timber Hill. Malgré leur fatigue, David et ses hommes rejoignirent aussi vite qu'ils le pouvaient le Loup posté au sommet de la colline, à l'endroit où la ligne de retraite commençait.

— Lieutenant Valentine, dit ce dernier, les yeux humides de soulagement, je dois vous aider à rejoindre la colonne. Cette Féline connaît son boulot, pas de doute, monsieur. Nous avons trouvé deux Grogs morts à l'entrée du ravin, et deux autres un peu plus loin. Elle s'en est occupée sans tirer un coup de feu.

Quatre hommes soulevèrent la civière de Stafford, et le groupe rattrapa l'arrière-garde en quelques minutes seulement. La Féline traînait en fin de colonne. Manifestement, elle les attendait.

— Et on dit que nous avons neuf vies…, railla-t-elle.

Ses yeux brillèrent dans la nuit. Elle tournait vivement la tête au moindre son. Cette jeune femme était l'incarnation de l'énergie pure. Son visage était enduit d'une sorte de fard sombre, et elle avait retourné son long manteau pour révéler un envers noir.

— Contente de voir que vous vous en êtes sorti, lieutenant. Jolie cascade.

— Merci. Pour nous avoir trouvé cette porte de sortie, je veux dire, fit-il avec une légère courbette à son attention. S'il y a quoi que ce soit que les Loups puissent faire…

— Bien sûr. Je veux bien une carabine comme celle que je vous ai vu manier, et un fusil à canon scié. Un revolver serait pratique, aussi.

— Vous aurez les trois dès demain matin.

— Non, monsieur : maintenant, si ça ne vous dérange pas. Je retourne sur la colline.

David stoppa net, et le Loup qui le suivait le percuta. D'autres jurèrent quand leur file indienne se rompit.

— Qu'est-ce que ça signifie ? demanda-t-il en faisant un pas de côté, avec un geste à l'attention des autres pour qu'ils continuent à avancer.

— Écoutez, lieutenant, il faudrait que quelqu'un entretienne les feux de camp là-haut. Tire de temps en temps sur les Grogs. Attache le bétail pour que ces signes de vie trompent l'ennemi – de loin, au moins.

— Nous nous sommes déjà servis de quelques Grogs blessés pour ça, intervint Hart.

Elle le gratifia d'un bref sourire avant de revenir à Valentine.

— Et puis, je pense que ces Faucheurs dont nous avons parlé vont attaquer votre camp pendant la nuit. Et je veux les voir d'un peu plus près.

— Vous êtes dingue, ne put s'empêcher de murmurer David.

— Hmm. Je ne cherche pas à prendre leurs têtes. Je veux juste regarder, et écouter. Je sais me montrer très discrète. Ils ne plongeront pas leur langue dans mon cœur. Si je reste là-bas, cela augmentera vos chances de fuite d'environ cent pour cent. Quand je partirai, je le ferai bruyamment. J'essaierai d'entraîner les Grogs vers Fort Smith.

— C'est votre aura, après tout. Choisissez les armes que vous désirez. Avec toute ma reconnaissance.

Elle en prit plusieurs aux Loups abasourdis. Elle se mouvait avec légèreté, sans plus de bruit sur le sol qu'un souffle de vent.

— Merci. Nous nous reverrons peut-être, lieutenant, dit-elle en passant sa nouvelle carabine à la bretelle.

— Je l'espère. Faites-moi savoir ce que vous avez découvert. Vous pourrez me joindre par l'intermédiaire de l'université de Miskatonic. J'y passe dès que je le peux.

— Ces goules ? Ils me demandent toujours de leur rapporter des poches de sang de Faucheurs. Du sang frais.

— J'ai des amis là-bas, expliqua-t-il, et il lui tendit une main qu'elle serra sans hésiter.

— Vous ne ressemblez pas à un de ces intellos, Valentine. À un de ces jours.

— À un de ces jours, approuva-t-il.

Elle disparut dans l'obscurité aussi silencieusement qu'elle en était sortie, et il se retrouva seul, avec une main tachée de fard gras.

Ils enterrèrent Stafford à l'aube, le lendemain.

La Compagnie Foxtrot l'ensevelit sur une élévation boisée qui dominait une petite ville en ruine de l'Ancien Monde.

L'écho d'une détonation occasionnelle venu de Little Timber Hill se dissipa dès qu'ils mirent une crête entre eux et les Grogs. Quand ils furent à trois kilomètres de la colline, Valentine céda à la frousse rétrospective d'après combat, et il enfouit les mains dans ses poches pour les empêcher de trembler. À cause de la fatigue et de la tension, la mort de Stafford ne l'étonnait presque pas : il s'y était attendu. En revanche, l'annonce de la mort de Poulos fut pour lui un vrai choc. Le jeune marié de sa section avait été touché par des éclats d'obus, mais il saignait peu, et il avait insisté pour mener à pied un des chevaux traînant les civières, au lieu de le monter. Hélas, l'épuisement avait eu raison de lui.

Ils firent halte pour s'accorder un peu de repos, manger et enterrer les défunts. La pluie transforma la terre en plomb liquide pour les fossoyeurs. Par petits groupes ils se tinrent devant les monticules de terre et firent leurs adieux à leurs camarades.

La Compagnie Foxtrot était amputée de vingt-deux Loups, des vétérans comme de jeunes recrues, sans compter l'anéantissement de la section du lieutenant Caltagirone. Si l'on y ajoutait les blessés, les pertes atteignaient soixante-dix pour cent de l'effectif. Un désastre. Et c'était David Valentine qui avait commandé.

Chapitre 3

Fort Smith, en bordure de l'Arkansas River, mars : « L'ENFER SUR LA FRONTIÈRE », *dit la pancarte accrochée juste sous les lettres hautes de trente centimètres tracées au pochoir, qui forment le logo officiel des services de la poste. Le slogan date de l'époque où Fort Smith était un poste avancé, à la limite des Terres Indiennes, quand les prisonniers capturés attendaient dans une série de cellules humides et froides leur tour de paraître devant l'Honorable Juge Parker, le « juge lyncheur » des États-Unis de Grant.*

À présent les bâtiments qui entourent la Reynolds Bell Tower – sa cloche sert toujours de système d'alarme, elle a sonné pour la dernière fois en 66, lors d'un raid de Harpies – accueillent toujours leur contingent de prisonniers. Évadés du Goulag, déserteurs, Collabs capturés et fauteurs de troubles de toute la moitié ouest du Territoire Libre sont amenés ici pour interrogatoire. Ensuite on les envoie en aval dans le Territoire Libre, ou bien on les traîne devant un tribunal militaire.

Fort Smith est sous la responsabilité des Gardes, ces défenseurs en uniforme du Territoire Libre. L'endroit marque le terme de la ligne commerciale qui emprunte l'Arkansas River, ainsi que la fin de quatre routes orientales. Il y a là une présence civile assez forte, pour s'occuper des besoins divers de la soldatesque et des écoles, et un hôpital. C'est un poste exposé. Seuls ceux situés au sud de Saint Louis à la frontière du Territoire Libre voient plus d'alertes et d'action. Il s'écoule rarement un mois sans qu'un ou deux régiments de l'infanterie de la Garde partent sécuriser une portion de la frontière contre une attaque, réelle ou possible, venue de la Zone Kuriane. Des patrouilles moins importantes font régulièrement mouvement dès qu'il est question dans les alentours de Faucheurs, de voleurs de chevaux, de poteaux téléphoniques abattus ou de pyromanes ayant incendié un grenier à foin.

À l'ouest de Belle Point, le cimetière recueille les dépouilles des Gardes qui sont revenus de mission dans les fourgons mortuaires.

Fort Smith n'est pas sans offrir certaines distractions aux personnes qui s'y attardent. Des amuseurs itinérants se produisent au Best Center, groupes vocaux et troupes de théâtre, inévitablement qualifiés de « pires spectacles » par les soldats toujours portés au sarcasme. Chez Miss Laura, *le bordel le plus réputé de l'endroit, les filles proposent tout un assortiment de divertissements horizontaux, mais, à la différence du Best Center, il faut compter une semaine de solde pour y profiter de quelques heures de délassement. La bière locale, la Smith-Knoble, est appréciée dans tout le Territoire, et les commerçants capables de supporter le vacarme occasionnel d'un tir d'artillerie tiennent des restaurants et des bars prospères.*

Les Chasseurs revenus de la Zone Kuriane fréquentent quelques pensions et tavernes qui acceptent cette clientèle particulière. Ni civils ni Gardes, ils sont en théorie sous l'autorité de l'officier commandant la place tant qu'ils restent dans les limites du fort. Mais quelque chose en eux rend nerveux les civils et hérisse le poil des Gardes. Peut-être l'intensité de leur regard, ou ces réactions instantanées à tout mouvement inattendu, à moins que ce soit cet esprit de corps presque tribal qui les tient à part. Mais, lorsque l'on apprend la présence d'un Faucheur dans les environs, L'Enfer sur la frontière *est heureux qu'ils soient là.*

Dans la sacoche de Valentine, le document qui annonçait : « Fin de la permission des survivants fixée au : 9 mai 2067 » équivalait à une épitaphe pour la Compagnie Foxtrot.

Ce message laconique signifiait que le Deuxième Régiment de Loups considérait la compagnie détruite comme une unité combattante. Les rescapés de Little Timber seraient affectés ailleurs. Si l'on décidait de remettre la compagnie sur pied, David recevrait un ordre en ce sens très bientôt, il n'en doutait pas. En sa qualité d'officier et parce qu'il n'avait pas été blessé, il serait peut-être même choisi pour la diriger. Dans ce cas il essaierait de rassembler quelques sous-officiers vétérans, malgré le sort qui s'était acharné sur Foxtrot, décimée par deux fois en l'espace de seulement trois ans.

Après avoir reçu ce document, il choisit de rester à Fort Smith le temps de sa permission. Les ordres et le courrier l'y atteindraient sans difficulté. Il pourrait fréquenter la bibliothèque, peut-être même passer quelques jours à pêcher sur le fleuve ou un des lacs voisins s'il parvenait à dénicher une yole, une canne et un moulinet. Il avait besoin de calme et de solitude pour oublier un peu Little Timber.

Il avait envisagé de se rendre à Weening. Dans une lettre, Molly l'avait invité, mais elle était sans nul doute très occupée par les préparatifs de son mariage – il avait lu dans l'édition du printemps du *Bulletin de service* que son soupirant avait été promu. Elle n'avait certainement pas besoin que David vienne traîner autour d'eux. Par ailleurs son futur époux risquait de voir dans sa seule présence une forme d'affront.

Son envie de partir était si forte qu'il envisagea de se rendre dans l'enclave de Hal Steiner, au cœur de la région des bayous, dans l'Arkansas. Frat lui avait écrit que la communauté très particulière de Steiner s'était beaucoup développée depuis sa visite, des années plus tôt. Mais le territoire indépendant de Steiner n'appartenait pas au système de communications de la Région Sud, et il aurait dû aller au poste le plus proche pour y prendre ses ordres.

Il décida donc de rester à Fort Smith. D'ailleurs il avait un autre rapport à rédiger.

L'après-midi de son arrivée et avant toute autre chose, il se dirigea vers le bureau installé dans les locaux de l'ancienne université. Il se présenta en personne à l'officier de service, et par téléphone au QG du Deuxième Régiment de Loups. Cela fait, il retira une partie de ses soldes accumulées. Il était maintenant un Loup libre de ses agissements.

Il se renseigna au poste de l'officier de liaison chargé des questions civiles. Le sergent, assis derrière son large bureau semi-circulaire, lui parla avec un tel enthousiasme de la qualité des repas et des chambres d'une certaine pension que Valentine devina qu'il touchait un pot-de-vin pour chaque client envoyé là-bas. Il se contenta donc de prendre un plan polycopié et quitta la pièce.

Des nuages d'une teinte bleu acier annonciatrice d'orage roulaient au loin, et il décida de visiter un peu la ville avant que le temps se dégrade. Dans leur uniforme gris foncé, les Gardes étaient partout. Ceux de service portaient leur poncho de camouflage, le fusil à la bretelle et le casque accroché au ceinturon. Plus il s'éloignait du fort sous le ciel assombri et plus il croisait de soldats qui n'étaient pas de service, en maillot de corps blanc, les pouces passés sous leurs bretelles, le couvre-chef reculé sur le crâne, découvrant des cheveux ras. Les hommes et les femmes de la Garde se massaient autour des bars et des marchés par groupes bruyants. Ils discutaient et riaient avec une belle énergie. Avec sa tenue en daim crasseuse, sa chevelure incrustée de boue et ses maigres biens rassemblés dans son hamac roulé,

Valentine se faisait l'impression d'être un lièvre égaré parmi des écureuils de ville hyperactifs.

La guerre constante n'avait pas épargné Fort Smith. Des ruines de maisons couronnées de fleurs sauvages et mangées par les buissons occupaient nombre de terrains. Quelques vieilles demeures restaient intactes, dans une partie de la ville appelée « Le Bosquet ». L'une d'elles, *Le Repaire de Donna*, était d'après la carte une pension. Un des Loups de Foxtrot avait déjà prononcé ce nom devant lui. Après s'être repéré à partir de l'église de l'Immaculée Conception, il trouva l'établissement.

Le Repaire de Donna était une demeure blanche bâtie sur deux niveaux, au toit plat couronné d'une antique balustrade en fer forgé. Il y avait un poulailler et un jardin à l'arrière. Devant la façade s'étendait un petit jardin fleuri où se perdaient deux banquettes en bois et une chaise longue. Des animaux domestiques s'y prélassaient. Des chats faisaient la sieste, et un chien releva la tête quand le lieutenant passa devant lui. Valentine détecta l'odeur appétissante de tartes en train de cuire.

Il frappa à la porte protégée par une moustiquaire et un gamin torse nu dévala l'escalier. Il avait équipé une ceinture à outils bien garnie avec des bretelles afin qu'elle tienne autour de sa taille trop mince. Le garçon se campa devant le Loup et étudia une seconde le nom cousu sur la veste de l'homme et les galons à son col.

— Lieutenant Valentine, Deuxième Régiment, Compagnie Foxtrot, dit-il.

— Mais la coupe de votre tunique est plutôt dans le style de la Compagnie Zulu, monsieur. Qu'est-ce qui vous amène ?

Malgré son jeune âge, il avait l'air très malin et totalement blasé.

— Un vétéran comme toi peut m'appeler David, fit le Loup, et cette invitation arracha un sourire fugace au garçon. C'est à toi que je dois m'adresser pour louer une chambre ?

— M'man ! beugla l'enfant par-dessus son épaule, avant de se précipiter dans l'escalier pour retourner à l'étage. Un type comme papa !

Donna Walbrook avait de la farine dans les cheveux et sur sa salopette. Valentine décela une légère odeur de fraises. Elle essuya ses mains avec une serviette tout en approchant de la porte, l'air plus enthousiaste de cette visite que l'avait été son fils.

— Brian n'a aucune manière, dit-elle sur un ton d'excuse. Vous cherchez une chambre ?

Son sourire était agréable, quoique commercial, et elle conservait l'éclat d'une réelle beauté.

— Oui, jusqu'à la deuxième semaine de mai, si ça ne pose pas de problème.

— Pas de problème si c'est pour un gaillard vêtu de peaux de daim. Passons dans le salon. Vous n'avez qu'à laisser votre ballot au pied de l'escalier.

La pièce contenait une sorte de petit autel dédié à la mémoire de Hank Walbrook, sous une lettre encadrée de remise de décoration. Valentine étudia une photographie qui représentait un Loup coiffé d'un vieux béret de l'armée des États-Unis, vissé de guingois sur son crâne. Le ceinturon et le parang du disparu étaient rangés dans une petite vitrine, et quelques fusils – David remarqua qu'ils sentaient l'huile et paraissaient bien entretenus – étaient accrochés au-dessus de la cheminée. Donna prit une cruche et lui servit un verre d'eau.

— Votre mari ? demanda-t-il, bien que la réponse soit évidente.

— Oui. Il était sergent dans le Premier Régiment. Sous les ordres du capitaine Hollis, mais j'ai cru comprendre qu'il avait pris sa retraite.

Valentine n'avait jamais entendu ce nom.

— Mon mari a été tué en février 1955.

— Désolé.

Elle le vit lever les yeux vers l'étage tout en calculant.

— Non, dit-elle, Brian n'est pas de Hank, mais il le croit. Je lui expliquerai plus tard, quand il sera en âge de comprendre. Nous avons deux autres Loups en pension, actuellement, en convalescence, ajouta-t-elle en se forçant à sourire. Je suis sûre que vous serez heureux de faire leur connaissance.

— Je n'en doute pas, madame Walbrook.

— Première règle dans cette maison : on m'appelle Donna.

Elle lui énuméra les autres points du règlement intérieur, avec une clarté et une brièveté toutes militaires. Ils concernaient les visites, l'heure des repas, le dépôt des armes et la nécessité absolue de veiller à ce que la bouilloire soit toujours pleine d'eau. Après une courte négociation et l'engagement que prit Valentine de lui couper du bois de chauffage, ils convinrent d'une somme quotidienne de douze dollars versée par la Région Sud pour la chambre et deux repas. À condition qu'il fasse lui-même son lit et sa lessive. Pour le déjeuner il pouvait payer un supplément, ou se restaurer gratuitement s'il prenait la peine d'aller à la cantine de la Garde.

— Des questions ? Je suis ici depuis quinze ans. Je sais tout ce qu'il y a à savoir sur cette ville.

Il réfléchit à la meilleure manière de formuler sa requête. Cette femme n'appartenait pas officiellement à la Région Militaire Sud, mais…

— Allons, jeune homme. J'ai déjà entendu tout et son contraire, fit-elle en couvrant son décolleté d'une main. Il s'agit de quelque chose que vous ne voulez pas voir figurer dans votre dossier ? N'ayez crainte, je ne vais pas m'évanouir.

Une lueur malicieuse passa dans ses yeux.

— Il paraît qu'il y a une antenne des Services de Renseignements, quelque part ici. J'ai lu des bulletins de ces services, et ceux qui concernent la frontière ouest portent la mention « Fort Smith ». Mais je n'ai pas vu le bureau sur le plan de la ville. (Il montra sa feuille polycopiée.) Savez-vous où il se trouve ?

Elle parut déçue.

— Oh, ça n'a rien d'un secret. Ils ne disposent pas d'assez de personnel pour tenir une permanence qui recevrait tous les Tom, Dick ou Jane qui débarquent ici et ont vu une empreinte de pas bizarre.

— J'ai besoin de remplir un rapport, en personne, expliqua-t-il. C'est plus sérieux qu'une simple empreinte.

— L'antenne se trouve dans le vieux musée. Une construction en briques rouges de deux étages. On y trouve toujours une expo au rez-de-chaussée. Les élèves de l'école et les jeunes recrues viennent souvent y écouter des exposés. Les Renseignements occupent le reste de la place. Il suffit de traverser le bâtiment.

— Merci.

— Et il y a une très bonne blanchisserie juste en face. *Chez Tucks*. Une fois nettoyée, votre tenue en daim aura l'air d'avoir été cousue la veille. Ils feront disparaître ces taches de sang. Et aussi ces… hem… odeurs masculines naturelles.

Le musée s'étendait sur environ un quart du rez-de-chaussée, dans le bâtiment indiqué par Donna. Valentine avait emprunté un jean et une chemise propres à un des Loups convalescents. Gupti avait été blessé à la tête, et Salvador portait une genouillère orthopédique. Ce dernier avait conseillé au nouveau venu de solliciter Gupti, parce qu'il y avait de grandes chances qu'il ne se souvienne pas de ce prêt. David se rendit d'abord au fort pour indiquer l'endroit où il était joignable. Puis il alla en ville.

Le musée figurait sur son plan.

Il passa quelques minutes à bavarder avec le conservateur, un vétéran unijambiste solidement bâti, qui portait un pistolet dans un étui de hanche : un ancien Ours. Une unique clé pendait à la chaîne passée à son cou. Valentine devina qu'elle ouvrait une vitrine contenant des fusils d'assaut pris à l'ennemi.

Il manifesta un intérêt poli pour tous les objets exposés ; il s'intéressa même aux derniers magazines parus, avec leurs couvertures tachées et cornées, dont les gros titres concernaient les tremblements de terre, les raz-de-marée et les éruptions volcaniques de 2022. La vitrine suivante était consacrée à la Folie Délirante : photographies d'émeutes, de villes en flammes, de corps entassés et parsemés de traces de morsures et d'impacts de balle. Puis les unes des journaux récents, concernant les Kurians, ces visiteurs venus d'un autre monde pour restaurer l'ordre dans une civilisation au bord du gouffre. Il y avait aussi des pamphlets, publications d'amateurs qui expliquaient avec force détails horribles comment les Kurians étaient la cause de tout ; quelques représentations des gouverneurs de crise dans leur ample tenue, soulignés de légendes affirmant que les « Faucheurs » n'étaient que des collecteurs de mort, des créatures pareilles à des vampires qui se nourrissaient des humains pour le compte de leurs Maîtres.

Ensuite venaient quelques photos floues de la Guerre Perdue. Des croquis de Grogs, un éventail étrange d'êtres amenés d'autres mondes par les Kurians. Des tanks détruits. Des carcasses d'avions. D'énormes champignons de fumée. Des ruines. Des drapeaux qu'on descendait de leur mât pour éviter qu'ils soient saisis, tandis que la base militaire alentour était méthodiquement sabotée.

Une salle isolée du reste du musée par un rideau noir était consacrée à l'Ordre Kurian et à ses pratiques sur toute la planète, hormis dans quelques régions rebelles. Valentine préféra ne pas y entrer. Il avait vu assez de la ZK de ses propres yeux.

Il exposa le motif de sa visite au conservateur. L'unijambiste téléphona, et après un bref échange il informa le jeune Loup qu'un des « types d'en haut » allait descendre.

Bone Lombard avait à peu près l'âge de Valentine et portait des lunettes à verres épais. Il déclara être un « filtreur » des Services de Renseignements.

— C'est-à-dire ? fit David.

— Je vais vous montrer.

Il précéda le Loup à l'arrière du bâtiment, transformé en baie de chargement. L'endroit ressemblait à un garage de grandes dimensions, avec une série de portes métalliques sur rail. Des lignes peintes se croisaient sur le sol. Elles menaient à une collection de malles et de chariots métalliques qui débordaient de dossiers, classeurs et livres.

— Nous nous saisissons de quantité de documents écrits, expliqua Lombard. Quand je dis « nous », je parle de la Région Militaire Sud dans son ensemble. Tout ce qui n'est pas immédiatement exploitable, comme les renseignements sur une colonne ennemie, où et quand elle se trouvera, finit ici. Nous avons de tout, depuis les livres de cuisine des Collabs jusqu'à des lettres personnelles, avec papier parfumé et mèches de cheveux. Je ne vais pas vous ennuyer avec les détails, mais pour résumer les filtreurs épluchent la totalité de ce que vous voyez devant vous.

Il désigna un autre jeune homme et une femme installés à un bureau. Le crayon à la main, assis sur des chaises à roulettes, à la lumière d'une lampe pendant d'un montant fixé au dos de leur siège, ils parcouraient des feuillets avec méthode.

— Ce travail de fourmi nous permet parfois d'avoir une idée de ce qui se passe au-delà de nos frontières. La nature des pénuries qui frappent l'ennemi, ses points faibles.

— Vous parvenez à deviner des choses aussi précises de cette manière ?

— Une fois, d'après des ordres de réquisition saisis par un de nos commandos dans un hôpital, nous avons constaté que d'énormes quantités de pansements et de matériel chirurgical étaient expédiées à Shawnee, dans l'Oklahoma. À l'époque, la Révolte de Fassler battait son plein.

Valentine se souvenait d'avoir entendu parler de cet épisode alors qu'il étudiait à Pine Bluff, pour passer lieutenant.

— L'affaire s'est mal terminée.

— Fassler et ses gars ont été pendus, oui.

— Je croyais qu'on les avait crucifiés ? fit Valentine.

— Possible. Nous n'avons pas réussi à acheminer des renforts à temps. Les types de l'Oklahoma avaient complètement bouclé la zone du soulèvement. Mais une fois encore, si nous n'avions pas épluché la paperasse, nous n'aurions même pas connu l'existence de Fassler.

— J'ai un autre nom pour vous. Que savez-vous de la Croix Torse ?

Lombard eut une petite moue.

— Aucune idée. Voyons le catalogue.

Un des associés de Lombard envoya sa chaise rouler entre les caisses en la poussant du pied. Un chat blanc bondit de côté pour s'écarter de sa trajectoire.

Le « catalogue » se révéla être un vieux répertoire de bibliothèque installé dans une autre pièce, protégé par une porte épaisse digne d'une salle des coffres. Il y avait là un alignement de classeurs métalliques verticaux divisés en tiroirs étroits. Valentine en ouvrit un au hasard. Il était empli de fiches au titre dactylographié en majuscules, sous lesquelles figuraient des annotations manuscrites incompréhensibles.

« GANNET, PONY A.
(Capt. « Corps de Commandement de Chanute »)
MIL-KAN ACT206-928 11NOV61
Append CAP-6 INT-15 (m, v) EX 61-415. »

— Indéchiffrable, hein ? déclara Lombard en lui prenant la carte de la main. Il semble que ce Pony – curieux, comme prénom – Gannet était capitaine dans une unité de Collabs appelée le « Corps de Commandement de Chanute ». Le rapport d'activité 206-928 décrit les combats. Vous voyez la date. Apparemment il a été capturé, et les suites de son emprisonnement ont présenté un certain intérêt, puisqu'elles sont détaillées dans une annexe. Son interrogatoire fait également l'objet d'une annexe, et des copies ont été envoyées à la Division V, qui s'occupe des atrocités, et à la Division M, qui traite des personnes disparues au combat. Ils ont dû découvrir qu'il trempait dans quelque chose. Il a été exécuté en 61, entre le 11 novembre et la fin de l'année. C'est plus rapide, de nos jours. Si vous vous reportez à la carte concernant le Corps de Commandement de Chanute, vous verrez que…

— Je suis impressionné. Mais, pour la Croix Torse ?

— Une unité de Collabs, je parierais, répondit Lombard.

— Certainement.

Il ouvrit un nouveau classeur.

— Ils ont un autre nom ?

— Je l'ignore. J'ai rédigé un rapport. Vous voulez le lire ?

— Bien sûr, dans un instant. Ah… La Croix Torse. Elle est définie comme une unité de Collabs. Il semble qu'elle se déplace par le réseau ferré. C'est curieux. Il y a un renvoi à la Division Est la concernant.

— Pourquoi est-ce curieux ?

— Ils assurent la sécurité du réseau ferré, peut-être ?

— Pourquoi est-ce curieux ? demanda encore Valentine.

— En règle générale les unités de Collabs restent dans une même zone, au service d'un Seigneur ou d'un groupe de Seigneurs. On ne trouvera pas le Corps de Commandement de Chanute du capitaine Gannet en opération dans l'Illinois, par exemple. À moins que ce clan kurian particulier envahisse l'Illinois, évidemment.

David lui tendit une copie du rapport complémentaire qu'il avait joint à sa relation de la bataille de Little Timber Hill. Lombard parcourut les trois pages en moins de trente secondes.

— Vous n'allez pas le lire ?

— Je viens de le faire. Vous voulez que je cite le passage clé ? Hmm… « La destruction de la section du lieutenant Caltagirone et le rapport de La Fumée faisant état de Faucheurs lourdement armés et agissant en groupe de combat soudé exigent une enquête. Tout renseignement sur le général… »

— Désolé. C'est la deuxième fois que je rédige ce rapport. J'aurais tout aussi bien pu le jeter dans les marais.

— Ne vous inquiétez pas. Je suis sûr qu'il vit à jamais dans un index tel que celui-ci, et qu'on peut le trouver dans un entrepôt climatisé comme celui dans lequel nous sommes. J'aimerais que les filtreurs bénéficient du même traitement… si vous sentiez l'odeur qui plane ici en août… Allons parler à Doug : c'est notre expert en matière de Collabs, pour tout ce qui se passe à l'ouest du Mississippi.

Tout en suivant Lombard dans l'escalier, Valentine se félicita de sa visite.

Cette fois, Lombard l'emmena dans un bureau. Le nom de Doug Metzel figurait sur la porte, laquelle ne s'ouvrait qu'à moitié à cause des classeurs qui encombraient la pièce. Ils s'alignaient sur les rayonnages, s'entassaient dans les coins et empêchaient en partie la lumière de filtrer par la grande fenêtre cintrée. Un chat faisait la sieste au soleil, sur un dossier étiqueté « SÉCURITÉ DES PONTS ». Mais l'occupant des lieux n'était pas présent.

— En permission pour deux semaines, expliqua son assistante. Sa mère… Le cancer, je crois.

C'était une femme de frêle stature, qui pouvait avoir une trentaine d'années et portait l'uniforme de la Garde, orné de la plaque d'identité réglementaire : « SGT LAKE ».

— Ça vous donne une idée de la fréquence de mes visites au deuxième, fit Lombard.

— Que se passe-t-il, Lombard ?

— Je viens de recevoir ce Loup qui arrive de… euh…

— Lake of the Cherokees, termina Valentine.

— Mémoire à très court terme, s'excusa le filtreur. Cinq minutes plus tard, plus aucun souvenir. C'est à force de passer sans arrêt d'un sujet à un autre.

Il fit les présentations. L'aide de Metzel et David se serrèrent la main.

— Je suis honorée, dit-elle avec gravité.

Il n'avait pas entendu très souvent cette expression dans la bouche d'un civil ou d'un Garde de la Région Sud, et il ne savait trop comment répondre.

— C'est un plaisir, fit-il.

— Je remplace Doug pendant son absence. Qu'avez-vous pour nous, lieutenant ? Installez-vous et racontez-moi.

Il s'assit en face d'elle et commença avec le symbole du svastika, qu'il avait vu pour la première fois sur le canoë de Faucheurs traquant un Félin du nom d'Everyday, dans le delta de la Yazoo. Puis il parla des Collabs de l'Illinois qui redoutaient une organisation portant cet insigne, qu'ils appelaient la Croix Torse. Et enfin il narra sa rencontre à Chicago avec un membre de la Croix Torse qui avait parlé d'un compagnon buvant le sang et souffrant d'une sale blessure à la jambe. Il raconta aussi comment cet homme se nourrissait, et termina avec la description récente que La Fumée lui avait faite de Faucheurs armés.

Lake l'écouta avec attention, puis elle alla prendre un classeur. Il contenait des pages sur lesquelles étaient collés des insignes d'uniformes découpés. Elle chercha un instant, puis présenta le dossier ouvert à Valentine.

— Comme celui-là ?

Sur la feuille de bristol était collé un morceau de tissu noir, sur lequel se détachait un insigne en métal blanc, un svastika aux branches inversées.

— C'est bien leur emblème. J'en ai vu un identique dans le Zoo de Chicago. Celui qui le portait… se nourrissait comme un Faucheur, ajouta-t-il d'une voix brusquement enrouée, ce qui l'embarrassa momentanément.

Lake et Lombard eurent la même grimace.

— Peut-être simplement un type dérangé ? Il a assisté à cette scène répugnante, et il l'a reproduite ?

— Je ne l'ai aperçu que quelques minutes. Mais il appartenait à la Croix Torse, aucun doute.

Elle griffonna quelques mots sur son calepin.

— Nous n'en savons pas lourd sur leur compte. Nous pensons qu'ils assurent la sécurité du réseau ferré. On les a repérés dans plusieurs lieux différents.

Elle choisit un autre dossier, qu'elle consulta un moment avant de reprendre :

— La théorie la plus répandue est qu'ils s'occupent de ce que nous appelons les « trains-pièges ». Des wagons bourrés de soldats, mais qui de l'extérieur ressemblent à des convois de marchandises tout à fait anodins. Vous les Loups, ou d'autres, vous attaquez le train en pensant que vous pourrez faire une bonne moisson de pneus ou de pénicilline, et d'un coup un régiment entier de Collabs surgit des wagons fermés. Mais nous n'avons aucun rapport d'activité révélant que la Croix Torse se préparerait à attaquer la Région Sud, et de ce fait nous ne pouvons qu'extrapoler quant à leurs méthodes et leur nombre.

— Il y a forcément plus que ça, dit Valentine. Dans l'Illinois, la racaille frontalière était terrorisée par cette organisation…

Elle retourna le dossier vers elle et s'y replongea.

— Je n'en doute pas. Bon nombre de Collabs utilisent les symboles nazis. Pour se donner l'air méchant, et faire peur… (Elle désigna les rayonnages surchargés de dossiers.) Je pourrais vous citer une demi-douzaine de groupes qui se servent de ce foutoir. Un gang géant de bikers, dans la Silicone Valley, en Californie, se couvre de têtes de morts et du double éclair de la SS. Dans l'Idaho, des Chemises Brunes portent ces pantalons de cavalerie bouffants et des bottes noires. Les Collabs ouvrent un livre d'histoire, ils trouvent quelque chose qui leur paraît impressionnant, et ils se l'approprient. Même dans nos rangs… Dans les Cascades, les Voltigeurs du colonel Sark reçoivent la croix de fer comme décoration, pour acte de bravoure. Et je suis convaincue qu'il y en a d'autres dans l'Est. Mais je ne m'occupe que de l'Ouest.

— Vous allez lire mon rapport ? demanda Valentine.

— Il est instructif, appuya Lombard.

— Bien sûr, dit-elle.

David le lui donna.

— Pendant que je suis là.

Elle lui sourit.

— Vous avez toujours été un Loup, Valentine ? On dirait que vous n'avez pas grande confiance en nous.

— J'ai toujours été un Loup, oui, à moins que vous comptiez l'année passée en régiment de travail.

— Les rouages de la Région Militaire Sud bougent lentement, mais avec beaucoup d'efficacité, dit Lake.

Elle faisait tourner le bout de son crayon entre ses lèvres tout en lisant. Elle releva les yeux et cessa ce manège.

— Désolée, un vieux tic.

Elle termina sa lecture et griffonna une étoile dans le coin supérieur droit du premier feuillet.

— Ce qui signifie « intéressant », expliqua-t-elle. Je le fais ainsi monter à l'échelon supérieur.

— Et si vous lui aviez accordé deux étoiles ?

— « Menace immédiate », répondit Lombard.

— Or je ne vois rien de tel dans votre rapport, reprit Lake. La Région Sud a d'autres feux plus proches à éteindre. Merci quand même d'avoir attiré notre attention sur ces éléments. Je vais voir si je peux retrouver le rapport de cette Féline, et j'enverrai les deux ensemble. Merci de l'avoir amené, Bone.

Valentine avait fait tout ce qu'il pouvait. Avec un peu de chance, il avait donné assez d'élan à son histoire pour que la Croix Torse soit étudiée de plus près. Il remercia le sergent Lake du temps qu'elle lui avait consacré, et Lombard l'escorta jusqu'à la porte. Un chat tacheté se frotta contre sa botte pendant que le pisteur cherchait sa clé.

— Pourquoi tous ces chats, Bone ?

— À cause des souris. Elles adorent se goinfrer de papier. Et le papier, ce n'est pas ce qui manque ici.

— Dites, vous croyez que je suis tombé sur quelque chose d'important ?

Lombard ôta ses lunettes et en essuya posément les verres avec un pan de sa chemise, qu'il ne prit pas la peine de glisser ensuite dans son pantalon.

— Oui. Tout ce qui est capable d'encercler et de décimer une section de Loups représente un danger réel. Mais l'histoire de votre Féline… C'est du ouï-dire. Être en opération des mois d'affilée dans la Zone Kuriane, en solo, c'est largement suffisant pour perturber le jugement de n'importe qui. J'ai déjà lu quelques rapports de Félins et… certains semblent être le produit d'un esprit malade.

— Vous ferez en sorte que ce dossier ne soit pas enterré ?

— Je ne suis qu'un filtreur, comme je vous l'ai dit. Mais je ferai de mon mieux, oui.

Ils se séparèrent sur une poignée de main, à l'entrée du musée.

Le soleil s'était imposé dans le ciel, et Valentine transpira abondamment lors de son retour à la pension.

— Vous avez raté un messager, Valentine, lui annonça Donna Walbrook dès qu'il rentra au *Repaire de Donna*, et elle lui tendit une enveloppe scellée. Quand elles arrivent par coursier spécial, les nouvelles sont rarement bonnes.

Il lut l'adresse de l'expéditeur. Bureau du colonel. Peut-être avait-on décidé d'abréger sa permission pour lui confier le commandement d'une Compagnie Foxtrot reconstituée. Après le combat que ses membres avaient livré à Little Timber Hill, Foxtrot méritait de vivre. Il rompit le sceau.

Mme Walbrook l'observait sans rien dire, pendant qu'il lisait. En voyant son expression changer, elle lui tapota gentiment l'épaule.

— Désolée, mon garçon. On vous annonce la mort de quelqu'un de votre connaissance ?

— J'ai ordre de me présenter à Montgomery la semaine prochaine, fit-il ; mais la suite lui fut plus difficile à exprimer. Sous escorte. Une commission d'enquête va être nommée pour faire toute la lumière sur mes « agissements ». Je vais passer devant un tribunal militaire.

Chapitre 4

Sud du Missouri, avril : même les îlots d'humanité encerclés par la mer sanglante de l'Ordre Kurian ne rappellent plus le passé paisible. Les comptoirs et les villes sont agencés comme des villages médiévaux, avec des bâtiments solides regroupés ; ils ressemblent à un troupeau d'éléphants devant la menace, dont les défenses et l'épaisseur du cuir seraient tournés vers l'extérieur, tandis que les mères et les petits s'abriteraient au centre. Les gens prennent soin de rentrer avant la tombée de la nuit, et ils ne font confiance qu'aux visages connus. Quelques radios et des imprimeries encore plus rares diffusent les dernières nouvelles. Une conversation téléphonique relève de l'exceptionnel. Les plus anciens et la communauté fournissent aux petits exploitants presque tout le nécessaire, du système éducatif aux commodités sanitaires.

Près du « mur » nord de la petite ville de Montgomery, nichée au pied des collines pittoresques des Ozark, dans le sud du Missouri, l'école primaire Jackson est un des bâtiments les plus anciens et les plus solides de l'endroit. D'une architecture peu inspirée mais construite en briques épaisses, elle protège le côté nord d'une des dernières cités établies dans le Territoire Libre d'Ozark. Murées, les fenêtres des salles de cours ont été transformées en meurtrières pour les fusils. Les inévitables sacs de sable se trouvent à portée de main, sur des étagères. Une série de ces salles de classe donne sur une cour de récréation débarrassée de ses balançoires et de ses arbres. Le toit de l'école est recouvert d'un écran incliné constitué de traverses de chemin de fer ignifugées qui, avec la tour de guet haute de neuf mètres, sont les seuls ajouts à l'établissement depuis son édification, un demi-siècle plus tôt.

À l'intérieur du bâtiment, dans la vieille bibliothèque qui en occupe le niveau inférieur, trois longues tables au bois éraflé ont été disposées pour former un U. Au centre, côté extérieur, une femme vêtue d'une lourde veste militaire, le visage sévère, est assise devant trois petites piles de documents manuscrits et dactylographiés, qu'elle trie avec l'aide d'un jeune officier. À sa gauche, un autre gradé à la chevelure grisonnante patiente, l'air important, les doigts entrecroisés sur le bord de la table. D'un regard las, il contemple, dans l'espace laissé par le U, une quatrième personne.

L'objet de son attention est David Valentine. Il a enfilé ce qu'un officier des Loups peut posséder qui se rapproche le plus d'un uniforme : un pantalon bleu à pli, des bottes et une chemise blanche fraîchement repassée. Ses cheveux d'un noir brillant sont tirés en arrière sur son crâne et serrés dans une queue-de-cheval stricte, par respect pour les circonstances. Aucun des membres de la Compagnie Foxtrot ne se trouve à Montgomery, mais si l'un d'eux était présent il saurait instantanément que le jeune lieutenant contient sa colère à grand-peine. Il a la tête légèrement baissée et les mâchoires crispées, et il arbore l'expression figée d'un taureau blessé qui s'apprête à tenter une dernière charge contre le matador. Un officier de la Garde se tient à son côté et lui parle tout bas à l'oreille.

Le colonel Elizabeth Chalmers, si l'on en croit la rumeur, rédactrice du livre sur la jurisprudence militaire pour la Région Sud, s'éclaircit la voix. D'après ce qui avait précédé, Valentine en déduisit que ce son discret équivalait pour elle au coup de maillet du juge qui réclame le silence dans son tribunal.

— Cette enquête préliminaire arrive à son terme, déclara-t-elle à l'adresse de l'homme âgé qui observait fixement le Loup. Vous avez eu la tâche désagréable de fournir des éléments à l'appui des accusations proférées par le capitaine Beck contre le lieutenant Valentine. À savoir qu'à la date qui nous occupe, ledit lieutenant Valentine a délibérément et sans raison contrevenu aux ordres et a quitté Little Timber Hill avec ses hommes, ce qui a eu pour effet de transformer la victoire chèrement acquise de la Compagnie Foxtrot en une défaite.

Deux semaines auparavant, David avait eu le choc de sa vie en apprenant que Beck, depuis son lit d'hôpital, demandait qu'il soit mis en accusation. Pendant la durée de l'enquête destinée à déterminer si un tribunal militaire devait être convoqué, le jeune lieutenant en était arrivé à comprendre que son supérieur direct usait de ce stratagème pour dissimuler la débâcle de Little Timber Hill. La Compagnie Foxtrot, qu'on avait eu tant de mal à reconstituer et former durant l'année précédente, était de nouveau amputée de plus de la moitié de son effectif et non opérationnelle pour la Région Sud, au moins jusqu'au mois de décembre. La procédure ouverte contre un subordonné ayant désobéi permettrait de dresser un écran de fumée devant ce qui s'était réellement passé.

Qui sait, se dit Valentine avec une pointe d'humour noir, *peut-être même que Beck en tirera une promotion…*

Le capitaine McKendrick, du bureau de l'avocat général – où travaillait l'équipe réduite de juristes qui s'occupait de la plupart des affaires de justice civile et militaire dans le Territoire Libre –, avait été assigné à Valentine en tant que son « ami et porte-parole ». Les conseils qu'il lui avait glissés étaient simples : « Fermez-la le plus possible », et : « Le colonel Chalmers préfère qu'on emploie le terme "monsieur" et non "madame" quand on s'adresse à elle. »

Il n'inspirait guère confiance à David. Surtout depuis que celui-ci savait que, s'il était déclaré coupable devant ce tribunal, il risquait le peloton d'exécution.

La voix de l'officier supérieur le tira de ces réflexions amères.

— Capitaine Wilton, merci de bien vouloir récapituler.

Le représentant de l'accusation se leva avec effort, sans parvenir à redresser totalement sa silhouette de grand-père, et il commença, d'une voix lente :

— Oui, monsieur. Je pense que nous devrions nous concentrer sur deux éléments essentiels. Le premier étant que le 16 mars, soit le jour en question, la Compagnie Foxtrot a été victorieuse à Little Timber Hill. En bonne partie grâce au courage dont a fait preuve le lieutenant Valentine ici présent, les assauts successifs des Grogs ont été repoussés. Leurs attaques se sont faites de moins en moins nombreuses à mesure que la journée avançait, jusqu'à ce qu'ils en soient réduits à des tirs de snipers et de mortiers. Le rapport établi par le lieutenant Valentine, qui a été lu précédemment, l'expose parfaitement. L'ennemi était vaincu, et il le savait.

— Colonel, je vous en prie, dit le conseiller de David, aucune preuve ne vient étayer cette dernière affirmation.

— Ne laissez pas la rhétorique vous égarer, messieurs, intervint le colonel Chalmers. Restons-en aux faits, je vous prie. Il ne sera pas tenu compte de la mention des Grogs vaincus, laquelle mention sera effacée du compte-rendu.

— Je vous demande pardon, colonel. Mais j'aurais agi de même, et j'ai servi sur le terrain la majeure partie de ma carrière. Le capitaine Beck a été blessé, et quelques minutes après, le lieutenant Valentine a rassemblé les subordonnés disponibles pour mettre sur pied un mouvement de repli. En dépit du fait que le capitaine Beck avait ordonné de tenir la colline, avant de transmettre temporairement son commandement à cause de ses blessures.

— Colonel, monsieur…, commença McKendrick en levant la main.

— Vous aurez l'occasion de vous exprimer, capitaine McKendrick, l'interrompit aussitôt Chalmers. Veuillez poursuivre, capitaine Wilton.

— Les raisons pour lesquelles le lieutenant a désobéi aux ordres de son supérieur sont expliquées dans son rapport. Cette Féline de l'Oklahoma pensait qu'une sorte d'« unité paramilitaire de Faucheurs », je cite, dit Wilton en lisant le rapport, rejoindrait les lieux vers minuit, et qu'elle avait déjà anéanti la section du lieutenant Caltagirone. Malheureusement, cette Féline a disparu aussi vite et aussi mystérieusement qu'elle était arrivée.

Il laissa s'écouler quelques secondes pour souligner l'importance de ce détail.

— Nous savons qu'elle n'est pas une création de l'imagination du lieutenant. Et les histoires sur des Faucheurs qui agiraient différemment de tout ce que nous savons d'eux peuvent apparaître plus effrayantes qu'ici, quand vous êtes sur le champ de bataille et que des Grogs rôdent dans les bois alentour. Le lieutenant Valentine a donc agi selon ces renseignements, quelles que soient ses raisons personnelles de le faire…

David serra les dents et enfonça les ongles dans ses cuisses pour s'empêcher de prendre la parole.

— Il a donc abandonné une position défensive solide pour partir de nuit avec une longue colonne à travers une zone dans laquelle les forces et la position de l'ennemi lui étaient inconnues. Je pense que nous devrions estimer avoir de la chance qu'ils en aient réchappé.

» Bien évidemment, je laisse au colonel le soin de décider si ce mouvement de repli de Little Timber Hill constitue un acte méritant un passage devant un tribunal militaire.

Chalmers se tourna vers Valentine et son porte-parole.

— Capitaine, êtes-vous prêt à donner vos conclusions, ou devons-nous interrompre la séance afin que vous puissiez relire les pièces du dossier avant de prendre la parole ?

McKendrick se mit debout.

— Colonel, j'estime que rien ici ne justifie le passage du lieutenant devant un tribunal militaire. En fait, son audition n'aurait jamais dû avoir lieu. L'accusation de désobéissance aux ordres n'a aucun sens, puisque, au moment où il a pris le commandement, quand le capitaine Beck a été blessé, aucun gradé de rang supérieur au sien n'était présent. Dès cet instant les seuls ordres auxquels il pouvait désobéir étaient donc les siens.

» Le lieutenant Valentine est officier au sein des Loups, un honneur qui signifie que nous lui faisons confiance pour prendre les bonnes décisions concernant les vies dont il a la charge. En tant qu'officier commandant, il a choisi d'abandonner la position, exactement comme le capitaine Beck a ordonné de la tenir. Sur le terrain, les Loups opèrent généralement en dehors de toute structure formelle de commandement. Il n'avait personne à qui en référer, aussi s'est-il fié à sa propre estimation de la situation. Il a pris la bonne décision, selon moi, mais même ce point est sans importance dans le cadre de cette enquête. Une seule poignée de Loups a plus de valeur pour nous que tous les Grogs partis prendre cette colline pour les Kurians. J'ajoute que ces vagues d'assaut ennemies ont reçu des renforts, comme le prouvent les tirs d'artillerie qui ont commencé dans l'après-midi.

» Quant à savoir si les derniers ordres du capitaine Beck devaient être exécutés, je reconnais qu'il est dans la tradition militaire de suivre les instructions d'un officier commandant blessé qu'on évacue du front. Mais nous parlons ici de tribunal militaire, et d'une sentence qui pourrait mener ce jeune officier devant un peloton d'exécution. C'est pourquoi nous devons nous montrer très circonspects dans la manière dont nous appliquons la loi, plutôt que la tradition.

» Quand le lieutenant Valentine a pris le commandement, aucun de ses actes ou décisions n'a violé le règlement établi ou les procédures d'urgence, qui par définition sont légales. Nous avons déjà vu des colonels de la Garde ordonner le repli de leurs troupes malgré les ordres contraires de leur commandement immédiat, et dans chaque cas nous nous en sommes remis au jugement de l'officier qui se trouvait sur le terrain. Cette enquête ne devrait donc pas aller plus loin. Le fait qu'elle en soit déjà à ce stade révèle bien mieux la personnalité de l'officier responsable de ces accusations que je ne saurais le faire…

— Colonel Chalmers ! C'est…, protesta Wilton, mais Chalmers le fit taire d'un geste.

— Capitaine McKendrick, c'est le cas du lieutenant Valentine qui est étudié ici, pas celui du capitaine Beck. Il me semble que c'est la deuxième fois que je dois vous le rappeler. Je veux que ces dernières remarques soient effacées du compte-rendu, dit-elle au jeune officier qui remplissait le rôle de greffier. Une autre déclaration de ce genre, et j'ordonnerai que cette censure de vos propos figure dans le compte-rendu. Veuillez poursuivre.

David aurait préféré retourner au camp retranché de Little Timber Hill plutôt qu'être l'objet de ces tirs croisés en pleine audience. Il s'agita un instant sur son siège. Il avait un goût âcre dans la bouche.

— Merci, colonel, dit son défenseur. Je voulais simplement souligner qu'il convient de garder à l'esprit l'intérêt de notre institution. Si nous handicapons nos officiers en les déférant devant un tribunal militaire pour les décisions prises sous le feu ennemi, nous aurons bientôt des unités de Loups au comportement très timoré. Le lieutenant Valentine s'est trouvé à Little Timber Hill ; pas nous. De plus, il y assumait le commandement. Le punir pour avoir exercé ce commandement serait pure folie.

McKendrick se rassit sur sa chaise et l'avança légèrement, d'un geste résolu.

Le colonel Chalmers contempla les documents étalés sur la table devant elle.

— Lieutenant Valentine, avez-vous quelque chose à déclarer avant que je prenne ma décision ?

McKendrick le poussa un peu du coude et secoua la tête de manière presque imperceptible.

David se leva pour répondre :

— Non, je vous remercie, monsieur.

— En ce cas, veuillez passer dans la salle d'attente pendant que je m'entretiens avec les capitaines.

— Monsieur, salua David avant de quitter la salle.

Dans la petite pièce adjacente, il eut l'agréable surprise de découvrir un visage connu. Baker, le Loup qui l'avait secondé dans l'attaque de Rigyard, était étendu de tout son long sur le canapé et lisait un livre au papier jauni.

— Salut, lieutenant. Quelles sont les nouvelles ?

Cette présence fut pour Valentine comme une brise fraîche dans la fournaise de l'enfer, mais il ne se départit pas de son stoïcisme de façade.

— Baker ! Que faites-vous ici ? Foxtrot n'est pas supposée être au camp de rassemblement, pour trouver des remplaçants ?

— J'ai quitté la Compagnie Foxtrot, monsieur. J'ai obtenu ma mutation dans les Commandos de la Logistique.

— Vous, un pique-assiette ?

— Mouais. « L'épine dorsale de l'armée est l'élément non commissionné », et tout ça, mais nous avons aussi besoin de viande, et de chaussures qui ne soient pas taillées dans des pneus usagés.

— Bonne chance, alors, où qu'on vous envoie. Vous manquerez aux Loups.

Baker haussa ses épaules massives, en un mouvement qui évoquait celui d'une tortue rentrant dans sa carapace.

— J'ai aimé servir sous vos ordres, mais bon sang, sans vous et cette Féline nous serions tous morts. Et comment vous remercie-t-on pour ça ? On vous fait comparaître devant un tribunal militaire.

— Ce n'est pas un tribunal militaire. Une « enquête préliminaire ». Il y a une différence.

Les mots lui étaient venus naturellement aux lèvres, il se les était répétés des centaines de fois durant la semaine écoulée.

Une enquête préliminaire n'est pas un peloton d'exécution.

Baker se mit à fouiller dans son sac à dos.

— Où ai-je mis ça… Ah, voilà. Tenez, monsieur Valentine, je vous ai apporté un peu de moral en liquide, fit-il en exhibant une carafe bouchée, de taille très honnête. Et ce n'est pas du tord-boyaux, mais du véritable whiskey du Kentucky. Chaque homme de la section en a acheté à un marchand itinérant. Bill Miranda, de la Deuxième Escouade, a grandi au Kentucky. Il l'a goûté et a confirmé que c'était de l'authentique. Il l'a goûté plusieurs fois, pour tout dire, mais nous nous en étions procuré en assez grande quantité, et personne n'a pensé que vous nous en voudriez s'il en manquait une ou deux gorgées. Un petit coup, pour vous rendre compte par vous-même ?

— J'aimerais bien. Mais je dois repasser devant la commission d'enquête, et ce n'est pas le moment de me montrer ivre.

Ils bavardèrent de sujets anodins concernant la section et la compagnie, depuis les garçons au visage encore lisse qui allaient devenir des Loups jusqu'au manque de couvertures dignes de ce nom, pour remplacer celles perdues.

— Celles du dernier lot se transformaient en bouillie dès qu'elles prenaient l'humidité, se plaignit Baker. Comment diable fabriquent-ils des couvertures à partir de sciure de bois ? Ça reste un mystère pour moi. Elles s'effilocheraient si seulement elles contenaient des fibres. Est-ce que toute la laine est réservée aux jolis uniformes des Gardes ?

Le jeune greffier passa la tête par la porte qu'il venait d'entrebâiller.

— Ils ont fini de délibérer, lieutenant.

— Bonne chance, monsieur, dit Baker qui avait subitement retrouvé tout son sérieux.

Alors qu'il retournait dans la salle où siégeait la commission d'enquête, flanqué du sténographe, d'un pas lent digne d'une marche nuptiale, Valentine refréna son envie de demander quel était le verdict. Il le découvrirait bien assez tôt, et la dernière chose dont il avait besoin était que le jeune greffier s'apitoie sur le sort de ce Loup aux nerfs peu solides.

Il se tenait debout, au centre du U formé par les tables, face aux trois gradés impassibles.

— Lieutenant Valentine, commença le colonel Chalmers, à tous égards vous êtes un jeune officier de valeur. J'ai essayé de voir si nous pouvions conclure votre comparution ici par une simple réprimande. Les faits qui alimentent cette affaire se trouvent dans votre propre rapport, que vous avez affirmé être l'exact reflet de la vérité, à savoir que le capitaine Beck vous a ordonné de tenir Little Timber Hill en votre qualité de nouveau commandant de la Compagnie Foxtrot. Parce que vous reconnaissez avoir entendu et accepté cette instruction, j'ai décidé qu'il reviendrait à un tribunal militaire de décider si vous y avez désobéi ou non.

Le cœur de Valentine se serra. Innocent ou coupable, son seul passage devant un tribunal militaire ruinerait sa carrière. Aucun commandant ne voudrait avoir sous ses ordres un Loup dont l'aptitude à obéir avait été l'objet d'un procès devant une telle instance.

—Néanmoins j'ai encore quelque pouvoir. Je vais vous offrir le choix entre deux solutions. Vous acceptez de comparaître devant le tribunal militaire, et vous courez votre chance. Si cela a une quelconque importance, sachez que votre ami ici présent, le capitaine McKendrick, a proposé d'assurer votre défense devant la cour. Par ailleurs vous serez sans doute intéressé d'apprendre que le capitaine Wilton est lui aussi tout à fait disposé à mettre ses talents à votre service. Vous pouvez donc en déduire que l'officier enquêtant suite à la plainte déposée contre vous est très compréhensif à votre égard.

» Je vous donne aussi la possibilité de démissionner, plutôt que de comparaître. Vous pouvez servir discrètement en qualité de Loup, ou dans une des autres branches de l'armée, ou encore retourner chez vous, dans le Minnesota. Je vous conseille d'étudier cette option. D'après mon expérience personnelle, une comparution devant le tribunal militaire est toujours chose risquée, et aucune des deux parties n'en ressort indemne. Qu'en dites-vous, lieutenant ?

Durant quelques secondes il eut l'impression que toute la pièce tanguait autour de lui, mais il se ressaisit très vite.

— Puis-je disposer d'un jour de réflexion, monsieur ?

— Bien sûr. J'ai une audience demain, sur une histoire de vol de biens civils, et je crois qu'il y aura deux autres affaires à traiter avant que je reprenne la route. Vous avez donc un peu de temps pour me donner votre réponse. Je vous souhaite bonne chance, lieutenant Valentine.

Elle se leva, aussitôt imitée par Wilton et McKendrick, et quitta la pièce par la porte située à l'arrière, d'une démarche singulière due à sa jambe artificielle. Avec elle disparut le formalisme de l'audience.

— Une véritable honte, Valentine, dit Wilton dès qu'elle eut clos la porte. Le colonel du Deuxième Régiment aurait dû faire fermer son clapet à Beck. Il a des amis en haut lieu ?

— Je l'ignore, monsieur.

McKendrick s'avança, et David lui tendit la main.

— Sérieusement, vous avez des ennemis haut placés, Valentine ? Je ne comprends pas pourquoi on n'en reste pas là. Elle aurait dû froisser cette plainte et la mettre au feu. C'est généralement ce qu'elle fait.

— Capitaine, vous voulez boire un coup ? lui proposa David. Il y a assez de bourbon pour vous aussi, capitaine Wilton.

— Non, merci, mon garçon, répondit le vieux militaire. Le bourbon me donne des aigreurs d'estomac.

— Bien, dit McKendrick. Il y en aura plus pour nous, en ce cas.

Ces libations improvisées, que Valentine baptisa « Veillée mortuaire en hommage au grade de lieutenant de David Valentine, qu'il repose en paix », se terminèrent aux environs de 2 heures du matin. Baker s'était éclipsé vers minuit en compagnie d'une charmante « veuve » qui s'était jointe à eux dans un bar miteux situé juste à l'extérieur de l'enceinte de Montgomery. Mais pas avant d'avoir confié sa montre de gousset et une grande partie de son argent liquide à Valentine. Ivre, McKendrick se révéla amateur de plaisanteries obscènes qu'il récitait d'une voix tonitruante à chaque nouvelle tournée, mais il épuisa très vite son stock.

— Plus fort souffle le vent, plus vite il s'essouffle, fit David à l'adresse de ses compagnons, sans trop savoir s'il citait quelqu'un d'autre ou lui-même.

Il partagea ce qui lui restait de bourbon avec les piliers de bar et les bons à rien de Montgomery, s'assurant de leur amitié éternelle le temps des effets de l'alcool.

L'endroit n'était en fait qu'une cabane de grandes dimensions, et il ne semblait pas y avoir de propriétaire. L'homme qui les avait servis alla se coucher à minuit. Retourner jusqu'à sa chambre dans la vieille école paraissait à David un effort démesuré, et le linoléum crasseux semblait beaucoup plus accueillant que n'importe quel lit. De toute façon, des draps propres ne méritaient pas un tel trajet. Et puis, au moins pour quelque temps encore, il était un Loup, habitué à dormir à la dure. Quand il se fut allongé, depuis le monde tournoyant au-dessus de lui, une voix féminine vaguement familière dit, d'un ton sarcastique :

— C'est toujours ta façon de réagir à une mauvaise nouvelle, lieutenant ?

— Je suis le roi des mauvaises nouvelles, ma chère. Demande à mes parents. Demande à Gabby Cho. Je suis le roi Midas et l'ange de la Mort à moi tout seul. Tout ce que je touche… meurt.

— Ah, l'ivrogne jovial. Mon préféré. Allez, Le Spectre, on se lève.

Elle le remit sur pied. Malgré les vapeurs de bourbon, Valentine remarqua la force que son corps mince avait déployée avec aisance. Et elle sentait bon, aussi, un léger parfum de savon.

— Hein ? fit-il, pas très sûr de vouloir être relevé par la Féline qu'il connaissait sous le surnom de « La Fumée » – même si son odeur était attirante. Ils m'appelaient comme ça, chez les Loups. Ce que je ne suis plus, et ce que tu n'es pas.

— Tu viens avec moi, lieutenant. Je ne peux pas te laisser te faire du mal, pas sous ma garde, en tout cas.

David dissipa un peu le brouillard alcoolisé avec un effort de volonté et en aspirant l'air froid des Ozark. C'était bien La Fumée, la Féline de Little Timber Hill.

— D'accord, d'accord, je vais bien. Eh, comment es-tu arrivée ici ? Ta déposition m'aurait été bien utile aujourd'hui, tu sais. Mon trou-du-cul de capitaine a l'intention de sauver sa prochaine promotion en m'envoyant devant un peloton d'exécution.

Elle l'emmena dans une maison à moitié effondrée sur une colline qui dominait Montgomery. Les branches d'un arbre passaient à travers une fenêtre et maintenaient debout le dernier pan de mur.

— Le sous-sol est mieux, dit-elle en ouvrant une porte et en l'aidant à descendre l'escalier qui se trouvait derrière.

Les braises d'un feu mourant rougeoyaient dans un vieux grill portatif placé au centre de la cave, et les volutes de fumée étaient aspirées par le conduit d'une chaudière disparue.

— Tout le confort moderne. Il y a même une cuvette. Avant d'arriver ici, voici trois jours, je ne m'étais pas lavée à l'eau chaude depuis un mois. Il a fallu que je tue quelques rats pour m'installer. Mais je crains qu'ils préparent une contre-attaque.

Elle ranima le foyer et contempla la danse des petites flammes orangées pendant un long moment.

Valentine s'écroula dans un coin, sur un tas de vêtements sentant le moisi.

— Voici trois jours ?

— Oui. J'ai suivi tout le déroulement de ton audience.

— Marrant, je ne t'ai pas remarquée, dans la pièce. Tu t'étais déguisée en colonel ?

— Valentine, tu parles à une Féline. Le crétin de la Milice dans le mirador ne verrait pas passer cent Harpies volant en formation par temps dégagé, alors il n'y avait pas de risque qu'il m'aperçoive quand je me suis glissée à l'intérieur du bâtiment avant l'aube. J'ai déniché un endroit du sous-sol jusqu'auquel les échos du rez-de-chaussée parvenaient, et j'ai écouté. Nous autres, Félins, avons l'ouïe presque aussi fine que vous, les Loups, tu sais. Tu n'as pas dit grand-chose pour ta défense.

— Je ne voulais pas gâcher leur plaisir. Ils se sont bien amusés à me disséquer.

— Quel vocabulaire... Tu es un vrai dictionnaire ambulant, Valentine. Moi aussi, je sais lire, et je l'ai beaucoup fait, ces derniers temps. J'ai étudié certains de tes rapports dont la copie se trouve au Miskatonic Hall. Je commence à croire que nous étions destinés à nous rencontrer.

Elle évita de le regarder et entreprit de préparer leurs lits.

— Comment ça ?

— Je te l'expliquerai quand je me serai reposée et que tu auras dessaoulé. Je suis trop fatiguée, pour l'instant.

— Donne-moi au moins un avant-goût.

— Non. Dans l'état où tu es, tu ne t'en souviendrais pas, de toute façon.

Elle se glissa dans son sac de couchage.

— Brrr. J'ai attendu que tu sortes de ce trou à rats pendant des heures. Qu'est-ce que tu vas leur dire, demain ? J'ai remarqué que tu n'avais demandé conseil à personne.

Tout en réfléchissant, il se frotta le menton, qu'une ombre de barbe rendait râpeux.

— Ils veulent m'enfoncer pour avoir ordonné de battre en retraite. J'envisageais de ne pas me laisser faire. Beck devra venir témoigner, et j'ai quelques questions à lui poser.

— Rends-toi service, Valentine. Démissionne, tout simplement. Ne fais pas de vagues. Il y a des choses plus importantes en jeu que ton petit ego.

— Eh, une seconde ! De quel droit tu me parles sur ce ton ? J'ai quatre ans de service chez les Loups. Je ne vois pas en quoi mon choix présente un intérêt pour toi.

— Valentine, tu devrais dormir. Nous parlerons demain. Alors reste tranquille, avant que je commence à me poser des questions.

— À propos de questions, tu ne m'as jamais dit ton nom.

— Duvalier. Alessa Duvalier.

— J'ai apprécié ton aide, Duvalier. Je ne t'avais jamais remerciée pour ça.

Il tendit la main et la referma amicalement sur l'épaule de la jeune femme.

— Ne pousse pas trop loin ta chance.

Il retira sa main. *Une garce plaquée or.*

— Je voulais parler de ce qui s'est passé dans l'Oklahoma. Tu as sauvé…

— Les Félins ont besoin de repos. Bonne nuit, Valentine.

Sertie de diamants.

Frustré, il s'enroula dans une couverture et s'abandonna aux effets de l'alcool. Il tourna le dos au feu, avec l'impression de se trouver au fond d'un canoë descendant en eau vive. Le

Loup et la Féline évacuèrent leur hostilité mutuelle par de longues inspirations régulières. Alors qu'il dérivait vers des eaux plus calmes, David nota qu'ils respiraient à l'unisson.

Au cours de l'année écoulée, il n'avait pas senti cette odeur délicieuse plus de deux ou trois fois. Aussi, l'arôme qui se dégageait de la cafetière à pression posée sur le feu le réveilla très vite.

Duvalier le vit qui redressait la tête.

— Je me suis dit qu'un peu de café ne te ferait pas de mal. Heureuse de constater que tu n'es pas de la catégorie des ivrognes qui vomissent le lendemain de leurs exploits.

Il avait un goût désagréable dans la bouche, et une haleine à tuer un bœuf.

— Il est encore très tôt. Impossible que ce soit du café.

— Tu serais étonné de tout ce que j'arrive à trouver dans la ZK. Tiens.

Elle lui en servit une dose généreuse dans un bol en plastique éraflé. Valentine se demanda s'il était supposé le laper, mais il finit par réussir à en avaler un peu sans se brûler les lèvres.

Le goût stimulant de la boisson lui rendit le matin un peu plus agréable.

— Déjà lu des romans policiers ? demanda-t-il.

Elle secoua la tête.

— Là où je me balade en général, j'ai de la chance quand je trouve à parcourir une vieille notice de lave-vaisselle.

— Ce sont des histoires dans lesquelles des héros très malins résolvent des meurtres mystérieux. Ils parviennent toujours à repérer un petit détail qui a échappé à tout le monde. Quand tu commences à en lire un, ça devient très vite une sorte de drogue.

— Et ?

— Voici ce que je veux dire : je me sens comme un de ces idiots qui attendent qu'on assemble les pièces du puzzle sous leur nez.

Elle étala quelque chose dans une poêle et fouilla dans son blouson.

— Ton « dossier Q » dit que tu es cultivé. J'aimerais pouvoir t'aider, mais il manque quelques pièces à mon propre puzzle. Peut-être qu'ensemble nous pourrons remplir les blancs.

Leurs regards se croisèrent, mais elle n'en dit pas plus.

Déprimé, nauséeux, harcelé par une vague migraine, Valentine aurait aimé passer le reste de la journée couché, comme il le faisait dans le Minnesota, durant les longs hivers où il n'y avait pas grand-chose à faire sinon lire pour occuper les jours trop courts et les soirées interminables.

Elle cassa deux œufs dans la poêle, et immédiatement ils se mirent à grésiller dans la graisse chaude. Son visage aux traits d'elfe semblait très concentré tandis qu'elle remuait les œufs à l'aide d'une spatule sans manche.

— Ne prends pas l'habitude de ce régime. Je ne sais pas si c'est parce que je suis désolée pour toi, ou parce que je sais ce qu'est une gueule de bois. Il y a peut-être quelques traces de moisissure sur le pain, mais j'ai piqué ce matin même ces œufs tout frais pondus à un honnête citoyen de Montgomery. La seule chose que j'aie échangée, c'est le café, mais je ne peux pas m'en passer. Sinon, je fais tout pour que ma présence ici soit des plus discrètes. Je n'ai qu'une assiette, alors je mangerai dans la poêle, si tu n'y vois rien à redire.

Elle plaça un œuf dans l'assiette et lui donna un morceau de pain à la surface parsemée de petites taches verdâtres. Il trempa le second dans le premier et engloutit l'ensemble poisseux.

—Excellent, merci.

—Tu l'aimes comme ça, hein ? fit-elle avec un sourire, et elle avala un morceau de pain imbibé de jaune. Bon, comment veux-tu que je te raconte toute l'histoire ? En partant de maintenant pour remonter jusqu'au début, ou dans l'ordre chronologique ?

—Je ne crois pas que je serai capable de penser à l'envers, alors autant commencer par le commencement.

—Tu as raison, ce sera plus clair. J'ai relevé quelques détails intéressants en lisant tes rapports. Il y a quatre ans, peu après être devenu un Loup, tu as eu un accrochage. Tu es tombé sur des Faucheurs qui traquaient un Félin dans le delta de la Yazoo.

—Oui. C'est là que j'ai vu pour la première fois le symbole de la Croix Torse.

—Au début, nous avons pensé qu'il s'agissait seulement d'une nouvelle faction venue de Kur. Il leur arrive d'utiliser de petits symboles pour signaler leurs maisons, ou leurs clans, ou tout autre lieu dans lequel les Kurians se regroupent.

Elle consulta un calepin à couverture de cuir semblable à celui qu'il avait jadis vu entre les mains d'un serveur de restaurant, à Chicago.

—L'été où tu as fini par te cacher dans le Wisconsin, un des Territoires Libres avec lequel nous étions en relation a brusquement cessé toute communication. C'était une petite enclave, une ou deux vallées dans les Smoky Mountains. Des éclaireurs du Territoire Libre de Nouvelle-Angleterre ont découvert des tombes de Collabs, et des fosses communes. Les Collabs qu'ils ont déterrés portaient l'insigne de la Croix Torse sur leur uniforme. Un svastika, c'est le nom qu'on lui donne aussi, paraît-il. Les Félins ont donc ouvert l'œil, et de temps à autre ils ont repéré ces Collabs particuliers dans d'autres parties du pays. L'insigne n'était donc pas celui d'un seul groupe isolé au service des Kurians.

» Les gens du Miskatonic Hall pensent possible que les Kurians aient utilisé certains de leurs Collabs pour créer une variante de Faucheurs humains. Une force de frappe spécialisée, si tu veux.

Elle posa sur lui un regard attentif, dans l'attente de sa réaction.

— Est-elle sous les ordres d'un certain « Général » ?

Elle parut désorientée.

— Où as-tu entendu ça ?

— Je le tiens d'un vieux cheminot que nous avons fait sortir de l'Oklahoma. Un type aux idées assez confuses, qui n'avaient pas grand sens la plupart du temps, c'est pourquoi j'ai passé ce détail sous silence dans mon rapport. Bref, il a rencontré des Collabs portant la Croix Torse dans un dépôt ferroviaire. Ils l'ont amené devant ce Général, qui a décidé de le faire exécuter, par précaution.

Duvalier avala son reste de pain et d'œuf.

— Nous avons entendu parler de ce Général ici et là. À mon avis, c'est un Collab très haut placé. Donc ils auraient un train spécial ?

— Oui, d'après le cheminot c'est même un train de belle taille.

— Ce qui ne colle pas avec le reste. De ce qu'on sait au Miskatonic Hall, ils se déplacent par petits groupes, sans armement lourd ni grosse escorte. Est-ce qu'ils chercheraient seulement à se faire passer pour des convoyeurs de marchandises ?

— Je préfère les faits aux hypothèses, dit Valentine avant de revenir au sujet auquel il avait beaucoup pensé ces derniers temps. Que s'est-il passé à Little Timber Hill après ton retour ?

— J'y venais, justement, parce que je pense que c'est important. J'ai alimenté les feux et j'ai tiré sur les Grogs depuis diverses positions. Ils ne sont pas venus durant la nuit. Quelques Harpies ont survolé les lieux sans prendre le risque de descendre assez bas pour bien voir le camp, si bien qu'elles ne se sont jamais aperçues que la redoute était déserte.

— Bien avant l'aube, vers 3 heures du matin, huit Faucheurs ont gravi la colline. Je me suis contentée de me cacher et d'observer. Ils étaient puissamment armés, avec des kalachnikovs à chargeur courbe.

» Mais voici le plus bizarre : ils arrivent au sommet, et là ils sont… désemparés. Je n'ai jamais vu un Faucheur qui ne sait pas ce qu'il doit faire. Alors ils se regroupent, et ils discutent. Qui a jamais entendu dire que les Crânes Noirs bavardent entre eux ? D'habitude, quand on en voit un groupe, ils sont tous les marionnettes d'un même Kurian, et ils n'ont pas besoin de se parler. Pourtant ils avaient ces mêmes voix chuintantes. Si ceux-là étaient des hybrides de Faucheurs et d'humains, ils avaient laissé tomber le côté humain. Pour moi, il s'agissait de Faucheurs semblables à tous ceux que j'ai déjà vus. Mais ils ne se conduisaient pas comme les autres.

Valentine posa son assiette sur le sol devant lui.

— Comment t'en es-tu tirée ?

— Ils ont suivi ta piste et envoyé les Grogs. J'ai simplement filé vers le sud pendant qu'il faisait encore nuit. Je voulais avoir une autre discussion avec les gens du Miskatonic Hall, et j'ai pris une barge pour aller de Fort Smith à Pine Bluff. C'est là que j'ai entendu parler de tout ça. On m'a dit de venir ici pour te contacter.

— Qui t'a dit de venir ?

— Ne t'occupe pas de ça pour l'instant. Un vieil ami à moi, qui connaît quelques vieux amis à toi. J'espérais que tu travaillerais avec moi dans la Zone Kuriane pendant quelque temps…

Valentine se rembrunit. Il se demandait quel était son objectif.

— Je croyais que vous autres, Félins, travailliez seuls.

— C'est vrai. Sauf quand nous formons un autre Félin.

« Monsieur,

Servir parmi les Loups pendant quatre années a été pour moi un privilège. Je souhaite épargner à ma compagnie, à mon régiment et à moi-même les désagréments de mon passage devant le tribunal militaire, ce qui serait inévitable si je décidais de contester les charges retenues contre moi. Je vous prie donc d'accepter ma démission du Deuxième Régiment de Loups de la Région Militaire Sud, avec effet immédiat.

J'ai l'honneur de demeurer votre… etc.,

David Stuart Valentine »

Duvalier leva les yeux de la feuille manuscrite.

— C'est bref et direct, commenta-t-elle. Je m'attendais à quelque chose de plus fleuri, du style : « L'heure de mon destin a sonné à l'horloge de ma vie. » Mais je te préfère comme ça.

— Une fois que j'aurai remis ma démission, quelle direction prendrons-nous ? Le nord ou l'ouest ?

Elle passa la bretelle de son paquetage à son épaule.

— En fait, nous retournons dans le Territoire Libre. Il faut que tu fasses connaissance avec quelqu'un. Et nous allons t'équiper d'une lame un peu plus efficace que cette machette, avant qu'ait lieu notre petite cérémonie de bienvenue avec les Tisseurs de Vie.

Valentine se souvenait d'Amu, de la caverne et de ses loups endormis. Le Tisseur avait parlé d'une « opération », même s'il n'avait ouvert Valentine qu'à l'aide d'une boisson fade et de son propre esprit.

— Une autre Invocation ? Comme lorsque je suis devenu un Loup ? Les premiers jours, j'ai eu l'impression de me trouver dans un corps qui n'était pas tout à fait le mien. Tout allait de travers chez moi. Je ne pouvais pas prendre une chope sans la renverser sur la table.

— C'est un peu la même chose. Peut-être que pour toi ce sera différent. Pour ma part, je n'ai jamais été qu'une Féline. Mais tu n'as aucune raison de t'en faire.

Pensif, il boutonna sa tunique en peau de daim avec des gestes précis nés de l'habitude. Les Loups de la Région Sud décoraient leur veste avec des bandes de cuir de longueurs diverses, sur les bras et la poitrine, en souvenir d'amis ou d'ennemis de leur clan. On racontait qu'elles aidaient à l'écoulement de la pluie, mais David avait été trempé jusqu'aux os assez souvent pour sourire de cette légende qui courait la frontière.

Ils franchirent en silence la courte distance qui les séparait de la ville et se quittèrent à l'entrée principale. Le premier devoir de Valentine était de retrouver Baker afin de lui restituer son argent ainsi que sa montre de gousset. Ensuite il se rendit à l'ancienne école pour y voir le colonel Chalmers. De son côté, Duvalier alla sur le marché de Montgomery et acheta des provisions avec l'argent qui restait à David.

Il trouva le colonel dans ses bureaux temporaires. Chalmers était occupée à organiser son emploi du temps avec l'aide de son ombre omniprésente, le jeune officier greffier. Valentine détecta l'odeur de la sciure dans l'air et perçut des bruits distants de construction. D'autres salles de l'école étaient en rénovation.

— Ah, lieutenant, fit-elle. La nuit semble vous avoir porté conseil. Je n'ai pas encore vu votre défenseur ce matin.

On m'a dit qu'il était légèrement indisposé. Kenneth, vous voulez bien nous excuser ?

L'autre sortit en refermant la porte derrière lui.

Valentine s'efforçait de se tenir aussi droit que possible. La lettre dans sa main tremblait un peu, et il avait le plus grand mal à l'immobiliser.

— J'ai bien réfléchi à votre offre, monsieur, et je l'accepte avec reconnaissance. Voudriez-vous joindre ce document au rapport de l'enquête et envoyer le tout au quartier général du Deuxième Régiment ?

Il lui tendit le feuillet manuscrit.

Elle en parcourut le texte avant de lever les yeux sur lui.

— Je m'en occupe pour vous, Valentine. Le colonel sera soulagé. Tout le monde a le mauvais rôle dans un tribunal. Mais je parierais mon prochain trimestre de salaire qu'il est désolé de perdre un officier de votre valeur.

— Merci, monsieur. Quoi qu'il en soit, j'ai la chance de ne pas me trouver enterré à côté du sergent Stafford.

Il avait le sentiment qu'on le jugeait pour la deuxième fois en vingt-quatre heures.

— Il n'est pas mort pour rien. La plupart des gens finissent par s'éteindre sans raison.

— Je vais vous laisser à votre travail, monsieur.

Il allait tourner les talons mais elle leva une main pour le retenir.

— Valentine, j'ai fait ce que j'ai pu pour vous. Entre nous, je déplore votre situation. Je ne peux pas en dire beaucoup sur le fonctionnement interne de la Région Militaire Sud, mais nous commettons plus d'erreurs que nous voulons bien le reconnaître. Pourtant il se pourrait que cette fois ce n'en soit pas une, finalement.

» Vous savez, j'ai rencontré votre père une fois. À un bal. J'étais alors lieutenant de la Garde, et j'avais à peu près votre âge. La soirée se tenait dans le vieux palais des congrès, juste en face de l'hôpital. Il y avait des lustres électriques, vous imaginez ça ? De la nourriture raffinée servie dans des assiettes en porcelaine à liseré d'or, un orchestre. Mais je n'avais pas envie de danser. Je venais de perdre ma jambe près de l'Arkansas River : un sniper m'avait touchée alors que j'étais partie en reconnaissance pour l'artillerie. Votre père avait fait un séjour dans le même hôpital. Un éclat d'obus l'avait blessé au bras. J'étais assise seule, dans mon coin, à me morfondre sur mon sort. Pour moi, c'était la fin de tout. Je ne suivais même pas ma thérapie. Je ne voulais pas m'habituer à marcher avec une prothèse. Je ne désirais qu'une chose, rester assise. Je suppose que j'aurais été en larmes, si j'avais été du genre à pleurer.

» Votre père est venu me voir, et il m'a fait danser. J'aurais refusé l'invitation d'un homme de mon âge, mais il avait peut-être quinze ans de plus que moi, et pour moi il était un peu comme un oncle. Nous devions former le couple le moins fringant de toute la soirée : moi qui sautillais sur ma jambe valide, et lui avec son bras en écharpe. Nous avons fait de notre mieux le temps d'une valse, et j'ai bien senti que tout le monde avait pitié de nous – de moi, surtout, je suppose. Alors il est allé voir l'orchestre et lui a fait jouer une polka. Avec ce genre de musique, on peut plus ou moins sautiller, et avant que j'en sois consciente, nous étions en train de virevolter sur la piste de danse. Je le tenais fermement aux épaules, et lui bondissait dans tous les sens en m'emportant dans le mouvement. L'orchestre s'est mis à accélérer la cadence, et votre père dessinait des tourbillons qui allaient en s'élargissant. Les gens s'écartaient pour ne pas se faire marcher dessus. Quand la polka a pris fin, nous étions au centre d'un grand cercle de danseurs, et tous nous ont applaudis.

» Je me suis vue dans une glace. J'avais ce sourire immense, je riais, je pleurais et j'essayais de reprendre mon souffle, tout ça en même temps, et j'étais très, très heureuse. Votre père m'a regardée dans les yeux ; il a dit : « Parfois, il suffit de changer d'air. »

Elle contempla fixement le mur couvert de prospectus mal imprimés, mais Valentine savait que, pour elle, le mur n'était pas là, et qu'elle voyait une grande salle avec un orchestre, un buffet somptueux et des danseurs, dans un coin quelconque de la Région Sud. Après un long moment de silence, le colonel Chalmers revint au présent.

— J'ai lu que vous étiez orphelin. Quel âge aviez-vous quand ça s'est produit ?

— Onze ans.

— Je n'ai pas vraiment connu votre père, en dehors de cette danse et d'un peu de bavardage avec lui plus tard dans la soirée. Il était du genre réservé, mais c'était la plus charmante réserve qui soit, et je pense que sa blessure l'a beaucoup affecté. Il a quitté le Territoire Libre peu après, s'est installé dans le Minnesota et a épousé votre mère, c'est bien ça ?

Valentine était capable de supporter les souvenirs personnels qu'il avait de sa famille. Ceux des autres l'emplissaient de mélancolie et du regret de ne pouvoir parler de nouveau à ses parents.

— Je ne savais même pas qu'il était soldat. Je ne l'ai appris que par la suite. L'homme qui m'a élevé n'en faisait pas vraiment mystère, mais je pense qu'il voulait que je me fasse ma propre idée.

— Vous vous demandez sans doute pourquoi je vous ai raconté cette anecdote. J'ai fini avocat général, et je n'ai jamais trouvé métier qui me convienne aussi bien. Je voulais seulement vous dire que vous avez peut-être vous aussi besoin de changer d'air… Je vous souhaite bonne chance, Valentine.

— Merci, monsieur.

Il salua, fit demi-tour et sortit.

— Ils ne perdent vraiment pas de temps, dit-elle à mi-voix quand il eut refermé la porte.

Mais s'il n'avait plus *la* qualité de Loup, David en conservait *les* qualités, l'ouïe en particulier. Elle aurait tout aussi bien pu crier cette phrase.

Ils ne perdent vraiment pas de temps. Il adressa un hochement de tête distrait au jeune officier qui attendait de retrouver Chalmers. Quelqu'un avait-il voulu à toute force lui faire quitter les Loups pour une raison bien précise ? Duvalier semblait un Félin vétéran, malgré son jeune âge, mais avait-elle l'influence nécessaire pour le faire démissionner, simplement afin qu'il l'aide à traquer la Croix Torse ? Il en doutait.

Il sortit de l'école. Les travailleurs que comptait la ville étaient dans les champs alentour. Un troupeau de moutons franchit la porte principale sous la conduite d'un garçon et de deux chiens. Valentine observa l'épaisse toison des bêtes. La tonte de printemps n'allait pas tarder.

Duvalier tourna le coin d'une rue, son paquetage à l'épaule et le hamac de Valentine roulé sous le bras gauche. Elle brandissait une canne de marche noueuse et tenait une boucle en cuir dans la main droite.

— Ça a été rapide, Valentine.

— Il faut longtemps pour bâtir une carrière, mais on peut la démolir en quelques minutes.

Elle lui tendit ses affaires.

— J'ai pris des biscuits et du fromage pour le voyage. J'ai perdu tout goût pour la viande séchée depuis un bail, alors je nous ai acheté à chacun un saucisson d'un kilo et demi.

Des choux, des navets et quelques betteraves. Je fais un très bon bortsch. Pas de riz ni de farine, pour les inconnus en tout cas.

— Où allons-nous ?

Ils passèrent la porte et saluèrent d'un geste une sentinelle mal réveillée.

— Notre première halte n'est pas très éloignée : juste derrière la frontière de l'Arkansas. Dis-moi, pourquoi diable n'es-tu pas un de ces officiers nantis qui possèdent une demi-douzaine de chevaux ?

— Un jour, essaie de parcourir cinquante ou soixante kilomètres, de préférence en courant, avec tout le barda réglementaire. Ça ne me dérange pas de marcher pour me rendre quelque part.

Duvalier contempla les douces pentes boisées des monts Ozark.

— Je n'arrive jamais à m'y faire, quand je suis dans le Territoire Libre. Pas de postes de contrôle, pas de carte d'identité, pas de manuel. Tu t'es déjà rendu dans la Zone Kuriane, n'est-ce pas ?

— Oui, dans le Wisconsin et à Chicago.

— Je n'y vais jamais. Mon terrain de jeu s'étend d'ici aux Rocheuses. Une fois j'ai poussé jusqu'au désert, dans le Sud-Ouest. Moi qui me croyais coriace, j'ai perdu toutes mes illusions après un hiver passé à courir avec les Rangers du Désert. Là-bas, parfois, tu te sens…

Elle poussa un soupir exaspéré.

— Tu te sens impuissant, termina Valentine. Tu mourras, tes amis mourront…

— Oui. Mais ensuite tu reviens ici, où les enfants n'ont pas ce regard trop calme, comme hanté. Alors tu te reprends et tu repars, parce que… tu sais bien.

— Oui, je sais.

Le jour avançait et ils s'aventuraient toujours plus loin dans le foisonnement de la Mark Twain Forest. Aux carrefours on trouvait de nouvelles cartes, gravées dans des planches, peintes et clouées, parfois recouvertes d'une plaque de verre, qui indiquaient quelle route menait où. Les gens avaient conservé les anciens noms de lieux, comme s'ils assuraient la survivance du passé, et la possibilité que l'avenir lui ressemble.

L'odorat de Valentine décelait la vie partout dans ces terres grasses et gorgées d'eau de pluie. Les arbres et les broussailles s'épanouissaient en une multitude de verts tout autour des deux marcheurs. Un camion-citerne vide qui retournait à l'une des minuscules raffineries du Territoire Libre, dans l'est de l'Oklahoma, les emporta le long de la vieille route 37. Le conducteur armé d'un fusil les laissa voyager à califourchon sur la citerne, et c'est ainsi qu'ils entrèrent dans l'Arkansas. Au soir, ils étaient arrivés au sud de Beaver Lake, dans Spring Valley. Le véhicule les déposa avant d'obliquer vers le sud-ouest.

Un éleveur de cochons nommé Sutton les héla de l'autre côté de la route et leur proposa l'hébergement pour la nuit. C'était un homme nettement plus âgé qu'eux, qui avait besoin de deux jeunes solides pour quelques heures de labeur, et qui était heureux de leur compagnie. À la fin de la journée, ceux qui l'aidaient à tenir sa porcherie regagnaient leurs foyers ; de plus, les visiteurs de cette ferme très odorante ne venaient que les jours où la brise soufflait assez fort de l'est. Valentine fut très content de couper du bois en échange d'un repas chaud et d'un lit.

Pour lui, réduire des troncs d'arbres en bûches et en petit bois était un peu comme s'asseoir jambes croisées et méditer. Souvent il se perdait dans l'effort régulier et harassant. Il s'était acquitté de cette tâche pour les voisins quand il n'était qu'un gamin, dans le Minnesota, contre quelques œufs, un sac de farine ou un jambon. Officier, il aimait s'y soumettre le matin, quand il le pouvait, et ses sergents déconcertés secouaient la tête sans comprendre, avant de chercher d'autres corvées à imposer aux soldats ayant fauté. Le bruit rythmique de la hache fendant les rondins lui éclaircissait les idées. C'était comme une recharge psychologique qui le laissait en sueur, mais satisfait et l'esprit au repos.

Il termina au clair de lune et retourna à la maison à temps pour souhaiter bonne nuit à l'obligeant Sutton.

— Avec la p'tite dame, vous avez tout l'étage pour vous. Ça ne me dit plus rien de monter et descendre cet escalier plus qu'il le faut. J'ai installé un lit bien confortable dans mon bureau. J'ai montré à votre p'tite dame où se trouvent les draps et le reste. Désolé s'ils sentent un peu la naphtaline.

Valentine gravit les marches grinçantes et arriva à l'étage, où un seau d'eau fumante, un savon et une cuvette l'attendaient.

— La personne qui a utilisé ça la dernière fois avait une chevelure beaucoup plus longue que la mienne, commenta Duvalier en considérant un des cheveux entortillés dans les poils de la brosse qu'elle tenait.

Elle s'était enveloppée dans une grande serviette et elle jouait avec le miroir à trois pans de la petite coiffeuse.

— Il est veuf. Il me l'a dit pendant que nous empilions le bois. Elle s'appelait Ellen. Ils ont eu deux enfants, Paul et Wynonna, et sa femme est décédée en mettant Wynonna au monde. Les enfants sont morts tous les deux au service de la Cause.

Duvalier déposa avec soin le cheveu sur le marbre de la table de toilette.

Valentine passa dans la vieille salle de bains, de l'autre côté du couloir. Les robinets fonctionnaient, mais ne donnaient que de l'eau froide, et la présence d'un éclairage électrique dans la maison était une surprise très agréable. Sutton devait être aisé, ou la zone située entre Fayetteville et Beaver Dam beaucoup mieux entretenue que la majeure partie du Territoire Libre.

Il se lava avec l'eau chaude du seau et revint dans la chambre.

— Alors comme ça, tu es ma « p'tite dame », hein ?

La tête de Duvalier apparut sous l'épaisse couette.

— La conversation que j'ai eue avec lui n'a pas été aussi sérieuse que la vôtre. C'est ce qu'il a cru, et je ne l'ai pas détrompé. Je ne recherche pas le sexe, mais tu as le corps chaud, et la nuit est froide.

— D'accord, ta bouillotte humaine se couche. Prête pour l'extinction des feux ?

— Mmmff, approuva-t-elle en enfouissant son visage dans l'oreiller en plumes d'oie.

S'il l'apaisa, son parfum de femme l'excita aussi quand il se glissa dans le lit à ses côtés. Il explora son corps à l'aide de son odorat tout en gardant sagement les mains croisées sous son oreiller. Il joua avec les odeurs qui planaient dans la chambre, les localisa les yeux fermés : celle des cheveux humides de Duvalier, les draps sortis de la naphtaline, l'eau encore chaude et savonneuse dans le seau et le lavabo, la fumée de bois, et la puanteur faible mais omniprésente des cochons. Il compta ces exhalaisons comme certains comptent les moutons, et il était endormi quand sa compagne Féline vint presser son corps contre le sien.

Le lendemain matin, après une tasse de café prélevée sur les réserves de plus en plus restreintes de Duvalier, ils s'apprêtèrent à repartir. Sutton but la boisson fumante avec un plaisir manifeste et leur offrit une épaisse tranche de lard fumé enveloppée dans une feuille de papier brun.

Après s'être mutuellement remerciés, les deux Félins prirent la direction de l'est. Le sol devint assez vite plus inégal, et les routes se transformèrent en pistes. Des montagnes usées par le temps se dressaient à l'horizon. Ils cheminaient dans un silence paisible, en faisant de courtes poses près des ruisseaux pour se désaltérer et se délasser un peu.

— Je ne suis jamais venu dans cette partie du Territoire, dit Valentine. Où allons-nous ?

— Voir Cobb le Forgeron. Un des meilleurs armuriers et forgerons de tout le Territoire Libre.

— J'ai déjà entendu ce nom. Certains des Ours du major Gowen en ont parlé devant moi, un jour.

— En fait ils sont plusieurs. Il y a le vieux Cobb, son fils, sa fille, deux compagnons et des apprentis. C'est une entreprise prospère. Ils ont certainement fabriqué ta machette.

— Mon parang ? Comment le sais-tu ?

— Quoi, tu n'as jamais examiné la lame de près ?

— Pour l'huiler et l'aiguiser, oui… Attends, le « FCF » sur la lame, en petites lettres, près de la garde ?

— Oui : famille Cobb, forgerons.

Il dégaina son vieux parang avec son manche en bois, le leva dans la lumière et étudia les trois lettres gravées.

— Marrant, je ne m'étais jamais demandé ce qu'elles signifiaient.

Ils atteignirent la forge et ses annexes en début d'après-midi. Le bruit du métal martelé dans deux ateliers différents résonnait sur ce lopin de terre coincé entre les crêtes de l'Arkansas. Un ruisseau coulait des hautes collines pour se déverser dans une étendue d'eau marécageuse de l'autre côté de la route.

Deux chiens de belle taille et de race indéterminée trottèrent vers eux pour les accueillir. Valentine alla dans leur direction sans hésiter, et les molosses se mirent à aboyer joyeusement. Un garçon d'une dizaine d'années dévala l'allée pour les rejoindre.

—Qui êtes-vous, et que voulez-vous? couina-t-il. (Et aux animaux, d'un ton plus autoritaire:) Du calme, vous deux! On a de la visite, on le sait.

—La Fumée, Féline de la Région Sud. Son Apprenti, Le Spectre. Il a besoin d'une arme ou deux.

—Alors vous vous trouvez au bon endroit. Soyez les bienvenus, dit le garçon en se donnant l'air important. Suivez-moi.

La maison était bâtie sur un seul niveau, avec de nombreuses dépendances. On en ajoutait une chaque année. Quelle que soit leur maîtrise du métal, les Cobb avaient un sens plus que douteux de l'esthétique architecturale.

Une femme d'une cinquantaine d'années sortit sur le perron interminable et plissa les yeux sous le soleil pour observer les deux visiteurs. Un sourire détendit ses traits et elle joignit ses mains blanchies par la farine.

—Mais c'est La Fumée, notre petite fleur du Kansas! Alors, contente de ton épée?

—Le tranchant aurait besoin de passer entre des mains de professionnel. La poignée aussi, le cuir est un peu effiloché.

Valentine se tourna vers la Féline sans comprendre.

—Tu l'as apportée? Elle doit être horriblement courte!

Duvalier échangea un regard avec la femme et haussa les épaules.

—Il est nouveau, Bethany.

Elle tourna l'extrémité de son bâton de marche et révéla une poignée noire. En un éclair elle dégagea la lame de son fourreau de bois. Valentine estima sa longueur à quelque cinquante-cinq centimètres ; elle avait une pointe biseautée et un seul tranchant. Le métal était sombre et mat, ainsi, il ne réfléchissait pas la lumière.

D'un œil expert, Bethany examina la garde.

— Je vais mettre un des garçons dessus. On ne voudrait quand même pas que notre précieuse Fumée perde sa prise dans un combat. De quoi a besoin ton Apprenti ?

— À part deux années d'entraînement qu'il devra effectuer dans les deux prochains mois – mais c'est mon problème, pas le tien –, il va lui falloir une paire de griffes. Et j'aimerais aussi qu'il ait une lame digne de ce nom. C'est un Loup, mais vu l'état de son coupe-coupe on pourrait penser qu'il a creusé des trous avec. Il lui faut quelque chose de convenable pour lutter contre un Faucheur.

— Tu veux que le Vieux travaille avec lui, ou tu préfères que ce soit mon frère ?

— Notre ami Le Spectre a eu une semaine assez dure comme ça. Nathan fera très bien l'affaire.

— Je serai ravie de vous rendre ce service, dit Bethany qui repoussa la porte et la maintint ouverte. Entrez, je vais faire du thé.

— J'ai mieux : du café, répondit Duvalier.

Elle donna le reste du sac à Bethany, qui renifla les grains.

— Eh bien ça alors ! Tu es trop bonne, La Fumée.

Ils pénétrèrent dans la cuisine, une vaste caverne avec deux poêles et un grand four en briques. Après avoir fait tinter une clochette munie d'une poignée en bois, Bethany prit sur une étagère une cafetière et un moulin. Elle se mit en devoir de moudre les grains pendant que l'eau chauffait.

— Mon frère sera là dans un instant.

Nathan Cobb était un homme imposant, à la démarche lourde. Il avait des bras exceptionnellement épais et un ventre important. Il salua Duvalier d'une claque dans le dos, et elle résista au choc avec grâce, puis il écrasa la main de Valentine dans la sienne.

— Toujours heureux de rencontrer un nouveau Félin dans les parages. Fais-leur en voir de toutes les couleurs, d'accord, euh, Le Spectre ?

Il se tourna vers Duvalier.

— Je suppose qu'il a besoin d'une paire de griffes ?

— Oui, s'il te plaît, et le plus vite sera le mieux.

— Ses mains m'ont l'air de taille normale. Tu veux des serres comme pour les tiennes, ou des lames ?

— Des serres, avec les doigts rigides. Il faut qu'il puisse escalader autant que se battre avec.

— Très bien, ça nous fera gagner du temps. Je vais prendre tes mesures, mon gars.

De la poche de son tablier, il sortit un mètre ruban et en entoura la paume de Valentine. Puis il mesura chaque doigt et nota les relevés sur un petit calepin.

— Et une arme ou deux en plus, peut-être, La Fumée ? C'est toi qui vas l'entraîner ?

— Il faudra bien.

— Alors tu voudras qu'il ait une épée, je suppose. Il se peut que nous ayons déjà quelque chose de prêt.

Un vieil homme apparut dans l'embrasure de l'une des portes qui ouvraient sur une autre pièce.

— C'est bien du café que je sens ?

Bethany servit tout le monde.

— Absolument, papa. Nous avons des visiteurs, et ils nous ont apporté ce petit cadeau. La Fumée Duvalier et son Apprenti, Le Spectre.

L'homme interrompit sa dégustation.

— Le Spectre ? Quel est ton vrai nom, mon garçon ? Ne t'en fais pas, ma mémoire est devenue tellement mauvaise que, dès demain, je serai incapable de le répéter à qui que ce soit.

David se tourna vers Duvalier.

— Il s'appelle Valentine, dit-elle.

— Alors ton père était…

Le jeune homme se leva.

— Il s'appelait Lee Valentine, monsieur Cobb.

Le forgeron eut une moue dubitative.

— Pourtant tu ne lui ressembles guère, à part peut-être les yeux. Tu es bien sûr que ta mère ne t'a pas raconté de bobards ?

David se refusa à prendre la réflexion pour une insulte.

— Ma mère était sioux, monsieur. De la région nord des Grands Lacs.

— Tu es grand, mais pas autant que ton père. Nat, il a besoin d'une arme ?

— Quelque chose pour un Félin, pas pour un Ours, répondit le fils.

— Alors viens avec moi, mon garçon, dit le patriarche qui vida sa tasse d'un trait et s'éloigna dans le couloir.

Il ouvrit une porte donnant sur un escalier et descendit les marches d'un pas prudent.

Valentine se tourna vers les autres, qui se contentèrent de sourire. Il rejoignit le vieux Cobb au sous-sol.

L'endroit recélait toute une collection d'armes et de vieux outils de ferme. Des dagues étaient accrochées à un mur, à côté de faucilles ; sur un autre, un présentoir était suspendu, sur lequel des fourches se trouvaient alignées auprès de longues lances. Un sabre de cavalerie occupait une place d'honneur au-dessus de la cheminée. David s'approcha pour en examiner le fourreau et la poignée, qui étaient très ordinaires.

— Il a appartenu à Nathan Bedford Forrest, mon garçon, mais je me doute que tu ne sais pas qui c'est.

— Il commandait la cavalerie confédérée pendant la guerre de Sécession. Il ne sortait pas de West Point, mais était certainement meilleur que bon nombre de soldats qui y sont passés.

— Content de me tromper, de temps en temps. Ça arrive forcément, une ou deux fois par an… Tu vois quelque chose qui te plaît ?

Valentine décrocha une lourde épée à la garde arrondie posée auprès d'une claymore tout aussi imposante ; à elles deux, elles occupaient une étagère entière. Il la brandit pour juger de son poids et de son équilibre.

— Valentine, à quoi penses-tu ? ironisa Duvalier qui était arrivée au bas de l'escalier sans qu'il l'entende descendre. Tu n'espères quand même pas traîner ça à travers la moitié du pays ? Monsieur Cobb, trouvons-lui quelque chose qu'il puisse dégainer et manier rapidement.

Le vieux forgeron poussa un grognement. Il était plutôt d'accord avec elle, mais ne voulait pas donner l'impression qu'il suivait sa recommandation.

— J'ai une lame et un étui magnifiques. Son dernier possesseur était un Garde au goût particulier en matière d'armes. En général, ils aiment les sabres classiques et les épées. Dites-moi ce que vous pensez de ça…

Il ouvrit un coffre et se mit à fourrager parmi de longues formes légèrement incurvées, enveloppées dans des pièces d'étoffe serrées par de grosses ficelles.

— Où est-il ? Ah, le voilà, fit-il en extrayant une des armes, qu'il tendit à David.

Intrigué, le futur Félin dénoua les liens et déroula le tissu. Dès qu'il vit la poignée il reconnut un sabre de samouraï. Il chercha le nom exact, en vain.

— C'est un katana, Valentine. Une œuvre d'art en acier. Celui-ci a l'air ancien, mais en réalité il a été fabriqué durant ce siècle. Il faudra lui confectionner une nouvelle poignée qui te soit adaptée, mais ça ne sera pas long. Seulement soixante centimètres de lame.

Valentine sortit le katana de son étui avec précaution. Quelques idéogrammes incompréhensibles étaient gravés sur le fer.

— Il serait possible de recouvrir le fourreau comme le mien ? demanda Duvalier.

— Aucun problème. Il est préférable de l'utiliser à deux mains, mon garçon, pour avoir le maximum de puissance. Mais tu peux aussi bien t'en servir avec une seule, par exemple quand tu es à cheval, ou si tu veux parer avec les griffes de combat de l'autre main.

— Il me plaît bien, avoua David. Combien coûte-t-il ?

Il n'était pas certain de pouvoir trouver la somme nécessaire.

— Le prix concerne la Région Sud, pas toi, Valentine. Avec la petite dame, vous devrez simplement signer un reçu pour ce que vous prenez.

Duvalier plissa son nez parsemé de taches de rousseur. Le « petite dame » commençait à lui taper sur les nerfs, Valentine l'aurait parié.

Le lendemain, il découvrit ses griffes, une paire de « mains » métalliques ajustées aux siennes par une épaisse bande de cuir passant sur sa paume. Elles s'arquaient comme un deuxième squelette externe et se terminaient par des pointes aiguisées qui recouvraient ses doigts.

— Tu peux grimper à un arbre grâce à elles, et dans le combat elles sont destructrices quand on sait s'en servir, lui expliqua Duvalier avant d'enfiler les siennes et de chercher un tronc. Il faut quand même un peu de pratique.

Elle s'approcha du fût d'un chêne vénérable. Elle bondit et s'y accrocha en l'étreignant de ses griffes, puis l'escalada. Elle disparut dans les branches en quelques secondes.

Valentine l'imita et apprit dans la douleur que, s'il n'enserrait pas le tronc entre ses jambes, un seul jeu de griffes ne supportait pas son poids. Il stoppa la glissade avant de retomber au sol, puis réussit à se hisser jusqu'à la Féline. Il ne grimpa pas aussi vite ni avec autant de grâce qu'elle, mais il y arriva quand même.

Il apprit également à mettre une poignée neuve à son katana. Un artisan du nom d'Eggert lui montra comment encastrer la soie nue dans un manche en bois taillé pour s'adapter à ses mains. Ensuite il l'enveloppa dans de la peau de porc humide et, à l'aide d'une série de petits coups sur le côté de la lame, tendit le cuir.

— Jadis, on utilisait de la peau de pastenague ou de requin, mais on n'en trouve pas très facilement dans le coin, expliqua Eggert.

Enfin on enroula une cordelette très fine autour du manche, et Duvalier insista pour faire elle-même le dernier nœud.

— Pour la chance, dit-elle en déposant un baiser sur la poignée refaite à neuf.

Ils travaillèrent ensemble sur le fourreau et y fixèrent la courroie d'un vieux fusil au long tube d'acajou. Valentine décida qu'il était plus à l'aise en portant son arme à l'épaule.

— On peut encore ajouter un ressort au fond de l'étui, pour dégainer plus vite, dit-elle après l'avoir vu tirer le katana à plusieurs reprises.

Ils se remirent en route dès que le sabre de David fut achevé. Une fois de plus, ils reprirent leurs paquetages, alourdis de victuailles généreusement fournies par les Cobb.

— Et maintenant, direction la maison, déclara Duvalier en se dirigeant de nouveau vers l'est.

Chapitre 5

Les monts Ozark, mai : le Territoire Libre commence là, parmi le calcaire creusé par les rivières, les cavernes, les dolines et les forêts denses des plus anciennes montagnes d'Amérique. À l'instar des tatous et des scorpions qu'on trouve dans ces collines caillouteuses et boisées, les habitants sont éparpillés, vifs, résistants et dangereux. Ils connaissent tous les bosquets de chênes et de noyers, les lacs et les rivières riches en truites, et les autres humains qui vivent sur place. Mais il est un endroit qu'ils évitent par respect pour ses occupants, lesquels se montrent plus méfiants et moins sociables encore que les forestiers les plus farouches. Ce lieu s'étend autour des sources de la Buffalo River, et c'est là que réside un groupe de Tisseurs de Vie.

Les gens du cru les ont appelés les « Sorciers ». Certains les redoutent parce qu'ils sont apparentés aux Kurians et à leurs menées malfaisantes importées d'un autre monde. Quand des habitants croisent le chemin d'un Tisseur, par exemple alors que celui-ci emplit un tonnelet d'eau à la rivière qui coule parmi les hêtres, ils serrent leurs enfants contre eux et tous détournent les yeux. Les Tisseurs attirent les ennuis comme les cadavres attirent les mouches. Lorsqu'ils franchissent le cordon de sécurité frontalier pour traquer et massacrer les citoyens libres, les Faucheurs rôdent autour de cette zone dans l'espoir de tuer leurs ennemis les plus anciens et les plus redoutés : leurs frères devenus étrangers.

Perché à mi-hauteur sur le mont Judea, un chalet solide est niché au cœur d'un bosquet de sapins. Taillées dans l'ancien fond marin situé à quelques kilomètres, d'épaisses plaques aux couleurs diverses constituent ses murs épais, qui soutiennent un toit massif en bois rouge. Deux piliers monolithiques de granite s'élèvent en s'effilant graduellement jusqu'au faîte. Ils sont gravés de signes ésotériques qui font penser à des hiéroglyphes mayas. Par ses dimensions, la bâtisse écrase toute autre habitation de la région.

Les Félins de la Région Sud l'ont baptisée la « Halle de Ryu », ou plus simplement la « Halle ». C'est aussi leur demeure.

Dès qu'il le vit, un jour après avoir quitté Cobb Smithy, Valentine aima l'aspect du chalet.

— Je m'attendais à une autre caverne, dit-il alors qu'ils gravissaient la route en lacets menant à la Halle. Cette partie des monts Ozark en est criblée.

— Les Loups aiment se tapir dans leurs trous. Nous autres, Félins, préférons la solitude partagée et le confort, répondit Duvalier qui le précédait et se servait de sa canne-épée comme d'un bâton de marche.

— La « solitude partagée » ? Curieuse expression. Un peu comme : « Tout frais sorti de la boîte de conserve », ou : « Intelligence militaire ».

— Attention, Valentine. C'est ce que possède l'« intelligence militaire » de la Région Sud qui te nourrit maintenant.

Il n'avait pas besoin de son odorat de Loup pour déceler l'odeur de sapin et de fumée de bois. C'étaient là des indices accueillants, après les journées passées sur la route.

Tous deux parcoururent une allée de gravillons jusqu'à une porte renforcée de métal. À côté de l'huis était accroché un cylindre de fer ouvragé au centre duquel pendait une mince barre en guise de battant ; Duvalier le fit tinter jusqu'à ce que les collines avoisinantes en renvoient les échos.

Un visage apparut à une longue fenêtre élevée. Celui d'une femme à la peau ambrée et aux sourcils fins et obliques.

— Duvalier ! Tu n'as pas mis longtemps avec ton petit nouveau. J'arrive.

Valentine entendit un gros verrou qu'on tirait, et il nota l'absence de toute poignée ou clenche sur la face extérieure de la porte. Le battant s'ouvrit, et il put constater qu'il était constitué de madriers de vingt bons centimètres d'épaisseur. Duvalier fit les présentations :

— David Valentine, Dix Welles. Dix a été la Féline la plus redoutable entre ici et les Appalaches, à son époque.

Il remarqua que cette femme à la beauté sombre conservait une pose raide et s'appuyait sur une canne.

— C'était il y a bien longtemps, avant que mon dos soit bousillé, expliqua Welles.

Elle était vêtue d'un bleu de travail, et une poche emplie d'outils pendait à sa hanche.

— Enchanté de faire votre connaissance, madame…, commença le Loup.

— Appelle-moi Dix, ce sera largement suffisant. Depuis près de neuf ans maintenant, je suis l'assistante du Vieil Homme, ou son majordome, si tu préfères. As-tu déjà rencontré Ryu, David ?

— Non.

— Mais il a connu son frère Rho, précisa Duvalier.

La réflexion étonna Valentine. Il ne lui était jamais venu à l'esprit que les Tisseurs de Vie pouvaient avoir une famille.

— Nous aurons tout le temps de bavarder plus tard, fit Welles. Entrez donc. Je vais vous faire un peu de place. La Halle est presque vide, ces temps-ci. Les Félins qui ont hiverné ici sont partis pour l'été. Il n'y a plus que quelques Apprentis comme toi, David. Comment allons-nous t'appeler, au fait ?

— Le Spectre, répondit Duvalier. C'est le surnom que quelques-unes de ses vieilles connaissances lui ont donné, chez les Loups.

Valentine prêta à peine attention à cet échange. Sa vision s'était adaptée et il scrutait l'intérieur caverneux du chalet.

La Halle de Ryu n'était qu'une unique pièce agencée autour d'un âtre central de quelque trois mètres carrés. La cheminée qui le surmontait s'élevait pour disparaître dans l'obscurité entre les solives. Du regard, il suivit le tube métallique qui allait jusqu'au sommet du toit, vingt mètres plus haut. Une série de poutres s'entrecroisaient à mi-hauteur, et deux lustres y étaient suspendus. De nombreuses grosses gouttes de verre y luisaient, baignant l'endroit dans une lumière dorée dont le pourtour était caressé par des ombres profondes.

Welles remarqua l'intérêt du nouveau venu pour les luminaires.

— Ces drôles de choses ont été apportées par les Tisseurs depuis un autre monde. Il suffit de les laisser exposées au soleil pendant un après-midi, et elles brillent comme maintenant pendant plusieurs semaines. Mais ne m'en demande pas plus, je ne suis qu'une employée ici.

Aux murs de la Halle étaient fixées à différentes hauteurs des plates-formes horizontales de trois mètres sur trois, reliées entre elles par de petits escaliers, des mâts et même des échelles de corde. Quelques-unes étaient occupées par des silhouettes indistinctes qui mangeaient, lisaient ou restaient simplement assises et observaient les arrivants. Des tapisseries, des draps et des tapis pendaient des poutres ou de la plate-forme située au-dessus, et procuraient un semblant d'intimité. Assiettes, gobelets et tonnelets étaient rassemblés au centre de deux longues tables disposées de chaque côté de l'âtre.

— Tu préfères petit et douillet ou bien ouvert et aéré, David ? demanda Welles.

Ils s'avancèrent dans la grande pièce. Dix se déplaçait avec un mouvement de balancier d'avant en arrière qui lui fit penser à un métronome.

— Ouvert et aéré, je suppose. C'est plus dans mes usages.

— Je prendrai ma place habituelle, annonça Duvalier. Tu n'as qu'à lui donner celle qui se trouve juste au-dessus.

— Pas de problème, dit Welles qui les précédait dans les profondeurs de la Halle. Ces tables forment le réfectoire. Tu es libre de cuisiner tes repas si cela te chante, mais nous avons coutume de prendre ensemble le petit déjeuner et le souper, qui sont préparés par les Apprentis, c'est-à-dire toi, entre autres, monsieur Le Spectre. Il y a de véritables toilettes à l'arrière de la Halle, ainsi que deux douches et une baignoire, mais il faudra que tu t'occupes de la chaudière. Quand nous sommes un peu plus nombreux ici, nous assumons cette tâche à tour de rôle, afin de disposer de toujours assez d'eau chaude pour tout le monde. Tu trouveras aussi un sauna, qui fonctionne quand la chaudière est à son maximum. Ce chalet est construit pratiquement sur une source de montagne, ce qui nous permet de boire n'importe quand l'eau la plus pure. Nous n'avons même pas besoin d'une pompe à main. Pas mal, non ?

Valentine sentit la chaleur du feu mourant quand ils passèrent à côté de l'âtre.

— La cheminée sert plus au chauffage qu'à la cuisine, mais il nous arrive d'y faire rôtir un cochon sauvage, à l'occasion. Les fourneaux sont installés au fond de la salle. Tu ne saurais pas faire le pain, par hasard ?

— En cas d'urgence.

— Parfait, tu es donc notre nouveau boulanger. Ces gamins sont complètement démunis quand ils essaient de cuire autre chose que des galettes. Ryu occupe les pièces situées au-dessus de la cuisine, et il n'aime pas être dérangé, alors ne grimpe pas l'escalier qui est à l'arrière. Des questions sur ce que je viens d'expliquer ?

— Tant que tu ne le retrouves pas dans la cuisine à n'importe quelle heure, grommela Duvalier. Nous aurons beaucoup à faire si nous voulons qu'il soit prêt à sortir dans deux mois. Quand pourrons-nous voir Ryu ?

— Tu sais bien que ce n'est pas moi qui décide. Bon, vous voilà chez vous. Ta place habituelle, La Fumée. Et Le Spectre sera au-dessus, donc.

Duvalier lui fit les honneurs de son coin intime. Elle occupait un petit espace situé sous la plate-forme de Valentine et son escalier. Elle releva des stores fabriqués avec une sorte d'osier, plaça son paquetage sous les marches et s'assit sur un coffre bas pour délacer ses bottes. Il leva les yeux vers sa propre plate-forme, qui était totalement nue.

— Je peux te trouver un futon, si tu veux, David, proposa Welles.

Il n'avait pas envie de passer trop de nuits dans son hamac toujours prêt.

— Merci, ce serait appréciable.

— Je vais avertir Ryu de ton arrivée, dit-elle, et elle partit en oscillant vers l'arrière de la Halle.

Pendant qu'il rangeait ses affaires dans son espace, qui rejoignait le sol à l'aide d'un escalier, et une autre plate-forme grâce à une passerelle étroite, il lui apparut que ses possessions se résumaient à bien peu de chose : sa carabine et son sabre de samouraï flambant neuf, un sac contenant quelques outils et ustensiles indispensables, deux casseroles et un petit nombre de vêtements de rechange, ainsi que son hamac en nylon qui sentait le moisi. Dans son casier au régiment étaient restés quelques habits plus encombrants, des livres et des objets divers. Il faudrait qu'il écrive là-bas pour qu'on les mette de côté.

— Eh, Duvalier ? lança-t-il.

— Oui ? répondit-elle en dessous de lui, comme si elle occupait le plus bas de deux lits superposés dans un refuge.

— Nous sommes où, au juste ?

— La Région Sud appelle cet endroit le « Chalet de Buffalo River, Comté de Newton ». Nous, nous disons la « Halle de Ryu ». Quelque chose te tracasse ?

— Qu'est-ce que nous allons faire, ici ?

— Tu n'as pas écouté ? Tu vas préparer du pain. Et apprendre comment tuer des Kurians.

C'est Ryu en personne qui réveilla Valentine le lendemain matin. La Halle, presque dépourvue de fenêtres, somnolait dans l'obscurité que seules les braises de la cheminée venaient troubler d'un faible halo rougeoyant.

Le Tisseur de Vie avait choisi d'apparaître sous l'aspect d'un homme ordinaire, au nez aquilin et au port altier. Instantanément, il évoqua pour David ces représentations de pharaons qu'il avait vues dans la bible illustrée du Padre. Ryu portait seulement un pagne noir et des sandales.

— Je suis heureux d'avoir l'occasion de faire ta connaissance, David, dit-il alors que le Loup se redressait sur sa couche, un peu surpris. Accepterais-tu de partager le lever du soleil avec moi ?

— Euh… oui, bien sûr, laissez-moi juste une seconde.

Il se frotta vigoureusement les yeux. Le futon était mince mais très confortable, et il avait dormi d'un sommeil de plomb. Le devoir semblait exiger de lui qu'il s'éveille rapidement à toute heure.

Ryu tourna les talons et descendit sans hâte l'escalier. Sans trop savoir si c'était un « oui » ou un « non »,

Valentine s'empressa d'enfiler son pantalon et le suivit. D'une démarche lente et si gracieuse qu'il paraissait flotter au-dessus du sol, le Tisseur le précéda dans les cuisines, jusqu'à la caverne où se trouvait la source. Ils se courbèrent pour entrer dans un étroit tunnel creusé à même la montagne. Le boyau était à peine assez large pour la carrure de l'ancien Loup, et pentu de temps à autre. Ils finirent par arriver devant une échelle en bois, et David sentit l'air de l'extérieur.

— C'est mon passage privé. Les échelons mènent à une fissure dans le flanc de la montagne.

En effet, cette clarté très légère qui précède l'aube descendait sur eux. Le Tisseur se mit à gravir l'échelle, David sur ses talons. Ils émergèrent entre des arbres, sur le versant nord. Partout autour d'eux jaillissait le chant des oiseaux.

— Ce sera une belle matinée. L'endroit d'où je contemple le lever du soleil est situé plus haut.

Valentine escalada la pente derrière Ryu, et ils parvinrent enfin à un amas de rochers. Le Tisseur s'assit sur une grande pierre plate, et David l'imita. À l'est, les monts Ozark verdoyants s'inclinaient vers le sud-est. En altitude, les stratus rosés passaient à l'orange sous la caresse du soleil encore invisible.

— Ce sera un matin aux couleurs exceptionnelles, déclara Ryu.

— Comment dois-je vous appeler, monsieur ? demanda Valentine.

Amu, le Tisseur chargé d'initier les Loups, s'était comporté comme un vieil homme qui aimait à taquiner ses petits-enfants avec des énigmes, et il s'était adressé à David comme s'il le connaissait depuis toujours. Quant à Rho, le Tisseur qui avait formé son père, il ne l'avait connu que quelques heures avant sa mort. En comparaison, Ryu lui paraissait froid et distant.

Le jeune homme frissonna dans l'air froid du matin. La roche sur laquelle ils étaient assis semblait aspirer la chaleur corporelle du Tisseur, mais là n'était pas la raison de ce phénomène. Ryu était certes physiquement solide – il repoussait de la main les petites branches et aplatissait l'herbe sous ses pieds – mais il n'avait pas de *présence*. Valentine avait l'impression de converser avec un portrait exceptionnellement ressemblant, en trois dimensions.

— Simplement Ryu. Dans notre Ancien Monde, nous avions des noms longs et compliqués qui décrivaient notre famille, notre profession, notre planète d'origine et celle sur laquelle nous résidions. Mon frère et moi étions jeunes alors, nés quand l'Arbre Intermondes était encore intact, et le désaccord avec les chercheurs de Kur n'en était qu'à ses tout débuts. Nous sommes vieux, aujourd'hui, mais pas anciens comme on peut l'entendre. Je mentionne mon frère parce que mon premier devoir envers toi est de te remercier de l'avoir libéré. Les tourments et l'humiliation qu'il a endurés quand il était aux mains de ces monstres… Je n'en avais pas la moindre idée, jusqu'à ce que tu le tires de là. Sa mort a été douce. Il est parti en paix, entouré d'amis.

Valentine ne trouva pas les mots appropriés pour répondre, et il se borna à hocher la tête.

Ils restèrent assis côte à côte et contemplèrent la palette de couleurs chaudes qui accompagnait le lever du soleil.

— Tu as maintes questions à poser. Tu as l'esprit curieux.

— Il m'arrive de sentir la présence des Faucheurs. Il paraît que d'autres gens ont ce don, mais je n'en ai encore jamais rencontré. Est-ce quelque chose qu'Amu m'a fait ? Quand j'ai été initié Loup, un des hommes a dit qu'il m'avait « complètement retourné ».

— Certains corps sont plus disposés au changement que d'autres. Ta famille avait des aptitudes, si j'ai bien compris. Mais quant à ce sens particulier… Je ne peux pas dire.

— « Je ne peux pas dire », ce n'est pas la même chose que « Je ne sais pas ».

— Durant la Guerre Première, avant que vous écriviez votre histoire, nous avons tenté un grand nombre de modifications sur les humains. Pour certaines, nous aurions dû nous abstenir. Des vestiges de tout cela subsistent. Ce pourrait être une explication.

Ryu laissa passer quelques secondes avant de poursuivre :

— Une autre possibilité est que tu sois une sorte de joker génétique, une singularité dans la sélection naturelle déclenchée par les nouvelles tensions dont souffre ton espèce. Si j'avais une certitude à ce sujet, je te le dirais.

Valentine avait l'impression d'être comme un insecte sous un projecteur. Les Tisseurs étaient de bien étranges mentors. Ils n'incitaient pas les Chasseurs à mourir pour eux, même s'ils les aidaient de façon secrète. Ils étaient simplement du même côté qu'eux dans une guerre, une guerre très ancienne en ce qui les concernait.

— Vous vous servez de nous, lâcha David, pour aussitôt songer que cette phrase sonnait comme une accusation.

— C'est vrai. Sais-tu pourquoi ? Quand nous avons subi le premier assaut destructeur des Kurians, nous avons été saisis de panique. Nous ne possédions aucune aptitude pour le combat. Nous avions besoin d'une arme, de quelque chose d'adaptable et de puissant, d'une espèce que nous pourrions utiliser pour attaquer et pour nous dissimuler. Une épée et un bouclier tout à la fois. Ta race convenait parfaitement. Sur un éventail de neuf planètes, vous constituiez celle qui répondait le mieux à nos exigences : vous êtes rusés, sauvages, agressifs et organisés. Votre race est unique. Le chasseur le plus redoutable au monde est le tigre, mais si tu en mets cinq ensemble ils ne chasseront pas mieux qu'un seul. Une ruche est un miracle d'organisation, mais trois d'entre elles ne peuvent pas coopérer. Les fourmis légionnaires font la guerre, préparent des campagnes et réduisent leurs adversaires en esclavage, mais elles agissent ainsi parce que c'est l'instinct du groupe, et elles ne pourraient jamais collaborer avec une fourmi née d'une autre reine. C'est ce que nous avons découvert sur les mondes que nous avons explorés : une grandeur individuelle, ou une aptitude collective, mais jamais les deux. Vous, les humains, vous êtes des tigres lorsque vous vous trouvez seuls, et des fourmis légionnaires quand vous vous regroupez, et vous avez la capacité de passer facilement de l'un à l'autre. Vous êtes la meilleure espèce combattante que nous ayons découverte.

— Et malgré tout, les Kurians nous ont battus sans problème.

— Ils ont bénéficié de l'effet de surprise. Si nous avions su qu'ils arrivaient, nous aurions pu vous avertir à temps. À la différence des Kurians, nous n'avions aucun ami dans vos divers gouvernements : nous ne voulions pas révéler notre présence. C'était une erreur, peut-être, mais nous estimions que votre société méritait d'avoir la chance de se développer par elle-même. Nous n'imaginions pas que les habitants de Kur pouvaient mettre sur pied un tel plan, ni qu'ils avaient créé une telle variété de ce que vous appelez les « Grogs », ni que bon nombre de vos soi-disant dirigeants étaient prêts à trahir leur propre espèce pour quelques misérables avantages personnels. Ah, voici l'aube. Profitons-en.

Le soleil teinta les nuages et les arbres, renouvelant le monde de sa chaleur. Son apparition rasséréna Valentine. Il se sentait prêt pour le défi que Ryu lui proposerait, quelle que soit sa nature.

Ils restèrent silencieux un long moment. Quand le disque brillant se sépara de l'horizon, Ryu se tourna vers David.

Par la seule force de sa volonté, le jeune homme essaya de percer ce déguisement psychique, pour découvrir la forme réelle du Tisseur de Vie – une sorte de croisement grotesque entre une chauve-souris et une pieuvre. Mais Ryu ne changea pas d'apparence.

— David, tu as fait tes preuves en tant que Loup. Tu n'en as peut-être pas l'impression actuellement, mais nous pensons le plus grand bien de toi. Les Loups d'Amu sont dotés d'une ouïe, d'un odorat, d'une vélocité et d'une endurance hors norme. Mes Félins sont différents. Ils tablent sur la ruse et la surprise, ainsi que sur une certaine dose d'audace que nous ne pouvons leur donner, seulement encourager. Pour devenir l'un d'entre eux, ton corps subira certains changements difficiles, qui ne sont pas sans risques. Peut-être te souviens-tu d'un ou deux Loups qui n'ont pas réussi à s'adapter à leur nouvelle condition.

— Oui.

Valentine revit ce camarade qui s'était jeté du haut d'un à-pic tant il avait été bouleversé après son initiation. Lui-même, juste après le rituel, avait sursauté au moindre bruit ou au plus petit mouvement, avant d'apprendre à maîtriser l'acuité nouvelle de ses sens. Certains individus ne supportaient pas la mutation.

— C'est une existence rude et solitaire, souvent dépourvue de la camaraderie des autres Félins. Tu as déjà passé un certain temps dans la Zone Kuriane. Es-tu prêt à y retourner ? Peut-être pour y disparaître, dans le plus grand anonymat, sans que jamais ta mort soit vengée ? Chaque année, des Félins n'en reviennent pas.

— Ryu, j'ai entendu assez d'histoires sur les Félins pour savoir tout cela. La seule fois où j'ai su que mes actes étaient déterminants, c'est quand j'ai aidé Molly et sa famille à s'échapper. S'il y a pour moi un moyen de porter assistance aux habitants des Terres Perdues… je suis disposé à courir le risque.

— Bien parlé. Mais est-ce suffisant ? Existe-t-il une autre raison ? Une raison personnelle ? Oublie ton père, tes amis, hommes et femmes, la famille Carlson ou même la gracieuse Alessa. Oublie tout ce qui s'est passé avec ton capitaine. Tu n'as rien à nous prouver. Vas-tu le faire parce que c'est ce que tu veux ?

Valentine recula légèrement le buste. Il était un peu déconcerté.

— Ryu, si telles sont vos attentes, autant me rayer de la liste. Mes désirs sont loin de constituer la raison principale pour laquelle j'aimerais m'engager sur cette voie. Bien sûr, je suis d'accord avec Duvalier quant à ce que nous devons traquer.

— Oublie la Croix Torse pour le moment. Je veux savoir ce qu'il y a en toi.

Et moi donc…

— C'est à cause de mes parents, et pour les miens, que je veux le faire. Vous m'avez expliqué quelle espèce étonnante nous sommes, comme si nous étions une sorte de chantier en cours. Notre race va soit vers l'extinction, soit vers un statut de bétail. Quel que soit le potentiel que vous avez vu en nous, il ne servira à rien tant que les Kurians régneront en maîtres ici.

» Monsieur, si j'avais le choix j'aimerais posséder une maison emplie de livres, au cœur des bois et près d'un lac où je pourrais pêcher en paix. Je me suis porté volontaire pour mener cette vie, et j'ai cherché à prendre des responsabilités parce qu'il faut bien que quelqu'un le fasse, sinon il n'y aura d'avenir pour aucun d'entre nous. Alors si vous cherchez une personne avec une mentalité de samouraï, qui se voue à sa propre perfection dans une autodestruction mortelle, ce n'est pas moi.

— Rien d'autre ? David, aimes-tu tuer ?

Le cœur de Valentine s'arrêta un instant, puis se remit à battre en cognant contre ses côtes. Jusqu'où Ryu pouvait-il voir dans son esprit ?

— Tu as perdu la langue ?

— Je ne peux pas…, bredouilla le jeune homme.

— David, qu'as-tu ressenti quand tu as abattu cette sentinelle sur le pont, ou ce major, dans le Wisconsin, celui qui te méprisait ouvertement pour tes origines indiennes ? Qu'as-tu ressenti quand tu as étranglé cet homme dans le Zoo ?

— Comment… ?

— Les explications prennent trop de temps. Quelle a été ta réaction ?

— La culpabilité, mais…

Ryu attendit en silence.

— C'est ça : je me suis senti coupable.

— Coupable parce que tu avais choisi une voie plutôt qu'une autre, une voie qui a mené à leur mort ? Ou coupable parce que tu t'en es délecté ?

Valentine ne put retenir un mouvement de recul. Soudain Ryu lui faisait peur, et il n'était pas du tout sûr de vouloir poursuivre cette conversation. Mais il devait répondre, et aucune réponse autre que la vérité ne conviendrait.

— Je ne sais pas. Je ne me connais pas assez bien pour pouvoir le dire.

Le Tisseur acquiesça.

— Alors restes-en là. J'aime savoir ce qu'il y a dans le cœur de mes Félins. Une fois que tu connaîtras ce qu'il y a réellement en toi, j'espère que tu le partageras avec moi. Très bien, tu vas avoir l'occasion d'aider les tiens. Et peut-être d'apprendre un jour pourquoi David Valentine se sent coupable.

— Alors je suis accepté ?

— Tu es accepté.

La cérémonie aurait difficilement pu être plus simple. Escorté par Duvalier, Valentine fut mené dans une petite pièce située à l'arrière de la Halle. Il ne portait qu'une serviette qui lui ceignait les reins.

— Les vêtements sont inutiles, pour le Changement, dit-elle, et il sentit son estomac se nouer.

D'une certaine façon, cela ressembla à un mariage. Ryu entra, paré d'habits amples décorés aux poignets et aux revers de symboles mystérieux. Il plaça Valentine à côté de Duvalier.

— Alessa, es-tu disposée à assumer la responsabilité de former celui-là ?

Elle hocha la tête.

— Oui.

Ryu se tourna alors vers Valentine.

— David, es-tu disposé à assumer la responsabilité de rejoindre nos rangs ?

Il acquiesça.

— Oui.

— Que le lien entre vous amène la réussite.

Le Tisseur de Vie vida une petite fiole dans un bol en céramique empli d'eau et l'agita doucement d'un mouvement circulaire, comme un amateur de cognac le fait avec un verre à dégustation.

— Bois, et deviens un Félin, déclara-t-il.

Valentine avala le contenu du bol, qui était aussi insipide que de l'eau.

Ryu tendit alors à Duvalier un petit couteau.

— À présent, mêlez vos sangs.

D'un geste vif elle s'entailla légèrement la paume droite, puis elle prit la main gauche de David et fit de même. Ensuite ils serrèrent fortement leurs deux mains. Il sentit la chaleur poisseuse du sang entre leurs peaux collées.

Le Tisseur regarda Duvalier.

— Explique à ton frère de sang ce qui va suivre.

— Les jours prochains seront un peu difficiles, dit-elle au jeune homme. D'ici quelques heures, tu vas commencer à éprouver de la nervosité. J'ai moi-même eu du mal à respirer, et ça m'a vraiment fait paniquer. La plupart des gens sont pris de vertiges ; ceux qui sont déjà montés sur un bateau disent que c'est comme le mal de mer. Ton cœur battra très vite. Il n'y aura pas de douleur physique, mais toute une partie de ton corps dont tu ignorais l'existence jusqu'à présent va s'éveiller. Nous te garderons enfermé dans cette pièce pendant deux ou trois jours, afin que tu restes en sécurité et au chaud. Détends-toi et tiens bon. Essaie de ne pas t'arracher les cheveux et de ne pas t'infliger de blessures.

Valentine se raidit. Il s'était senti bizarre et sur les nerfs après sa première initiation, mais à aucun moment il n'avait éprouvé le désir de s'automutiler...

— Si tu dois mordre quelque chose, continua-t-elle, nous avons un tube en plastique enveloppé dans du cuir pour toi. N'entame pas le bois, tu t'abîmerais les dents. À la fin du deuxième jour, je me suis mise à sauter sans arrêt, jusqu'à ce que je sois épuisée et que je m'écroule. Et ça a été fini. Peut-être que ça marchera pour toi aussi.

Ryu eut un petit sourire.

— David, sa description est plus effrayante que la réalité. Si le fait d'avoir un objectif peut t'aider, garde celui-ci à l'esprit : pour un Félin, le premier test est le silence qu'il parvient à conserver pendant le Changement. Et tu as de la chance : les Loups qui sont entrés dans notre caste se sont adaptés rapidement. Il y aura en permanence quelqu'un de l'autre côté de la porte. Nous garderons un œil sur toi.

Le Tisseur de Vie serra la main tachée de sang de Valentine dans les siennes, avec une légère inclinaison du buste. Duvalier le gratifia d'une étreinte vigoureuse, puis elle lui montra la vieille cicatrice blanchâtre dans sa paume gauche.

— Tu t'en tireras très bien. On se revoit dans trois jours.

Ils sortirent et refermèrent la porte à clé. La salle lui faisait penser à un sauna, jusqu'à la petite fenêtre vitrée dans la porte en cèdre. Le seul meuble était un banc en bois à lattes, et un trou d'écoulement situé au centre de la pièce tapissée de boiseries servait manifestement de toilettes. Il y avait un robinet fixé au mur, et Valentine l'ouvrit. De l'eau de source glacée cascada sur le sol.

Ils lui avaient laissé le morceau de tuyau en plastique recouvert de cuir, comme un de ces jouets qu'on donne aux chiens pour qu'ils se fassent les dents. Il n'éprouvait aucun malaise, du moins pas encore. Il étala la serviette sur le siège et s'étendit. Sur l'extrémité découverte des lattes il reconnut des marques de dents humaines.

L'esprit humain possède la merveilleuse capacité de se remémorer les choses agréables : le goût d'un dîner somptueux, le contact des lèvres d'une amante, le refrain d'une musique exaltante. À l'inverse, il se hâte de se débarrasser de tout ce qui est déplaisant. Par la suite, Valentine apprécia fort cette aptitude : les trois jours qu'il passa dans cette petite pièce furent parmi les pires de son existence.

Les premiers frissons apparurent au bout d'une heure, et dans l'après-midi tous ses muscles le firent souffrir. Il était dévoré par l'envie de courir jusqu'à s'effondrer. La sueur inondait son corps entier, le sang battait contre ses tympans, et la faible lumière filtrant par le judas agressait ses yeux. Il se sentait totalement désorienté. La salle semblait être un minuscule bouchon ballotté sur les vagues monstrueuses d'une mer déchaînée. Torturé par une nausée interminable, il ne connut le soulagement d'aucun vomissement. Son estomac se nouait, puis était parcouru de spasmes, et il se tordait sous la douleur en écoutant les battements trop sonores de son cœur. Pour éviter qu'il explose et jaillisse de sa poitrine, David se recroquevilla en position fœtale et enserra son corps de ses bras. Il devait résister à l'envie de grimper aux murs, marteler la porte des poings, puis courir et courir jusqu'à ce que l'électricité qui l'incendiait de la tête aux pieds le quitte enfin.

Il mordit le cuir du morceau de tuyau pour s'empêcher de hurler.

Le deuxième jour se passa un peu mieux. Sa cellule de bois paraissait étrangement ombragée, et les bruns rouges de la salle s'affadirent, tandis que les ombres prenaient plus d'épaisseur. La pièce ne chutait plus autour de lui, elle oscillait comme un berceau mû par la main apaisante d'une mère.

Mais il voulait *sortir.*

Il fit des pompes jusqu'à s'effondrer au sol, épuisé. Il but un peu d'eau, et bascula dans des cauchemars insensés.

Le troisième jour il fut pris d'une migraine abominable. Son estomac vide était douloureux, son crâne en feu, et ses mains ne cessaient de trembler. Lorsque le visage de

Duvalier apparut dans le judas vitré, il se jeta contre la porte qu'il griffa. Il laissa une traînée de salive là où il avait essayé de mordre le bois.

Puis il s'endormit.

Quand elle revint, il était trop exténué pour réagir.

Elle entra avec circonspection, tenant entre les mains un plateau sur lequel était posé un bol de soupe.

— Comment te sens-tu, cousin ?

Valentine se redressa maladroitement sur le banc. Ce seul mouvement l'étourdit.

— Faible comme un… chaton ?

La soupe se révéla la preuve que, de l'avis général, ses épreuves étaient terminées. Pendant qu'il mangeait, Duvalier alla lui chercher des vêtements et laissa la porte ouverte pour aérer la pièce. Quarante-huit heures plus tôt, il se serait précipité au-dehors et aurait couru dans les collines en hurlant, mais à présent il était content de boire à petites gorgées le liquide brûlant, tout en attendant le retour de la Féline. La serviette tachée de sang et de crasse méritait un enterrement décent : ses quatre coins étaient déchiquetés.

Il finit son maigre repas et s'habilla. Il tremblait toujours un peu. En suivant Duvalier dans la lumière plus vive qui baignait les toilettes et les salles de bains à l'arrière de la Halle, il garda une main posée sur l'épaule de la jeune femme. Celle-ci, comme tout ce qui les entourait, avait un aspect étrange. Sa peau lui apparaissait curieusement décolorée, les murs en bois cendreux, comme des rondins flottants délavés par l'eau de mer.

— Une seconde, dit-il. Pourquoi me sembles-tu différente ? L'éclairage est bizarre…

— Je sais ce que tu veux dire. Ce n'est pas la lumière, mais tes yeux. Un Félin qui avait des notions de médecine me l'a expliqué, il y a longtemps. C'est en rapport avec les cellules de tes yeux. Je crois qu'elles sont de deux sortes : il les a appelées « bâtonnets » et « cônes ». Les bâtonnets servent à capter les niveaux lumineux bas. Tu en as beaucoup plus maintenant. Ta vision colorée reviendra à la normale dès que ta vue se sera adaptée. Pour l'instant, ton cerveau ne parvient pas encore à décrypter parfaitement les informations que lui envoient tes pupilles. Enfin, c'était la théorie de ce Félin. Tu vas t'y faire. Tu n'auras plus aucune difficulté pour voir, quel que soit le niveau de luminosité, le noir absolu mis à part.

— Et ton toubib t'a expliqué d'où venait cette impression d'ivresse ?

— C'était encore plus déroutant ; cela concerne tes oreilles. Elles comportent de petites poches de liquide qui nous aident à conserver notre équilibre. Chez certains animaux, les félins en particulier, une série totalement différente de fibres nerveuses y sont connectées. Tu sais qu'un chat retombe toujours sur ses pattes, ou presque toujours ? C'est grâce à ces nerfs. Ils rétablissent l'équilibre aussi involontairement que tu redresses la jambe quand on tape sur ton genou. Pour l'instant, tu es encore hypersensible à cette modification.

Elle entra dans la cuisine et prit un sac de farine.

— Tiens-toi sur une seule jambe. Lève l'autre comme un chien qui se soulage sur un arbre. Plus haut. Bien. Reste dans cette position.

Valentine obéit, et il remarqua qu'il ne bougeait quasiment pas en exécutant ce mouvement. En temps normal, il aurait vacillé un peu.

— Et maintenant, attrape ! dit-elle en lui lançant le sac de cinq kilos.

Il le saisit à quelques centimètres de sa poitrine, sans broncher, et de petites bouffées blanches jaillirent dans l'air. Il avait gardé la jambe levée.

— Intéressant…

Il reposa le pied au sol, fit tourner l'objet entre ses mains et le propulsa vivement vers elle.

Les réflexes de Duvalier n'étaient pas moins aiguisés que les siens. Elle attrapa le projectile sans difficulté, mais, si elle fut assez forte pour stopper le missile de dix livres, l'enveloppe du sac ne supporta pas ce nouveau choc et céda. Un jet de farine lui explosa en pleine figure.

— Nom de…, rugit-elle en émergeant du nuage blanc.

Son visage ressemblait à un masque de kabuki, et elle était visiblement furieuse.

Valentine éclata de rire et se tut aussitôt devant son expression. Leurs regards s'attirèrent une seconde, comme ceux d'une gazelle et d'un léopard sur le veld. Il tourna les talons et s'enfuit.

— Tu es un homme mort, Valentine ! s'écria-t-elle.

David arriva au pied de l'escalier menant à sa plate-forme et bondit. À sa grande surprise, il atteignit le haut des marches d'un unique saut. S'appuyant sur un seul pied, il pivota et s'élança vers la plate-forme supérieure voisine ; ce bond aurait normalement nécessité une course d'appel.

Il glissa sur la plate-forme et s'y étala de tout son long. En un instant, Duvalier fut sur son dos. Elle avait dû égaler et même dépasser sa vélocité et sa puissance. Il tenta de se dégager, mais, alors qu'il réussissait à se retourner, elle lui coinça les bras de ses deux jambes, dans un étau d'acier. Soudain il trouva la situation excitante : cette jeune femme le chevauchait dans la position classique, et la farine qui la recouvrait jusqu'à la ceinture ajoutait un zeste d'étrangeté à ce moment. Mais dans les yeux de la Féline ne brillait que l'éclat du triomphe.

— Je t'ai eu, dit-elle. Allez, vas-y.

— Désolé, fit-il d'une voix haletante. Je ne voulais pas faire de toi le dindon de la farce.

— Quoi ?

— Le dindon de la farce.

— Je ne t'entends pas, Valentine, parle plus fort.

— C'était *involontaire* !

— C'est mieux, grogna-t-elle avant de le libérer.

Il prit une profonde inspiration. Il était toujours un peu étourdi.

— Dis-moi, Le Spectre, comment font-ils ça, à ton avis ?

— Quoi donc ?

— Comment font-ils pour nous métamorphoser de la sorte ?

— Bah, je me suis posé la question, moi aussi, dit-il. Certains Loups avancent l'explication qu'ils éveillent simplement quelque chose qui est déjà en nous. J'en ai parlé à un Félin nommé Pankow, un jour. Il a pris une lampe à pétrole réglée en veilleuse et il l'a allumée en grand. Il a dit que c'était ce que les Sorciers faisaient : « Ils augmentent la flamme. »

Valentine se demanda s'il pouvait lui faire part de ses craintes. Il contempla l'entaille dans sa paume.

— Mais plus grande est la flamme, plus vite le pétrole s'épuise. On échange la longévité contre la chaleur et la lumière. C'est ça qui me tracasse. Je n'ai pas rencontré beaucoup de Chasseurs d'âge respectable.

Elle secoua la tête, et la farine s'envola de son visage.

— Laisse tomber, Val. Tu sais quelle est l'espérance de vie moyenne pour un Félin dans la ZK ? Deux ou trois ans. Demande à Welles, elle te le confirmera. En ce qui me concerne, j'ai déjà dépassé ma « longévité » normale. J'aimerais autant qu'on parle d'autre chose.

» Maintenant que tu as été mis en condition, il est temps de commencer ta formation. Nous allons faire au plus court. J'essaierai de remplir les blancs quand nous serons en chemin.

— Très bien, sergent. Quelle est la suite du programme ?

Elle entreprit de s'épousseter avec vigueur.

— Sergent ? David, par courtoisie les Félins sont traités comme des capitaines dans les rangs de la Région Sud. Tu vois, tu as fini par obtenir une promotion. Quant à la suite du programme, tu vas manger et dormir. Ensuite nous allons t'éreinter. Quand je n'en pourrai plus, Welles prendra la relève. Alors profite du peu de temps qui te reste à te prélasser.

Au cours des semaines suivantes, Valentine en vint à penser que Duvalier lui en voulait terriblement pour l'incident de la farine. Il lui semblait qu'elle faisait tout pour qu'il perde un membre, sinon la vie. Et lorsqu'elle n'était pas personnellement disponible pour le torturer, Dix Welles veillait à ce qu'il ne cesse pas de transpirer.

Il devait emporter son sabre de samouraï partout, même sous la douche, ce qui pour lui frisait le ridicule. Si La Fumée le surprenait sortant des toilettes avec un exemplaire corné du *Reader's Digest* au lieu de son arme, il passait le restant de la journée à monter et descendre la colline en courant. Dès le premier jour elle lui enseigna les positions, parades et attaques de base, et les lui fit répéter à l'infini, d'abord avec une réplique en bois de son arme puis, quand il les eut correctement apprises, avec la lame nue. Un jour Welles lui ordonna de grimper sur l'arête du toit de la Halle qu'il dut parcourir en enchaînant les figures.

Il ramassa des tas de brindilles, les enveloppa dans de vieilles hardes, les trempa dans l'eau et les attacha à des pieux. La cible ainsi constituée fut ensuite placée sur une bascule elle-même montée sur un cardan. Il tenta de la toucher tandis que Duvalier, à l'autre bout de la planche longue de trois mètres, manœuvrait le mannequin pour esquiver ses attaques. Elle réussit à le renverser à plus d'une reprise. Et quand elle ne le déséquilibrait pas avec l'épouvantail, elle le faisait elle-même au cours des assauts avec les épées en bois. Elle frappait à la vitesse de l'éclair, et plus d'une fois il vit trente-six chandelles avant de se retrouver au sol.

Lorsqu'il ne s'entraînait pas, il devait lire. Il se documentait sur les poisons, les explosifs, les poudres naturelles ou chimiques qui permettaient d'aveugler ou de rendre malade. Sur les acides et les bases. Un vieux Félin grisonnant, édenté et voûté lui expliqua doctement comment saboter tout ce qui pouvait l'être, depuis un tank jusqu'à des freins hydrauliques ou même une pompe à eau.

Il apprit à grimper et se battre avec ses griffes. Duvalier lui recommanda de toujours les garder dans les poches d'un vieux manteau, afin d'avoir simplement à glisser les mains dans le vêtement pour les ressortir armées. Il escalada, attaqua et para tant et tant qu'elles furent bientôt comme de vieilles compagnes, mais cela ne parut pas suffire à ses instructeurs. Duvalier le força à s'entraîner avec elles jusqu'à ce qu'elles deviennent pour lui une extension naturelle de ses mains. Un jour, deux autres Félins en formation se moquèrent de l'obsession que Duvalier montrait pour ces armes.

— C'est une perte de temps, déclara l'un d'eux pendant le dîner pris en commun. En fait, on s'en sert pour combattre une fois sur cent, d'après ce qu'on m'a dit.

Welles entendit la réflexion et se tourna vivement vers lui.

— Cette fois-là, David survivra. Pas toi.

Ryu se manifestait quelquefois et emmenait Valentine pour exercer son esprit. D'abord, l'apprenti Félin s'évertua à réduire son aura au repos puis, avec le temps, à faire de même quand il courait ou grimpait, et même lorsqu'il s'entraînait avec le katana. Après qu'il eut été initié Loup, un vieux Félin nommé Eveready lui avait appris les techniques sommaires pour dissimuler sa signature vitale. À présent il se perfectionnait auprès du Tisseur de Vie qui avait formé Eveready.

Au repos, David satisfaisait Ryu, mais dans l'action le Tisseur ne cessait de le réprimander. Un après-midi, alors qu'il traversait un ruisseau au lit caillouteux sous la surveillance de son mentor, celui-ci leva les bras, ce qui était le signal convenu pour que son élève se fige.

— Je sens ton aura.

— Vous n'êtes pas un Kurian. Vous n'en avez pas besoin pour survivre. Comment pouvez-vous la détecter ?

— L'aura est bien des choses. Les pensées, les émotions, les sensations, la peur... Je peux les percevoir, jusqu'à un certain point. Toi aussi, d'ailleurs. Il s'agit plus d'une intuition que d'une supposition. Parfois je lis en toi aussi aisément que tu déchiffres les mots imprimés dans un livre.

— Désolé. J'ai vu un poisson filer devant moi.

— Oublie ton estomac vide quelque temps.

Immobile dans l'eau qui lui caressait les tibias, Valentine s'efforça de se fondre avec le décor, de devenir partie intégrante du ruisseau et des rochers plutôt qu'un voyageur qui les traversait.

— L'énergie dont ils se nourrissent, ce que nous appelons la « signature vitale », est aussi individualisée qu'une empreinte digitale, continua Ryu, et tu en émets beaucoup trop. Tu dois être le vent qui passe sur les rochers, l'eau qui s'écoule naturellement, l'essaim de moucherons au-dessus de cette souche, là-bas.

David imagina qu'il était une partie du ruisseau. Le poisson qu'il avait apeuré reprit son guet, à l'affût de l'insecte qui se poserait sur la surface. *Seulement l'eau et les rochers, la truite...*

— Cesse de penser. Laisse-toi porter de l'autre côté.

Valentine suivit l'eau sans plus se soucier du poisson ni des moucherons, jusqu'à parvenir auprès de Ryu.

— C'est mieux. Regarde le roc. Essaie de trouver le chemin que tu as emprunté.

David s'accroupit et chercha les marques de ses bottes sur les rochers. Il était sorti du ruisseau sans déranger une pierre ni laisser la moindre trace de boue.

Il ne dit rien, se contenta de sentir la brise.

— À présent deviens ce vent, et nous reprendrons cette discussion quand nous serons au sommet de la colline, dit le Tisseur en désignant une pente zébrée d'affleurements calcaires.

Il s'entraînait également à l'intérieur de la Halle. Mains liées dans le dos, il sautait d'un chevron à l'autre.

— Tout est dans l'équilibre, Le Spectre, lui cria Duvalier depuis le sol alors qu'il vacillait un instant après un bond. L'équilibre t'évite d'être touché dans le combat, il te permet de tenir fermement ton fusil, et il te rend silencieux quand tu marches.

Une Féline du nom de Cymbeline – une femme tatouée dont l'un des yeux était couvert d'un voile laiteux, et dépourvue de cheveux et de sourcils – lui enseigna l'art du combat rapproché. Sa philosophie en la matière consistait à s'armer aussi vite que possible de tout ce qui était disponible, morceau de chaîne ou même bâton. Elle lui montra comment se servir de toutes les parties de son corps, de son cou-de-pied à son crâne – qu'elle appelait une « brique de cinq kilos toujours disponible » – pour mettre hors de combat un adversaire.

Après cinq semaines, son casier resté en dépôt au Deuxième Régiment le retrouva à la Halle, ainsi qu'une caisse cadenassée, d'un poids considérable. Non sans mal, il monta le tout sur sa plate-forme. Une lettre et une petite clé étaient glissées dans une enveloppe libellée à son nom et mêlée au reste de son courrier. Il étudia un instant cette écriture inconnue et décacheta l'enveloppe. Le texte était rédigé d'une écriture pataude.

« Mon cher David,

Mieux vaut que tout ça t'arrive intact, ou alors j'aurai deux mots à dire à la poste territoriale. J'ai sympathisé avec Molly et sa famille. Ils m'ont raconté ce qui s'est passé et ce que tu as fait pour eux dans le Wisconsin. Nous sommes heureux d'avoir des gens comme les Carlson à Weening.

Je n'ai pas vraiment de famille. Je n'ai jamais servi avec ton père mais je sais qu'il aurait voulu que je t'aide si je le pouvais. Je t'envoie un ami très cher, une de mes armes préférées, de l'époque où j'étais dans les Ours de Jorgensen. Elle a plus d'une centaine d'années, maintenant, et a été réparée et remontée une ou deux fois, mais elle est sacrément efficace et je veux qu'elle soit entre tes mains. C'est un vieux PPD-40 soviétique. Tu peux compter dessus quels que soient le temps et la saleté ambiante. J'ai ajouté une centaine de balles que j'ai moi-même fabriquées, plus les outils et les moules pour en refaire. Il y a aussi un petit manuel d'utilisation que j'ai rédigé. Je suppose qu'elle a été prise par les nazis quand ils ont attaqué la Russie soviétique. Dans l'armée allemande on appréciait beaucoup ce modèle, et les nazis ont saisi tous les exemplaires qu'ils ont pu trouver. Plus tard elle est passée à nos troupes et a été ramenée ici. Je l'ai obtenue chez un collectionneur du Missouri qui distribuait ses armes pendant la sale époque, en 22. Il m'a expliqué comment l'entretenir.

J'espère qu'elle prendra soin de toi aussi bien qu'elle l'a fait pour moi. Attention quand tu mets en position automatique : tu videras ce gros cylindre en moins de huit secondes si tu gardes le doigt sur la détente. Tu peux trouver des munitions pour cette beauté chez Red, à Fort Smith, ou à l'armurerie de Pine Bluff. Sinon va voir Sharky au Gunworks de Mountain Home. Dis-lui simplement que tu as besoin de 7.62 Mauser. Le mieux, ce serait que tu apprennes à fabriquer tes propres munitions ; c'est beaucoup plus sûr. ET LIS CE FOUTU MANUEL, mon gars.

Je t'ai bien observé quand tu as passé la saison à Weening. J'ai été impressionné par ta façon de traquer les Harpies et de régler son compte au Crâne Noir qui avait eu le jeune Helm et tes copains du Régiment de Travail. Passe me voir quand tu veux, il y aura toujours un lit et une bière pour toi chez moi.

Ton ami,
Bob Bourne »

Valentine se rappelait cet homme surnommé « Tank », qu'il avait connu quatre ans plus tôt, lors de la nuit de l'incendie, quand Gabrielle Cho, qui avait été ce qui se rapprochait le plus d'un amour de jeunesse pour lui, était morte.

Il chassa ces souvenirs pénibles de son esprit.

Ainsi donc l'arme était le mystère mentionné dans la dernière lettre de Molly. Il prit la petite clé dans l'enveloppe et ouvrit le cadenas, puis le coffre. L'objet était plus petit qu'une carabine, mais ramassé, avec une crosse épaisse en bois. Le canon était encastré dans un montant en bois évidé. Avec les petits outils pour l'entretien et le manuel d'instruction se trouvaient trois boîtes de munitions pesantes. Il souleva l'arme, grossièrement usinée dans de l'acier massif. Des caractères cyrilliques étaient imprimés au-dessus de la détente.

— Merci, Tank.

Son bienfaiteur avait ajouté trois cylindres et un chargeur recourbé. Chacun de ces tubes pouvait contenir soixante et onze balles. Valentine s'empressa de parcourir le manuel, un mélange de jargon spécifique aux armes et de conseils divers, comme la façon de remplacer un ressort usagé dans le cylindre, ou celle d'utiliser un morceau de cuir pour matelasser une partie du mécanisme. Par curiosité il démonta le PPD-40. L'opération se résumait à ouvrir le boîtier de culasse monté sur charnières pour révéler la culasse mobile et le ressort. L'ensemble s'ouvrait et se refermait avec la même facilité. De par l'expérience qu'il avait acquise avec différentes armes en usage dans le Territoire Libre ou chez l'ennemi, David était partisan de la simplicité, mais il éprouvait certains doutes quant à des munitions aussi exotiques. La crosse était manifestement neuve. Était-ce à ce détail que Molly faisait allusion quand elle avait écrit que Tank travaillait sur quelque chose pour lui, pendant l'hiver ? Polie et vernie, elle avait été taillée dans un beau morceau de frêne.

Duvalier le rejoignit sur sa petite plate-forme.

— Il paraît que le chariot de la Logistique est passé pour t'apporter quelque chose. Ton casier est enfin arrivé ?

Valentine replaça l'arme dans la caisse.

— Oui. Mieux encore, un vieil Ours bien léché m'a envoyé ses meilleurs vœux de réussite.

Le soir suivant, Duvalier et David se retrouvèrent seuls à l'heure du dîner. Dix avait emmené le reste des Félins au plus proche comptoir commercial de la Région Sud pour effectuer un ravitaillement. Valentine savourait ces moments de calme – il avait passé la journée à poursuivre sa partenaire. Et lorsqu'il avait la malchance de ne pas la rattraper au bout d'une heure, ils inversaient les rôles et c'était lui qui devenait le gibier. Il espérait avoir le temps de s'accorder une longue douche et un passage dans le sauna.

Ryu émergea de son antre en compagnie d'une femme à la beauté si frappante que Valentine la soupçonna d'être une Tisseuse de Vie. Tout Tisseur en contact avec des humains avait la capacité de créer des illusions, et une telle perfection ne pouvait qu'en être une.

Les Félins saluèrent l'inconnue d'une inclinaison polie du buste.

— Mes intrépides amis, veuillez accueillir ma sœur de l'Est, Ura, dit Ryu.

Il s'écarta et elle s'avança. Radieuse dans une robe très simple serrée à la ceinture par une longue corde dorée, elle marchait sans même paraître toucher le sol de ses pieds délicats. Valentine songea qu'elle ressemblait à une princesse de livre de contes.

— Encore un peu rudes, comme tout ici, mais vous semblez capables, fit-elle avec un sourire.

Elle leur serra la main, et sa poigne était étonnamment fraîche et ferme.

— Ura, Alessa Duvalier et David Valentine s'inquiètent eux aussi au sujet de la Croix Torse. Se pourrait-il que le mal ancien ait été ranimé ?

— Je le crains. Ils ont assurément redéployé le vieux symbole. Et peut-être se sont-ils remis en marche.

— De quoi s'agit-il, Ryu ? demanda Duvalier. Quand vous m'avez confié cette tâche, vous ne m'avez pas dit que vous étiez au courant de quoi que ce soit.

— J'ai pensé que ce pouvait être une simple coïncidence. Mais bien des choses sont différentes, à présent. Ils n'ont jamais utilisé des Faucheurs auparavant, c'est une certitude.

— Peut-être devriez-vous commencer par le commencement, proposa Valentine.

Il fouillait sa mémoire à la recherche du moindre détail concernant sa brève rencontre avec un membre de la Croix Torse à Chicago. Tout ce dont il se souvenait, c'était le meurtre de cet homme inconnu dans les sous-sols du Zoo, ainsi que le visage barbouillé de sang et la gorge déchiquetée de cette pauvre fille condamnée.

— Alors venez vous asseoir, dit Ryu en les précédant à une des longues tables. Ura, veux-tu boire ou manger quelque chose ? Non ? David, commencer par le commencement prendrait des années. Je pense que tu le sais, tu en as appris plus sur ces sujets durant ton enfance que nombre de tes aînés, même ceux qui devraient être au fait de ces choses.

» La Croix Torse remonte au premier grand massacre, quand les Kurians ont emprunté l'Arbre Intermondes alors que le schisme se transformait en guerre ouverte. Sur la Terre et six autres planètes, ils nous ont attaqués sans prévenir. Leurs premiers alliés humains ont été les membres d'une peuplade originaire du centre de l'Asie, connus sous le nom d'Aryens.

» À cause de leur statut privilégié auprès de Kur, les Aryens se sont considérés eux-mêmes comme supérieurs à tous les autres hommes. Les colifichets que les Kurians leur ont donnés les ont rendus capables de convaincre les autres de cette supériorité, et très vite les Aryens ont pris la tête d'armées qui ont exécuté les ordres venus de Kur.

Ura leva une main.

— Il convient de se souvenir que les Kurians ont échoué lors de leur première tentative d'invasion, et que le pouvoir des Aryens a été mis à mal.

— Alors, que désigne la Croix Torse ? demanda Valentine.

— Je ne le sais pas, répondit Ryu. D'après certains, ce glyphe signifierait « la vie ». Comme exemple extrême, il n'y a aucune raison physiologique pour qu'un humain ne puisse pas vivre de l'aura vitale et parvenir ainsi à l'équivalent de l'immortalité. Pour cela, il faut simplement que s'opère un Changement guère plus important que celui dont tu as récemment fait l'expérience, David. Ton corps génère et utilise déjà l'aura vitale, c'est la perte de celle-ci au fil du temps qui provoque ton vieillissement. Le problème se résume donc à la capacité d'acquérir et d'utiliser l'aura de quelqu'un d'autre.

Valentine prit un moment pour réfléchir à cette notion. Peut-être était-ce là la carotte agitée devant le nez des humains qui avaient trahi leur propre espèce. Si on lui offrait la vie éternelle, quelle serait sa réponse ? Et en vérité, quelle différence y avait-il avec le fait de manger un steak ou une tranche de jambon ?

— Alessa, David, faites de votre mieux pour en apprendre le maximum sur cette nouvelle menace. Dans les montagnes situées près de la côte est, m'a dit ma sœur, nous avons souffert d'une perte mystérieuse voici deux étés. Autrefois se trouvait là une enclave libre et florissante, installée dans une vallée bien protégée. Et du jour au lendemain, le désert. L'été dernier nous avons perdu tout contact avec certains alliés établis sur la côte du golfe du Mexique, sur la péninsule de Floride. Nous craignons que le Territoire d'Ozark soit la prochaine cible. J'ai déjà envoyé d'autres équipes, avec la même mission : en découvrir le plus possible sur ce Général et ceux qui suivent sa bannière.

— Nous ferons de notre mieux, bien entendu, répondit Duvalier. J'ai une idée de l'endroit où commencer nos recherches. Mais la piste est déjà froide. Il se peut que nous soyons bientôt de retour.

— Tu n'es pas encore prêt, mais je ne le suis pas non plus, dit Alessa à Valentine quelques jours plus tard. Peu importe. Nous levons le camp.

Le moindre bruit éveillait des échos lugubres dans la Halle désertée. À part David, Duvalier était le seul Félin encore présent, les autres Apprentis étant partis rejoindre leurs tuteurs pour l'été. Bien sûr Welles était toujours là, mais elle résidait dans les lieux de façon permanente. Ils s'affairèrent aux préparatifs de dernière minute. Tout d'abord ils rassemblèrent une collection de photographies utiles pour diverses pièces d'identité – Welles disposait de deux appareils et d'une chambre noire –, ainsi que des documents et formulaires à remplir, dont ils pourraient avoir besoin dans le Goulag, puis ils passèrent en revue les diverses informations en leur possession afin de bien se préparer.

Valentine s'était adapté à ses nouveaux sens et à ses talents tout neufs. Il maniait son sabre avec la même assurance que son fusil ou son parang lorsqu'il était Loup. Il s'était entraîné à tirer avec l'arme que Bourne lui avait envoyée. Si sa portée utile n'excédait pas deux cents mètres, dans le combat à courte distance elle constituerait un atout meurtrier.

Sa vision nocturne rivalisait en acuité avec la diurne, sauf à grande distance, et il pouvait suivre Duvalier sur un câble d'acier suspendu sans aucun émoi ni aucune hésitation. Quand il se pliait à ce genre d'exercice, il se concentrait pour « apaiser son esprit » et mettait en sourdine sa conscience supérieure comme Ryu le lui avait enseigné. Il n'avait besoin d'aucun entraînement pour se mouvoir dans le silence le plus total. Cette aptitude lui avait valu son surnom de « Spectre » il y avait déjà longtemps, chez les Loups.

Duvalier elle-même trouvait cette capacité à se déplacer sans le moindre bruit presque surnaturelle. Il la surprit qui en discutait avec Welles un soir, alors que toutes deux le croyaient endormi. Alessa expliquait qu'un après-midi elle se reposait, adossée à un tronc d'arbre, et qu'elle n'avait pris conscience de son approche et de sa présence que lorsqu'il lui avait touché l'épaule de la main.

— Hmm, c'est peut-être son sang indien. Ses cheveux viennent de là, en tout cas.

— Sa mère était une Sioux, c'est vrai. Mais il y a mieux, je l'ai lu dans son dossier : il peut sentir la présence des Faucheurs. C'est arrivé en deux ou trois occasions, et devant témoins. Mais seulement si les Crânes Noirs sont en activité. Il les décèle quand ils se déplacent ; s'ils dorment… rien. C'est comme leur aptitude à repérer notre signature vitale, dans le sens inverse.

Welles ne répondit pas immédiatement.

— C'est bizarre, oui. Peut-être qu'il est sensible au lien qui existe entre eux et leur Maître, qu'en penses-tu ?

— C'est possible. J'avais déjà entendu parler de gens capables de les repérer, mais je n'en avais encore jamais rencontré. N'empêche, je suis beaucoup plus détendue la nuit quand je sais qu'il est là.

— Je parie qu'il pourrait te détendre encore bien mieux la nuit, railla Welles, avec un petit rire qui lui était peu coutumier.

—Arrête, Dix. Mon intérêt pour lui est purement professionnel.

—Hmm… Il est bon que je sois née de la dernière pluie, sinon il se pourrait que je ne te croie pas. Une chose est sûre : son pain frais et ses biscuits me manqueront. Il se débrouille très bien en cuisine. Et il a coupé assez de bois pour qu'on tienne jusqu'au printemps prochain.

Ils préparèrent leurs paquetages. Valentine leva les yeux vers les ampoules autoluminescentes et fut tenté d'en prendre une. Elle aurait constitué un souvenir sans doute très utile.

—Ne te gêne pas pour laisser le reste de tes affaires ici, lui dit Duvalier. Nous le faisons tous. La Halle est pour toi ce qui se rapprochera le plus d'un vrai foyer avant longtemps.

Welles apparut, un ballot coincé sous le bras.

—Je l'ai réalisé pour toi, jeune Spectre. En remerciement pour ton pain savoureux et quelques histoires très agréables que tu nous as racontées au coin du feu. Qui aurait pensé que j'aimerais entendre parler des empereurs romains et des pièces de théâtre anglaises poussiéreuses ? Tiens, fit-elle en lui tendant son cadeau. Je ne suis plus aussi leste de corps qu'à une époque, mais j'ai toujours les doigts agiles.

Il prit le vêtement vert enroulé, dénoua la ficelle et le déploya. C'était un long manteau pour chevaucher.

—Je ne suis pas certain que je qualifierais *Richard III* de « pièce de théâtre poussiéreuse », mais je te remercie.

—Désolée pour les boutons dépareillés, mais tu sais comment c'est. Je me suis servie de fines tiges de bois pour renforcer les coutures. Elles tiendront un peu mieux.

Valentine le positionna devant lui et l'enfila. Le cache-poussière était réversible, vert passé d'un côté et noir de l'autre, comme la relique seyante quoique fatiguée de Duvalier. Il s'arrêtait juste au-dessus des chevilles et était fendu à l'arrière pour la monte, avec des boucles intérieures où passer les jambes quand on était en selle. Les poches étaient nombreuses et un cache-nez intégré permettait d'entourer son cou d'un col haut et chaud. Une capuche pendait entre les épaules, coupée avec un tel art qu'elle ressemblait à une décoration.

— Alors tu ne prenais pas mes mesures pour des « raisons statistiques », le mois dernier, hein ? fit-il.

— Je plaide coupable. N'oublie pas de rester invisible, d'accord, Le Spectre ? Ce manteau te protégera du vent, pas des balles. Je n'ai pas pu faire mieux : ces satanés Ours s'approprient toutes les capes des Faucheurs.

— Tu vas pleurer ou la remercier, Val ? glissa Duvalier.

— Merci, Dix. J'apprécie vraiment.

— Tu l'apprécieras encore plus lors du premier orage. Débrouille-toi pour rester en vie dedans, Le Spectre.

Ils ouvrirent la lourde porte et sortirent dans la clarté matinale. Deux rouans broutaient l'herbe grasse devant la Halle. Quand Ryu suivit les Félins au-dehors, les chevaux relevèrent la tête et hennirent doucement.

— Un cadeau d'adieu, expliqua le Tisseur. Ces deux-là appartenaient à un troupeau sauvage très malin, qui parcourt les montagnes. J'ai appelé et ils sont venus.

— Ils ne nous seront pas d'une grande utilité, alors, commenta Valentine en se souvenant du temps qu'il lui fallait pour dresser des chevaux sauvages à simplement tirer des troncs d'arbres dans le Minnesota. Il faudra des jours avant qu'ils obéissent correctement.

Ryu lui tapota gentiment l'épaule.

— Ce ne sera pas nécessaire, David. Je les ai marqués de votre empreinte, si je puis m'exprimer ainsi. Ils devraient très vite se prendre de sympathie pour vous. Essayez-les.

Comme s'ils comprenaient ces paroles, les rouans s'approchèrent.

— Je vais aller vous chercher un peu d'avoine dans la cuisine, déclara Dix. Assez pour tenir jusqu'à un fort frontalier où vous ravitailler.

Valentine posa sur la jument un regard quelque peu dubitatif, mais elle le considéra avec calme, comme si elle le connaissait depuis toujours. Des naseaux, elle effleura le col de son nouveau manteau. Il saisit sa crinière à pleines mains et sauta sur le dos nu de l'animal. Une simple pression du mollet contre le flanc de sa monture suffit à la faire pivoter vers Ryu et sa compagne éthérée.

— Nous avons des selles et des couvertures dans la remise, je crois, dit le Tisseur.

Duvalier tourna la tête en direction du petit bâtiment près du fumoir à viandes.

— Oui, je pense que nous y trouverons ce qu'il nous faut. Merci, monsieur. C'est un présent qui nous sera très utile.

Ryu braqua son regard perçant sur Valentine.

— Il y a soixante et onze jours, tu nous as accusés de nous servir de vous. Il m'arrive de penser que les miens prennent l'assistance des humains pour un dû. Nous participons à la même guerre, mais c'est vous qui subissez presque toutes les pertes. Certains estiment que, si nous en faisons trop pour vous, vous deviendrez dépendants de nous et vous cesserez de vous développer. Je suis assez d'accord avec cette théorie, mais l'argument qui voudrait que nous n'interférions pas avec une civilisation n'a plus aucune valeur alors que les Kurians ont déjà bouleversé votre monde à leur convenance. Alors, si je peux aider mes enfants grâce à un petit tour, je le fais.

» Et puisque je parle de petits tours, j'en ai un pour toi, David, dit-il en tendant la main.

Il l'ouvrit et révéla une petite ampoule pyramidale qui luisait faiblement dans la clarté du matin.

— *Qu'elle guide tes pas dans les endroits les plus obscurs, là où les autres lumières s'éteignent*, dit-il.

Mais avait-il réellement parlé ? La citation semblait être apparue directement dans l'esprit de Valentine, comme extraite de ses abondantes lectures, sans que le Tisseur de Vie ait remué les lèvres.

— Tu sais comment la recharger, je crois, fit-il ; et cette fois il prononça bien ces mots.

— Il suffit de la laisser exposée au soleil, répondit le Félin qui accepta ce cadeau inattendu.

— Dans l'Ancien Temps, nous en avions qui généraient aussi de la chaleur, ce qui vous aurait été bien plus utile. Hélas nous avons perdu cet art, comme tant d'autres.

Ryu et Ura échangèrent un long regard, au point que Valentine se demanda si, pendant ce moment, les Tisseurs n'entretenaient pas l'équivalent télépathique d'une discussion fournie.

— Alessa, suis ton instinct quand ton intellect te fera défaut. David, si tu gardes l'esprit ouvert, tu trouveras des amis inattendus, déclara enfin Ryu.

Il s'éleva doucement du sol, et du bout des doigts leur effleura le front ; d'abord celui de Duvalier puis celui de Valentine. Ensuite il écarta les bras devant eux, comme pour leur donner une sorte de bénédiction.

— Allez, vous deux, ajouta Ura en imitant l'attitude de son compagnon. Chassez ce mal ancien, et ainsi, transformez un sort funeste en un avenir heureux pour notre Cause.

Et pendant qu'on y est, trouvons les mines du roi Salomon et un morceau de la Croix du Christ, songea David en cédant l'espace d'un instant à son côté acerbe. Il regarda Duvalier, qui se tenait debout auprès de sa nouvelle monture, une expression extatique sur le visage. Elle semblait hypnotisée. En savait-elle plus que lui, ou était-elle simplement plus crédule ? La preuve animale des aptitudes spéciales des Tisseurs de Vie se tenait-elle immobile sous son corps, ou bien l'apparition quasi magique des chevaux n'était-elle qu'un subterfuge élaboré ?

Il ne remettait certes pas en cause l'acuité nouvelle de ses sens, de la vision à l'équilibre. Il était capable de passer la journée entière à courir sans ressentir de fatigue. Il ne faisait aucun doute qu'ils avaient fait surgir quelque chose en lui, mais avaient-ils créé cette chose ou l'avaient-ils seulement réveillée ?

Les deux Félins s'inclinèrent en signe de remerciement, puis ils laissèrent leurs montures et allèrent voir dans la remise s'ils pouvaient trouver de quoi les seller.

Plus tard, Valentine contempla la Halle une dernière fois. Certaines paroles de sa mère lui revinrent alors en mémoire : « *Il y a deux catégories de personnes dans ce monde : ceux qui regardent derrière eux, et ceux qui regardent devant.* » Elle avait aussi pour habitude de dire que dans leur jeunesse la plupart des gens regardent devant eux, et qu'avec l'âge ils regardent de plus en plus en arrière. « *Regarde toujours devant toi, David, toujours plus loin* », ajoutait-elle.

Il était plus qu'agréable de chevaucher ces nouvelles montures sous le soleil de l'été. La Zone Kuriane était loin, et sans l'humidité de juillet la journée aurait été parfaite. La première partie de parcours, facile, leur permit de se mettre dans l'ambiance du voyage. Lors d'une deuxième journée plus pénible, ils atteignirent les anciennes autoroutes des Ozark qui les menèrent vers les terres frontalières du Missouri. Duvalier prouva son flair en trouvant un abri discret dans des ruines datant d'avant le Renversement. C'était toujours avec une certaine excitation que Valentine s'installait pour passer la nuit dans des maisons délabrées ou d'anciens magasins. Il trouvait souvent une vieille photo de famille encadrée, et il contemplait alors longuement les cheveux soigneusement peignés des enfants, tout en s'interrogeant sur le sort qu'ils avaient connu. L'épidémie de la Folie Délirante, qui s'était abattue sur la planète en 2022, avait décimé la majorité de la population. La guerre et les émeutes avaient prélevé un très lourd tribut chez les survivants. Il avait côtoyé la mort trop souvent pour se demander comment les rescapés étaient parvenus à ne pas sombrer dans la démence. Dans les premières années du règne kurian, la population oscillait entre dix et quinze pour cent de ce qu'elle avait été avant 2022. C'étaient les zones urbaines qui avaient connu les plus grandes pertes. Alors qu'il se dirigeait vers le fleuve Arkansas, Valentine avait un jour traversé la région de Little Rock, dévastée par une explosion nucléaire. La nature y était revenue, pas les hommes. Les arbres avaient poussé au milieu des décombres, mais les gens évitaient toujours l'endroit comme s'il était sous le coup d'une malédiction.

— Quel est le programme, pour demain ? demanda-t-il une fois qu'ils se furent occupés des chevaux.

— Nous faisons équipe, à présent, David, répondit-elle en rapportant sa selle à l'intérieur. Nous prenons les décisions à deux. Tu es assez sensé pour ça.

— Ce que tu dis ressemble horriblement à un compliment…

— Tu m'as interrompue avant que j'ajoute « la plupart du temps ». Je me disais que nous pourrions faire halte à Fort Springfield. C'est le dernier poste avant le *no man's land*. Ce vieux type du dépôt ferroviaire d'Oklahoma City, il a bien dit que les « nazis » se déplaçaient par le rail, non ?

— Oui. Il a aussi mentionné de nouvelles lignes qui s'étendaient vers l'ouest.

Elle déposa la selle à terre et tira de son sac une boîte emplie d'une sorte de suif. Elle en mit un peu sur un chiffon qu'elle passa ensuite sur le cuir de la selle pour le nettoyer de la poussière. Valentine entreprit de préparer leur dîner avec les victuailles qu'ils avaient prises dans la Halle de Ryu. Les meilleurs légumes d'été étaient arrivés à maturité, et il en éplucha plusieurs pour accompagner un bouillon de poulet.

— Notre boulot comporte trois aspects, Valentine, dit la Féline qui traça un triangle dans la poussière du sol. Rapidité, sécurité, efficacité. Dans la ZK, on n'a droit qu'à deux d'entre eux. On peut faire quelque chose rapidement et efficacement, mais alors on doit sacrifier la sécurité. Ou en toute sécurité et avec efficacité, mais ce ne sera pas fait rapidement.

— Restent rapidement et en toute sécurité...

— C'est ainsi qu'opèrent la plupart des Félins. Intervenir très vite, et repartir plus vite encore. Moi, j'aime bien tourner autour de ma cible pendant un temps. Quand vient le moment d'agir, je sais ce que je fais. Ta piste avec ce vieux dingo est la seule que nous ayons, du moins dans cette partie du pays. Je préfère ne pas aller m'égarer dans les Smoky Mountains, où je ne connais personne.

— J'en déduis que tu connais des gens dans les plaines ?

— Que dit cette vieille chanson... « J'ai des accointances dans les bas-fonds... » Bien sûr, Valentine. Dans le Goulag, il n'y a pas que des Collabs.

Au-dessus du feu qui brûlait dans un vieil évier en acier posé sur deux parpaings était suspendue une petite marmite ; David la recouvrit.

Duvalier déplia une carte des anciens États-Unis.

— Nous savons que le Général se déplace en train, n'est-ce pas ? Ils n'ont pas effectué de raid dans le Territoire Libre, mais je crains qu'ils le fassent un jour. Peut-être qu'il n'a pas encore les forces suffisantes pour ce genre d'expédition. Ils se dirigeaient donc vers le nord en sortant d'Oklahoma City. Les Kurians ne disposent pas de voies est-ouest sûres au sud de l'Iowa et du Nebraska. Tes vieux copains les Loups font trop de raffut entre Kansas City et Saint Louis. L'ennemi n'essaie même plus de réparer cette ligne. Dans le Kansas ou dans le Nebraska, ils auraient pu bifurquer vers l'ouest en direction de Denver ou d'une des Enclaves Libres situées dans les Rocheuses. J'ai du mal à croire qu'ils soient revenus vers l'est. Pourquoi aller à l'ouest, d'abord ?

Valentine étudiait la carte.

— Au nord, une fois sortis de l'Oklahoma, ils ont peut-être obliqué vers l'ouest à Wichita, Junction City ou même Lincoln. Enfin, Lincoln, c'est peu probable, mais si je cherchais à recruter, l'Iowa me semblerait l'endroit tout indiqué. J'ai l'impression que, autrefois, on y trouvait une grosse armée ralliée sous la bannière de la Croix Torse. Peut-être qu'ils essaient de recommencer. Beaucoup de Collabs loyaux ont reçu des terres dans l'Iowa pour services rendus. Nous avions l'habitude de tracer un cercle de trois cents kilomètres autour de Des Moines, que nous appelions la Région de l'Anneau de Cuivre. Certains de ces Collabs ont fondé des familles. Il se pourrait que les Kurians veuillent que quelques-uns de leurs fils et filles rejoignent leurs rangs.

Duvalier regardait fixement la carte.

— Marrant, mais j'ai du mal à imaginer ces types en meneurs d'une grande armée. Ils semblent avoir un tel goût du secret, je les vois plutôt conduire une troupe d'élite réduite en nombre. D'une certaine manière, s'ils avaient une grande armée, ce serait mieux pour nous, parce que nous pourrions les traquer, et même les infiltrer. À mon avis, ils sont pour les Kurians l'équivalent de nos Ours : de petits groupes de gros salopards qui s'occupent des ennemis contre lesquels les Kurians ne veulent pas risquer leurs propres Faucheurs.

— Des Faucheurs mercenaires ? D'accord, tu as vu des Faucheurs, j'ai vu des hommes. Peut-être que c'est leur version d'une équipe mixte. Les hommes protègent les Faucheurs quand ceux-ci dorment le jour, et les Faucheurs vont tuer la nuit venue.

— Ce système existe déjà, Valentine.

— Et s'ils l'avaient simplement perfectionné ?

— Il n'empêche que j'ai entendu les Crânes Noirs discuter entre eux quand j'ai croisé leur chemin. Ce qui signifie qu'ils n'étaient pas tous contrôlés par le même Maître.

Car un Seigneur Kurian animait ses Faucheurs à l'aide d'un lien psychique, celui par lequel il se repaissait de l'aura vitale des humains tués par ses Vampires.

Tout cela n'avait pas de sens, aux yeux de David.

— Et si un groupe de Seigneurs Kurians décidait de partager les risques pour détruire des ennemis communs ? Chacun prête un Faucheur, pour former une force de frappe itinérante qui… Non, c'est idiot : le contrôle d'un Kurian sur ses Faucheurs s'affaiblit avec la distance qui les sépare.

— Exact. Et dans ce cas, il faudrait donc que les Kurians se déplacent à travers le pays. Et courent de gros dangers.

Or rien ne peut les faire sortir de leur petite forteresse une fois qu'ils s'y sont installés. Ce sont les plus grands poltrons de la création.

— Oui, tu as raison. C'est incompréhensible, dit Valentine dont l'estomac, chatouillé par les odeurs de la nourriture qui cuisait, émit un gargouillement explicite. Mais il y a une chose que je comprends, et c'est l'impatience de mon ventre. Mangeons.

Ils se concentrèrent sur le pain et la soupe. Pour le dessert ils partagèrent un sac de pruneaux, et jouèrent à qui crachait le noyau avec le plus de précision. Il gagna à la distance, mais les projectiles de Duvalier ne rataient jamais leur cible. Ils rirent des taches couleur de vin laissées sur leurs visages et se couchèrent en s'esclaffant comme des gamins.

— Comment es-tu devenue une Féline ? Tu as toujours été une provocatrice, ou c'est juste l'entraînement ?

— Les deux, d'une certaine façon. J'ai grandi sans rien connaître d'autre que la férule des Kurians, à Emporia, dans le Kansas. C'est une ville située à peu près à mi-chemin entre ce qui reste de Topeka et de Wichita. Mon père a été envoyé dans un camp de travail je ne sais où. Ma mère fabriquait des vêtements, surtout pour les manœuvres. Nous appelons cette région le Goulag des Grandes Plaines. Le goulag… je croyais qu'il s'agissait d'un plat chaud jusqu'à ce que quelqu'un m'explique que c'était la même chose qu'un camp de concentration. Hélas ma mère était un peu trop jeune, et un peu trop jolie. Certains des membres de la Société ont pris l'habitude de venir la voir. La Société, c'est comme ça que nous appelions les Collabs, par là-bas. Elle obtenait de la nourriture et un tas de petites choses en plus, mais je détestais les visites de la Société.

— Pas besoin de préciser, je comprends.

— J'ai l'avantage sur toi, Valentine. J'ai lu ton dossier personnel. Toi, tu ne sais pas grand-chose de moi, sinon que j'ai sauvé tes fesses avant de te recruter.

» Je me suis mise à créer des problèmes, à me faufiler partout et à espionner les gars de la Société. Ils frimaient devant les autres humains, ils paradaient dans leurs voitures. Bon sang, je les détestais vraiment. Et puis j'ai commencé à mettre le feu. Une vraie dynomane.

— Pyromane, la corrigea Valentine.

Il le regretta aussitôt. Les habitudes prises auprès du Padre, dans la salle de classe où il aidait les élèves, avaient du mal à disparaître.

Mais Duvalier ne sembla pas se formaliser.

— Pyro-mane, répéta-t-elle. Tout a débuté avec l'uniforme d'un des visiteurs de la Société. Je l'ai ramassé pendant qu'il était avec ma mère et je l'ai fait brûler dans le caniveau. Petite, je les regardais incendier les champs, et après le feu tout était propre et prêt pour le printemps, et les plantes qui germaient étaient toujours d'un vert très vif sur le fond noir. C'est l'uniforme qui m'a donné ce virus. J'aimais voir brûler les choses, surtout si elles appartenaient à la Société. Une fois, j'ai incendié une camionnette de la police remplie d'équipement. Ils ont amené douze personnes au Faucheur, une toutes les douze heures, en attendant que le coupable se désigne. Je savais que la vieille Mme Finey m'avait vue faire, mais elle ne m'a pas dénoncée. Je me suis toujours demandé pourquoi. Je me sentais tellement mal que j'ai tout avoué à ma mère… Je veux dire, des gens étaient emmenés pour être tués, à cause de mes actes. Elle a bien failli tomber raide morte. Elle s'est assise, a mis la tête entre les genoux et elle a fondu en pleurs. Elle avait été souvent malade, cette année-là – aujourd'hui, je crois qu'elle souffrait de la syphilis. Elle a pris dans ses bras mon petit frère, qui n'était encore qu'un bébé, et elle s'est dirigée vers le téléphone. Les téléphones fonctionnaient, dans cette partie du Kansas. J'ai pensé qu'elle allait appeler un des types de la Société et me dénoncer. Je me suis enfuie de la maison avec seulement les fringues que j'avais sur moi.

» J'ai vécu pendant près d'un an en me débrouillant toute seule. Je me suis fait ramasser par la police une fois, au début. Deux flics, un jeune et un vieux, dans une voiture de patrouille...

Sa voix se fit plus basse et monocorde.

— Le jeune a convaincu le vieux de s'arrêter sur le bas-côté de la route. Il voulait m'entraîner dans les bois et me violer. Le vieux flic a ouvert une cannette de bière et lui a juste dit : « Tu as dix minutes. »

» Le jeune m'a emmenée dans la forêt, j'ai du mal à comprendre pourquoi – j'étais sale et très maigre, et à l'époque je ressemblais plutôt à un garçon. Je n'avais quasiment pas de poitrine tant j'étais sous-alimentée. J'étais menottée dans le dos. Il m'a forcée à me pencher en avant et il m'a ôté mon pantalon. Ensuite il m'a jetée à terre, sur le dos. Il s'apprêtait à me pénétrer et devait chercher à libérer sa queue, je suppose. J'ai refermé les dents autour de sa pomme d'Adam et j'ai mordu de toutes mes forces. Il y a eu du sang partout, et il s'est mis à souffler comme un asthmatique. Il a voulu se relever, et il dégainait son arme quand il s'est pris les pieds dans le pantalon. Je me suis relevée et je l'ai frappé au visage, à coups de talon. Il était étourdi et il avait perdu beaucoup de sang. Je lui ai sauté à pieds joints sur le côté de la tête. Sa mâchoire s'est brisée, mais il était peut-être déjà mort, je ne pourrais pas l'affirmer.

» Je savais à quoi ressemblait une clé de menottes, mais il m'a fallu une éternité pour la trouver et l'insérer correctement. Je devais tout faire à tâtons, avec les mains dans le dos, et je tremblais tellement que je n'arrêtais pas de laisser tomber la clé. J'ai eu l'impression que des heures entières s'écoulaient, et je me disais que le coéquipier allait arriver et me tuer.

» J'ai fini par me libérer, et j'ai ramassé l'arme de l'homme. C'était un revolver avec une crosse blanche ouvragée et un canon orné de dessins gravés. Il l'avait certainement volé quelque part. Et il était chargé. Je suis restée assise là cinq minutes, cachée dans les buissons, le chien de l'arme relevé, à attendre que le vieux flic se montre. Finalement je l'ai entendu klaxonner.

» Je me suis relevée, sans remettre mon pantalon, et j'ai essuyé de mon mieux le sang sur mon visage. J'ai fait comme si j'avais toujours les menottes et je suis sortie des bois en courant, avec les mains derrière le dos. J'ai hurlé et pleuré, ce qui n'était pas très difficile vu ce qui venait de se passer. Le vieux flic regardait fixement mon sexe quand je suis arrivée à côté de la voiture, et il a dit quelque chose comme : « Mais putain, il est où, ce connard de... » et je n'ai jamais entendu le nom de son coéquipier, parce que je lui ai tiré en plein visage, à moins d'un mètre de distance. J'ai fait feu deux fois de plus à travers la vitre de la portière, par souci de sécurité, même si sa cervelle avait déjà giclé partout à l'intérieur.

» J'ai récupéré un chouette blouson en cuir, un peu de nourriture, des couvertures, une boussole, du matériel de camping, bref tout ce qui pouvait m'être utile dans le véhicule ou sur les flics morts. Des armes – deux pistolets, un fusil à pompe et un fusil de chasse. Le fusil de chasse, je m'en suis débarrassée le lendemain parce qu'il était trop lourd à porter avec le reste. Ensuite j'ai incendié la voiture avec les deux cadavres à l'intérieur. C'était idiot de ma part parce que ça a attiré l'attention, et je ne m'en suis tirée que de justesse, en traversant les marécages. Depuis toute petite je savais qu'il existait un endroit dans les montagnes au sud-est, où les gens n'étaient pas obligés de vivre comme nous, et j'ai décidé d'y aller. Je suis arrivée au début de l'hiver. Une famille très gentille m'a accueillie, les Duvalier. Ils ne savaient pas trop quoi faire de moi : je parlais sans arrêt. On aurait pu croire que je me serais tenue tranquille, mais non. Le pauvre type qui devait prendre mon témoignage a eu beaucoup à écrire. J'avais une bonne mémoire visuelle, et j'avais remarqué un tas de trucs : où se trouvaient les unités de la Milice, quel genre de véhicules elles possédaient.

» Au printemps suivant, on a effectué ce raid dans Leavenworth. Il y a toutes ces prisons que les Faucheurs utilisent. On avait besoin d'éclaireurs et de guides, et mon nom est ressorti. J'étais jeune, mais j'ai été envoyée en reconnaissance devant la colonne. J'ai sympathisé avec les autres éclaireurs. L'un d'eux était un Félin nommé Rourke. Il aimait mon comportement et, avant que je m'en rende compte, j'étais devenue son Apprentie. Je ne suis revenue dans le Territoire Libre qu'en quatre occasions durant les huit années qui se sont écoulées depuis. Cinq, si je compte cette fois, avec toi.

Valentine se leva tôt, avec un plan en tête. Pendant que Duvalier dormait, il réfléchit aux détails.

— Nous suivons les voies ferrées, dit-il quand ils se partagèrent le reste de pain frais au petit déjeuner.

— Hmm ? fit-elle.

Valentine avait appris qu'elle mettait du temps à pleinement s'éveiller.

— Tu n'as jamais pris le train ? Pas un convoi militaire, juste un train de marchandises ?

— Pas très souvent. Quand on prend un train, on arrive dans une gare ou un dépôt. Et ce sont des endroits bien gardés.

— Je l'ai fait, dans le Wisconsin. Ce n'était pas sans risques, mais c'est possible. En réalité, ça semble être un moyen de déplacement assez commun pour un tas de gens, dans la Zone Kuriane. Je pense que ce n'est pas mal vu. Mais il faut être quelqu'un.

— Tu veux dire un Collab ?

Valentine acquiesça.

— Dans ce Goulag, que porte la Milice des Collabs ?

Elle réfléchit un moment avant de répondre :

— En général, ils sont surnommés la « Société » dans la majeure partie du Kansas. Ils portent une sorte de treillis de la police, avec des épaulettes. Depuis le Nebraska jusqu'au Nord, les tenues sont plus variées. On les appelle « Marshals » quand ils effectuent de simples tâches de police, mais comme c'est une zone frontalière il y a aussi une unité militaire appelée la « Patrouille ». Individuellement, ce sont des patrouilleurs. Les Marshals portent un uniforme noir, avec cravate et tout le reste, les patrouilleurs à peu près n'importe quoi, mais ils ont presque toujours un de ces vieux gilets pare-balles de la police, avec l'insigne et leur nom écrit dans le dos.

L'esprit de David fonctionnait maintenant à plein régime. Il posa son quart.

— Bon, on monte dans le Nebraska et on se dégotte un uniforme et des papiers.

— J'ai quelques faux pour nous. J'ai travaillé dessus pendant que Welles t'en faisait baver. Si nécessaire, j'en confectionnerai d'autres en chemin. C'est un savoir-faire que tu devrais acquérir, Valentine.

— Nous nous faisons passer pour un couple de voyageurs. Ce serait mieux si un de nous pouvait être quelqu'un, ou au moins un militaire. Dans la ZK, tout le monde vit avec la crainte de déplaire à une huile et de finir entre les mains d'un Faucheur.

—C'est très culotté. Personnellement, je préfère me tenir à l'écart des villes et du reste. Il y a trop de risques de déraper.

Il étudia la question quelques secondes.

—Nous pourrions y arriver. J'ai rencontré quelques Collabs. Avec toi à mon côté, ce serait plus réaliste.

—Comment ça ?

—Dans la Zone Kuriane, toute personne un peu importante se déplace accompagnée d'une femme. Tu es attirante, exactement le type de jolie jeune personne qu'un officier collab voudrait avoir à son bras.

—Dans tes rêves, Valentine !

—Ce n'est qu'une suggestion. Même si tu es en uniforme, toi aussi, nous ne sommes qu'un couple qui voyage pour aller voir de la famille au Kansas, ou un vieil ami à Omaha.

—Omaha n'est plus à nous. C'est un tas de ruines au bord de la Missouri River. Et ça grouille de Grogs, Harpies, serpents des tunnels, dévoreurs…

—Désolé, j'avais oublié. En tout cas nous pouvons sillonner le Goulag et chercher une piste. Peut-être que ta sœur est partie avec un type de la Croix Torse, et je t'aide à la retrouver. Il y a beaucoup de points de contrôle, par exemple à la frontière entre le Kansas et le Nebraska ?

—Non, le Goulag s'étend du nord de l'Oklahoma au Dakota, des Rocheuses à la Missouri River. Ce ne sont que de petites principautés, pourrait-on dire, avec les fils de Satan sur le trône. Il faudrait quelque chose pour le troc et les pots-de-vin. Je me suis rendu compte que le tabac était une bonne monnaie d'échange.

— Nous pouvons prendre tout le tabac que nous voudrons à Fort Springfield. Ils auront peut-être aussi du whisky, ce qui est assez rare dans la ZK. Par chance nous sommes toujours dans la Région Sud. Le commerce y est florissant.

Elle lui sourit.

— Très bien, Valentine, tu m'as convaincue. Nous voyagerons par le rail. Mais j'aurai quelques petites visites à effectuer, alors laisse-moi définir notre itinéraire dès que nous serons entrés en Zone Kuriane.

Ils réquisitionnèrent de quoi nourrir les chevaux au dépôt de Fort Springfield, le dernier poste frontalier du Territoire Libre d'Ozark. Duvalier et Valentine confièrent leurs papiers d'identité véritables à l'officier commandant la place. Il les conserverait jusqu'à leur retour, ou pendant un an, après quoi il appliquerait le protocole en vigueur et les transmettrait au parent le plus proche.

David trouva un mulet de somme solide et n'eut même pas à faire jouer leur qualité de Félins pour l'acquérir. Le directeur d'écurie le leur céda en ricanant.

— Il a un sacré caractère. Je parierais cinquante billets que vous mangerez des steaks de mule d'ici deux jours.

Ils signèrent également un reçu pour une bonne quantité de cigares bon marché, tabac et papier à rouler, ainsi que pour quelques bouteilles d'alcool de qualité garantie. La nourriture pour le mulet et les provisions de bouche pour eux s'ajoutèrent au chargement de l'animal.

Sur demande de Duvalier, ils quittèrent la ville au plus tôt et firent route pendant une demi-journée vers l'est, dans les monts Ozark.

— Nous ne sommes pas les seuls espions au Missouri. Les Kurians ont leurs propres informateurs dans chaque fort de la frontière, à coup sûr, expliqua-t-elle.

Valentine s'assura qu'ils n'étaient pas suivis. Il quittait son cheval en sautant dans un arbre ou sur un rocher proche et partait en reconnaissance pendant que Duvalier continuait en menant sa monture. Une colonne de Gardes en patrouille effaça leurs traces, puis ils obliquèrent vers le nord.

— Bien joué. Tu commences à te débrouiller, Valentine.

— Et si tu raccourcissais mon nom : *Val*? fit-il en réponse. C'est ainsi que la plupart de mes amis m'appellent.

— Marrant que tu me dises ça. Duvalier est souvent abrégé en *Val*, aussi. Mais je n'irai pas jusqu'à dire que j'ai envie de m'identifier aux célèbres jumeaux Val. Tu peux m'appeler Alice ou Ali, si tu veux.

— D'accord, Ali. Alors pour moi, ce sera David.

— Nous verrons. Chaque fois que je dis *David*, j'entends Ryu et son ton paternaliste. *Val* me plaît bien. Mais si tu dois me réveiller en urgence, emploie *Duvalier*. C'est ce que le vieux Rourke me hurlait dans l'oreille chaque fois qu'il voulait me voir debout la seconde suivante.

Ils décidèrent de rester dans le Missouri, en longeant la frontière ouest de l'État, dans la région vallonnée à l'est de Kansas City. Plus tard ils traverseraient la Missouri River quelque part au nord de Saint Joseph, entreraient dans le Nebraska et commenceraient à prendre des trains allant vers l'ouest, du côté de Lincoln.

Ils se mirent à voyager de nuit alors qu'ils étaient encore dans la zone frontière indéfinie de la Région Sud. S'ils venaient à rencontrer des ennemis, le jour était plus dangereux car les Grogs qui vivaient le long de la Missouri Valley préféraient combattre en pleine lumière. Après s'être longuement reposés pendant l'après-midi, ils suivirent une vieille route au crépuscule. Le mulet avait sa propre conception des déplacements nocturnes, et il leur fallut se montrer très convaincants pour qu'il accepte de bouger. Il dévoila ensuite une tendance à faire halte sous n'importe quel prétexte, et ils devaient recommencer à le motiver.

— Rien d'étonnant à ce que ce directeur d'écurie s'en soit séparé aussi facilement, dit Valentine.

— Nous pourrions essayer de le décider par la douceur, fit Duvalier qui essayait de pousser la bête tandis que David la tirait par la longe. Il nous reste des pruneaux ?

— Ça marcherait peut-être, mais seulement tant que nous aurions des pruneaux. Ensuite, il refuserait de bouger.

David trouva enfin la solution quand le mulet lui mordit l'oreille, alors qu'il s'échinait à tirer sur sa sous-gorge. Une partie du visage inondée de sang, il courut dans les bois d'où il revint bientôt avec une petite branche arrachée à un peuplier. Il hurla des onomatopées et fouetta l'animal, son chargement, le sol et l'air avec la ramure. La bête se mit soudain à trotter sur le chemin. Par la suite, chaque fois qu'elle se figeait, Val la menaçait d'un quelconque branchage en baragouinant, et le mulet récalcitrant repartait pour échapper à cette agression sonore.

— Il va falloir que nous reconnaissions le terrain à tour de rôle, d'ici peu, dit Duvalier plus tard, après une halte pour avaler un repas froid.

— Pourquoi donc ?

Elle posa devant lui une jeune branche d'érable.

— Complètement dénudée, déclara-t-elle.

Quelque chose avait ôté les feuilles et l'écorce, pour laisser le rameau aussi nu que la queue d'un rat.

— Les Grogs ?

— Oui. Si tu as déjà examiné leurs déjections de près, tu dois savoir qu'ils ne digèrent pas très bien ça.

Valentine sonda les bois avec ses oreilles et son nez, mais il ne repéra qu'un hibou, au loin.

— Mes missions chez les Loups m'ont privé de ce plaisir. Je n'ai jamais patrouillé dans le Missouri, j'y suis seulement passé à quelques reprises. Et plus à l'est.

— J'ignore si ça leur facilite la digestion, ou s'ils se remplissent l'estomac simplement pour tromper leur faim. Quoi qu'il en soit, quand tu découvres des branches aussi dépouillées, tu peux être sûr qu'ils sont passés par là. Et cette preuve reste visible bien plus longtemps que les empreintes ou les déjections.

— Et le premier point est attribué à…

— Moi, fit-elle en lui tordant le bout du nez, qu'il levait pour mieux sentir la brise nocturne. Bon sang, j'en ai marre de ce bourricot qui ne m'obéit jamais.

Mis à part les problèmes posés par le mulet, Valentine appréciait de voyager la nuit. Avec sa vision de Félin, le paysage aux couleurs affadies par l'obscurité lui paraissait plus clair que sous la pleine lune la plus éclatante dont il pouvait se souvenir. Son ouïe également fonctionnait beaucoup mieux : les sons qu'émettaient les insectes nocturnes portaient plus loin, même si ces bestioles étaient beaucoup moins brillantes que leurs congénères diurnes. Les Félins se couchaient à l'aube, après un repas chaud, et somnolaient pendant la journée. Le mulet aussi s'accoutuma à cette routine.

Ils croisèrent les traces de quelques patrouilles de Loups, mais celles-ci se firent de plus en plus rares à mesure qu'ils se rapprochaient du vieux couloir qui séparait Kansas City de Saint Louis. S'il y avait une étape dangereuse dans la première partie de leur voyage, c'était bien celle qu'ils franchissaient là. Ils se relayèrent pour mener le mulet, et celui qui ne s'occupait pas de la bête prenait une avance d'une centaine de mètres pour reconnaître les environs. Alors que Valentine scrutait les alentours d'une vieille autoroute empruntée par les Grogs, l'animal décida de donner un concert nocturne de braiments. Le Félin se jura de manger du steak de mulet pour le petit déjeuner. Mais l'ennemi n'entendit pas ce vacarme, ou bien il décida de ne pas aller voir d'où il provenait. Ils traversèrent le couloir sans rien distinguer d'autre que des traces de roues et des empreintes de pas.

David était devant quand il les sentit. Trois Grogs qui dormaient assis dos contre dos, comme une triple statue de Brahma, sur une élévation de terrain très boisée.

Il sortit son katana et fit signe à Duvalier d'avancer.

— Pistolet ou épée ? demanda-t-il en chuchotant.

— Ni l'un ni l'autre.

— Ils ronflent.

— Nous pourrions les tuer, bien sûr. Mais dix autres viendraient à leur recherche. Tu es doué. Nous viendrions probablement à bout de ces nouveaux venus. Mais ensuite ils seraient une centaine à nous prendre en tenaille…

— Quand j'étais chez les Loups…

— Je ne veux plus entendre ça. Tu es un Félin, maintenant, et notre mission n'a rien à voir avec le massacre d'une patrouille de Grogs.

À l'aube ils se trouvaient à des kilomètres du couloir et continuaient vers le nord-ouest. Le relief devint plus plat, annonçant les Grandes Plaines. Le blé sauvage et les haricots, très communs dans cette région, leur permirent de nourrir les bêtes et de reconstituer un peu de leurs provisions. Ils posèrent des pièges pour petit gibier dans les endroits appropriés, deux ou trois chaque matin, et il était rare qu'ils n'aient pas au moins un animal pour agrémenter leur ragoût, même si ce n'était qu'un rongeur maigrelet.

Ils commençaient à se comprendre à demi-mot. Ils approchaient des bâtiments abandonnés en communiquant uniquement par gestes, et avec le temps ils apprirent à compter de plus en plus l'un sur l'autre. Quand Duvalier souffrit de la dysenterie une journée entière – elle dévorait certaines viandes auxquelles le jeune Félin n'aurait pas voulu toucher –, Valentine ramassa des écorces d'orme avec lesquelles il fit une infusion. Il la força à en boire trois fois en vingt-quatre heures, et les symptômes se calmèrent.

Ils se séparèrent du mulet et des chevaux aux abords de la Missouri River. Valentine libéra le mulet avec une pointe de tristesse. Ce compagnon rétif lui manquerait. Comme chez les parents d'un enfant rebelle, les problèmes posés par l'animal avaient cimenté les rapports entre les deux Félins. Ils laissèrent les bêtes dans une prairie à l'herbe opulente, reprirent leur lourd paquetage et traversèrent le fleuve pour entrer dans le Goulag.

Chapitre 6

Sud-est du Nebraska, juillet : le Goulag des Grandes Plaines produit le blé et le maïs de l'Ordre Kurian. Des installations agricoles collectives, soumises à une discipline qui aurait rendu Staline jaloux, parsèment l'immensité monotone des plaines. Ces terres fertiles sont divisées en régions d'environ quatre-vingts kilomètres de diamètre à partir des principales têtes de ligne avec leurs énormes silos à céréales. Au centre de chacune d'elles, telle l'araignée au milieu de sa toile, se trouve la forteresse bien gardée du Seigneur Kurian local. Ses Faucheurs sont ses yeux et ses oreilles, et ils satisfont ses appétits. Ils transmettent les volontés du Maître aux Marshals et aux Directeurs, et ils s'assurent que ceux-ci accomplissent leur devoir avec la dévotion qu'on est en droit d'attendre de personnes assurées que leur aura ne nourrira aucun Seigneur Kurian.

Dans cette partie du pays, le commerce est réduit à un échange tragique. Des wagons de marchandises couverts, pleins de blé et de maïs, partent du Goulag pour aller nourrir les populations urbaines ailleurs, et reviennent avec quelques dizaines de prisonniers, criminels et humains divers sans autre valeur que leur aura en guise de paiement. Les Marshals réceptionnent alors ces infortunés condamnés et les dirigent vers leur destin, conscients que chacun de ces inconnus livrés en pâture au Seigneur Kurian évitera qu'un voisin ou un ami de plus soit choisi et sacrifié au cœur de la nuit. D'après certaines rumeurs, à Dallas, Chicago, Atlanta et Seattle se trouveraient des salles des criées sujettes à la même agitation frénétique que celles de l'Ancien Monde, où l'on achèterait et vendrait maïs, blé, soja, orge et légumes contre des vies humaines. Les transactions sont gérées et dirigées par des comptables et des négociants qui agissent au nom de leurs Seigneurs Kurians respectifs ; ils recherchent le meilleur rapport entre la tonne de corps humains et les diverses denrées, dans ce qu'on pourrait appeler un marché à terme… pour ceux dont la vie arrive à son terme.

Lincoln, anciennement capitale du Nevada, est un bon exemple de l'Ordre Kurian dans le Goulag. De façon fort appropriée, le Seigneur Sombre du lieu réside dans la tour en pierre partiellement en ruine qui domine la ville du haut de ses quatorze étages. Ce bâtiment solide et imposant est décoré de nombreuses sculptures et statues, détail qui satisfait grandement le tempérament mégalomaniaque du Kurian. Toutefois une œuvre datant d'avant le règne de Kur manque : l'étude due à Daniel Chester French d'un Lincoln debout et pensif. Certains disent que les Kurians l'ont détruite comme ils ont détruit celle, très célèbre, de Lincoln assis, à Washington. Mais d'autres affirment qu'elle a été dérobée et qu'elle se trouve maintenant dans un des Territoires Libres de l'Ouest, où elle symbolise la Liberté.

Les gens qui relèvent de son autorité ont surnommé le Seigneur Kurian local le « Numéro Un », et rien ne retient plus l'attention des Collabs locaux que quelqu'un qui entre dans une pièce en annonçant : « Ordres du Numéro Un ». Juste en face de la tour redoutée se trouve le bâtiment abritant le siège du conseil municipal, qu'on appelle à présent la « Prison ». C'est là que logent les Marshals, et les geôles qui occupent le reste des lieux sont la dernière étape des personnes destinées aux Faucheurs. La ville est à présent le foyer des artisans et des techniciens au service de l'Ordre Kurian, mais aussi la principale garnison de la Patrouille. Ses voitures et camions blindés sont entretenus dans un immense garage, qui fut naguère le Pershing Auditorium. Le Directeur Régional, un Collab en charge de la vaste ceinture de terres cultivées au sein du domaine du Kurian, vit dans l'hôtel particulier qu'occupait jadis le gouverneur, par faveur du Numéro Un. L'histoire de cette belle bâtisse de style colonial est des plus tristes : assassinats et suicides, sans parler des nettoyages occasionnels dus aux Faucheurs, ont frappé une succession de Directeurs Régionaux et leurs familles. Les suicides irritent tout particulièrement le Numéro Un, car ce sont pour lui autant d'auras gaspillées.

Le Seigneur de Lincoln a six Faucheurs. En général, deux d'entre eux restent à la Tour du Capitole où ils font office de gardes du corps et de porte-parole. Un autre sillonne la ville au hasard, pour surveiller ce qui se passe dans les différents quartiers, tandis qu'un quatrième fait la tournée des fermes avec une escorte redoutée de Marshals ; celui-là répand la terreur où qu'il aille. Enfin les deux derniers chassent dans la zone tampon située entre les principautés kurianes, à la recherche de menaces pour le royaume de leur Maître et pour nourrir ce dernier de vagabonds, d'évadés et, à l'occasion, d'un patrouilleur qui a commis l'erreur fatale de s'endormir pendant ses heures de service.

— Pourquoi a-t-il fait ça ? demanda Valentine qui regardait à travers la portière sans vitre.

C'était un véhicule d'aspect ridicule, immobilisé sur le bas-côté de la route, une vieille voiture de patrouille hissée sur une suspension surélevée, avec des pneus énormes. Le capot manquait, et des peintures de camouflage vertes et marron remplaçaient les anciennes couleurs de la police.

— Tu n'as jamais vu le trou que fait un Faucheur ? répliqua Duvalier en examinant la scène horrible à l'intérieur et les mouches qui s'agglutinaient sur la plaie irrégulière. Ils plongent leur langue juste au-dessus de la clavicule. Comme ça, ils ont de grandes chances de toucher le cœur ou une artère.

— Ça vient juste de se produire.

Valentine avait la chair de poule, et ce n'était pas à cause de l'eau glacée de la rivière dans laquelle il avait pataugé. Le Crâne Noir avait dû passer sur l'autre versant de la colline au moment où ils traversaient le cours d'eau.

Duvalier décrocha le trousseau de clés du ceinturon du mort.

— Une chance pour nous qu'il ait été là. Rien d'intéressant… pas de codes.

— Mais pourquoi un Faucheur s'en prendrait-il à un membre de sa propre Milice ?

Duvalier toucha le corps.

— Pas encore froid. Soit le meurtrier était un Crâne descendu du Kansas pour braconner – ce qui est peu probable, car dans ce cas il aurait préféré un garçon de ferme, pas un soldat –, soit il l'a surpris en train de faire la sieste alors qu'il aurait dû patrouiller.

— La justice kuriane est efficace, il faut leur reconnaître ça.

— Ce qui résout un problème. Tu parlais de te procurer un uniforme. Voilà l'occasion.

Valentine fit de son mieux pour ignorer le postérieur tendu de Duvalier quand elle se pencha à l'intérieur de la voiture.

— La veste, tu veux dire ? Il faudra la nettoyer. Et nous ferions mieux d'emporter le cadavre entier.

— Pourquoi, tu veux l'enterrer dans les règles ?

Elle laissa couler un filet de salive sur le front de la dépouille.

— Non, mais, si on retrouve un patrouilleur mort sans veste ni papiers d'identité, ça risque d'éveiller les soupçons.

— C'est ton idée, c'est toi qui le trimballes. Mieux vaut l'emporter loin de la route. La rigidité cadavérique ne va pas tarder à s'installer.

Elle enfila ses griffes.

— Pourquoi les mets-tu ? demanda-t-il. Tu penses que le Faucheur va revenir ?

— Non. Omaha est un coin à Grogs. Nous en sommes assez proches pour faire croire qu'ils sont partis avec le corps.

— Ils s'attaqueraient à un homme en uniforme ?

— Ce sont quasiment des brigands. J'ai entendu dire qu'ils ne prennent d'ordres ni des Collabs à l'est ni des Kurians à l'ouest. Tant qu'ils ne touchent pas aux voies ferrées et aux routes, ils font ce qu'ils veulent. Et puis, peut-être que quelques Harpies auront senti l'odeur du sang et seront venues enlever le cadavre.

Elle fit crisser ses griffes sur le toit et l'arrière de la voiture, et le son ainsi produit irrita l'ouïe très sensible de David.

— J'ajouterais bien quelques lacérations sur les sièges, mais je ne pense pas qu'on les remarquerait. Trois générations de patrouilleurs nourris au grain ont déjà fait assez de dégâts.

Valentine fouilla le véhicule, mais les résultats le déçurent. Un peu de nourriture, quelques outils, un fusil à pompe et une boîte de cartouches constituèrent l'essentiel de son butin. Le mort avait également sur lui un porte-clés de la taille d'un poing, sur lequel étaient enfilés un certain nombre de petits disques percés de couleurs variées, comme des perles. Duvalier lui expliqua qu'il s'agissait de la monnaie utilisée à Lincoln, mais qu'elle n'avait aucune valeur ailleurs. Valentine les empocha malgré tout. Les Grogs auraient sans aucun doute pris le fusil à pompe, ne serait-ce que pour le troquer ensuite. Il s'adjugea donc l'arme et la boîte de munitions.

— Il n'y a même pas une radio, grogna-t-il en chargeant le corps sur son épaule. C'est un peu primitif, dans ton coin, hein, ma vieille ?

La Féline effaça l'empreinte de leurs pas à mesure qu'ils s'écartaient de la route en direction de l'ouest.

Ils lestèrent le cadavre avec des pierres et l'immergèrent dans les eaux stagnantes frangeant la rivière peu profonde qu'ils avaient suivie quand ils étaient arrivés. Au loin ils aperçurent quelques lumières, les premières depuis le Missouri.

— Nous arrivons aux abords des terres du Numéro Un, autour de Lincoln. Si nous continuons vers le nord, nous devrions atteindre la voie ferrée qui relie Lincoln à Omaha. Ensuite il suffira de prendre le premier train qui va vers l'ouest.

L'aube fit pâlir le ciel, et ils trouvèrent un bosquet près de la rivière, où dormir pendant la journée qui s'annonçait. Duvalier était d'avis qu'il valait mieux se cacher en pleine nature quand on était aussi proche d'un territoire ennemi, plutôt que de chercher l'abri d'un pont ou d'une ferme abandonnée. Elle examina la veste et les papiers du patrouilleur mort.

« PRICE W » était inscrit au dos de son gilet pare-balles, et « Price, Wesley » sur sa carte d'identité.

— Mmh. Bon, Val, que dirais-tu de « West Rice » ?

— Tu peux le faire ?

Elle sortit de son sac un petit scalpel et une bouteille d'encre.

— Ô, homme de peu de foi… Je crois que je vais d'abord me reposer un peu, ensuite je me concentrerai mieux. Réveille-moi quand le déjeuner sera prêt, vers midi, Rice.

— Pas de problème.

Elle tint parole et passa l'après-midi à ôter le P du dos du gilet, puis à tamponner le tissu avec de l'encre pour couvrir les traces de cette opération. Valentine essaya le vêtement. Pour le rendre plus confortable, le patrouilleur avait pris la peine d'y faire ajouter sur les côtés des soufflets en cuir doublés d'un maillage de coton. Mais, même avec ce dispositif, le gilet restait lourd et trop chaud. Duvalier accomplit un véritable travail d'artiste avec la carte d'identité : elle alla jusqu'à remplacer la photo par un cliché de David et y graver le tampon officiel avec la pointe d'un petit tournevis. Une fois l'encre sèche, elle replia le document et ordonna à Valentine de le coincer pendant une heure sous son aisselle.

— Rien de tel qu'une jolie marque de transpiration pour ajouter une touche de réalisme à l'ensemble.

— Ils auraient pu nous préparer de faux papiers avant que nous partions, remarqua-t-il quand il déplia la carte humide de sueur pour relire les données qu'elle contenait.

— La chose aurait été sensée si nous ne nous rendions qu'en un seul endroit, mais il y a beaucoup de camps kurians différents rien que dans le Goulag. Et ils utilisent divers modèles de pièces d'identité. Il nous faudrait un sac entier de faux papiers. Autour de Lincoln, ça ira – si nous ne rencontrons pas un ami personnel de Price, bien sûr. Si nous allons en ville, nous tomberons certainement sur des Marshals.

— L'épée ne risque pas d'éveiller les soupçons ?

— Tu l'as prise sur le cadavre d'un Grog. Elle t'a semblé avoir de la valeur, alors tu te l'es appropriée. Une fois, j'ai vu un volontaire de l'Oklahoma qui se baladait avec une hache d'armes, va savoir pourquoi. Ce truc devait peser une tonne.

— C'est toi la patronne.

— Ta pétoire russe m'inquiète plus. Avec ce gros chargeur circulaire, elle est très reconnaissable. Et tout ce qui semble nouveau peut paraître suspect. Il est de bon ton de se distinguer un peu des autres, mais sans excès.

— J'ai un chargeur normal aussi. Ou mieux encore, je ne mets pas de chargeur du tout.

— Ça devrait marcher, oui. C'est vraiment une arme très moche, à part la crosse. On dirait que tu l'as bricolée toi-même.

Cette nuit-là, ils firent le tour du village en passant par les champs de maïs. La majorité des maisons dans lesquelles on apercevait de la lumière étaient regroupées, mais ici et là des fermes isolées semblaient elles aussi habitées.

— Il n'y a plus beaucoup de moissonneuses encore en état de marche, commenta-t-elle alors qu'ils passaient devant l'une d'entre elles, apparemment bien entretenue. On refait presque tout avec des attelages, aujourd'hui. Les Kurians aiment donner du travail à leurs esclaves.

— Où penses-tu rattraper le train ? demanda-t-il.

— Je croyais que c'était toi l'expert du voyage ferroviaire. Peut-être devrions-nous continuer à longer la Platte River – c'est entre Omaha et Lincoln. La suivre en direction du nord jusqu'à trouver un pont depuis lequel nous pourrons sauter sur un wagon. Ils ralentissent toujours quand ils passent sur un pont : on ne sait jamais quand un commando de Loups va faire sauter ce genre d'ouvrage.

Ils s'installèrent pour la nuit, et Valentine prit le premier tour de garde. Il se posta en surplomb de leur camp, et rêva qu'ils croisaient la route de quelques Loups. Il aurait aimé revoir les barbes, les chapeaux, les peaux de daim tachées de sueur. Entendre leurs blagues grossières. La vie était plus simple dans le régiment : vous suiviez les ordres, vous vous déplaciez, campiez, dormiez avec la présence réconfortante de vos camarades tout autour de vous. Il se sentait un peu nu, à voyager dans la Zone Kuriane sans la compagnie de sa meute.

D'un autre côté, le statut de Félin présentait l'avantage d'une indépendance certaine, et les responsabilités qui allaient avec. Et surtout la liberté de faire confiance à son propre jugement et de décider seul.

Tout bien considéré, il acceptait sa nouvelle situation. Même au prix de la solitude. Après tout, il payait ce tribut depuis qu'il avait onze ans.

Duvalier ouvrit des yeux embués par le sommeil.

— Val, détends-toi, tu veux bien ? Je peux t'entendre grincer des dents d'ici.

— Désolé.

Il contempla les herbes chargées de graines, qui ployaient dans la douce brise d'été, et il essaya de cesser de penser, de devenir ce souffle de vent. La tension déserta sa nuque et ses épaules.

— C'est mieux, fit-elle avant de rouler sur le flanc.

À l'aube, ils atteignirent la Platte River au niveau du large méandre qu'elle dessinait autour d'Omaha avant de rejoindre la Missouri River. Ils campèrent dans un bosquet d'arbres très dense, à mi-hauteur de la crête dominant la vallée où coulait le fleuve. Ils crurent à une heureuse surprise quand ils perçurent le fracas lointain d'un convoi, mais après avoir grimpé jusqu'à un point dégagé ils se rendirent compte que le train se dirigeait vers l'est.

C'était au tour de Duvalier de poser les pièges et de manier la fronde qu'ils utilisaient pour abattre le petit gibier. Le chant des oiseaux annonçait l'imminence de l'aube ; Valentine réduisait en poudre quelques épis de maïs volés quand il eut soudain l'intuition que la chance allait leur sourire. Ils trouveraient un train sur lequel embarquer aujourd'hui, au pire demain. Et il se sentait assez sûr de lui pour s'introduire dans la tour, à Lincoln, afin de découvrir ce que le Numéro Un mijotait. Mais cette confiance en l'avenir proche était peut-être seulement due à son impatience de voyager par la voie ferrée, après des semaines épuisantes de marche.

Duvalier réapparut avec un faisan.

— Je crois qu'il était endormi. Il n'a jamais su ce qui lui arrivait. J'aurais presque pu tendre la main et l'attraper, sans avoir à le tuer.

Elle s'assit sur un rocher et ouvrit son petit couteau pliant. D'un geste sec elle égorgea sa proie dont elle fit couler le sang dans son quart.

— Ces bestioles ont un très joli plumage, fit-elle. Un peu de sang, Val ? Délicieux et encore chaud. Un vrai concentré de vitamines.

Pour les apports en vitamines, David préférait mâcher des feuilles de pissenlit et de jeunes pousses de fougères, entre autres choses.

— Non, merci. Je n'aime le sang qu'avec du sucre et du citron.

— C'est excellent pour la vue, mon ami. Mais comme tu veux. Moi, je ferai bon usage du sang que contient ce gibier.

Elle vida le gobelet, claqua des lèvres avec satisfaction et entreprit de plumer l'oiseau. Valentine n'appréciait le goût du sang frais que par temps froid, pour une raison qui lui échappait ; peut-être parce que cela lui rappelait les parties de chasse hivernales avec son père.

Le faisan se révéla être un spécimen vieux, à la chair filandreuse. Ils décidèrent donc de concocter une soupe dans laquelle ils pêchèrent les morceaux brûlants avant de nettoyer les os.

— C'est le petit déjeuner ou le dîner, Ali ? demanda David.

— Question de point de vue. Je suis trop lasse pour m'en soucier, Val. Éteins le feu, et dormons un peu.

Il se détendit, et Duvalier se coucha sur la natte qu'elle déroulait pour s'isoler du sol trop froid. Il tendit l'oreille avec l'espoir d'entendre un train, tandis qu'elle s'endormait paisiblement. Dans le sommeil, son visage anguleux s'adoucissait, et il décida qu'elle était tout à fait désirable. *Tu n'as pas connu de femme depuis déjà plus d'un an*, lui rappela la partie raisonnable de sa personnalité. *Garde tes mains loin d'elle. C'est un compagnon d'armes, pas une amante.*

Ils durent patienter trois jours avant qu'un train allant vers l'ouest passe. Valentine se répéta que cela ne prouvait nullement la fausseté intégrale de son intuition. Peut-être que le reste de sa prémonition optimiste se réaliserait.

Ils employèrent leur temps à explorer les environs du pont et prirent quelques notes dans le calepin de David. On ne savait jamais quelles informations seraient utiles à la Région Militaire Sud. Une petite guérite se trouvait à chaque extrémité de l'ouvrage. Durant la journée, seule celle de l'ouest était le refuge d'une sentinelle mais la nuit chacune abritait deux soldats. Ils venaient d'un petit corps de garde situé dans une installation appelée « Gretna », qui marquait le commencement de la zone inoccupée s'étendant jusqu'aux ruines d'Omaha. Les véhicules de patrouilleurs se cantonnaient plus au nord, sur la berge est de la Platte River qu'ils suivaient vers l'ouest, probablement jusqu'à la Missouri River, au sud d'Omaha.

Ils entendirent le convoi avant qu'il apparaisse au bord de la vallée.

Le côté ouest du pont était le plus indiqué pour sauter dans le train : il était peu plausible que deux déserteurs ou deux fuyards cherchent refuge quelque part dans une zone soumise à l'autorité locale kuriane.

Le train était encore loin quand ils approchèrent du poste de garde. La sentinelle, un homme d'une cinquantaine d'années, était équipée d'une radio en état de marche et d'une bicyclette. Il sortit de son abri, fusil dans les mains. Il avait le visage buriné de quelqu'un qui a passé beaucoup de temps à l'air libre.

— Salut, lui lança Valentine en soufflant quand il arriva en haut de la pente.

Il fit halte, se courba en avant et s'appuya des deux mains sur ses genoux, comme s'il était exténué.

— Nous ne pensions pas arriver à temps. Mais il fallait absolument que nous grimpions dans ce train.

Le Collab les observait avec méfiance, et son arme s'était lentement braquée sur eux.

— Alors il va vous falloir courir un bon bout de temps, dit-il. Le convoi ne s'arrête pas ici.

— Oh, super, le genre difficile, fit David à l'adresse de Duvalier, assez fort pour que le garde l'entende, avant de se retourner vers lui. Écoutez, je suis plutôt dans le pétrin, là. Je veux juste monter à bord de ce train, pas le faire sauter. Je m'appelle Westin Rice, et voici ma future, Ali. Nous allons nous marier dans deux semaines, près de Grand Island, où je suis stationné, et nous étions ici en visite chez des amis, pas loin de Fremont. Ils ne l'avaient pas encore rencontrée, vous saisissez ? Je suis loin de mon unité. Tout ça devait être terminé avant la fin du week-end, mais de vieilles connaissances sont arrivées, et puis des cousins. Enfin, vous savez comment c'est.

— Non, pas vraiment, rétorqua l'autre.

Au moins, il ne semblait pas vouloir prendre sa radio. Valentine remarqua une tache brune à un coin de sa bouche.

— Mon sergent me couvre, évidemment. Si nous pouvons sauter dans ce convoi, personne n'aura d'ennuis.

— Pas pendant mon tour de garde, mon gars. Je ne sais pas comment vous pratiquez par chez vous, vu que vous n'avez à vous protéger que des chiens de prairie, mais dans le coin on doit faire avec les sauvages d'Omaha, alors le règlement, on l'applique.

Valentine allait prendre un cigare dans sa poche quand Duvalier se mit soudain à pleurer.

— Et v-v-voilà, ta promotion est f-f-ichue, ou p-p-pire, sanglota-t-elle.

David était presque aussi surpris que la sentinelle. La jeune femme tomba à genoux, et ses larmes vinrent inonder les paumes de ses mains qu'elle pressait contre son visage.

— Ta m-mère a été si g-gentille, elle m'a même donné l'alliance de ta grand-mère, tu te s-souviens ? Qu'est-ce que nous allons f-f-aire ? hoqueta-t-elle en levant vers lui un regard embué.

David l'aida à se relever.

— Ne t'en fais pas, chérie, je trouverai une solution. J'en trouve toujours une, non ?

Le Collab les observait en se massant la nuque.

— Bon, écoutez, vous deux…, fit-il d'un ton compatissant. D'accord, sautez dans ce train. Mais s'il arrive quoi que ce soit, vous êtes montés quand je suis allé me soulager dans les buissons, c'est bien compris ? Vous n'avez même pas pu voir ma figure, j'étais trop loin.

Valentine sortit le cigare de sa poche.

— Merci, monsieur. Mon père m'en a donné quelques-uns comme ça. Il est copain avec de grosses huiles de Cedar Rapids. Normalement, ces cigares sont pour les garçons d'honneur, mais je tiens à vous en offrir un. C'est bien la moindre des choses.

—Non, garde-le pour un de ces garçons d'honneur, alors. Non, non, je ne le prendrai pas, et c'est mon dernier mot. Un conseil, mon gars: ne fais pas de trucs pareils. Tu sais comment je suis arrivé à mon âge sans bobo, avec un poste facile à tenir? C'est en n'enfreignant jamais le règlement. Vous comprenez, tous les deux?

Le train apparut sur l'autre berge de la Platte River et s'engagea sur le pont.

—Nous comprenons... Merci, monsieur! fit Duvalier.

Elle déposa un baiser rapide sur la joue du Collab en passant à côté de lui.

—Parfois, plus ils sont durs à l'extérieur et plus ils sont tendres à l'intérieur, ajouta-t-elle à mi-voix alors qu'ils se plaçaient tous deux le long de la voie ferrée. Ce sont ceux avec l'air de n'en avoir rien à faire qui m'inquiètent.

Valentine étudia le convoi. Il roulait à l'essence, d'après les fumerolles bleues qui s'échappaient du moteur. Derrière la loco se trouvait le wagon des gardes, avec une montagne de sacs de sable et une mitrailleuse sur son trépied. Ensuite deux voitures pour passagers, puis celle pour les marchandises et un wagon-citerne. Il manquait presque toutes les vitres du fourgon de queue.

Valentine et Duvalier coururent pour atteindre la petite plate-forme arrière de la dernière voiture. Un garde à l'expression blasée les salua d'un geste, puis les regarda essayer de rattraper le train. Ils bondirent tous deux et agrippèrent la rambarde.

—Aide-la, bon sang! lança David au soldat paralysé.

L'autre obéit. Valentine enjamba la rambarde.

—Ah, ici c'est bien, fit-il d'un ton désinvolte alors qu'un sergent sortait sur la plate-forme, l'air furieux. S'il y a une chose que je déteste, c'est voyager sur le toit d'un wagon de marchandises. On ne peut même pas rouler une cigarette…

D'un geste précautionneux, il sortit de sa poche du papier et une blague à tabac.

— Écoute, patrouilleur, je ne sais pas ce que tu crois pouvoir… Eh, c'est du vrai ? demanda le sergent en regardant David verser les brins aromatiques dans la petite feuille de papier.

— Véritable tabac de la vallée du Tennessee, si on ne m'a pas menti.

— Tu n'aurais pas une petite bouffée pour moi ? Je n'ai pas goûté à une vraie cigarette depuis une semaine, et ce que je fume a autant d'arôme que de la sciure. Saloperies de boîtes de nuit de Chicago…

Valentine lui décocha un clin d'œil complice.

— Le Zoo, hein ? La seule chose que j'en ai jamais rapportée, il m'a fallu de la poudre pour la guérir, si tu me comprends. Je ferai mieux qu'une bouffée. Je te l'offre en entier, qu'en dis-tu ? On n'a jamais trop d'amis dans les New Federal Railways, pas vrai ?

— Certains appartiennent à Consolidated Overland. Chez Federal, ils ont des uniformes gris avec les épaulettes noires. Nous, on a juste les étiquettes.

David glissa un regard vers Duvalier. Elle semblait avoir charmé la sentinelle qui l'aidait à monter sur la plate-forme.

— Vous avez un arrêt à Lincoln, non ?

— Bien sûr, et ensuite on file vers l'est. Terminus : McCook.

— Vous passez près de Grand Island ?

— Euh, Grand Island… Je ne connais pas les plaines aussi bien, c'est au-delà de notre trajet. Allons voir ça sur les cartes.

Ils passèrent à l'intérieur du fourgon de queue. Un seul autre soldat s'y trouvait ; juché sur une plate-forme d'observation, il regardait vers l'avant. Le sergent se campa devant une carte épinglée sur la cloison.

— Alors… Oui. Nous avons un arrêt à Hastings, juste au sud de Grand Island. Qu'est-ce qu'il y a, là-bas ?

— Notre mariage. Je la ramène, après l'avoir présentée à mes parents. Mon unité et sa famille sont à Grand Island.

— Tous les deux, vous êtes sacrément armés, pour une simple visite familiale, observa le sergent.

— Je suis obligé d'avoir mon propre équipement. C'est le règlement. Et même si ce n'était pas le cas, on n'est jamais trop prudent quand on passe près d'Omaha, répondit Valentine. Ali a abattu un faisan l'autre jour. Elle tire bien, pour une civile.

— Tu pourrais avoir un tas de problèmes dans l'Est, remarqua le sergent, à laisser une civile avec une arme, West. Mais allez, la nouvelle de votre mariage mérite d'être arrosée.

L'annonce de cette prochaine union parut décevoir le garde qui bavardait avec Duvalier. Valentine sourit benoîtement.

— Elle le mérite amplement, oui, et c'est moi qui offre. Si vous pouvez oublier le règlement le temps de boire un coup.

— Si nous prenions notre devoir aussi sérieusement, tu ne serais pas à bord de ce train, patrouilleur.

Valentine sortit de son sac une bouteille de whisky et on trouva trois verres comme par magie. Il servit une dose généreuse à chacun et fit mine d'en boire autant au goulot.

— Gardes-en assez pour le toast de mariage, chéri, dit Duvalier. Ton père a eu du mal à dénicher cette bouteille.

— Ayez pitié, mademoiselle, dit un des gardes. Ce doit être horriblement dur pour un homme de voyager avec un alcool de cette qualité sans le goûter de temps en temps.

Le reste du trajet se déroula dans une atmosphère beaucoup plus conviviale. Ils discutèrent de leurs affectations respectives et comparèrent les devoirs d'un patrouilleur du Nebraska avec ceux d'un garde de train. Incidemment cette conversation en apprit beaucoup à Valentine sur les habitudes en vigueur sur le réseau ferroviaire. Une seconde tournée, avec des vœux très formels de bonheur pour les futurs mariés, cimenta cette camaraderie temporaire. David était très satisfait de la tournure que prenaient les événements. Malheureusement pour lui, on lui révéla ce que contenaient les deux wagons de marchandises.

— De la nourriture *pour eux*. Tu vois ce que je veux dire..., lui confia le sergent. Vingt dans chaque voiture, mais il nous est arrivé d'en entasser soixante. La moitié débarquent à Lincoln. Heureusement, ce n'est pas à nous de nettoyer les wagons après leur départ. Notre boulot consiste seulement à nous assurer qu'ils ne s'évadent pas. Ils sont enchaînés comme des chiens dans un chenil, mais on ne sait jamais.

— Combien de temps dure l'arrêt à Lincoln ? demanda Valentine pour changer de sujet.

— Quatre heures. Nous pourrons dormir un peu. Mais ne t'en fais pas, West. Si un fouineur pointe son nez ici, vous n'aurez qu'à vous cacher dans les toilettes. Nous allons vous ramener à ton sergent et à votre mariage dans les temps.

— Quatre heures ? fit Duvalier avec un enthousiasme qui lui était peu coutumier. Je pourrai faire un peu de shopping à Lincoln, alors. Sergent, vous savez qu'il y a un vrai magasin de chaussures, en ville ?

— Les bras m'en tombent, mademoiselle, répondit le sergent en clignant de l'œil à l'adresse de David. Moi qui pensais passer le temps avec votre fiancé et un jeu de cartes...

— Oh, il n'a pas besoin de m'accompagner. D'ailleurs il s'ennuie à mourir dans les boutiques. Chéri, tu peux me passer un peu de l'argent que l'oncle Max t'a donné ?

— De l'argent ?

Elle le fusilla du regard.

— Tu ne te moquerais pas de moi, là, hein, Westin ? L'oncle Max, je l'ai vu t'en donner par la portière de sa voiture de patrouille. Celle que tu trouves moche, avec ses roues surélevées.

Valentine fouilla dans son paquetage.

— Inutile de jouer au plus fin avec toi, c'est vrai, chérie. Tiens, mais ne dépense pas tout, d'accord ? Cet argent est censé nous aider à démarrer.

Il lui tendit le porte-clés avec les jetons.

Les trois gardes d'Overland s'entre-regardèrent avec des rictus de connivence. L'un d'eux fit un petit geste du poignet, comme s'il maniait un fouet.

Le train entra dans le dépôt de Lincoln pour décharger, et Valentine se plongea dans la partie de cartes afin de ne pas voir les pauvres condamnés qu'on faisait descendre des voitures. Il entama une nouvelle partie avec le soldat resté en poste dans le fourgon de queue, tandis que le sergent et l'autre garde allaient aider au débarquement de la marchandise humaine.

Duvalier lui donna un baiser sur la joue et disparut au-dehors en faisant tournoyer le porte-clés autour de son index. Elle avait laissé son sac à David.

— Eh-eh… Bienvenue dans la vie de couple, dit le sergent qui regrimpait dans le fourgon au moment où la jeune femme en descendait.

— Tu es marié, sergent ? demanda Valentine.

Il faisait de son mieux pour que l'autre sentinelle lui gagne une cigarette.

— S'il est marié ? On peut le dire, oui ! s'exclama le partenaire de David. Tu en es à combien, sergent, quatre ?

— Une à Seattle, et à Saint Paul, Chicago et Atlanta, dit le sous-officier avec un sourire satisfait. Et chacune attend le prochain voyage qui me permettra de retrouver son doux foyer. La vie itinérante a ses avantages, patrouilleur.

— Je vois ça, approuva Valentine. Comment pourrais-je en profiter, moi aussi ?

— Je pourrais te recommander. Écris au capitaine Caleb Mulroon, Overland Consolidated, Chicago. Enfin, si tu penses être capable d'abandonner ton poste actuel sans remords.

— Gin ! dit la sentinelle.

Il étala toutes ses cartes devant lui et prit enfin la cigarette faisant office de mise.

— Je crois que je peux m'arranger pour que la Patrouille soit heureuse que je la quitte, plaisanta David.

Quatre paires d'yeux s'écarquillèrent quand Duvalier revint. Son apparition perturba complètement une excellente partie de poker.

Sa transformation physique était presque incroyable. En l'espace d'un après-midi, la jeune femme aux allures d'épouvantail trop maigre s'était métamorphosée en une beauté à faire tourner les têtes. Ses cheveux courts avaient été artistement coiffés et ondulés, dans un désordre savant. Elle portait un blouson en jean court et sans manches, révélant son ventre nu, ouvert sur un soutien-gorge rouge au décolleté provocant. Son mini-short moulait les courbes de ses hanches et laissait voir ses longues jambes fuselées terminées par des chaussures en toile à semelle de crêpe. Ses lèvres étaient de la même nuance cuivrée que sa chevelure, et ses cils paraissaient plus longs et plus épais. Valentine n'était pas habitué au maquillage, surtout sur Duvalier.

— Alors, c'est mieux, chéri ? fit-elle. Et je n'ai presque rien dépensé.

— West, tu es un sacré veinard, dit l'un des gardes d'Overland.

David se leva et prit dans les siennes les mains de la jeune femme.

— Beaucoup mieux. C'est exactement la Ali dont je rêve la nuit.

Il la serra contre lui et risqua une caresse au niveau des reins, accompagnée d'un baiser sur l'oreille.

Elle le repoussa doucement mais fermement et le regarda bien en face.

— Allons, allons, Westin, je ne voudrais pas que ces messieurs pensent que tu es un cochon. Ne nous laissons pas distraire maintenant. Un long trajet nous attend avant d'arriver chez nous, en sécurité.

Les kilomètres défilèrent dans une monotonie agréable rythmée par les cahots du train, jusqu'à ce que Duvalier tue les gardes d'Overland.

Elle se reposait sur une des étroites couchettes fixées au-dessus des placards bas du fourgon.

Le soir tombait, ils avaient cessé de jouer aux cartes et Valentine mettait quelques vêtements à tremper dans une cuvette emplie d'eau savonneuse. Un des gardes d'Overland était en poste dans ce que le sergent appelait le « perchoir », une coupole de verre qui saillait du toit dans la partie arrière du fourgon, et le sous-officier s'était allongé sur la couchette opposée à celle de la jeune femme.

L'autre garde, les bretelles pendant sur les côtés de son pantalon et le débardeur jaune taché par la transpiration, prétextait un bavardage sans intérêt avec la sentinelle pour couver d'un regard en biais la Féline endormie. L'angle qu'il avait choisi lui offrait une vue alléchante sur son décolleté. Valentine entendit Duvalier bouger alors qu'il essorait une paire de chaussettes, et elle leva un regard apeuré vers la silhouette penchée sur elle.

— Jamais envisagé de changer pour mieux ? demanda le garde.

Il effleura les cheveux de la jeune femme, puis ses doigts glissèrent sur l'épaule et plongèrent vers le double arrondi des seins.

Duvalier saisit son poignet et l'immobilisa. Valentine éprouva une sensation aiguë de danger quand elle attira la main baladeuse sous la couverture, entre ses cuisses.

— C'est bien ce que je me disais..., murmura l'homme.

Il eut même le front de lancer un clin d'œil égrillard à David.

Elle lui immobilisa la main dans l'étau de ses cuisses.

Le couteau jaillit si vite que le garde ne le vit pas. Il laissa échapper un toussotement surpris et contempla d'un air stupide le manche de l'arme plantée dans son aisselle. Duvalier roula à bas de la couchette, la canne-épée brandie.

Valentine sentit l'odeur du sang. Son paquetage et ses armes étaient rangés dans un casier à l'autre bout du fourgon. Il saisit la cuvette. Il fallait qu'il ait quelque chose – n'importe quoi – entre les mains.

La jeune femme se fendit avec sa canne juste au moment où son soupirant ouvrait la bouche. Elle le toucha violemment sous la cage thoracique. Le cri d'alerte que l'homme voulut pousser ne fut qu'un grognement de douleur car son diaphragme se contracta subitement. Il agrippa l'arme, et Duvalier le laissa en tenir le fourreau tandis qu'elle dégageait la fine lame d'acier.

Elle agit avec une rapidité fulgurante.

— Eh, qu'est-ce que…, eut le temps de maugréer le sergent qui se réveillait avant qu'elle le transperce juste sous le menton.

Dans le perchoir, la sentinelle dirigea son arme vers le bas. Faute de mieux, David lança la cuvette et l'eau qu'elle contenait vers lui.

L'homme poignardé sous le bras parut émerger de son état de choc. Il lâcha le fourreau de la canne-épée et arracha le couteau de sa plaie. Duvalier s'écarta d'un pas dansant pour ne pas être aspergée par le sang qui giclait de l'artère, virevolta et frappa vers le haut pour atteindre les jambes du garde assis dans la coupole. Valentine avait déjà entendu l'expression : « Avoir les jambes coupées. » Jamais il n'aurait cru en voir une telle interprétation.

Le flanc et le bras couverts de sang, le garde tenta mollement une attaque avec le couteau avant de s'écrouler au ralenti sur le plancher. Une expression presque béate envahit ses traits, comme s'il sombrait dans un sommeil apaisé.

Le fusil de la sentinelle tonna et un geyser d'échardes jaillit dans l'air. La lame de Duvalier traversa le siège à plusieurs reprises, très vite, et le sang cascada dans sa direction comme s'il s'échappait d'un tuyau brisé. L'arme du garde tomba sur son collègue qui se vidait de son sang. Une autre détonation, et Valentine se baissa alors que le fusil aboyait une dernière fois. La Féline tira la sentinelle mutilée à bas de son siège et la jeta à terre. Elle sauta sur son dos puis se mit à lui écraser le visage contre le plancher, encore et encore, jusqu'à ce que des fragments de dents soient éparpillés sur le sol et que les cris de l'homme aient cessé.

Valentine la saisit par les épaules ; de force, il l'écarta de sa victime.

— Qu'ils soient tous maudits ! cracha-t-elle.

D'une main tremblante, elle essuya son nez et laissa une longue trace rouge en travers de son visage.

— Qu'est-ce qui t'a pris ? demanda David.

— Une sacrée envie de tuer.

Elle repoussa une partie du linge lavé pour qu'il ne soit pas atteint par le sang. Le plancher ne pouvait en absorber autant. Avec un sourire, elle lui donna un baiser sur la bouche.

— Bien joué, avec la cuvette.

— Tu es dingue, ou quoi ?

— Peut-être. Il faut mettre le feu et sauter de ce train.

— Une minute.

Valentine ne pouvait pas partir ainsi. S'ils incendiaient le fourgon et s'enfuyaient, ils seraient poursuivis dès que les conducteurs auraient demandé de l'aide par radio. Non, ils devaient faire en sorte que ces morts semblent plausibles, ou au moins qu'il y ait un doute concernant les événements quand le convoi ferait halte pour débarquer les prisonniers et charger du grain et du bétail.

Pendant que Duvalier, après avoir rassemblé leurs affaires ainsi que les quelques vêtements propres, fouillait le wagon, David disposa le sergent et le garde en débardeur sur le sol parmi les cartes éparpillées et le whisky renversé. Il plaça dans la main de chacun son couteau préalablement trempé dans le sang. Puis ils transportèrent la sentinelle sur la plate-forme arrière et l'y laissèrent momentanément. Quand le train ralentit dans une pente douce, ils lancèrent le cadavre à l'extérieur et sautèrent avec leurs affaires. Une fois que le convoi eut disparu dans la nuit, David fit de son mieux pour que le garde semble avoir été happé par les roues du train et précipité au sol, où il aurait pu mourir d'avoir perdu trop de sang.

Duvalier effaça toute trace de leur présence autour du cadavre. Il la regarda agir ; sa silhouette grise tirait sur le vert pour sa vision nocturne.

C'est seulement lorsqu'ils furent loin de la voie ferrée et en route vers le sud du Nebraska qu'il s'exprima. Ils coupaient à travers d'anciens champs revenus à l'état de nature.

— Je croyais que ce qui importait avant tout, c'était la mission ?

Un soupir exaspéré échappa à la jeune femme.

— Je n'aime pas qu'on me tripote.

— Tu aurais pu dire quelque chose.

— Tu t'es déjà fait agresser ? Sexuellement ?

— Tu l'as incité.

— Je me suis réveillée, et il y avait un soldat avec la main posée sur mon sein. Peut-être que les autres te menaçaient avec leurs armes. Je n'ai pas réfléchi, j'ai réagi. La panique.

— Alors tu as perdu tout sang-froid ?

— Quelque chose comme ça.

— Et quand nos poursuivants vont arriver ?

— Des poursuivants ? Val, nous avons tué quelques gardes d'Overland, une compagnie ferroviaire. Tu penses vraiment que le Kurian du coin va rassembler un groupe d'hommes pour nous traquer ? Il a mieux à faire. Au pire, Overland ira se plaindre auprès de celui qui tire les ficelles par ici, et ils finiront par négocier une solution. En attendant, toutes les femmes de ce sergent vont avoir une petite surprise quand elles réclameront sa pension.

— Cette négociation… elle inclura certaines auras qui changeront de propriétaire, à ton avis ? C'est la seule chose qui ait de la valeur pour les Kurians.

D'une main, elle chassa une mouche devant elle.

— Pas nécessairement. Il pourrait s'agir de maïs.

— J'espère que ça valait le coup.

Ils parcoururent une vingtaine de mètres en silence, puis il crut l'entendre renifler.

— Si tu veux qu'on en parle…

— Non !

À l'aube, ils rejoignirent une route, et Valentine fit halte pour déplier une carte. Tandis qu'ils s'efforçaient de définir leur position, elle se montra aussi calme que s'ils avaient consacré les dernières heures à cueillir des baies sauvages. Il ne pouvait s'empêcher de penser qu'elle avait tué trois hommes d'Overland à cause d'une blessure ancienne. Une femme comme elle risquait d'attirer l'attention des mâles partout où ils iraient. Une réaction du même genre au mauvais endroit, dans les mauvaises circonstances, et…

Il se remémora leur première rencontre, son vieux manteau informe, la crasse, sa faim. Était-elle en guerre contre sa propre apparence physique autant que contre les Kurians ? Il se demanda s'il ne traquait pas la Croix Torse avec pour guide une femme qui était, selon l'expression de Bone Lombard, « mentalement dérangée ».

Mais il ne pouvait pas le croire, au risque de perdre tout espoir. Elle avait simplement réagi à une situation particulière. Elle n'était pas dérangée. Une femme dérangée ne pourrait pas dénicher le Général et ensuite les ramener chez eux sains et saufs.

Le lendemain, Duvalier trouva une petite ville ; ils racontèrent qu'ils s'étaient fait voler leurs chevaux. Ils ne récoltèrent même pas un regard méfiant quand ils ajoutèrent qu'ils devaient se rendre plus au sud. On chargeait justement un véhicule pour une livraison à Manhattan, dans le Kansas : le chauffeur notait ce que les habitants de la cité souhaitaient qu'il leur rapporte. Les Félins avaient besoin de s'éloigner rapidement, et c'est ainsi qu'ils entrèrent au Kansas à l'arrière d'un camion diesel qui convoyait des œufs.

Le conducteur était heureux de les emmener. Si jamais il transportait autre chose que des œufs – des bijoux ou des vêtements de contrebande, par exemple, leur dit-il d'un ton plein de sous-entendus –, la présence d'un patrouilleur en gilet pare-balles ne pourrait que minimiser les ennuis éventuels.

Duvalier avait quelqu'un à joindre non loin de la destination finale du camion.

— Qui donc ? demanda Valentine devant l'impatience manifeste de la jeune femme.

— Un ami.

Elle donna quelques précisions sur cette personne alors qu'ils enduraient les cahots de la route, entourés qu'ils étaient de cartons d'œufs. Par quelque mimétisme étrange, le véhicule se balançait de droite à gauche comme un canard qui secoue les plumes de sa queue.

— Roland Victor est un vendeur au marché noir assez particulier. Oui, Roland a beaucoup de contacts au sein de la Milice. À tel point qu'il pourrait appartenir à leur service de soutien logistique.

Valentine ne l'avait encore jamais entendue évoquer d'autres hommes par leur prénom.

— Il vend des articles qui plaisent à ces dames de la Société du Kansas, mais sa clientèle est masculine à quatre-vingt-dix pour cent. D'après moi, chaque officier de la Milice ayant un grade supérieur à celui de lieutenant lui doit de l'argent ou un service. Il peut te trouver des vêtements, des bijoux, du vin, des chocolats, du thé et à peu près n'importe quelle denrée de luxe ; le genre de petits cadeaux qu'un homme de pouvoir adore offrir à ses putes après avoir filé un nouveau tablier à sa femme pour son anniversaire. Il n'est pas exactement du genre qu'on invite au mariage de sa propre fille, mais quand toi et tes camarades officiers voulez faire la bringue, c'est lui qui vous fournit la caisse de whisky canadien. On pourrait croire que la richesse n'a plus aucun sens, aujourd'hui, mais elle en a toujours un pour Roland.

— Tu le connais bien, on dirait ?

— Il est très bien élevé, et il a beaucoup de… « style » ? Non, je dirais plutôt de « classe ». Il joue au baron et il est parfaitement crédible. Il faut le voir pour le croire.

— Je suppose que lui ne se risquerait pas à te tripoter.

Son regard fut aussi éloquent que sa réponse :

— Laisse tomber, Val, d'accord ? Bon, je suis désolée pour ce qui s'est passé dans le train. Du fond du cœur.

— Nous nous en sommes tirés. Je suis prêt à oublier.

— Alors accorde-moi de nouveau ta confiance. Ces derniers temps, tu as été tendu et sur le qui-vive tout le temps.

— Ce n'était pas mon intention. Toutes mes excuses.

— Alors on est partenaires et amis, oui ? Comme avant ?

Elle avança sa main paume ouverte, pour qu'il voie la cicatrice qu'elle s'était infligée quand il avait subi le rite de l'Invocation pour devenir un Félin.

Il la serra, et leurs blessures réciproques se touchèrent. Mais il avait toujours du mal à la regarder dans les yeux. Il avait découvert un point faible chez une femme qu'il en était venu à respecter comme il ne respectait qu'une poignée d'autres gens importants dans son existence : le Padre, Eveready, le capitaine LeHavre… Il avait confiance en elle et, jusqu'à l'épisode du train, il l'aurait accompagnée sans hésiter dans n'importe quelle situation dangereuse.

Il s'en voulut aussitôt : qui était-il pour juger autrui ? Avait-il toujours pris la meilleure décision ?

Les Kurians auraient savouré ces instants. Des alliés jurés qui se méfiaient l'un de l'autre en dépit du danger environnant. Les Seigneurs Sombres auraient volontiers sacrifié les gardes d'Overland pour monter deux Félins l'un contre l'autre. Il fallait qu'il cesse de laisser sa sensibilité faire le travail de l'ennemi.

Quand ils arrivèrent à Manhattan, Valentine en savait autant que Duvalier sur la façon dont opérait Roland Victor. Elle lui expliqua que les coursiers du trafiquant se débrouillaient toujours pour exhiber un V en public, sous une forme ou une autre. Ainsi, le chauffeur du camion avait placé son couteau de poche ouvert à quatre-vingt-dix degrés sur son tableau de bord. Victor possédait son propre réseau, lequel s'étendait jusqu'au Canada, au Mississippi et au Mexique. C'était une succession d'amis d'amis d'amis spécialisés dans le commerce illicite que les Kurians n'avaient pas pris la peine de supprimer car il s'agissait plutôt de fourrures que d'armes à feu.

Le conducteur du véhicule avait ses propres clients à visiter dans le camp de la Milice, et ils durent parcourir les derniers kilomètres à pied. Ils entrèrent dans la coquille vide qui avait naguère été l'université de l'État du Kansas.

Ils virent qu'on sortait des caisses d'un hall haut de trois étages, aux fenêtres récemment munies de barreaux ; mais la plupart des bâtiments avaient été incendiés et abandonnés.

— Ce ne sont plus que des entrepôts, aujourd'hui, expliqua Duvalier alors que, par réflexe, Valentine comptait les camions et les gardes.

Elle l'entraîna sur une route goudronnée qui montait, aussi noire et lisse que si on l'avait couverte d'une couche de mélasse solidifiée.

Il s'esbaudit devant la propriété méticuleusement entretenue qui s'étendait au bord du lac Milford. Le brigand ne faisait rien pour dissimuler les fruits de son commerce. Pelouses magnifiquement tondues, statues, arbres taillés, parterres de fleurs impeccables constituaient pour le Félin une découverte. Il se surprit à calculer combien de rangées de pommes de terre on pourrait faire pousser dans le gazon qui s'étendait devant la maison.

La demeure basse, en briques roses et grises, semblait conçue pour mettre en valeur l'énorme porte d'entrée. Val se demanda si les invités descendaient de cheval pour y pénétrer, ou s'ils continuaient à l'intérieur sur leurs montures.

—Nous allons passer par l'arrière. La porte principale est utilisée par la Société. Il y a un accès plus discret à son bureau, réservé à ceux qui viennent le voir pour affaires.

Duvalier tambourina discrètement à la porte en bois massif, et Roland Victor les accueillit. Il avait déjà de la compagnie : un individu court sur pattes et coiffé d'une casquette en cuir. Ou peut-être donnait-il cette impression par contraste avec la corpulence impressionnante du maître des lieux. Victor avait les traits épanouis et généreux d'un amateur de bière et de bœuf, mais son costume très bien taillé minimisait l'aspect gargantuesque de sa personne. De toute sa vie, Valentine n'avait dû voir qu'une demi-douzaine d'hommes en costume, dont aucun ne portait aussi une chemise blanche amidonnée.

Le visage carré de Victor, encadré par des favoris noirs épais et une chevelure drue, s'éclaira d'un sourire de bienvenue.

—Ah, des visiteurs venus de l'extérieur de la ville. Du Nebraska, à en juger par l'uniforme, patrouilleur. Je vous en prie, entrez. Mais c'est bien là ma chère Dee ? Ah, ça faisait trop longtemps…

Il se tourna vers son hôte.

—Je suis désolé, monsieur H, mais nous allons devoir écourter cet agréable entretien. Puis-je espérer avoir le plaisir de votre compagnie lorsque vous serez revenu de votre mission ?

— Avec plaisir, monsieur Victor, répondit l'autre sur le même ton. Je viendrai directement vous voir.

Victor escorta son coursier jusqu'à la porte. M. H était légèrement bossu, et devant le spectacle de ces deux hommes qui marchaient vers la sortie, Valentine repensa à un bateleur et son singe dressé, qu'il avait aperçus lors de son passage à Chicago.

Le contrebandier revint auprès d'eux. Duvalier présenta Valentine par son seul prénom, et Victor lui serra la main tout en lui agrippant le bras au-dessus du coude. D'un individu de sa taille, le geste aurait pu être intimidant, sinon dominateur, mais venant du trafiquant, il ne traduisait que de la bonhomie.

— Asseyez-vous donc. Un café ? Quelque chose à boire ? demanda-t-il en se dirigeant vers un bar à liqueurs vitré.

Valentine et Duvalier optèrent pour le café et ils s'extasièrent sur son arôme. Dès la première gorgée, les pupilles de David se dilatèrent sous l'effet du plaisir. La boisson possédait un parfum chocolaté stimulant. Il vit le maître des lieux verser une dose d'un liquide ambré contenu dans une carafe en cristal dans sa propre tasse. Le Félin parcourut la pièce des yeux. Le contrebandier avait un goût marqué pour les statues, surtout les représentations en bronze noirci de cow-boys chevauchant leur monture lancée au galop, maniant le lasso ou le fusil. David regarda le nom figurant sur les socles. Il ignorait que la vieille marque d'armes Remington s'était aussi consacrée à cette forme d'art.

— Eh bien, que puis-je faire pour vous, les enfants ? s'enquit Victor qui but à peine assez de son *Irish coffee* pour humecter ses lèvres.

— Des renseignements, dit Duvalier. Nous traquons quelque chose. Ou quelqu'un.

Assis dans son fauteuil en cuir, leur hôte pencha le buste en avant. Il posa le menton sur la paume ouverte de sa main, son avant-bras droit dressé.

— Ah oui ? Cette traque ne se déroule donc pas selon vos souhaits, puisque vous ne savez pas si vous êtes à la recherche d'une chose ou d'une personne.

— Sans doute parce qu'il y a un peu des deux, répondit Ali. La chose est une sorte de nouvelle organisation militaire que les Kurians ont mise en place. Leur bannière est semblable à l'ancien svastika du XXe siècle, mais inversé. La personne est un homme dont nous ignorons le nom ; nous connaissons seulement son rang : général. C'est ainsi que ses hommes l'appellent : le « Général ».

— Comment se déplacent-ils, par la route ou le rail ?

— Nous savons qu'ils utilisent des trains maquillés pour avoir l'apparence de convoyeurs de marchandises ordinaires. La dernière information crédible que nous avons glanée concerne leur présence dans l'Oklahoma au mois de mars. Ils se dirigeaient vers le nord, apparemment. Aucune mention de camions.

— Hmm… je n'ai pas entendu parler d'un « Général » dans la Société du Kansas. Vous n'avez pas réussi à apprendre quelle était leur destination ?

— Non, intervint Valentine qui ne voulait pas être laissé à l'écart de la conversation.

— Quelle est leur importance ? Ont-ils assez d'hommes et d'équipement pour essayer de conquérir Denver, par exemple ?

Duvalier eut une moue incertaine.

— Nous n'en savons rien. Cette organisation ne peut pas être très importante en nombre. Pas plus de deux régiments, sinon d'autres Félins l'auraient repérée et auraient prévenu la Région Sud.

Victor leva les yeux au plafond, l'air songeur.

— Je sais que l'on construit une nouvelle ligne à l'ouest, dans le Colorado. C'est la première fois depuis bien longtemps que j'entends parler de ce genre d'entreprise dans cette région : nos Maîtres vénérés ne sont pas très portés sur l'aménagement du territoire. Vous êtes au courant qu'ils bâtissent également des voies le long de votre frontière ouest, n'est-ce pas ?

— Nous en avons eu des échos. La Région Militaire Sud ne prend pas la chose très au sérieux, fit Valentine. On pense que ce n'est qu'un autre couloir ferroviaire destiné à défendre plus facilement la zone frontalière.

Victor lissa ses favoris de ses deux mains.

— Il est déconseillé d'être repéré dans les parages de leurs travaux. Ils vous abattraient à vue, ou au moins tireraient pour vous impressionner. Mais vous pourriez vous renseigner auprès de l'homme que j'ai dans le coin, un agent à qui il arrive se rendre dans la Zone de Denver. Il revient parfois avec des nouvelles des montagnes.

Le visage de Duvalier s'éclaira.

— Comment arriverons-nous là-bas ?

— Je ferai passer le mot au Chef de la Ligne Est-Ouest, ce qui vous amènera jusqu'aux Hautes Plaines. Ensuite, je vous conseille de poursuivre à cheval. Je vais vous rédiger une lettre d'introduction pour Cortez. Il vous trouvera des provisions et des montures, si vous voulez ensuite pousser plus à l'ouest. Il pourrait même accepter de vous servir de guide.

On frappa doucement à la porte. Un autre visiteur.

— C'est tout ou rien, comme toujours, dit le contrebandier. La semaine dernière je me tournais les pouces, et aujourd'hui c'est ma quatrième visite. Vous êtes conviés à passer la nuit ici, bien entendu.

Il dit à l'arrivant de patienter quelques minutes et présenta les Félins à un domestique impeccablement coiffé, manucuré et habillé, Iban. Il le chargea de préparer le repas et les chambres pour ses invités, puis retourna auprès de son quatrième rendez-vous, un homme couvert de poussière et coiffé d'un chapeau aux bords si larges qu'il ressemblait à un sombrero.

Les pièces spacieuses, les tapis et le mobilier donnèrent envie d'un bain plus que d'un repas à Valentine. Iban était peut-être doué de télépathie, car il suggéra :

— Si vous désirez vous rafraîchir avant de passer à table, il y a du savon et des serviettes dans la salle de bains.

— Le luxe, fit Duvalier. Les salles de bains de Victor sont incroyables : eau chaude à gogo, et un rasoir tellement affûté que tu peux te raser avec son ombre.

— Prouve-le. Que vas-tu te raser, de toute façon ? J'aimerais bien voir.

— Oh, va te faire… Je te l'ai déjà dit : dans tes rêves, Duvalier.

Valentine se laissa glisser dans la baignoire après s'être lavé le visage au lavabo. Le domestique avait versé une quelconque huile parfumée dans l'eau, laquelle sentait vaguement le cèdre. Il se savonna et se rasa avec l'aide d'un petit miroir placé au-dessus de la baignoire. Il prit tout son temps et savoura intensément ce moment.

Après avoir toqué discrètement à la porte, Iban entra, prit les habits crasseux de David et les remplaça par un vêtement long, en coton épais, auquel il donna le nom de « kimono ». Valentine s'attarda encore un peu dans son bain avant de sortir de l'eau et d'enfiler ce peignoir couleur rouille. Ses bottes avaient disparu, elles aussi, et comme le très efficace Iban n'avait rien laissé en place, pas même une paire de chaussettes, il sortit de la salle de bains pieds nus. Il retrouva Duvalier dans une pièce lumineuse. De grandes portes-fenêtres ouvertes laissaient entrer l'air tiède de l'après-midi. La jeune femme engloutissait avec appétit une salade de fruits.

Il écarta les rideaux de tissu soyeux pour contempler la pelouse et le ciel.

— Sacrée baraque, commenta-t-il.

— Sacré type, répliqua Ali.

— Je ne savais pas qu'on fabriquait encore ce genre de tissu.

— Probablement un stock parfaitement conservé. Chaque fois que je viens ici, je repense à toutes ces histoires sur l'Ancien Monde. Cet endroit est une sorte de musée.

— Certains des affidés les plus appréciés des Kurians vivent dans ce genre de luxe, d'après ce que j'ai entendu dire, remarqua David. Tu es sûre que Victor n'est pas l'un d'eux ? Comment fait-il pour éviter les problèmes ?

Elle termina sans hâte la salade de fruits avant de répondre.

— Il ne combat pas le système. Il procure à la Société ce qu'elle lui demande, tous les petits à-côtés dont les Kurians ne prennent pas la peine de se charger. Le Seigneur Kurian le plus proche vit à une centaine de kilomètres d'ici. Le Collab qui dirige Manhattan porte un anneau de cuivre, mais tout ce qu'il sait, c'est qu'un tas de types tournent autour de cette maison. Il paraît que des Faucheurs sont passés dans le coin, et la Milice a déjà fouillé la propriété. Pas d'armes, pas de problèmes. Les Kurians ne semblent pas se rendre compte que la richesse et l'influence peuvent être une arme, et peut-être bien une arme plus dangereuse qu'une batterie d'obusiers. Il utilise sa fortune pour nous aider, de temps en temps. Ou pour aider Denver, je suppose.

— Et qu'exige-t-il en retour ?

— C'est le plus marrant : rien.

Pendant encore deux nuits ils se prélassèrent dans des draps propres ; le jour, ils se régalaient à la table de Victor. Carrés d'agneau, rôtis de bœuf et autres mets délicats les laissèrent léthargiques, à peine capables de tenir une conversation. Leur hôte ne posa aucune question sinon sur leurs préférences quant aux digestifs à leur servir après ces festins.

À l'aube du troisième jour, et après un solide petit déjeuner composé de côtes de porc et de pommes frites, Victor les raccompagna à la porte. Vêtus de leurs tenues propres et munis des lettres d'introduction du contrebandier, ils prirent leur paquetage tendu sur des conserves et des biscuits, et saluèrent leur hôte.

— J'espère que ça vous remettra en selle, dit Victor. Le Kansas peut s'avérer très vaste quand on part à l'aveuglette.

— Nous chevaucherons la plupart du temps, répondit Valentine. Et vous nous avez donné les moyens d'abréger le voyage.

— Vos armes m'inquiètent un peu. Uniforme de patrouilleur du Nebraska ou pas, quelqu'un risque de décréter que vous n'avez pas le droit de les détenir. On vous les confisquera sous prétexte de les « mettre en lieu sûr », et vous ne les reverrez jamais. Le Chef de la Ligne vous donnera des passeports, mais son tampon ne vous sera pas très utile dans ce cas.

Iban apporta un petit chariot à deux roues.

— Sur la route, vous pourrez le tirer, dit Victor. Et si vous ne le faites pas rouler, il vous sera possible de le porter. De quoi négocier, la panoplie habituelle : tabac, alcools, montres, stylos, et du papier de qualité. J'ai ajouté quelques pièces d'or véritable et de fausses perles très bien imitées. Les instruments d'optique sont particulièrement cotés chez les soldats : vous avez deux paires de jumelles, une lunette d'approche pour fusil et deux longues-vues. Une fois que vous vous en serez débarrassés, le chariot sera beaucoup plus léger. Il vaut toujours mieux acheter son passage que le forcer par la violence.

— Amen, approuva Duvalier.

— Si c'est nécessaire, utilisez mon nom auprès des membres de mon réseau, mais je vous prie de le faire avec discernement, et discrétion. Si tu es arrêtée pour avoir incendié un poste de police, Dee, cela ne te sera d'aucune aide, et j'aurai des problèmes.

— Merci. Nous serons dignes de votre confiance, monsieur, affirma Valentine.

— Alors partez, et prouvez-le. J'espère qu'une nouvelle encoche apparaîtra à ton fourreau, symbole d'un Kurian de moins, la prochaine fois que nous nous verrons, Dee.

— J'ai l'impression que vous, vous vivez très bien sous leur autorité, dit Valentine.

Il regretta immédiatement ces paroles.

— Val ! s'exclama Duvalier.

— Ça va, Dee, fit Victor en contemplant ses ongles rongés. Si je vis bien ? Essaie donc de vivre en souriant et en dansant dans les soirées et les mariages de gens que tu exècres, jeune homme. D'applaudir aux jeux de la Milice, quand les équipes sont constituées d'assassins qui sauvent leur misérable peau en sacrifiant celle de centaines d'innocents. J'ai un ulcère chronique, et d'après mon docteur mon foie peut me lâcher à tout moment.

Il parut se tasser un peu sur lui-même, et son visage rougeaud prit une teinte peu naturelle.

— Ce n'est pas une vie aussi facile que tu l'imagines. J'espère seulement que mon foie saura me prévenir, pour que je puisse aller au Bal du Nouvel An du gouverneur avec une ceinture d'explosifs.

Valentine se sentit rougir.

— Je suis désolé. Je devrais vous être reconnaissant. Mes critiques étaient déplacées.

— Un conseil : vis et apprends. Et privilégie *la vie*.

Chapitre 7

Les Hautes Plaines de l'est du Colorado, août : un nom plus approprié serait certainement les Plaines Arides, car l'eau y est rare une grande partie de l'année. Les pompes et les arroseurs automatiques qui nourrissaient des cercles de culture (ils parsemaient la plaine comme quelque variété géante de feuilles de nénuphars) ne sont plus à présent que des squelettes rouillés et aussi secs que des os sans moelle. Avec un peu plus de précipitations, les Hautes Plaines seraient un paradis verdoyant : le soleil y brille trois cents jours par an, et les hivers sont relativement cléments.

Peut-être est-ce le soleil qui tient les Kurians à l'écart, ou simplement le manque de population viable pour satisfaire leur appétit. Les habitants de Denver et du Versant Est y sont peut-être aussi pour quelque chose. Leurs garnisons avancées disséminées sur ces terres désertiques ressemblent aux forts de l'Ouest Héroïque, avec leurs murs en bois si hauts que même un Faucheur ne pourrait les franchir d'un bond.

Les quelques âmes qui vivent dans cette immensité cachent leur présence et leurs déplacements, autant à la puissante Enclave de Denver à l'ouest qu'aux Kurians de l'est. Les habitants de Denver sont connus pour leur habitude de « reloger en sécurité » quiconque est trouvé dans les environs de leur territoire, et pour confisquer de force les propriétés trop étendues. Quant aux Kurians, c'est toujours la même histoire. Tout groupe humain plus important qu'une famille a du mal à subsister et son aura globale risque d'attirer l'attention d'un Faucheur en chasse.

C'est pourquoi on ne trouve là que quelques demeures très isolées, même si cette solitude peut être aussi difficile à supporter que les contraintes imposées par les Kurians.

Valentine ne savait pas s'il devait l'appeler « maison enterrée » ou « caverne habitée ». La Maison Cortez n'avait ni l'envergure ni l'opulence que son nom ronflant suggérait. La façade de la structure saillait du flanc d'une colline, comme si elle avait été tirée d'un canon gigantesque et s'était enfoncée là. Un avant-toit couvert de poussière et d'herbe abritait le large porche, soutenu par d'épais madriers. Des fleurs dans des paniers suspendus et des bacs ajoutaient une tache de couleur au bois délavé par les intempéries et à l'herbe couleur paille qui se trouvait sur le versant de la colline et le sommet de l'habitation.

Ils s'approchèrent les mains vides, dans un crescendo d'aboiements. Valentine estima qu'il y avait trois chiens.

— Au moins, nous savons que c'est le bon endroit. Nous n'avons pas vu d'autre habitation dans un rayon de huit kilomètres, dit Duvalier.

— J'ai un fusil, lança une voix de femme assez peu féminine depuis les ombres qui baignaient le porche. Vous pouvez prendre de l'eau à la pompe, mais il n'y a rien à manger ici, et pas question de vous héberger non plus.

— Nous sommes venus pour voir Tommy Cortez, cria Valentine pour se faire entendre malgré le concert d'aboiements.

— Personne de ce nom ici. Vous vous êtes perdus, on dirait.

— Nous avons un message de M. Victor. C'est lui qui nous a indiqué comment venir.

Leur interlocutrice invisible fit silence un moment, et les chiens l'imitèrent.

—Mon mari n'est pas à la maison. C'est avec lui qu'il faut voir. Si vous voulez l'attendre, dites-moi où vous serez, et je lui transmettrai le message à son retour.

—Madame, fit Duvalier, nous avons traversé tout le Kansas et nous avons l'intention de pousser encore plus à l'ouest. Nous trimballons ce chariot depuis la tête de ligne, et avions l'espoir de trouver un peu d'aide en arrivant ici. De la nourriture et des chevaux, en d'autres termes.

—Des chevaux ? Vous voyez une écurie ou une étable ?

—Madame Cortez, nous sommes là pour aider, si nous le pouvons. Est-ce que votre mari a disparu ?

Valentine sentit qu'il avait visé juste.

—Depuis trois semaines et deux jours, dit la voix devenue soudain beaucoup moins aigre.

La porte s'ouvrit, et une petite femme maigre en blouse de toile s'avança sous le porche, un fusil de petit calibre dans les mains. Les étés poussiéreux du Colorado avaient laissé leur empreinte sur son visage creusé de lignes verticales.

—Il n'est jamais parti aussi longtemps. Je suis folle d'inquiétude. En plus, il ne devait pas aller très loin, seulement à Fort Rowling.

Ils prirent un repas constitué de tartines de pain de maïs à la graisse, le tout arrosé d'une sorte de thé fade. Comme un terrier de lapins à taille humaine, le logis des Cortez était bas de plafond, et derrière la façade à demi enterrée était une succession de pièces et de passages encombrés de vieilleries voilées par les toiles d'araignées. Le tout faisait penser à un dépotoir fermé. Un générateur cliquetait avec obstination, quelque part dans les profondeurs de l'habitation. À en juger par la tuyauterie, il fonctionnait au gaz naturel et permettait d'éclairer et de ventiler les lieux. Pour Valentine, l'odeur de moisi omniprésente était largement compensée par la fraîcheur ambiante, appréciable après les heures passées à marcher sous le soleil accablant d'août.

Mme Cortez s'affairait dans la petite cuisine tout en parlant. Depuis qu'elle les avait laissé entrer, elle se montrait beaucoup plus loquace.

— Mon mari m'a tirée de Garden City, dans le Kansas, il y a près de trente ans maintenant. Il a toujours voyagé. Il était grand et très séduisant. Il l'est toujours, même à son âge. Sa seule carrure lui permettait d'éviter d'être importuné par presque tous les vauriens du Kansas. Il gagnait sa vie en portant des messages à Denver, New Mexico, n'importe où. À l'époque, le Nouvel Ordre venait juste de s'installer et de tout organiser à sa convenance. Après des années de combats et de famine, beaucoup de gens se sont contentés de rester où on leur disait et d'obéir. Mais moi, j'ai bien vu qu'il n'y avait pas d'avenir dans cette situation, et quand Tommy m'a proposé de partir, j'ai tout de suite accepté. Il avait trouvé cet endroit au milieu de nulle part, et il l'avait peu à peu aménagé. Nous avons été plus heureux que nous en avions le droit, en comparaison de ce qui se passait ailleurs…

Elle sortit un pistolet de la poche de son tablier, le posa et s'assit pour manger à son tour.

— Vous n'avez jamais été que tous les deux ? demanda Duvalier.

— Oui, nous ne pouvions pas avoir d'enfants. Quelque chose qui n'allait pas chez l'un de nous, je suppose, mais de nos jours il est impossible de le savoir avec certitude. Pourtant, ce n'est pas faute d'avoir essayé, ajouta-t-elle avec l'ombre d'un sourire timide. Il y a bien eu Karl, un orphelin que Tommy a rencontré pendant un de ses déplacements.

Il est resté avec nous trois années durant, et puis il est parti à Denver quand il a eu dix-sept ans. On ne voit personne alentour, le pauvre garçon était seul toute la journée, il s'ennuyait. Enfin, personne qui vaille d'être connu. Tout un tas de gens peu recommandables passent dans la région, et je ne suis plus aussi courageuse qu'avant. J'ai peur quand je me retrouve seule. C'est pour ça que nous avons les chiens.

Ceux-ci dormaient maintenant sur un vieux canapé. Ils avaient la queue courbe et le pelage ras diversement coloré des bâtards. Dès que leur maîtresse avait accepté les visiteurs chez elle, de gardiens féroces, ils s'étaient transformés en simples animaux de compagnie.

David débarrassa la table et actionna la pompe de l'évier. Pendant qu'il lavait la vaisselle, il remarqua un papier plié sur le plan de travail. Il s'assura que son corps empêchait les deux femmes restées à table de voir, se sécha un doigt et ouvrit la feuille.

« À qui trouvera ce message :

La maison et tout ce qu'elle contient sont à vous. Tom est parti et je dois le retrouver. Je ne peux pas rester seule ici plus longtemps, ou je finirai par me suicider. Les nuits sont insupportables sans lui, je ne dors plus. Je vais le retrouver ou bien… »

Valentine replia le papier.

— Je suis désolé pour vous qu'il ait été retardé, dit-il. C'est embêtant pour nous, parce que nous espérions qu'il pourrait nous servir de guide dans cette partie du Colorado. Mais c'est moins important que votre solitude, bien sûr.

Il se retourna. Le visage de Mme Cortez s'était illuminé.

— Je connaissais très bien le pays entre ici et Denver, répondit-elle. Depuis, les années ont passé, j'ai changé, mais pas les collines. Avec vous deux, je me sentirai plus rassurée pour suivre la piste jusqu'à Fort Rowling. Et, oui, nous avons des chevaux. L'écurie est cachée, c'est tout. C'est une vieille maison qui a l'air abandonnée si on ne s'en approche pas très près. On aura entendu parler de lui, là-bas. Et qu'il y soit ou pas, vous pourrez trouver un guide. C'est un bon endroit pour avoir des nouvelles aussi, si c'est ce que vous cherchez.

— Eh bien, on dirait que c'est le meilleur plan pour nous tous, fit Valentine.

David apprécia de chevaucher dans ce paysage sec et désolé. Les chevaux étaient des mustangs solides et infatigables, qui acceptèrent aussi bien les cavaliers que leurs paquetages. Ils se trouvaient en meilleure condition que bien des montures qu'il avait connues. La présence des trois chiens ajoutait une ambiance de pique-nique à leur voyage, car les bêtes folâtraient autour du trio avec un plaisir si manifeste que les humains partageaient presque leur insouciance. Ils étaient hors de la Zone Kuriane, sans poste de contrôle à éviter, sans habitants au regard soupçonneux. L'approvisionnement en eau aurait pu constituer le seul problème, mais, entre les souvenirs de leur guide et le flair du Félin, ils allèrent de trou d'eau en trou d'eau sans avoir beaucoup à chercher.

Les nuits étaient un peu plus tendues. Il y avait peu de proies pour un éventuel Faucheur en maraude aussi loin du Kansas, mais dans un tel désert l'aura de trois humains n'en serait que plus flagrante pour le radar psychique d'un Crâne Noir. Mme Cortez devait penser que les Félins formaient un couple vraiment très calme. Valentine et Duvalier passaient beaucoup de temps assis près du feu de camp masqué, dans une transe destinée à faire diminuer leur signature vitale, qui était presque aussi reposante que le sommeil. Elle continuait à parler malgré le peu de réaction de ses compagnons, jusqu'à s'endormir à son tour.

Les levers de soleil étaient magnifiques. L'horizon semblait toujours légèrement surélevé à celui qui l'observait. David avait l'impression qu'ils évoluaient dans une arène immense et creuse, avec pour seul public les stratus dérivant très haut dans le ciel.

Ils n'étaient plus qu'à « quelques heures de cheval » de Fort Rowling quand les chiens s'alarmèrent. Les trois museaux étroits pointèrent vers le nord-ouest au même instant, et leurs oreilles se dressèrent. Valentine perçut le son de véhicules.

— Des engins motorisés. Peut-être deux, dit-il.

Duvalier acquiesça.

— Très certainement des soldats de Denver, mais nous ferions peut-être mieux de nous mettre à couvert quand même, fit Mme Cortez en descendant de son mustang. Je crois que mon ouïe n'est plus aussi bonne que dans le temps.

Ils s'abritèrent dans le creux d'une colline en forme de fer à cheval, parmi des genévriers rabougris. Mme Cortez tint les chevaux qui en profitèrent pour fureter dans les branches à la recherche de baies, tandis que les chiens venaient sagement s'allonger auprès d'elle. Valentine et Duvalier allèrent se poster sur la crête.

Deux voitures massives, minuscules à cette distance, avançaient en cahotant sur l'ancienne route, en direction du sud. Tant qu'elles continuaient sur cet axe elles ne représentaient pas une grande menace.

— Ce sont seulement deux véhicules tout-terrain, de couleur marron, déclara David à Mme Cortez.

— Vous êtes sûr qu'ils ne sont pas verts ? À Denver, ils peignent leur matériel en vert, avec parfois une étoile blanche.

— Peut-être qu'ils sont sales, suggéra Duvalier, sans grande conviction.

Après cela, ils voyagèrent plus prudemment. Ils arrivèrent à la route empruntée par les jeeps, mais les traces de pneus ne leur apprirent rien, sinon que d'autres véhicules étaient passés par là récemment. Deux kilomètres plus loin, alors qu'ils marchaient en guidant leurs chevaux, la brise apporta à Valentine l'odeur très faible d'êtres humains.

— Des gens devant nous, dit-il à Duvalier. Ne prends pas cet air étonné. C'est probablement un poste de surveillance fixe. Trouvons d'abord à nous abriter, avant de nous en occuper.

Ils contournèrent une colline dont la masse les coupa de l'odeur, et firent halte. Ensuite, il s'agit simplement de guetter les guetteurs. Tôt ou tard, la curiosité les forcerait à se révéler. Duvalier se porta volontaire pour aller les traquer, pendant que Valentine et Mme Cortez faisaient semblant de soigner leurs montures.

David chercha comment exprimer ses craintes avec diplomatie, mais la jeune femme le prit de vitesse :

— Ne fais pas cette mine, Val. Je serai très gentille.

Moins d'une heure plus tard elle redescendit la colline derrière deux soldats en uniforme. Elle avait un fusil dans les mains et un autre à la bretelle.

Mme Cortez observa les deux hommes.

— Des militaires de Denver, pas ces Rangers qu'ils utilisent sur la frontière. Il doit se passer quelque chose. J'espère qu'elle s'est montrée polie. Les troupes de Denver s'énervent facilement.

Le premier soldat parla dès que le trio arriva devant les chevaux. Il s'adressa à Valentine.

— Écoutez, l'ami, vous êtes dans le Colorado, maintenant. Tendre une embuscade à des militaires et les agresser peut vous créer un tas d'ennuis, surtout en ce moment. Vous feriez mieux de dire à votre copine de me rendre mon arme. D'ici cinq minutes, vingt fusils pointeront sur vous depuis le haut de ces collines.

David haussa les épaules.

— Bah, c'est plus ou moins ma « copine » qui commande, pour l'instant. Et si j'étais vous, soldat, j'éviterais de trop faire dans la menace. Votre sergent pourrait vous poser certaines questions, et, s'il découvre que cette « copine » qui vous arrive à la taille a réussi à vous neutraliser par surprise tous les deux et à vous prendre vos armes sans même en avoir une, eh bien, je n'aimerais pas être à votre place.

L'homme, dont l'uniforme portait le nom « PARKSTON » inscrit sur la poitrine, lança un bref regard vers la crête des collines basses environnantes, comme si le sergent anonyme risquait d'avoir entendu qu'on lui avait subtilisé son arme.

— Mais vous ne tenez pas à ce que ça se produise, poursuivit Valentine. En ce qui nous concerne, vous nous avez hélés alors que vous étiez à couvert, parce que vous avez eu le bon sens de poser des questions d'abord, plutôt que de tirer, et d'après ce que nous vous avons dit, vous avez décidé de nous amener devant votre supérieur. Si nous vous rendons votre équipement, nous pouvons compter sur vous pour ne rien tenter d'inconsidéré ?

— Oui, monsieur, répondit Parkston.

Son camarade hocha la tête, et Duvalier leur redonna leurs armes, de vieux M-16.

— Que faites-vous aussi loin de votre base ? demanda la Féline. Je n'avais encore jamais vu de militaires de Denver aussi éloignés de la frontière.

— Probable que je ne devrais pas vous l'expliquer, fit Parkston. Peut-être que le sergent acceptera de vous en dire plus. C'est lui qui commande cette patrouille.

La patrouille en question choisit ce moment pour se manifester. Une ligne d'hommes apparut au sommet de la colline par laquelle Duvalier était arrivée. Valentine en entendit d'autres ; ils restaient cachés, mais n'étaient pas assez silencieux pour tromper ses sens de Félin, ni ceux des chiens qui commençaient à s'agiter.

Le sergent et un petit groupe approchèrent, l'arme prête mais le canon dirigé vers le sol.

— Salut tout le monde, dit le sous-officier.

Il avait une trentaine d'années et paraissait calme et sûr de lui. C'était aussi bien, car aucun de ses soldats ne semblait avoir dépassé le cap des vingt ans, et des gamins nerveux dans une situation potentiellement hostile ont grand besoin d'un encadrement serein.

— Que faites-vous aussi enfoncés dans la Zone de Protection de Denver ?

Mme Cortez finit par faire les présentations, avec le même accent de l'Ouest que le sergent :

— Je m'appelle Cortez, et je suis à la recherche de mon mari, un messager qui, la dernière fois que je l'ai vu, partait pour Fort Rowling. Ces deux-là sont avec moi. Disons qu'ils aident une vieille femme inquiète.

Un des soldats voulut intervenir, mais le sergent leva la main pour l'en dissuader.

— Vous avez vu quelque chose d'inhabituel à l'ouest d'ici ?

— Il y a deux heures environ, deux véhicules qui roulaient vers le sud, répondit Valentine.

— Ils étaient trop loin pour qu'on voie à qui ils appartenaient, à vous ou à d'autres, intervint Duvalier. Sergent, la Zone de Protection ne m'est pas inconnue. J'ai déjà convoyé du bétail jusqu'au Comptoir Commercial de Platte Sud. Aucun de nous n'est du côté du Nouvel Ordre.

Le sergent alluma une cigarette de mauvais tabac.

— Les jeeps étaient aux nôtres. Mais, que vous soyez ou non avec les Kurians, autant que vous le sachiez : Fort Rowling n'existe plus. Il a été ravagé par un incendie. Et tout est venu de l'intérieur, sans l'intervention d'un bombardement d'artillerie, ni d'une arme quelconque, d'après ce que nous savons.

— Quoi ? s'exclamèrent Mme Cortez et Duvalier, presque à l'unisson.

Valentine sortit de sa poche un paquet de cigarettes puis en distribua quelques-unes au sergent et à ses hommes. Les jeunes gens le remercièrent chaleureusement. Le sous-officier lança la sienne au loin et alluma celle qu'on venait de lui offrir.

— Il ne restait que des cadavres pour raconter ce qui s'est passé, dit-il.

Il tenait toujours son arme de façon non menaçante, mais il lui suffisait d'en relever le canon de trente degrés pour loger une balle dans la poitrine du Félin.

— Je n'avais encore jamais rien vu de tel. Ils ont dû être attaqués par surprise : un bunker secret est caché dans un ravin, derrière le fort, dans lequel les civils sont censés se réfugier si les choses tournent mal. Il n'y avait personne dedans, et pas le moindre signe de combat. À Fort Rowling, en revanche, ils ont résisté, d'après le nombre de douilles. Ils sont restés en haut des murs un bout de temps. La porte principale a été réduite en miettes. Certains officiers pensent qu'il s'agit d'une roquette, mais je pencherais plutôt pour une charge explosive. Les dégâts sont trop importants pour n'importe quelle arme non tractée sur rails. Celui qui est allé placer la charge ne devait pas se soucier des tirs de mitrailleuses.

— Quelle était la taille de la garnison ? s'enquit Valentine.

— À son maximum, elle était forte de huit cents hommes, mais la moitié environ étaient toujours en patrouille ou en mission d'escorte. En armant les civils, nous montions à six cents défenseurs. Et Fort Rowling n'était pas un petit poste militaire. C'était notre fort le plus solide sur la frontière. Des mortiers, deux obusiers, je ne sais combien d'armes individuelles. Il y a même une voie ferrée qui en part et s'étend sur une quinzaine de kilomètres. Un projet qui n'a plus beaucoup de chances d'être terminé, à présent.

— Parlez-leur des civils, dit un des hommes du sergent.

— Pour Mme Cortez, mieux vaut s'abstenir.

— Non, allez-y, sergent, l'implora-t-elle. J'ai besoin de savoir. S'il vous plaît.

D'une pichenette, le sous-officier envoya son mégot voler au loin.

— J'ai souvent vu la mort, mais jamais comme ça. Des têtes plantées sur des bâtons, des bébés écrasés contre les murs et laissés sur le sol comme des hirondelles qui se fracassent contre une fenêtre, des maisons incendiées avec leurs habitants menottés à l'intérieur… Moi qui croyais être revenu de tout, ces images me hanteront jusqu'à mon dernier jour.

Il marqua un temps, inspira profondément et avala sa salive.

— Madame Cortez, j'ai la quasi-certitude que votre mari a péri sur les murs, s'il se trouvait dans le fort. Et s'il savait se servir d'une arme, on a dû lui en confier une.

La femme souffla lentement et cligna des yeux pour refouler ses larmes.

— Peut-être qu'il s'est sauvé à Denver. Oh, j'espère qu'il a fait ça…

— Nous allons vous amener là-bas et vous pourrez le savoir, madame, dit le sergent.

Valentine croisa son regard et le remercia d'un très léger hochement de tête.

— Tout ça n'a pas de sens, intervint Parkston. Je veux dire, quand les Faucheurs attaquent un lieu, ils emmènent des prisonniers. Ils le font pour ça. Si les gens meurent tous pendant le combat, ils ne sont plus utiles comme… comme nourriture.

— Je vais vous dire ce qui n'a réellement aucun sens, coupa le sergent. Le rapport du traqueur. D'après lui, c'étaient une cinquantaine d'hommes à bord de trois camions de deux tonnes cinq. Cinquante hommes. Cinquante Faucheurs n'auraient pas pu prendre ce fort, à mon avis, et je n'ai jamais entendu parler d'autant de Crânes Noirs réunis ailleurs que dans une grande ville. Comment cinquante hommes pourraient-ils vaincre six cents défenseurs bien retranchés ?

— Je crois que le mieux serait de nous mener auprès de la personne qui commande maintenant à Fort Rowling, conclut Duvalier.

Valentine étudia de près ce qui restait du fort. L'endroit était bien choisi pour établir une position défensive, avec de l'eau pour les hommes et le bétail, et des bosquets d'arbres pour le bois. Les parties des murs qui avaient été construites en bois étaient calcinées, les casemates et les bunkers démolis. Le premier souci des troupes arrivées sur place avait été de donner une sépulture décente aux victimes du massacre. De longues rangées de tombes fraîchement creusées s'étiraient à quelque distance du fort, jusqu'à un ravin au fond duquel coulait encore un ruisseau, malgré la chaleur étouffante d'août.

Après avoir contemplé les ruines noircies par les flammes, Duvalier demanda à parler en privé avec le colonel Wilson et son adjoint, le major Zwiecki, du Corps Franc de Denver. Ils laissèrent Mme Cortez fouiller parmi les effets personnels des morts, à la recherche d'une preuve de la présence de son mari. Le colonel leur accorda l'entrevue sans difficulté. Comme tous les soldats de Denver, comme les rescapés de la garnison du fort, ceux qui avaient eu la chance de se trouver en patrouille ou de faire partie de convois au moment de l'attaque, il désirait obtenir des réponses.

Plutôt que de réoccuper le fort, il avait fait installer les tentes de ses hommes à sept cents mètres des ruines, sur une hauteur. Il préférait que ses troupes n'aient pas à passer la nuit dans un décor de bois brûlé et de taches de sang. Le soir était tombé, et sa propre tente était éclairée par un générateur électrique mobile.

— Nous avons de quoi le faire tourner, fit-il en réponse à la question de Valentine sur le fonctionnement de l'engin. Il y a beaucoup d'huile de schiste, dans le Colorado. Nous fabriquons le carburant dans des fourneaux : quand le schiste argileux est suffisamment chauffé, l'huile en suinte. J'ai un beau-frère qui travaille dans cette raffinerie. Il dit qu'elle est vraiment unique. Perdue dans les montagnes. Ils la surnomment les « Gradins de l'Enfer » à cause des découpes étagées qui ont été effectuées partout dans les flancs des montagnes, et des fourneaux qui atteignent les neuf cents degrés.

Duvalier crut bon de recentrer la conversation :

— Nous sommes ici pour savoir ce qui est arrivé. Restons-en au sujet qui nous préoccupe.

— Si vous avez une réponse, ou même une théorie acceptable, j'aimerais l'entendre, répondit Wilson pendant que le major servait le café.

— Colonel, avez-vous jamais eu vent de Faucheurs qui utiliseraient des armes ? demanda la Féline.

— Non, mais je suis ouvert à toute explication. Parce qu'à part l'attaque de quelques milliers de Harpies qui auraient remporté leurs morts sans s'être jamais posées, puisqu'il n'y a pas trace d'elles, on en vient forcément à des hypothèses bizarres.

— Plus je vois les Kurians et plus ma définition de « bizarre » s'élargit, fit le major.

— Nous travaillons pour la Région Militaire Sud, déclara Valentine. Nous enquêtons sur une nouvelle unité que les Kurians auraient créée, un groupe baptisé la « Croix Torse », commandé par un certain « Général ».

Wilson et son subordonné échangèrent un regard sombre.

— C'est une piste crédible, dit Wilson, et je vais vous révéler pourquoi. Nous n'avons pas diffusé l'information aux troupes, mais il y a eu un survivant dans le fort, une très vieille femme qui vivait là avec sa fille et la famille de celle-ci.

— Une grand-mère coriace, ajouta le major.

— Elle n'a rien vu des combats : ils s'étaient tous réfugiés dans une cave. Elle a entendu une fusillade très nourrie, pendant un temps. Et puis des hommes ont fait irruption dans le cellier. Ils portaient des tenues pare-balles et des casques lourds noirs. Ils ont traîné tout le monde dehors, et ils l'ont obligée à regarder ce qu'ils faisaient aux autres. Quand le massacre a été terminé, l'un d'entre eux lui a déclaré « d'une voix sifflante » : « Dis-leur que c'est l'œuvre du Général. » Et il a aussi parlé de revenir. C'est pourquoi nous n'avons pas ébruité cet épisode parmi nos troupes.

— « D'une voix sifflante » ? fit Valentine. Ce sont les propres mots de cette vieille femme ?

— Oui, répondit le colonel. Je ne me suis jamais trouvé assez près d'un Faucheur pour l'entendre parler, mais je crois savoir qu'ils ont une voix qu'on peut qualifier de sifflante.

— Leur langue interminable ne laisse pas beaucoup de place pour les cordes vocales, répondit David. Ils ont la voix sifflante, c'est exact. J'aimerais beaucoup converser avec cette femme.

— Alors il faudra que vous alliez la chercher à Denver. Elle a été envoyée là-bas pour répéter son témoignage aux autorités. Je ne voulais pas que mes gars s'inquiètent sur ce qui risque de se passer si le Général revient ici. Je me soucie assez pour tout le régiment.

— J'ignore ce qui pourrait les arrêter. S'ils ont pu faire ça à Fort Rowling, je ne crois pas qu'aucune de vos places fortes à l'extérieur de Denver puisse leur résister.

Ils firent leurs adieux à Mme Cortez dans le camp établi par le Corps Franc de Denver. Elle avait découvert le feutre de son mari. Le couvre-chef était taché de sang, et une balle l'avait transpercé au-dessus de la bande.

— Au moins je sais qu'il n'a pas souffert, dit-elle avec fatalisme.

Duvalier la serra contre elle et lui murmura à l'oreille quelque chose que David ne tenta même pas d'entendre. Il était parfois déprimant de recourir à l'écoute profonde.

— Vous deux, prenez les chevaux, et le mien avec. Je vais à Denver avec mes chiens. Je me rendrai utile, dans un hôpital ou une écurie. Je suis restée dans ce désert si longtemps que ça me fera du bien de revoir du monde, même si je dois me plier à un règlement militaire.

Elle avait des sanglots dans la voix, mais ses yeux étaient secs.

Ils eurent un dernier entretien avec le colonel et son adjoint. Wilson proposa d'organiser une réunion au sujet de la Croix Torse avec tous ses officiers, mais Duvalier lui opposa une fin de non-recevoir, parce qu'elle souhaitait se faire remarquer aussi peu que possible. Ils racontèrent tout ce qu'ils savaient sur le Général, et le major Zwiecki, chargé de prendre des notes, les inscrivit officiellement comme les Félins « A » et « Z » de la Région Militaire Sud. Aux yeux de tous les autres membres du Corps Franc de Denver, ils préféraient passer pour des parents de victimes venus se renseigner à Fort Rowling. On se souvint également d'eux comme de deux errants qui, de façon assez inexplicable, avaient eu leurs chevaux ferrés à neuf, des provisions et un laissez-passer leur permettant de voyager dans la Zone de Protection de Denver ; mais cela, Valentine n'en sut jamais rien.

Ils suivirent la Republican River vers l'est. Ils progressaient sans se hâter, avec beaucoup de prudence. Évitant tout contact avec les fermes, les campements et les villes, ils remontèrent dans le Nebraska. Valentine reprit son déguisement de Westin Rice quand Duvalier jugea que c'était sans risque, et ils mirent au point une autre couverture pour expliquer leur présence. Mais ce coin du Nebraska proche de la frontière du Colorado était assez peu peuplé pour qu'ils se déplacent sans se faire remarquer. Puis ils arrivèrent à la Platte River et atteignirent les routes et voies ferrées qui en bordaient le cours. Après avoir cherché leurs portraits-robots dans les gares sans les trouver, ce qui les rassura un peu, ils troquèrent les chevaux contre des bons de déplacement auprès d'un chef de dépôt corrompu. Bientôt, ils voyagèrent de nouveau par le rail, mais cette fois en travaillant pour payer leur trajet. Ils nettoyaient les wagons à bestiaux destinés à partir vers l'est.

Ils se trouvaient à l'intérieur de l'un de ces fourgons vides sur une voie de garage, non loin de leur prétendue destination d'origine, Grand Island, et mangeaient un pain de maïs quand un train approcha, en provenance de l'ouest. Sa locomotive surpuissante l'entraînait à une vitesse rarement vue depuis bien longtemps. À son passage, Valentine compta un wagon pour les gardes, trente voitures fermées à l'aspect très banal, un autre wagon de gardes et enfin le fourgon de queue couleur acier. Fouettés par le vent, deux drapeaux flottaient sur le toit du fourgon : noirs avec un dessin central.

Le svastika de la Croix Torse.

Chapitre 8

Les Dunes, septembre : au nord de la Platte River se déroulent en longues ondulations désertiques les dunes du Nebraska. Recouvrant une des plus vastes nappes aquifères du monde, ce sol grossier et d'un brun sombre n'est pas fait pour les récoltes abondantes. Ce sont en revanche des terres excellentes pour l'élevage du bétail. C'est le Sahara transformé en un immense jardin herbu. Les Dunes, cette magnifique mer de verdure au printemps, puis de paille au plus fort de l'été, s'étendent sur une superficie supérieure à celle de l'État du Connecticut. Elles commencent à l'ouest et, comme pour l'océan, leurs reliefs les plus accentués se trouvent loin du bord, allant jusqu'à trois cents mètres de hauteur sur un kilomètre et demi de largeur pour quinze de longueur. Presque toutes sont orientées est-ouest par l'effet des vents dominants. À l'est des plus grandes, on trouve des collines plus basses de formes variées mais généralement étirées et fines. Elles finissent par se transformer en petits mamelons aux pentes abruptes, un peu de la même manière que les grands rouleaux de l'Atlantique terminent en vagues saillantes dans la Manche.

Bien que le sol soit en général trop sec pour qu'on puisse y faire pousser aisément des céréales, la région n'a rien d'un désert. Le bétail et les chevaux y paissent en abondance. Les petites vallées qui séparent ces collines sont densément boisées : lacs et étangs, marais et prairies détrempées ne sont pas rares parmi les peupliers et les ormes envahissants. Des rivières à truites et des lacs regorgeant de brochets sont ponctués de barrages de castors, et le nouveau venu, après être descendu des hautes crêtes arides, est parfois stupéfait de voir un pélican pêcher tandis que les mouettes se laissent porter par la brise. Le gibier ne manque pas, les cerfs mulets bondissent dans l'herbe haute tels des lièvres géants, et les hardes paressent sous la surveillance attentive des jeunes mâles à l'affût des coyotes. Les chasseurs d'oiseaux peuvent revenir chez eux avec une grande diversité de pièces, du gibier d'eau à l'oie sauvage en passant par le faisan et le tétras. Mais, si les habitants des Dunes se déplacent toujours armés, ce n'est pas pour goûter aux plaisirs de la chasse.

Ils traquent les serviteurs des Kurians.

Valentine et Duvalier rattrapèrent le train de la Croix Torse à la fourche où la North et la South Platte Rivers voient converger leurs berges sablonneuses. La ville de North Platte n'existait plus entre les deux bras d'eau, car elle avait été réduite en cendres cinquante ans plus tôt. Une pancarte écrite à la main leur apprit qu'ils arrivaient à Harvard Station.

Leur convoi ne s'arrêta pas, contrairement à ce que le conducteur avait affirmé. Leur train aurait dû faire halte là avant de filer vers Ogallala et Scottsbluff. Alors qu'ils passaient devant la gare, ils aperçurent des escouades de patrouilleurs qui déambulaient un peu partout, des caisses qu'on déchargeait et des sentinelles postées aux deux extrémités du quai, manifestement pour empêcher que quiconque descende. Un petit avion plongea du ciel pour se poser sur la vieille piste au sud-est de la ville. Les deux Félins l'observèrent sans se cacher. En fait, il aurait pu paraître suspect de feindre le désintérêt, car les engins volants étaient très rares, même dans la Zone Kuriane. Valentine suivit l'atterrissage avec ses jumelles. C'était un monomoteur blanc avec un marquage rouge. Il s'attendit presque à voir sa dérive frappée du svastika, comme sur ces photos qu'on trouve dans les livres consacrés à la Deuxième Guerre mondiale, mais il n'aperçut rien de tel.

—Je suis déjà venue ici, lui dit Duvalier, mais je n'avais vu l'endroit que de l'autre côté.

Un nouveau train de la Croix Torse était à l'arrêt sur une voie de dégagement, près d'un quai, avec des toboggans et des enclos à bétail. Ils aperçurent des silhouettes sous le soleil, vêtues de ce qui ressemblait à des combinaisons de saut noires, mais, à la différence des hommes du convoi précédent, ceux-là ne semblaient pas pressés de décharger le contenu des wagons fermés. Autour du fourgon de queue, une équipe des Grogs les plus monstrueux que Valentine ait jamais aperçus montait la garde. Ils étaient plus grands que les Dos Gris qu'il avait combattus à Little Timber Hill, et leur corps était partiellement couvert d'une fourrure fauve.

Une casemate en béton entourée de barbelés, à laquelle on accédait par un portail, dominait les ruines de la ville et la rivière en contrebas. Sur une plate-forme bordée de sacs de sable empilés, des hommes armés de mitraillettes fumaient en surveillant les alentours. La bannière noire et blanche flottait en haut d'un mât, au-dessus de l'abri.

—Ils installent leur boutique, commenta Valentine alors que leur train s'éloignait en direction de l'ouest. Approvisionnement, troupes, armes, un avion. Mais quel est l'objectif? Nous n'avons entendu parler d'aucun soulèvement dans le Goulag local.

Duvalier regarda la succession de collines vers le nord. Elle semblait terriblement attristée.

—S'il y en avait un, ils ne seraient pas aussi calmes. Ce n'est même pas un centre kurian, seulement un avant-poste de celui de McCook, sur la frontière.

— La frontière ? La frontière avec quoi ?

— Les Dunes. Ils doivent avoir les Dunes pour objectif, fit-elle avec un soupir identique à celui qu'elle avait poussé ce jour où, au Kansas, ils avaient vu un fourgon de la police passer sur la route avec son chargement de bétail humain enchaîné à l'arrière, pour les Faucheurs.

Valentine attendit qu'elle en dise plus.

— Qui ou que sont les Dunes ? demanda-t-il après un long moment de silence.

Duvalier aimait le pousser à poser des questions, peut-être pour se venger de ses rectifications occasionnelles quand elle faisait une faute de syntaxe.

— C'est plutôt où, Val. Les Dunes sont là, fit-elle en désignant les collines. Elles vont d'ici jusqu'au Dakota. Les Kurians n'en ont jamais vraiment pris le contrôle, et chaque fois qu'ils ont essayé, ils se sont fait botter le cul. C'est une zone immense, peut-être la moitié de la taille du Territoire Libre d'Ozark. Je doute même que les Faucheurs osent aller chasser là-bas.

— Pour quelle raison ?

— Les Trekkers. Des nomades. Imagine des ranchs entiers qui se déplacent avec leur bétail et leurs chevaux. Tout ce qu'ils possèdent est chargé sur leurs chariots, et ils passent des pâturages d'hiver à ceux d'été, et vice versa, mais pas toujours aux mêmes endroits. Leur univers tourne autour du bétail. Les troupeaux les nourrissent et leur permettent d'acheter ce qu'ils ne peuvent pas fabriquer eux-mêmes.

— Ils achètent à qui ?

— Il y a quelques bandes qui trafiquent avec les Collabs, ça ne fait aucun doute. Oh, et ils surnomment les Collabs des « Chacs », ici. Certains disent que c'est une abréviation de « chacals », mais je ne sais pas vraiment ce que c'est.

— Une sorte de chien sauvage charognard, en Afrique, je crois, expliqua Valentine. Tu connais les habitants des Dunes ?

— Oui. Ce sont des gens bien. Des gens très bien. J'ai sympathisé avec un de leurs clans les plus importants, un groupe de familles qui ont toutes adopté l'Aigle pour marquer leur bétail. Le logo ressemble à une de ces anciennes paires d'ailes stylisées qu'on trouvait dans l'armée de l'air. J'imagine que ça vient des gens du Contrôle Aérien Stratégique qui les ont aidés à combattre les Kurians durant les années les plus noires.

Valentine se demanda si elle voulait parler du Commandement des Forces Aériennes Stratégiques.

— Ils s'intéressent peu aux étrangers, mais j'ai appris à les connaître alors qu'ils acheminaient du bétail à Denver. J'ai fini par servir d'éclaireur monté pour deux transferts de bétail. Une chouette époque. J'en ai appris beaucoup sur le pays, d'ici aux Rocheuses. Dans la zone située entre les bras de la Platte River, on trouve tout et n'importe quoi. Deux élevages kurians, des bandes de Chacs qui chevauchent pour le compte de leurs Maîtres, des Indiens Crows qui s'efforcent de survivre, et quelques villages qui ne souhaitent que se tenir à l'écart de tout le reste.

— Tu es donc déjà allée à Denver ?

— Non, les Cavaliers de Denver sont venus à notre rencontre à l'extérieur de la ville. Mais j'ai toujours désiré y entrer. Voir à quoi ressemble une grande cité. Bien sûr, ils m'ont dit que c'était presque désert, comme n'importe quel autre endroit. Le coin a beaucoup souffert, mais c'est encore une zone libre, et c'est toujours agréable.

Valentine regarda Harvard Station qui disparaissait au loin, derrière eux.

— Alors tu penses qu'ils s'apprêtent à attaquer ces Trekkers ?

Elle hocha la tête.

— C'est cohérent avec le reste. Ura, la Tisseuse de Vie, a parlé de plusieurs Enclaves Libres qui avaient été ravagées par ces types. Peut-être qu'ils se rodaient avant de passer à un morceau plus gros, comme nous ou Denver.

— Si Denver est dépendante de ces gens pour l'approvisionnement, dit Valentine, l'anéantissement des Trekkers pourrait être une première étape, pour affaiblir la ville. Ce qui expliquerait l'attaque de Fort Rowling. Un coup d'essai.

— Ce sera l'occasion de voir comment ils opèrent, dit Duvalier, toujours pragmatique. Nous étudierons leur façon de s'organiser, leurs repérages, leurs préparations pour l'assaut. Et il nous faudra découvrir ce que sont véritablement ces Faucheurs amateurs d'armes à feu. Ont-ils aussi des pièces d'artillerie ? Il semblerait que la Croix Torse dispose d'une force aérienne, même si elle se réduit à un seul coucou. La Région Militaire Sud doit être mise au courant de ce qui se prépare.

Valentine sentit qu'une autre bataille, plus importante encore, se profilait à l'horizon. Son devoir et son humanité, sa conscience et son code moral s'affrontaient en silence au plus profond de son être. Mais cela ne dura pas longtemps. Cette fois, il y avait trop de vies dans la balance.

Le convoi arriva au sommet d'une côte ; le vent le décoiffa. Il ramena ses cheveux en arrière, et c'est à cette seconde qu'il arrêta sa décision. Comme si un fardeau invisible avait été ôté de ses épaules, il se redressa de toute sa taille.

— Ali, c'est exactement ce que nous devons faire. Mais avant toute chose, il faut que nous prévenions ces gens.

Ils sautèrent du train alors qu'il ralentissait pour escalader le sommet d'une colline à l'est d'Ogallala. Plutôt que de se fondre immédiatement dans les buissons bordant la voie, ils adressèrent de grands gestes d'au revoir aux hommes qui les observaient depuis le fourgon de queue. Ceux-ci répondirent de la même manière, en souriant.

— C'est toujours rigolo, fit Valentine qui ôta de ses cheveux une tête de cardère avant de ramasser son paquetage. Ça va, toi ?

— Ce que je t'ai dit t'a mis un peu de plomb dans la cervelle ? rétorqua-t-elle tandis qu'elle repassait sa vieille tenue de voyage.

Au moins, elle lui reparlait. Ils s'étaient disputés brièvement, jusqu'à ce qu'elle cesse de lui adresser la parole ; car il lui avait demandé si elle se sentait capable de voir mourir les amis qu'elle avait connus lors du transfert des troupeaux à Denver.

— Pas encore. Ali, je n'ai pas dit que tu devais venir. Je ne l'ai même pas suggéré. Une paire d'yeux voit autant que deux. Tu peux continuer à surveiller les agissements de la Croix Torse pendant que j'essaie de prévenir les habitants des Dunes.

— C'est vrai, tu ne l'as même pas suggéré. Tu as seulement dit : « Il faut que *nous* prévenions ces gens. » Et « nous », c'est au moins deux personnes, monsieur le professeur.

— C'est bon, de toute façon j'espérais bien que tu m'accompagnerais. Après tout, c'est toi qui les connais le mieux.

— Ce que nous faisons – une opération de reconnaissance – est *réellement* important. Pour la Région Militaire Sud, la Croix Torse n'est pour l'instant qu'un nouveau gang de Collabs, comme un tas d'autres avant lui. Je voulais que tu sois de l'aventure parce que, après avoir lu tes rapports, il m'a semblé que tu voyais les choses différemment, et que cette Croix Torse t'inquiétait vraiment. Et maintenant, tu veux que nous allions dans les Dunes, où tout ce qui risque d'advenir, c'est une offensive de la part de l'ennemi. Nous serons les personnes attaquées, alors que nous pourrions évaluer la menace, définir la puissance et les méthodes de l'ennemi pour mieux le contrer.

Des larmes coulèrent doucement sur les joues de la jeune femme.

— J'ai appris à aimer ces gens, Val. Ils sont droits, aussi droits que les meilleurs que j'ai pu connaître ailleurs. Il y a des familles dans ces chariots, Valentine. Elles seront exterminées dans peu de temps, et nous ne pouvons rien faire pour empêcher cela. C'est quelque chose qui me ronge. Et maintenant, tu viens me dire que tu veux gaspiller nos vies, à nous aussi.

» Notre devoir est avant tout envers la Région Militaire Sud. Nous devons les prévenir, non ? Tu n'as pas prêté serment en ce sens quand tu es devenu officier, ou Loup ?

Sans qu'il s'en rende compte, les doigts de Valentine se crispèrent sur son paquetage.

— Peut-être que si je peux les prévenir ils parviendront à mettre les enfants en sûreté. Nous, ou moi, enfin bref, je dois les avertir de ce qui les attend. Je vais là-bas. À moins que tu veuilles m'en empêcher.

Ils s'affrontèrent du regard un moment.

Duvalier finit par baisser les yeux et contempler fixement le sol entre ses bottes. D'un geste absent, elle remua la poussière avec la pointe de sa canne-épée. Puis elle saisit fermement son arme à mi-distance de sa longueur, et un instant Valentine crut qu'elle allait l'assommer avec. Mais, dans les yeux que la jeune femme tourna vers lui, les larmes avaient disparu.

Elle paraissait même soulagée. Enfin, peut-être.

— D'accord, David. Nous les prévenons. Mais c'est tout.

Les Félins décidèrent de risquer la traversée de la North Platte River de jour, pour ne pas perdre une minute dans leur course contre la mort.

Ce ne fut pas très difficile : à cette époque de l'année, la rivière était à son niveau le plus bas. Ils entrèrent dans les Dunes à hauteur des ruines du barrage de Kingsley, en passant devant une pancarte qui annonçait : « TERRITOIRE NON SÉCURISÉ. DÉFENSE D'ENTRER SOUS PEINE DE JUSTICE SOMMAIRE ». Bien que la route ait été détruite, une sorte de déviation existait, qui leur permit d'effectuer la traversée sans se mouiller au-dessus des genoux. Quelques pêcheurs, peut-être venus d'Ogallala, avaient lancé leurs lignes depuis la berge. Si des sentinelles se cachaient le long de cette frontière naturelle, le gilet de patrouilleur porté par Valentine les trompa peut-être assez pour qu'ils ne tirent pas.

Plutôt que de disparaître dans les Dunes immédiatement, ce qui aurait semblé suspect à tout observateur, David décida de remonter la rive de la Platte parmi les bouleaux et les peupliers de la plaine inondée.

Après une courte halte, ils arrivèrent dans une zone assez boisée pour obliquer sans être vus vers les Dunes, et ils longèrent l'ancienne route 61 vers le nord.

Valentine accéléra. Il portait le sac de Duvalier accroché sur sa poitrine, afin que la jeune femme, qui n'avait pas couru des années durant avec les Loups, soit assez légère pour suivre son allure.

Ils prirent soin de trotter entre les dunes et de ne jamais laisser leurs silhouettes se détacher sur les crêtes. Au coucher du soleil, ils firent halte pour se reposer et contemplèrent le spectacle magnifique du passage au crépuscule. Valentine avait connu bien de grands espaces sauvages, mais quelque chose dans cette mer d'ondulations lui donnait comme un aperçu inédit de l'infini.

— C'est marrant, fit Duvalier. Ce que nous tentons est tout simplement… ridicule. Sans espoir. Et pourtant je me sens libérée. Comme si j'étais sur le point de dévaler des rapides dans un tonneau et qu'il était de toute façon trop tard pour m'inquiéter.

Valentine la regarda tout en massant ses jambes endolories par l'effort. La lumière déclinante teintait la peau de la Féline d'une douce nuance cuivrée.

— Non, ce n'est pas ça, répondit-il. Tu fais ce qui est juste. L'homme qui m'a élevé après la mort de toute ma famille était un professeur. Il faisait lire à ses élèves des textes sur l'Holocauste. L'Holocauste s'est produit quand…

— Je sais ce qu'a été l'Holocauste, coupa-t-elle, mais sans avoir l'air vexé. Une sorte de répétition générale de ce qui se passe maintenant.

— Il nous le faisait étudier pour plusieurs raisons. D'abord pour que nous apprenions que des gens avaient survécu à des temps aussi durs que ceux que nous connaissons, même si les choses n'étaient pas aussi graves dans les Eaux Frontalières du Minnesota, où nous vivions. Mais aussi pour nous montrer que le mal, alors qu'il peut paraître tout-puissant pendant un temps, s'effondre de façon certaine. Il disait souvent qu'il s'agit d'un animal enragé : il est très dangereux et doit être abattu au plus vite, mais, même s'il ne peut être attaqué de l'extérieur, la maladie qui le ronge finit toujours par avoir raison de lui.

» J'en reviens à ce livre que j'ai lu sur l'Holocauste. Il commençait par un journal tenu par une petite fille juive qui se cachait des nazis. Elle a été tuée, mais ses écrits lui ont survécu, et le reste de l'ouvrage parlait des gens qui avaient aidé des Juifs et d'autres à échapper aux SS. Plus tard, on leur a demandé où ils avaient trouvé le courage de le faire, alors que les nazis tuaient tous ceux qui portaient secours à ces gens. Ils ont répondu que ça ne leur avait pas demandé de courage particulier, parce que c'était le choix le plus facile. En faisant ce qui était juste, ils ont gardé leur humanité. À mon avis, ils ont puisé de la force dans cette capacité à conserver le respect d'eux-mêmes. Faire ce qui est juste confère un certain pouvoir.

Il ouvrit une vieille blague à tabac d'où il sortit la petite pierre pyramidale pour qu'elle absorbe les derniers rayons du soleil et se recharge ainsi.

La mine songeuse, Duvalier regarda fixement le cristal.

—Il ne t'est jamais arrivé de penser que les Tisseurs de Vie étaient des anges ?

—Quoi ? Euh... non. Qu'est-ce que tu veux dire par là ?

—Quand je suis arrivée pour la première fois dans le Territoire Libre et que ce Félin, Rourke, est devenu une sorte de père de substitution pour moi, il m'a emmenée voir Ryu. C'était un jour ensoleillé, et il portait ce pagne blanc qu'il affectionne, mais il était aussi enveloppé dans une autre chose blanche. Je me souviens, le soleil a dû le réchauffer, parce qu'il s'est tourné vers moi et a écarté les bras. Et d'un coup j'ai vu un halo entourer la tête de cet homme, et ces grandes ailes blanches qui se gonflaient dans son dos. Bien sûr c'était le châle blanc qu'il portait, et le soleil dans ses cheveux.

—Il appartiendrait à une catégorie d'anges très particulière, lui qui crée des tueurs. Le Tisseur qui m'a transformé en Loup a dit que les seuls êtres capables de battre les Kurians étaient ceux possédés par la haine et la colère, et que ceux-là étaient moins des soldats que des fous furieux. Enfin, c'est le souvenir que je garde de ses propos. Tout ça est un peu nébuleux.

— Je n'ai jamais entendu Ryu parler de la sorte. Il semble… (elle chercha le mot exact) seul. Seul et triste.

Val haussa les épaules et changea de sujet :

— Tu veux te reposer un peu avant que nous repartions ?

— À mon avis, c'est toi qui devrais te reposer. Tu portes toujours presque tout notre barda, sans parler de cet horrible fusil.

Dans le Deuxième Régiment, nous aurions dû être appelés des Mulets plutôt que des Loups. Ils nous ont sélectionnés pour une vie stérile d'endurance. Il s'étendit dans l'herbe, avec son manteau roulé comme oreiller.

— Je peux tenir le coup.

— Il n'empêche, tu portes trop, fit-elle, et soudain elle se pencha sur lui et déposa un baiser sur son front.

Il ouvrit un œil.

— C'est une bonne chose que tu n'aies pas fait ça quand tu portais ton short et ce soutien-gorge. Sinon j'aurais joué mon rôle de nouveau marié de façon très convaincante.

— Dans tes rêves, Valentine ! railla-t-elle en lui lançant une cosse de cacahuète.

Ils en avaient troqué un sac plus tôt.

— Je regrette de ne pas avoir été là quand tu as acheté ce soutien-gorge. Ça m'aurait fait un souvenir très agréable à chérir. Personne dans la Halle ne m'aurait cru. Je suppose que tu as brûlé la preuve.

— Non, je ne l'ai pas acheté à Lincoln. Pour tout dire, je l'ai trouvé accroché à un petit cintre, dans un magasin en ruine, à Amarillo, il y a un an. Il était encore dans son enveloppe en plastique. Il m'allait si bien que j'ai décidé de le garder pour le jour où j'en aurais besoin.

David s'esclaffa.

— Tu as trimballé un soutien-gorge rouge avec toi pendant un an ?

— C'est une petite pièce cachée de ma personne, d'accord ? Tu es un homme, tu ne peux pas comprendre l'importance d'un soutien-gorge de qualité.

— Tes petites pièces n'étaient pas tellement cachées, sous ton blouson en jean. Quelle impression ça fait d'avoir le nombril bronzé, au fait ?

— Crétin.

— Allumeuse.

— Arrête donc de faire l'imbécile. Repose-toi un peu. Nous repartons dans une heure.

Un jour plus tard, ils arrivèrent à une large piste qui filait vers l'est. Le bétail, les chariots et les sabots des chevaux l'avaient tracée à travers les dunes herbues.

— Pas besoin d'être Nuage Rouge pour la suivre, fit Valentine.

Il s'accroupit et dégagea la poussière d'une ornière pour voir jusqu'à quelle profondeur elle avait séché.

— Nuage Rouge ?

— Un chef Sioux Lakota. Ma mère me disait ça quand je laissais des traces de boue dans la cuisine.

Elle ébaucha un sourire.

— Tu as une photo d'elle ?

— Seulement dans ma mémoire.

— Je parie que tu as les mêmes cheveux qu'elle.

Il éluda d'une moue, et ils commencèrent à suivre le sentier. Un bourdonnement lointain les poussa à se mettre à couvert. Le petit avion qu'ils avaient vu au dépôt de la Croix Torse se matérialisa au sud.

— Quel temps on gagnerait avec cet engin…, marmonna Duvalier en observant l'appareil. Ce coucou peut parcourir en une heure la même distance que nous en plusieurs jours.

Quand l'avion eut disparu en direction du nord, les deux Félins reprirent leur route sur la piste. Ils allèrent à marche forcée pendant une heure, s'accordèrent une pause d'un quart d'heure puis repartirent au trot. Après six heures à ce rythme, Valentine lui-même avait la bouche sèche et les jambes douloureuses. Duvalier grognait chaque fois qu'ils se relevaient après un court repos, mais pour le reste elle endurait l'épreuve en silence.

C'est pendant l'après-midi qu'ils aperçurent devant eux deux cavaliers, les derniers de l'arrière-garde. Ils évitaient les crêtes et faisaient des haltes fréquentes pour tendre l'oreille et scruter les alentours.

— Ce sont des Trekkers, annonça Duvalier.

Elle rendit les jumelles à David, et ils se mirent à trotter à découvert pour tenter de les rattraper.

Les Trekkers les repérèrent presque immédiatement et firent volter leurs montures pour les intercepter. Valentine avait mis son PPD à la bretelle, de manière à pouvoir l'utiliser aisément, mais il n'avait aucune arme à la main. Duvalier tenait sa canne-épée à l'aspect inoffensif.

Le fusil en travers de la selle, les cavaliers attendaient la suite des événements.

— C'est assez près, patrouilleur, lança l'un d'eux sous son chapeau à larges bords. Tu es quoi, un déserteur ?

— Nous voulons parlementer, dit Duvalier. Ce n'est pas un patrouilleur. Nous avons pris ce gilet pour nous déguiser, sur un patrouilleur mort. Pour quelle Marque chevauchez-vous ?

— Le Sept Barré. Heureux de voir que vous n'êtes pas étrangère à la région. Et vous, quelle Marque ?

— La dernière fois que je suis venue ici, j'étais avec les Ailes de l'Aigle. Il faut que nous rencontrions votre chef de convoi.

— Toujours heureux de converser avec une Marque sœur, surtout quand son représentant a un aussi joli minois. Votre ami peut parler, lui aussi. À moins que quelqu'un lui ait cloué la langue ?

— Je peux parler, l'ami. J'aime seulement voir d'abord comment souffle le vent.

— Par ici, c'est d'ouest en est, la plupart du temps, fit l'autre cavalier, dont la bouche était dissimulée par une moustache impressionnante.

Son compagnon au grand chapeau eut un rire bref.

— Il vous faudra encore parcourir trois kilomètres avant d'atteindre les chariots, je le crains, dit-il. Mais nous allons vous accompagner jusqu'au troupeau.

Ils firent tourner leurs montures avec une synchronisation parfaite et se mirent à suivre la piste.

— Le Sept Barré, chuchota Duvalier. Pas un des groupes les plus importants, mais ce sont des coriaces. Ils restent dans la zone frontalière. D'après certaines rumeurs, ils font du troc avec les Chacs, mais que celui qui n'a jamais péché lance la première pierre, hein… D'ailleurs beaucoup de Trekkers le font, d'une façon ou d'une autre.

— Et les Ailes de l'Aigle ?

— Non. Eux sont vraiment à couteaux tirés avec les Kurians. Beaucoup de souvenirs de grands-pères qui étaient militaires. Et trop de pertes en amenant le bétail à Denver. Mais d'une certaine manière, c'est une bonne chose : ceux du Sept Barré ne tiendront peut-être pas à offenser les Aigles en nous faisant des difficultés, parce que les Aigles forment le groupe de Trekkers le plus important. De temps à autre il y a des querelles à propos des pâtures hivernales, et le Sept Barré ne peut pas s'offrir le luxe de se créer des ennemis.

Ils rattrapèrent le troupeau, en majorité des vaches de race Hereford qui semblaient avoir été endurcies par un lointain croisement avec des longues-cornes du Texas. Par-delà les bovins ils pouvaient voir une vingtaine de chariots. Un cow-boy, un bandana jaune noué sur son ruban de chapeau, échangea quelques mots avec les deux éclaireurs puis fit avancer son cheval vers les Félins.

— Vous voulez voir le chef de convoi, hein ? Qu'est-ce que vous avez de si important qui vaille la peine de faire perdre du temps à M. Lawson ?

— Je pense que M. Lawson aimerait avoir la possibilité de décider lui-même, l'ami, dit Valentine.

— Je ne suis pas ton ami, le métis. Mais je ne refuserais pas d'être le vôtre, mademoiselle.

Duvalier leva la main pour qu'il la serre, ce qu'il fit de bonne grâce.

— Monsieur, nous avons parcouru un long chemin. Pourrions-nous voir le chef de convoi, je vous prie ?

— Je vais aller le lui demander. Je ne peux pas faire mieux.

— Pourquoi ne pas nous emmener avec vous ? Nous gagnerions un peu de temps.

L'homme eut une moue ennuyée. Soit il avait du mal à penser par lui-même, soit il suivait des ordres très stricts.

— Le chef de convoi est quelqu'un de très pris. D'où vous sortez, au fait ?

— La Zone Kuriane, au sud, répondit Duvalier. Mais j'ai accompagné les Ailes de l'Aigle.

Ce détail parut lui rendre la décision plus facile.

— Je reviens, dit-il avant de lancer sa monture vers les chariots.

Le soir commençait à assombrir les collines. Les cuisiniers du Sept Barré firent tinter le triangle de métal pour annoncer le souper quand Valentine et Duvalier atteignirent enfin le cercle lâche que formaient les chariots. Ils avaient attendu, s'ennuyant longuement parmi les vaches, puis l'homme au bandana jaune était revenu leur dire que M. Lawson acceptait de les recevoir.

Le chef de convoi était large d'épaules, et sur son front une cicatrice touchait un sourcil qui semblait perpétuellement redressé par la surprise. L'abattant à l'arrière de son chariot lui servait tout à la fois de bureau et de table pour manger. Il était occupé à dévorer une pièce de bœuf grillée quand on lui présenta les visiteurs.

— Mon gars, tu devrais retirer ce gilet tant que tu es ici. Un de mes hommes pourrait te tirer dessus. Réflexe conditionné.

Valentine ôta le vêtement, et il se sentit étrangement nu, sans son poids.

— Il paraît que vous avez tous les deux chevauché avec les Aigles ?

— Moi, seulement, corrigea Duvalier. En fait j'aimerais les rejoindre au plus vite. Nous pensons que les Kurians préparent une attaque de grande envergure contre vous, depuis North Platte. Ils veulent vous anéantir.

— Hmm, fit Lawson, visiblement sceptique. Qu'est-ce qui vous permet de croire ça ?

— Un contingent important a débarqué d'un train à North Platte. Il y avait de tout, des Faucheurs comme des Grogs. Tous très bien armés. Même les Faucheurs.

— Ah, elle est bien bonne, celle-là ! Des Crânes Noirs avec des flingues ! Depuis quand ?

— Nous sommes deux à les avoir vus. Ils ont adopté de nouvelles tactiques de combat. Ils sont en train d'explorer la zone, et ils vont frapper bientôt. Vous n'avez pas aperçu leur petit avion de reconnaissance ?

Subitement Lawson parut beaucoup moins à l'aise.

— Euh… si. En fait, il a décrit des cercles au-dessus de nous plusieurs fois. Vous pensez qu'ils ont l'intention de nous attaquer ? Le Sept Barré, je veux dire ?

— Nous ne savons pas, admit Valentine. Nous voulons juste vous mettre en garde.

Le chef de convoi se gratta le menton. D'après le début de barbe qui noircissait ses joues, il ne se rasait qu'une fois par semaine. Et il prenait un bain encore moins souvent, si David se fiait à son odorat.

— Il est vraiment impératif que nous entrions en contact avec les Ailes de l'Aigle, insista Duvalier d'un ton presque implorant. C'est beaucoup demander, mais si vous pouviez nous prêter deux chevaux… Nous n'avons pas grand-chose à proposer en échange. Quelques cigares, un peu de thé…

Les yeux étrécis, Lawson les considéra un moment.

— Une jolie dame comme toi a toujours quelque chose à proposer…

Valentine vit les tendons saillir dans le cou de Duvalier. Elle toisa le chef de convoi d'un regard étincelant.

Après quelques secondes d'affrontement muet, il eut une petite grimace de dépit.

— Mais « Charité » a toujours été mon deuxième prénom. D'accord, je crois que je peux me passer de deux chevaux. Disons que, si ce que vous racontez est vrai, l'information vaut bien deux montures solides. Si c'est faux, je serai soulagé mais je demanderai leur retour, ou un paiement. Dites à M. Hendricks que deux des grands roux qu'il élève feront l'affaire. Marché conclu ?

Valentine se tourna vers Duvalier.

— Marché conclu, prononcèrent-ils à l'unisson.

— J'ajouterai même des tapis de selle. Désolé de ne pas pouvoir faire plus, mais il est difficile de se procurer de la sellerie de qualité. Nous ne manquons pas de cuir, évidemment, mais les bons selliers sont rares.

— Savez-vous où nous pouvons trouver les Aigles ? demanda Valentine.

— Vous n'allez pas partir maintenant ? Il fera nuit noire dans moins d'une heure.

— J'ai bien peur que si, monsieur.

— J'espère que vous savez ce que vous faites. Chevaucher dans l'obscurité est une excellente façon de perdre un cheval. Les Aigles se trouvent à une soixantaine de kilomètres au nord-ouest. C'est la période du vêlage, ils ont donc choisi un coin approprié pour s'installer, avec de l'eau et du bois, au bas d'une des grandes crêtes.

— Et c'est où, exactement ? demanda Valentine.

— Avancez vers le nord-ouest jusqu'à ce que vous rencontriez une grande crête qui barre l'horizon. Elle est longue de vingt bons kilomètres. Si vous arrivez à une petite rivière, tournez à gauche ; sinon, à droite. Ils sont à la source. Vous devriez apercevoir le bétail de loin. Les Aigles ont plusieurs milliers de têtes.

— Merci, monsieur, dit Duvalier.

— Bonne chance à vous, monsieur Lawson, ajouta David.

Le chef de convoi se mit à crier des ordres que ses hommes se hâtèrent d'exécuter.

— Joli exercice de diplomatie, glissa Valentine à la Féline quand ils s'éloignèrent du chariot en compagnie d'un des cavaliers de Lawson. Je n'aurais jamais imaginé que tu avais ça en toi.

— Tu serais étonné de savoir tout ce que j'ai fait avec ma bouche pour obtenir quelque chose.

Ils quittèrent le camp à la nuit tombée et prirent la direction du nord-ouest. L'estomac de Valentine lui embrouillait parfois l'esprit ; pour l'instant il avait le ventre vide et secoué par les foulées de sa monture. Un nouveau sujet d'inquiétude venait le harceler. Quand ils quittèrent leurs selles improvisées avec des couvertures, il n'y tint plus :

— Il y a quelque chose que je ne saisis pas, Ali. Comment Lawson sait-il avec une telle précision où les Ailes de l'Aigle ont établi leur campement ? Ils choisissent un endroit différent chaque année, non ? Et tu as dit que le Sept Barré et les Aigles n'étaient pas dans les meilleurs termes.

Elle fit halte une seconde et secoua doucement la tête.

— Valentine, leurs cavaliers vont très loin pour chasser ou ramener le bétail égaré. Parfois pour récupérer celui d'autres Trekkers, si je ne me trompe pas sur le compte du Sept Barré. Il nous a donné les chevaux, non ? S'il était de mèche avec la Croix Torse, puisque c'est ce que tu suggères, pourquoi ne pas nous livrer à eux, morts ou vifs, tout simplement ? Il y avait au moins vingt fusils dans les chariots voisins, et ces hommes savent tirer. Nous n'aurions pas eu la moindre chance. Cesse donc d'être paranoïaque. Le Sept Barré est un peu limite, c'est vrai, mais je n'ai jamais entendu parler d'un groupe de Trekkers qui en aurait trahi un autre. Les différentes Marques leur tomberaient dessus de tous les côtés, et ce serait la mort assurée pour…

— C'est bon. Tu as gagné. N'en dis pas plus.

La traversée des Dunes n'apaisa pourtant pas les incertitudes de Valentine, mais il finit par se convaincre que la sensation troublante éprouvée auprès du Sept Barré n'était due qu'au manque de sommeil.

Ils campèrent pendant deux heures, sans faire de feu, car il était plus important de se reposer que de prendre un repas chaud. Duvalier tenta de le motiver en lui promettant un steak grillé géant dès qu'ils auraient trouvé les Ailes de l'Aigle. Pendant que les chevaux se régalaient d'herbe, ils se contentèrent de fromage et de biscuits, avec un peu de soda, ce qui leur rappela leur premier voyage ensemble.

À midi le lendemain, ils aperçurent leur destination. Lawson n'avait pas menti dans sa description de la crête. Le monstre herbu s'élevait telle une vague de tsunami au-dessus d'une frange d'arbres ; la rivière indiquée coulait dans la vallée. Des troupeaux de bovins étaient disséminés dans la plaine et sur les flancs de la dune.

Valentine suivit le pied de la colline à l'aide de ses jumelles. Enfin il le repéra : un triangle irrégulier de chariots disposé sur une élévation de terrain au bord de la pente. Sa base s'étirait en un arc concave, et la pointe entamait le versant de la dune. Sur la crête, pareil au mât d'un navire, un poste de guet coiffait un unique madrier. Il poussa un léger sifflement admiratif.

— Et tu n'as rien vu, Val, dit Duvalier. Ils ont encore d'autres troupeaux. Si l'on compte toutes les familles, ils sont plus de mille six cents, avec en moyenne cinq têtes de bétail par personne.

David observait le troupeau avec les jumelles.

— Et mon steak ? fit-il.

— Il arrive, monsieur.

Elle donna un petit coup de talons dans les flancs de sa monture qui partit au trot. Leurs chevaux sentaient l'odeur de leurs congénères parqués dans l'enclos triangulaire.

De près, le camp était encore plus impressionnant. Des centaines de chariots formaient un véritable mur autour de la petite source sur l'élévation.

— Ils ont trois sortes de chariots, expliqua Duvalier alors qu'ils fendaient la mer de bovins.

Un ou deux bœufs les regardèrent passer, mais la plupart ne leur prêtèrent aucune attention. Valentine remarqua le grand nombre de veaux qui suivaient sagement leur mère.

— La majorité des Trekkers des Ailes de l'Aigle vivent dans des chariots aménagés, suivant l'exemple des Gitans. Quoi que soient les Gitans, non, merci, Val, je n'ai pas envie d'une leçon d'histoire, pour l'instant. Ces véhicules sont tirés par des chevaux. Puis il y a les chariots de ravitaillement, avec de grandes roues à l'arrière et de plus petites devant. L'ensemble est lourd ; on y attelle donc des bœufs, jusqu'à seize. Ceux que tu vois là, et qui forment un mur de défense, sont les chariots de bataille. Ils sont tirés par des chevaux sélectionnés, et quand le groupe fait halte quelque part plus longtemps qu'un jour ou deux, ils servent de fortifications. Ils sont munis de plaques de métal qu'on dispose sur la partie externe ; ils s'emboîtent les uns dans les autres, mais laissent des orifices pour permettre de tirer. Les Trekkers emplissent les espaces restés libres avec du sable. Même les enfants participent. Ils ont de petites pelles et des seaux. En un après-midi ils peuvent créer un mur solide et il leur suffit de deux jours pour creuser un fossé et parachever la fortification de leur camp.

À mesure qu'ils approchaient, Valentine pouvait voir les détails de ce système. Le fort triangulaire possédait même des sortes d'avancées à ses angles, constituées de quatre chariots saillant du reste comme des tours, pour protéger l'entrée principale.

— Les adolescents s'occupent d'entretenir les feux de camp, poursuivit la Féline. Chaque fois que je le raconte à des gens qui ont des enfants, ça les fait rire. Les Trekkers n'abattent pas les arbres pour avoir du bois, sauf en cas d'urgence. Au tout début, ils en ont coupé trop et chaque zone dans laquelle ils passaient devenait quasi désertique. Alors ils ont décidé de changer de technique. Ils utilisent les bouses de vaches. Ils les mélangent avec de l'herbe, des feuilles et des brindilles, et ils en font des briques. C'est un bon combustible, qui ne dégage pratiquement pas de fumée. Quand tu es Trekker et que tu as entre douze et seize ans, tu passes tes journées à ramasser les bouses et à en faire ces briques. Jusqu'à ce que les adultes t'estiment digne d'avoir ton propre cheval et un fusil.

» Où qu'ils établissent leur campement, ils font pousser des patates, des tomates et des pois. Ils marquent leurs cultures avec des piquets avant de repartir, s'ils ne peuvent pas récolter eux-mêmes. Ils appellent ça : « Laisser quelque chose pour l'avenir. »

» Les Aigles sont alliés à quelques autres Marques, des groupes de familles qui ont quitté leur Marque d'origine pour former la leur. Le phénomène se produit presque à chaque génération. Il arrive un stade où ces convois de chariots deviennent tellement énormes qu'ils rencontrent des problèmes pour leur approvisionnement en eau et en nourriture.

Valentine nota qu'aucun cavalier ne venait à leur rencontre. Les hommes qui surveillaient le bétail se contentaient de les regarder passer. Sans doute la sentinelle sur la tour de guet avait-elle alerté le camp de leur arrivée depuis longtemps déjà.

La large ouverture dans le mur de chariots qui servait de porte laissait aussi passer la source qui alimentait le camp en eau. Le ruisseau s'écoulait vigoureusement et poursuivait son cours vers l'est, entre les arbres. Ils mirent pied à terre et menèrent leurs montures par la bride pour gravir les derniers mètres de l'élévation jusqu'au camp. Valentine s'attendait qu'il y flotte une odeur de bouse brûlée, mais il ne sentit que celle des gens, de la nourriture et du bétail. L'organisation de l'ensemble l'impressionnait fort.

Un homme grand et maigre avec une barbe clairsemée et un haut-de-forme poussiéreux s'avança vers eux. Il reconnut Duvalier et sourit.

— Mon Dieu ! s'exclama-t-il en frappant le sol du pied et en agitant la tête comme un cheval. Mais c'est notre Petite Rousse du Kansas ! Ça fait près de trois ans, ma sœur.

— Salut, le diacre. Je viens avec un autre étranger du Sud. Voici David Stuart, originaire du Minnesota. Nous avons eu un voyage éprouvant, et nous demandons votre hospitalité.

— Les Ailes de l'Aigle vous accordent les deux, à toi et au frère. Avec grand plaisir, Petite Rousse, avec grand plaisir.

— Il faut aussi que nous vous parlions, à toi, au chef de convoi et à tous ceux qui sont concernés par la Défense Commune.

— Est-ce que ça aurait un rapport avec cet avion qui nous a survolés ?

— En effet, le diacre.

— J'ai su que cet engin était un mauvais présage dès que je l'ai aperçu. Mais nous converserons plus tard, femme. Tu es maigre comme un clou ! Entrons dans le camp, que tu manges quelque chose. Mon garçon, viens ici !

Le gamin qu'il appelait arriva en courant. L'homme lui dit quelques mots et il détala aussitôt dans le camp.

Ils franchirent la barricade de véhicules. Un cercle intérieur de chariots d'approvisionnement et de roulottes formait un second mur derrière le premier. Un enclos était occupé par des chevaux, les selles alignées sur la barrière. En quelques minutes, une centaine d'hommes pouvaient se transformer en cavaliers. Un autre vaste anneau de chariots entourait un grand nombre de bœufs sous le vent, et on en apercevait encore qui paissaient à l'extérieur du camp.

— L'élevage semble être une seconde nature chez vous, remarqua David.

— Nous vivons par et pour le troupeau, approuva le diacre.

Ils passèrent devant des femmes qui faisaient leur lessive dans le ruisseau. Du linge mis à sécher sur des cordes tendues entre les roulottes claquait dans les bourrasques. Au centre du second cercle de chariots, une sentinelle occupait un autre nid-de-pie fixé sur un madrier. Au-dessus d'elle flottait un drapeau frappé d'un dessin stylisé évoquant un aigle, ou peut-être l'ancien symbole de l'armée de l'air des États-Unis.

Une bande de chiens et de gamins curieux suivit le diacre et les Félins quand ils entrèrent avec les deux chevaux dans le centre du camp. Les enfants portaient des vêtements de seconde main élimés, mais ils paraissaient en bonne santé et pleins d'énergie.

— La veuve sait que vous arrivez, dit le diacre. Depuis qu'en avril dernier une mauvaise fièvre a emporté M. Hendricks, Dieu ait son âme, elle a pris la relève. Ils avaient un fils et une fille, si tu te souviens, la Rousse, et Josh et Jocelyn sont devenus deux beaux jeunes gens. La veuve est une femme de qualité. Remplacer son défunt mari n'était pas la chose la plus facile du monde, mais notre M. Hendricks ne nous manque plus que dans nos cœurs.

Pour Valentine, Mme Hendricks n'avait pas la tête de l'emploi. Elle ressemblait plus à une tante préférée qu'à un chef de convoi. Elle portait une robe très simple avec un tablier contenant une foule de choses utiles, du stylo au calepin en passant par des ciseaux. Ses cheveux dorés étaient noués en un chignon, et elle avait des bras potelés, des hanches rebondies et des joues de chérubin. La seule touche de dureté présente chez elle était peut-être dans ses yeux.

En voyant arriver le diacre et les visiteurs, elle fit un signe à des jeunes femmes occupées à cuisiner des plats. Une longue table couverte d'une nappe à carreaux bleus et blancs était encombrée de mets chauds, de pichets d'eau et de tisane concoctée avec des herbes des prairies.

— Mes pauvres, vous m'avez l'air épuisé. Nous sommes en pleine fête du vêlage ; vous allez me goûter ces côtes de bœuf et me dire ce que vous en pensez. Doris, comment se fait-il que les pois ne soient pas encore prêts ?

Elle se retourna vers les nouveaux venus.

— Il y a un seau, là-bas, pour faire un brin de toilette. Ne lésinez pas sur le savon ; ensuite vous me direz ce qui vous amène ici. Ali la Rousse, je me souviens de toi, mais ce jeune homme m'est inconnu, non ? Tu t'es mariée ?

— Parfois, j'en ai presque l'impression, répondit Duvalier dont les joues avaient soudainement rosi. D'autres fois, c'est comme si j'avais un fils. Il pose des questions tout le temps.

Après s'être lavé les mains, Valentine passa une jambe par-dessus le banc à la place que lui indiqua la femme. Il salivait déjà et allait prendre son couteau et sa fourchette quand Duvalier lui saisit les mains pour les poser de force sur ses genoux. Au bout de la table, le diacre baissa la tête.

— Notre Père qui êtes aux Cieux, toute notre gratitude pour ce que nous nous apprêtons à recevoir.

Il redressa la tête.

— Tout ça m'a l'air délicieux. Mangeons.

Valentine n'aurait pu être plus d'accord.

Une fois le dîner terminé, la table fut desservie et les convives formèrent un conseil de guerre improvisé. David s'était régalé. Il se sentait maintenant rassasié et quelque peu somnolent. Duvalier était aussi vive qu'à l'accoutumée. Le Félin s'efforça d'imiter cette attitude.

« Ali la Rousse » résuma la menace en quelques phrases concises, relata son expérience de la Croix Torse dans l'Oklahoma et développa leur supposition commune que les Dunes étaient un des prochains objectifs de ce mystérieux ennemi.

Mme Hendricks écouta avec attention, sans réagir sinon en secouant la tête de tristesse quand Duvalier décrivit sa découverte des cadavres de Caltagirone et ses Loups, ainsi que le massacre du Colorado. Son fils et sa fille Jocelyn les rejoignirent à la table. Waldron, le régisseur du camp qui semblait lui-même avoir du sang de longue-corne dans les veines, posa quelques questions intelligentes. Le chef des cavaliers, un jeune homme au visage poupin nommé Danvers qui proclamait fièrement avoir huit ans à pied et dix-huit en selle, voulut des détails sur l'armement de la Croix Torse.

Autour des tables voisines, nombre d'autres membres des Ailes de l'Aigle écoutaient cette discussion. Le chef de convoi n'était pas du genre à prendre ses décisions en cachette. Les autres conservaient un silence respectueux, et ceux qui voulaient poser une question levaient la main, attendant qu'on leur donne la parole, comme des élèves disciplinés.

— J'aimerais que nous ayons une idée plus précise de ce que vous allez affronter, dit Valentine en réponse à une interrogation de Danvers.

— Nous ne nous sommes jamais inquiétés que de l'artillerie, déclara Waldron. Jusqu'à maintenant, chaque fois que les patrouilleurs en ont emporté dans les Dunes, ils l'ont perdue. Nous avons même récupéré quelques pièces, mais les mortiers sont les seules pour lesquelles nous ayons encore des munitions. Une attaque aérienne ou de blindés nous effacerait du paysage, mais, s'il reste encore de tels engins, ils ne sont pas arrivés au Nebraska.

Valentine acquiesça. Duvalier lui avait expliqué comment leur cavalerie harcelait les colonnes ennemies, en se rassemblant brusquement pour frapper et se disperser aussitôt, trop vite pour laisser aux patrouilleurs autre chose que les empreintes de leurs montures dans le sol.

— Le fait est que ces créatures ne savent pas se démerder ensemble, sinon elles nous auraient eus depuis longtemps, fit Josh Hendricks.

Ses vêtements étaient trop petits pour lui, et son corps d'adolescent semblait vouloir s'en évader par tous les bouts.

— Surveille ton langage, Josh, le tança sa mère. Je ne t'ai pas appris à parler comme ça.

— Mes excuses. Mais une fois, ce salop… cet ennemi de Scottsbluff nous a attaqués avec toutes les forces dont il disposait, pour s'approprier la totalité de la terre jusqu'à la Niobrara. Il y aurait peut-être réussi si son cousin de Cheyenne ne l'avait pas attaqué par-derrière. Il paraît qu'il a perdu la moitié de son territoire. Depuis, il fait ce qu'il peut pour garder ce qui lui reste. J'ai du mal à croire qu'ils puissent se liguer pour nous attaquer. Ça ne leur ressemble vraiment pas.

À la nuit tombée, un feu de joie avait été allumé, et les musiciens avaient pris leurs instruments. Une mélodie entraînante s'échappait de la partie sud du camp, près de l'entrée.

— C'est toujours la fête du vêlage, dit Mme Hendricks. Jeunes gens, j'espère que vous vous joindrez à nous, pour oublier votre chevauchée.

— Un peu de sommeil me ferait le plus grand bien, madame, répondit Valentine.

— Alors nous ne vous retiendrons pas. Nous allons discuter de ce que vous venez de nous révéler, et nous prendrons une décision. Ne vous laissez pas berner par la musique. La situation nous importe au plus haut point. Nous allons envoyer des cavaliers supplémentaires en reconnaissance cette nuit, et nous doublerons les sentinelles. Vous êtes les bienvenus ici aussi longtemps que vous le souhaiterez. Nous nous occupons de la suite. Jocelyn, conduis nos hôtes aux lits réservés aux visiteurs.

Une jeune femme au corps mince endurci par les chevauchées se mit debout. Jocelyn Hendricks portait une tenue en coton sergé fatigué, égayée par un foulard rouge noué autour de son épaisse chevelure brune. Elle vint se placer derrière les Félins.

— Merci pour le dîner, madame Hendricks, dit Valentine avant de terminer son verre de lait.

— Oui, c'était excellent, ajouta Duvalier. Merci pour les lits, aussi. Je crois que nous allons beaucoup les apprécier.

Ils zigzaguèrent dans le labyrinthe que formaient les chariots, les tentes, les cordes à linge et les feux de camp.

Jocelyn fit halte devant les trois marches et la porte d'une des roulottes, placée un peu à l'écart des autres.

— Les gens vont me demander quelles sont nos chances de nous en sortir. Que dois-je leur dire ? Ils vont s'inquiéter pour leurs enfants.

David se tourna vers Duvalier, qui répondit d'une moue dubitative.

— Je ne sais pas ce que vous devez leur dire, mademoiselle Hendricks, répondit-il. S'ils connaissent un endroit sûr où envoyer leurs petits, je leur conseillerais de le faire dès maintenant. Quand ils le veulent, les Faucheurs se déplacent très vite, la nuit. Ils pourraient être ici avant l'aube.

— Nous serons avec vous, au moins ce soir, ajouta Duvalier. À mon avis, s'ils peuvent être défaits dans les Dunes, c'est par votre Marque.

Jocelyn leur montra l'intérieur de la roulotte, exigu mais confortable, avec ses couchettes, les placards et le lavabo encastré.

— Il y a de l'eau dans ce broc, expliqua-t-elle. Les draps ont été changés, les matelas sont en crin de cheval et il y a un seau dans le coin, pour le cas où vous ne vous sentiriez pas de vous rendre aux latrines du camp. Je passerai voir vos montures avant d'aller me coucher. Elles sont dans l'enclos nord.

» Les gens vont danser encore jusqu'à minuit, à peu près. Vous êtes bien certains que ça ne vous dit rien ? Beaucoup d'entre nous aimeraient faire la connaissance de deux personnes venues d'ailleurs.

— Nous avons voyagé pendant deux jours à allure forcée, répondit Valentine. Je suis sûr que vous comprenez.

— Une autre fois, glissa Duvalier.

— Peut-être demain soir, alors, fit Jocelyn avec un sourire, avant de refermer la porte.

La Féline plaça la canne-épée de manière à pouvoir la saisir aisément.

— Si demain soir existe pour nous tous, Val.

Aucun appel aux armes, aucune attaque nocturne ne vint troubler leur sommeil sans rêves. Il sembla à David qu'à peine quelques minutes s'étaient écoulées quand on frappa doucement à la porte et qu'il ouvrit les yeux pour découvrir la lumière qui cascadait par la fenêtre.

Mme Hendricks pénétra dans la roulotte, un plateau entre les mains.

— Bonjour ! dit-elle d'une voix chantante. On n'est pas encore levés ? Je vous apporte de quoi vous réveiller.

David se rendit compte qu'il s'était couché sans même se déshabiller, et il considéra les draps froissés avec une pointe de culpabilité. Duvalier n'avait gardé que sa chemise. En poussant un grognement, elle fit basculer ses jambes hors de la couchette.

— J'ai pensé faire d'une pierre deux coups. Vous avez là des saucisses, du pain et une tasse d'infusion pour chacun. La nuit a été calme. À la fin de la réunion, nous avons décidé d'éparpiller une partie des troupeaux et des familles. Nous avons envoyé des cavaliers avertir les autres Marques et leur demander de nous faire parvenir tous les hommes armés disponibles. Il va falloir nous unir si nous voulons avoir une chance, d'après ce que vous nous avez dit.

— Quand arriveront-ils ? demanda Valentine.

— Pas avant plusieurs jours. Les Dunes sont très vastes, et en été les Marques les moins nombreuses séjournent dans les endroits les plus reculés. En général, quand les patrouilleurs nous attaquent, c'est entre mai et septembre.

David retira le torchon qui protégeait des mouches son petit déjeuner et se mit à manger. Duvalier serra sa tasse entre ses mains, tout en regardant par la fenêtre.

— Que pouvons-nous entreprendre pour vous aider ?

— Vous avez déjà beaucoup fait. Mais si ça vous dit, promenez-vous dans le camp, parlez aux hommes, expliquez-leur plus précisément ce que sont les Faucheurs. Nous n'avons pas grande expérience de ces créatures, et le peu que nous avons appris nous a plutôt effrayés.

— D'accord. Nous ferons de notre mieux, dit-elle.

Quand Mme Hendricks fut repartie, la Féline se tourna vers Valentine.

— Moi aussi, je suis effrayée.

— Je n'aurais jamais pensé entendre ça de ta bouche.

Elle essora un gant de toilette dans le lavabo et le passa sur son visage.

— M'entendre l'admettre, tu veux dire. Nous les avons prévenus, Val. Repartons.

— Je reste. Tu as plus d'expérience que moi pour la suite. Tu te débrouilleras mieux sans moi.

— Tu restes ? Tu désertes ?

— Je reste pour les aider à se battre. Nous en avons déjà discuté.

Elle baissa la voix, pour le cas où quelqu'un les écouterait au-dehors de la roulotte.

— J'aurais cru qu'en les voyant tu comprendrais qu'il y a assez de fusils ici et que ta présence ne fera pas de différence, dans un sens comme dans l'autre ; ou bien que c'est une cause perdue.

Valentine se leva et resta immobile un moment. Il redoutait le combat à venir, mais il était impatient d'y participer. *Est-ce que je deviens suicidaire ?*

— Bon, j'arrête, soupira Duvalier. C'est toi qui es une cause perdue, Val. Pas étonnant que ton capitaine ait voulu t'envoyer devant un tribunal militaire.

Elle dut remarquer son regard meurtri car elle ajouta, d'un ton radouci :

— Désolée. Tu... bah, tu l'as cherché, mais je n'aurais pas dû dire ça. Je vais essayer de dénicher un peu de ravitaillement. Réfléchis avant que je monte en selle.

Valentine passa la matinée avec Waldron, le régisseur du camp, et inspecta les défenses pour ne pas penser à Duvalier.

Les Aigles creusaient en hâte un fossé autour du camp, aussi large et profond que le permettait le sol sablonneux. Les pelletées ricochaient contre les panneaux métalliques des murs dans un crépitement incessant. Certaines des plaques rouillées qui servaient de blindage sur la face externe des chariots portaient encore des logos de l'Ancien Monde, vaguement familiers.

— Nous en avons pris beaucoup sur de vieux camions, ce qu'on appelait jadis des semi-remorques. Le métal est léger mais résistant.

Valentine fit courir sa paume sur la surface marquée du label rouge de Coca-Cola. Étrange que l'un des vestiges les plus persistants de l'Ancien Monde soit sa production publicitaire : c'était un peu comme si, à Rome, les panneaux annonçant les rencontres de gladiateurs pouvaient encore être lus sur certains murs.

— Ça fait un bout de temps qu'on n'a pas tiré un coup de feu depuis les murs du camp. La dernière fois, nous nous étions laissé surprendre, dit Waldron alors qu'ils parcouraient le périmètre défensif. Il y a quelques années, les patrouilleurs ont renforcé plusieurs de leurs camions et les ont bourrés d'hommes. Ils sont arrivés à toute allure sur la plaine. À mon avis, ils avaient prévu de foncer dans les murs et de passer en force. C'est vrai, du sable et des plaques de métal devant des chariots stoppent les balles, mais pas un camion lancé à soixante kilomètres à l'heure. Ou bien ils n'étaient pas très doués, ou bien ils ont oublié le fossé : ils s'y sont précipités et la plupart des types sont morts comme ça. Nous n'avons presque pas eu à tirer.

Il souleva un pied, et David sourit en voyant la semelle taillée dans un pneu.

— Grâce à eux, je me suis offert une paire de chaussures solides et une bonne rigolade.

— Vous avez dit que vous possédiez des pièces d'artillerie ?

— Ah oui, deux mortiers et un peu moins d'une trentaine d'obus. Du quatre-vingt-un millimètres. Et il faut que je vous montre ce que nous avons bricolé.

Ils se glissèrent par un angle ouvert entre les chariots et grimpèrent à l'intérieur de l'un d'eux. Un cylindre brillant que Valentine identifia comme étant une vieille douille d'obus, probablement de cent cinquante-cinq, était disposé dans un abreuvoir en métal protégé par un couvercle de la même matière. Une mèche en spirale pareille à la queue d'un cochon pendait à l'arrière. Le tout était monté sur un trépied soudé à une vieille roue métallique.

— Le système est basé sur le principe du canon pivotant. On peut le tourner et viser grâce au support, mais le tir n'a pas à être très précis, avec ce genre de pétard. Nous avons chargé cette douille d'obus avec de la poudre, et nous avons ajouté un sac de plombs sur le dessus de la bourre. La portée est médiocre, évidemment, mais ce bébé peut balayer tout ce qui se trouve à vingt mètres devant lui, et plus encore derrière, si vous avez de la chance. Nous avons fabriqué une version qu'on met au sol, dans un support en bois. On ne peut tirer qu'une fois, et il faut un bout de temps pour nettoyer et recharger, si la douille ne se fend pas.

Aux yeux de Valentine, cet engin était aussi dangereux pour les hommes situés derrière lui que pour les ennemis devant, mais il s'abstint de tout commentaire.

— Nous avons aussi des grenades prises aux patrouilleurs, mais en petite quantité, et des bombes à pétrole: en fait, un mélange de pétrole et de sciure placé dans une vieille bouteille de vodka. Voilà tout ce dont nous disposons comme artillerie.

Après le déjeuner, il retrouva Duvalier. Elle avait occupé sa matinée à rassembler un peu de ravitaillement, puis elle était partie chevaucher en compagnie de Danvers, à la recherche de signes qui auraient trahi l'arrivée de la Croix Torse.

Les familles de la Marque des Aigles emmenèrent une partie du bétail et se dispersèrent dans les Dunes.

— Ce sont d'excellents traqueurs et les meilleurs combattants de guérilla à cheval depuis les Apaches, dit-elle à David. Ils ont des fusils en abondance, mais il leur manque l'appui de l'artillerie.

Valentine fut heureux de voir qu'elle était revenue à une position plus mesurée – à moins qu'elle se soit résignée à ce qu'il reste.

— C'est la même chose en ce qui concerne le camp. Les Faucheurs le pilonneront à deux cents mètres de distance, et les Trekkers ne pourront pas faire grand-chose. Tout le courage du monde n'aide pas beaucoup face à une kalachnikov maniée par une créature qui n'est pas gênée de recevoir une balle.

À cet instant, le petit avion rouge et blanc apparut très haut dans le ciel, et Valentine lui-même eut du mal à percevoir le bruit de son moteur. Un frisson parcourut le Félin quand il vit l'appareil décrire un large cercle à la verticale du camp, puis s'éloigner vers l'est. C'était comme ces corbeaux qui, au Moyen Âge, suivaient les armées en attendant le carnage.

— Un cavalier approche ! lança la sentinelle perchée sur le nid-de-pie au centre du camp.

Valentine vit Josh Hendricks se diriger vers l'entrée du camp avec le diacre. Les deux Félins s'entre-regardèrent et suivirent le mouvement en se demandant quelle mauvaise nouvelle l'arrivant apportait.

C'était un garçon d'une quinzaine d'années qui chevauchait un cheval noir écumant. Il était habillé comme un Comanche, d'un pagne et d'une veste en cuir, et sa monture luisait de sueur.

— Ce gamin appartient à la Marque Q, ou aux Triangles Jumeaux, à mon avis, dit un homme âgé à côté de Valentine. Dans les deux cas, ce n'est pas bon signe.

L'adolescent se laissa glisser au sol. Il avait l'air exténué. Josh Hendricks lui donna une gourde d'eau.

— Le camp des Triangles a été incendié, raconta le nouveau venu quand il eut repris son souffle. La nuit dernière. Nous étions installés entre la Middle Loup et la Middle Branch. J'étais parti en éclaireur plus au nord, et j'ai entendu des coups de feu. D'un coup, les chariots se sont enflammés. Et puis la famille Grierson est arrivée. M. Grierson avait reçu une balle et il était très pâle. Ses fils le portaient. Mme Grierson m'a demandé de foncer vous avertir. D'après elle, ce n'étaient pas des patrouilleurs : ils avaient des fusils d'assaut et des explosifs, et les balles ne semblaient pas les toucher. J'ai demandé des nouvelles de mon père et de ma mère, mais elle n'était pas au courant, elle a dit qu'elle était désolée.

Sa voix s'enroua avant qu'il se rende compte qu'il avait exprimé ses propres pensées.

— Bon sang, fit l'homme à côté de David, ce n'est pas très loin d'ici. À l'est, disons à quatre heures de cheval, et sans forcer l'allure.

— Il y a quand même une grosse différence, remarqua Valentine. Ici, nous sommes au courant qu'ils arrivent.

L'autre cracha devant lui.

— Nous savons aussi que le soleil va se coucher dans cinq heures à peu près, fiston, et nous ne pouvons rien y changer.

Le diacre tendit les rênes de sa monture à l'adolescent.

— Occupe-toi de ton cheval, mon garçon.

Puis il se tourna vers le vieil homme pessimiste.

— Aie un peu plus foi, frère Tom. Le Seigneur a jugé bon de nous prévenir et de nous envoyer de l'aide. Il sera à nos côtés cette nuit.

Valentine était toujours troublé par les paroles de Tom alors que le soleil descendait lentement vers l'horizon, aussi inexorablement que le pendule dans le conte d'Edgar Poe. Il en avait appris un peu plus sur le compte des Triangles Jumeaux : quoique peu nombreux, ce groupe de cavaliers et de tireurs était aussi endurci et capable que n'importe quelle autre Marque des Dunes.

Les Aigles comptaient plus de combattants, mais cela signifierait-il seulement plus de cadavres à enterrer ? S'ils armaient les jeunes et les plus vieux, ils pouvaient aligner une force de cinq cents cavaliers. Toutefois, près d'une centaine d'entre eux escortaient les femmes et les enfants qui s'étaient éparpillés dans la nature avec une partie du bétail, appliquant ainsi la décision prise par le Comité de Défense Commune la nuit précédente. Des dizaines d'autres s'en étaient allés au triple galop pour joindre les différentes Marques. L'assise d'une Marque, sa richesse et sa subsistance, c'était son bétail ; c'est pourquoi les animaux devaient être déplacés et protégés. Cent cinquante hommes de plus se chargeaient de cette mission. Ne restaient donc qu'un peu plus de deux cents hommes et femmes capables de tenir les chariots, épaulés par tous les jeunes en âge de tirer.

À l'heure du dîner, un éclaireur revint annoncer qu'un convoi de véhicules avait été repéré à l'ouest, sur l'ancienne autoroute 2. La colonne de patrouilleurs progressait avec difficulté, car le temps et les sabotages des Trekkers avaient réduit l'axe à une mauvaise piste, mais ils se dirigeaient droit sur le camp des Aigles. La Croix Torse avait l'intention évidente de détruire la Marque la plus importante des Dunes, sans doute peu après le crépuscule.

Quelques voix s'élevèrent pour suggérer de plier bagages et de fuir à la faveur de l'obscurité, mais Hendricks s'opposa fermement à la proposition et fut soutenue par le Comité de Défense Commune. Valentine expliqua qu'à cause de l'aptitude des Faucheurs à détecter la signature vitale, la masse des chariots serait aussi visible pour eux qu'un phare au milieu d'une mer calme. De plus les Crânes Noirs n'auraient aucun mal à les rattraper. Mieux valait donc les affronter derrière un fossé et des fortifications.

Au coucher du soleil, un brouillard commença à s'étendre dans la vallée en contrebas de la grande colline.

— C'est très inhabituel à cette époque de l'année, surtout le soir, commenta Mme Hendricks.

— Ce sont les Kurians, dit Duvalier qui avait traîné tout l'après-midi sous prétexte de laisser sa monture se reposer. Ils peuvent faire ça quand ils le désirent. Val, je vais y aller. Tu veux toujours rester ?

Elle avait parlé d'un ton détaché, mais il lut l'inquiétude dans ses yeux.

— Oui.

Cette fois elle n'insista pas.

Les deux Félins retournèrent à la roulotte qu'on leur avait prêtée. Duvalier enfila un gilet sans manches très fonctionnel. Le vêtement avait peut-être appartenu à un photographe ou un pêcheur, et il était maintenant teint en noir. Elle emplit ses nombreuses poches d'un tas de choses, depuis ses griffes jusqu'à des sortes de tubes à essai fermés par une capsule et emplis de liquides destinés à s'enflammer ou exploser. Pendant qu'elle appliquait du fard de camouflage noir sur son visage, Valentine aiguisa sa canne-épée. La lame droite à pointe anguleuse était recouverte d'une substance mate, sauf le fil sur lequel brillaient des reflets froids.

— Je vais sortir du camp avant que le soleil soit complètement couché, dit-elle. Mon plan est de les coller comme une tique. Si tu survis à cette nuit, tu pourras me rejoindre au sud d'Omaha, là où j'ai attrapé ce faisan. Tu te souviens ? Il te suffira d'aller plein est jusqu'à ce que tu arrives au Missouri.

— Je ne quitterai pas ces gens avant que la situation soit réglée, d'une façon ou d'une autre.

— Moi non plus. Cette colonne implique l'existence d'un quartier général. Je vais aller trouver ces patrouilleurs pour en découvrir un maximum. Tu peux m'aider, pour le camouflage ?

David lui enduisit de cette graisse sombre les épaules et l'arrière des bras, en laissant ici et là une bande de peau intouchée, afin de casser les contours de la silhouette humaine. La jeune femme ressembla bientôt à une tigresse noire et bronze. Cette tâche terminée, Duvalier passa un pantalon de taille ample avec d'énormes poches sur les cuisses, puis elle chaussa ses vieilles bottes de marche et les laça. Elle cacha sa chevelure rousse sous une casquette noire sans aucune décoration. Il s'agissait du couvre-chef réglementaire de la Région Militaire Sud, qui avait été teint.

— D'un point de vue technique je suis en uniforme. Mais ça ne changera rien en cas de capture. Si j'apprends quelque chose d'utile, j'essaierai de te laisser un message quelque part à l'extérieur du camp de la Croix Torse. Cherche un empilement de quatre cailloux, ou de bâtons, ou de ce que j'aurai sous la main à ce moment-là. Je glisserai un mot en dessous.

— Sois prudente.

— Toi aussi. Ne te laisse pas exploser la tête, Le Spectre.

— Et toi, ne te fais pas attraper pendant que tu mets le feu, La Fumée.

Elle fit un pas dans sa direction, se ravisa manifestement et ouvrit la porte. Elle effleura du tranchant de la main son sourcil, fit descendre son index sur l'arête de son nez couvert de graisse, puis sortit.

Le brouillard et l'obscurité enveloppèrent le camp. Les lanternes luisaient dans un faible halo ambré. Valentine quitta à son tour la roulotte. Il avait revêtu sa vieille tenue en peau de daim au lieu de son long manteau, mais l'uniforme des Loups était maintenant aussi noir que celui de Duvalier.

Son parang et son revolver pendaient au vieux ceinturon bruni par la sueur dont il n'avait jamais réussi à se séparer. Il avait ajouté quelques éléments à son équipement : le katana dans son fourreau était passé en bandoulière dans son dos, et les deux chargeurs supplémentaires de sa mitraillette étaient accrochés sur son postérieur, là où il plaçait généralement des gourdes. Ses griffes de combat, qu'il avait davantage prises pour qu'elles lui portent chance que pour les utiliser, étaient accrochées à son cou au bout d'un lacet, comme le vieux collier de dents de Faucheurs qu'avait arboré Eveready.

Le chargeur circulaire de soixante et onze balles était enclenché, mais la mitraillette conservait un équilibre excellent. Il s'assit sur une des marches étroites de la roulotte, ouvrit l'arme, la nettoya et l'huila, puis la referma. Il actionna le petit cliquet de la position automatique à la position semi-automatique, puis fit l'inverse, à plusieurs reprises, et écouta le bruit net du mécanisme. Enfin il remit le chargeur en place et fit passer la première balle dans la chambre.

Il examina la crosse un moment avant de comprendre ce qu'il voyait. Quelqu'un avait gravé un petit cœur, de la taille de l'ongle de son auriculaire, dans le bois soigneusement verni par Tank Bourne. Il ne pouvait s'agir que d'Ali, qui avait cédé à la tentation lors d'une de ses crises de sentimentalisme. Il se demanda si elle avait déposé un baiser sur le symbole après l'avoir dessiné. Bien sûr, il connaissait beaucoup de soldats qui sacrifiaient à de petits rituels singuliers pour qu'ils leur portent chance. Un de ses Loups avait pour habitude de mâcher de la sève de pin avant de passer à l'action, comme s'il pensait rester en vie tant que ses mâchoires s'activaient.

Il essaya de se détendre, mais son corps refusa d'obéir. Il se leva et décida de faire le tour du camp.

Le cercle intérieur de chariots avait été resserré, les remorques basses glissées entre les roues, et les petites roulottes coincées entre eux. Les femmes et les enfants encore présents s'étaient rassemblés autour du feu de camp principal. Ils paraissaient relativement calmes. Jocelyn Hendricks lisait une histoire aux plus jeunes. Elle leva les yeux quand il s'approcha.

— Rin, tu termines la lecture, d'accord ? dit-elle à un garçon.

Elle lui tendit le livre sans attendre sa réponse, se leva et louvoya d'un pas leste entre les gens assis pour rejoindre le Félin.

— Ce sont les enfants dont les parents n'ont pas voulu se séparer. J'imagine que, quoi qu'il se passe, ils préfèrent que ça arrive à tout le monde. C'est si grave ?

Quelque part sur les murs, une sentinelle entama un air à la flûte indienne. Le musicien était doué, et on aurait pu croire que deux instruments se répondaient. Les notes entrelacées avaient un effet apaisant.

— Comment vont les enfants ?

Elle fit la moue.

— Les plus petits savent seulement que quelque chose ne va pas. Ceux qui sont plus âgés sont tellement désireux de paraître courageux qu'ils ne posent pas de questions, mais je peux vous dire qu'ils écoutent. Pas l'histoire que je lisais, ni la musique, non. Ils s'efforcent d'entendre les bruits en provenance de l'extérieur du camp.

— Et vous essayez de paraître courageuse en lisant cette histoire aux enfants, et j'essaie de paraître courageux en faisant le tour du camp avec mon arme.

— Je n'essaie pas. Pas avec vous, en tout cas.

Valentine regarda la jeune femme trop mince dans ses vêtements usés jusqu'à la trame. Duvalier était la femme la plus intrépide qu'il ait jamais rencontrée, et elle exprimait ses peurs. Pourquoi ne parvenait-il pas à en faire autant ?

— J'ai peur en permanence, déclara-t-il. Peur de mourir, peur de commettre une erreur stupide qui entraînerait la mort d'autres personnes. Peur que, quoi que je fasse…

Il s'interrompit. Il ne tenait pas à laisser sa nervosité le transformer en moulin à paroles. Surtout devant cette jeune femme qu'il venait tout juste de rencontrer.

— Quoi que vous fassiez ? C'est-à-dire ?

— Que ça ne change rien.

Une légère roseur vint teinter ses pommettes, elle se hissa sur la pointe de ses bottes et lui effleura la joue des lèvres.

— Je me sens plus en sécurité avec vous ici. Avec nos chariots. Alors, ça change quand même quelque chose, non ?

Puis elle échappa à sa réaction en courant vers les enfants.

À l'extérieur du cercle central, il rencontra Waldron qui disposait le dernier de ses canons à un coup pour couvrir la source. D'autres chariots fortifiés, prêts à être poussés pour la bloquer, avaient été placés de chaque côté de l'entrée.

— D'après le guetteur sur la crête, ce brouillard n'est pas du tout épais, il n'atteint même pas le sommet de la colline. Il a dit qu'il avait vu du mouvement sur Stake Ridge. Où est votre dame ?

— Là-bas, répondit Valentine avec un mouvement vague du canon de son arme.

Waldron laissa échapper un sifflement bas.

— Sans blague ? Moi, vous ne me feriez pas sortir par une nuit pareille, avec ces Faucheurs qui rôdent on ne sait où. Ils peuvent voir dans le brouillard, c'est bien ça ?

— Le brouillard, l'obscurité, la pluie, ça ne les dérange absolument pas. Ils peuvent nous localiser autrement qu'avec les yeux.

— La chaleur corporelle, comme ces anciens équipements à infrarouges ?

— Non, mais c'est quelque chose qui est aussi généré par notre corps. Une sorte d'énergie. C'est d'elle que les Faucheurs, ou plutôt leurs Maîtres, se nourrissent. Votre bétail en dégage aussi…

— Un cavalier approche, lança quelqu'un du haut des fortifications.

Mme Hendricks sauta en bas du mur de chariots sur lequel elle se trouvait, car elle venait de parler avec certaines des sentinelles. Pour une femme de son âge, elle avait gardé une souplesse étonnante. Le diacre s'avança en coiffant son haut-de-forme, mais elle alla se camper devant lui face à l'entrée.

Valentine s'attendait presque à voir un des Nazguls de Tolkien surgir des ténèbres brumeuses, mais seul un cavalier harassé apparut.

— Eh, ne tirez pas ! fit-il, les rênes dans une main, l'autre levée. Je suis Deak Thomas, du Sept Barré, et je m'exprime au nom du chef de convoi Lawson. Où est le chef de convoi Hendricks ?

— Mort, mon gars. Je suis sa veuve, et je le remplace. Allez-y, parlez.

— Il a entendu dire que vous rassembliez les cavaliers, et il arrive avec quatre-vingt-quinze hommes armés et équipés. Nous sommes venus aussi vite que nous le pouvions, c'est pourquoi nous avons besoin de provisions de bouche.

Le diacre leva les yeux vers les cieux sombres.

— Loué soit le Seigneur, souffla-t-il.

— Dites-lui qu'il est le bienvenu. Il sera récompensé pour avoir aidé ces messagers et tous les autres. Dites-lui aussi que je lui suis reconnaissante de son aide, et que j'apprécie de voir que la brouille entre lui et mon homme est oubliée. Il est temps de mettre de côté nos divergences, si nous voulons nous en sortir.

Thomas hocha la tête, l'air convaincu.

— Il est à une demi-heure tout au plus. Nous avons dû progresser avec prudence, parce que nous avons aperçu des patrouilleurs. Ils doivent avoir oublié ce qui leur est arrivé la dernière fois.

— Avec l'aide de ton chef de convoi, nous allons leur donner une autre leçon, monsieur Thomas, fit Josh Hendricks qui vint se placer à côté de sa mère.

Thomas fit tourner sa monture et repartit au trot, aussitôt avalé par le brouillard et la nuit.

— Voilà enfin une bonne nouvelle ! Presque une centaine d'hommes ! fit Josh. Il a dû vider son camp.

Valentine avait une curieuse sensation au creux de l'estomac.

Ça ne va pas. Il y a quelque chose qui ne va pas du tout.

— Madame, dit-il en cherchant comment s'expliquer, je n'aime pas du tout ça. Quand nous lui avons parlé hier, M. Lawson ne m'a pas fait bonne impression. Il a semblé nerveux quand je l'ai questionné au sujet de cet avion de reconnaissance. Et il était certain de la position de votre camp. Comme si c'était important pour lui.

Josh Hendricks intervint :

— Rien d'inhabituel à ça. Vous essayez de créer des problèmes, étranger ? Cet homme ne vous a pas aidé ? Il aurait pu vous abattre ou vous livrer à *eux* quand vous vous trouviez dans son camp.

— Du calme, Josh, lui dit sa mère. Laisse-le parler. J'ai moi aussi quelques doutes, et j'aimerais savoir s'ils correspondent aux siens.

Valentine baissa le ton, car il était inutile que des rumeurs alarmistes se propagent s'il était dans l'erreur.

— D'abord, on dirait qu'il existe un contentieux entre vos deux Marques. Je ne sais pas de quelle nature, mais c'est le genre de situation dans laquelle certaines personnes commettent des actes aberrants. Surtout quand le différend est récent. Et puis, Lawson est-il le genre de chef de convoi à dégarnir ses chariots et à laisser son bétail presque sans protection alors que l'ennemi est dans les parages, uniquement pour venir au secours de quelqu'un d'autre ? À moins qu'il soit sûr que ses bêtes et ses roulottes n'ont rien à craindre, bien sûr.

— Remarque pertinente…, approuva le diacre.

— Par ailleurs il en savait beaucoup sur votre camp, sa position, le vêlage, mais aucun de ses hommes n'a dû parler aux vôtres, sinon il aurait su que vous êtes devenue chef de convoi. Enfin, sa Marque se trouvait aussi sur le trajet de l'ennemi depuis la Platte River, or les Triangles ont été attaqués, pas lui.

L'exaspération fit grimacer Josh Hendricks.

— Papa disait souvent que je pensais plus juste que bien des gens, maman. Et là, je pense que c'est complètement ridicule.

— Je t'ai demandé de te calmer, Josh…

Du haut de ses quinze ans, le garçon ignora superbement sa mère.

— Aucun Trekker n'a jamais fait alliance avec eux, et je ne pense pas que Lawson lui-même soit tombé assez bas pour devenir le premier à le faire. D'ailleurs ses hommes l'auraient pendu haut et court. Il ne peut pas y avoir que des traîtres dans sa Marque. Je suis prêt à le parier sur ma vie.

Le regard de Mme Hendricks se perdit dans le brouillard.

— Je dois penser à plus d'existences qu'à la mienne seule. Mais nous verrons. Et il se peut que tu doives miser ta vie, justement, sur celui que tu estimes être notre nouvel ami.

Vingt minutes plus tard, Lawson et ses cavaliers entrèrent dans le camp. Deux tables surchargées de nourriture et de boissons avaient été dressées près de la porte principale, du côté opposé à celui dans lequel le ruisseau coulait. Un feu crépitait joyeusement au centre. Le diacre se tenait dans sa lumière et savourait une bière ainsi qu'un des cigares de Valentine.

Celui-ci observait les événements, caché sous une roulotte constituant la seconde ligne, au milieu du camp. Rochers, caisses, tonnelets et amas de terre les dissimulaient à la vue, lui et une vingtaine de bons tireurs allongés au sol. À quelques mètres devant lui se tenait Josh Hendricks, le revolver du Félin glissé dans sa ceinture, au creux des reins.

— Regardez ces armes, murmura un Trekker en relevant le chien de son fusil. Pas un seul de ces types qui ne soit prêt à faire feu. Vous croyez qu'ils ont des soupçons ?

— Non, je pense qu'ils veulent agir rapidement, souffla David.

Son cœur cognait dans sa poitrine. Le combat approchait. Il le sentait de tout son être.

À la vue de ces armes dégainées et de ces hommes à l'air nerveux, Josh Hendricks parut rapetisser dans ses vêtements. Néanmoins il s'avança. Lawson s'était dressé sur ses étriers et scrutait les fortifications sur lesquelles quelques Aigles montaient la garde. Il gratta son menton barbu avec le guidon de visée de son pistolet.

— N-nous sommes très heureux de vous voir, chef de convoi Lawson, balbutia Josh, tandis que le diacre se rapprochait de lui. Nous manquons d'hommes au mur nord. Une fois que vous aurez mangé, pensez-vous pouvoir disposer vos cavaliers pour nous couvrir du côté de la crête ?

— Ce sont tes ordres, garçon ? grommela Lawson en toisant Hendricks.

— Non, ceux de ma mère. Elle est le chef de convoi de notre Marque.

— Plus maintenant.

Il braqua son pistolet et logea deux balles dans la poitrine de Josh. L'adolescent s'effondra à la renverse, juste devant Valentine.

Les tireurs de David visèrent alors que les Sept Barrés faisaient tourner leurs montures vers les fortifications. Les hommes et les femmes allongés sous les chariots firent feu. Les deux tables se renversèrent et les hommes cachés dessous se redressèrent comme des diables jaillissant hors de leurs boîtes, réservant une surprise mortelle. Du haut des murs, les sentinelles arrosèrent les assaillants. Trois membres du Sept Barré réussirent à franchir la porte avant que les wagons viennent la bloquer, mais ils furent abattus et finirent dans le fossé.

Le diacre rampa sous la fusillade et la danse folle des sabots pour tirer Josh hors de danger. Il réussit à l'amener sous les roulottes et resta plaqué au sol.

Tout fut terminé en moins d'une minute. En voyant que toute retraite leur était coupée, les quelques survivants du Sept Barré laissèrent tomber leurs armes et se jetèrent à terre. Certains tentèrent bien de profiter de la confusion pour s'éloigner en rampant, mais ils furent arrêtés par les hommes surgis de sous les tables qui avançaient méthodiquement, achevaient les chevaux et ramassaient les ennemis blessés.

Valentine leva son arme au-dessus de sa tête et l'agita. Lui et ses tireurs se relevèrent puis rejoignirent le diacre et Josh.

— Comment va-t-il ?

— Il a du mal à respirer ; il est mort, mais seulement de peur et il croira en le Seigneur jusqu'à la fin de sa vie, je pense.

Le diacre ouvrit la chemise de l'adolescent, sous laquelle se trouvait le gilet pare-balles du Félin. L'homme d'Église extirpa du tissu compact une balle écrasée et la fit passer d'une de ses mains à l'autre, comme un marron trop chaud. Le garçon se remit debout, ôta le gilet et le tendit à David.

— Je crois que je vous dois des excuses, monsieur, dit-il en se massant la poitrine.

Valentine se tourna vers le diacre.

— Et pourquoi ne pas les laisser penser que leur stratagème a réussi…

L'autre fronça les sourcils une seconde, puis un large sourire vint éclairer son visage.

— Par le Seigneur, mais oui, bien sûr ! répondit-il. (Il s'adressa immédiatement aux sentinelles sur les fortifications :) Tirez un coup de feu de temps en temps… comme s'ils achevaient les blessés.

Quelques détonations retentirent dans la nuit.

— Eh, Le Spectre ! fit une voix féminine dans le brouillard.

Duvalier.

Il courut jusqu'à l'entrée principale. Sa camarade Féline se tenait là, à peine visible dans l'obscurité.

— Je ne peux pas rester… Tu m'entends ?

— Je suis là, confirma-t-il.

Elle continua dans un murmure, mais l'ouïe très fine de David ne perdit rien des mots qu'elle prononçait :

— Un patrouilleur et un homme du Sept Barré, à deux cents mètres du camp.

— Qu'est-ce qu'elle a dit ? demanda un des gardes. Pourquoi parle-t-elle aussi bas ?

— Des ennuis à prévoir venant d'eux ? demanda Valentine à Duvalier.

— Non, je leur ai réglé leur compte, répondit-elle d'une voix plus forte. Il y en a un juste derrière moi ; l'autre est dans le ruisseau, si vous voulez récupérer ses armes. Je suis allée espionner un peu aux abords de leur camp. Ils guettent un signal. Surveillez le flanc nord.

— À quoi faut-il s'attendre ?

— Aucune idée.

— Tire-toi de là.

— C'est une nuit idéale pour chasser, Le Spectre. Tu avais raison à propos du Sept Barré. Tu m'as impressionnée, pour le coup. Bonne chance.

Elle disparut dans l'obscurité et le brouillard.

Waldron rechargeait son arme.

— Un signal, hein ? grogna-t-il.

— Oui. Je crois que j'ai quelques questions à poser...

Le diacre finissait son cigare pendant qu'une femme vêtue d'une tenue blanche fixait un tourniquet autour de la jambe du chef de convoi Lawson. Le visage mouillé de larmes, celui-ci contemplait ses cavaliers tués ou blessés.

— Mauvaise blessure, commenta le diacre. L'artère fémorale.

— Ils nous ont fait toutes sortes de promesses, lui confia Lawson alors que Valentine approchait. Je les ai crus : j'allais devenir le roi du bétail au Nebraska, et je régnerais sur les Dunes aussi longtemps que je ne leur créerais pas de problèmes. Mais, dès qu'ils sont arrivés dans notre camp, ils nous ont fait comprendre qui était le patron. Ce foutu Général s'est mis à donner des ordres à tout va et à traiter mes hommes comme des moins que rien. Mais qu'est-ce que je pouvais faire ? Toutes les femmes, tous les enfants sont entre leurs mains, maintenant.

La femme leva les yeux vers David et secoua négativement la tête. Sous la jambe du chef de convoi, la terre était noircie pas le sang.

— Bonté divine, ce tabac sent bon, le diacre, fit Lawson d'une voix qui commençait à faiblir. Rien fumé d'acceptable depuis des mois…

— Donnez-lui en un, dit Valentine au diacre.

— Merci, répondit Lawson en réprimant une grimace de douleur.

Il tira longuement sur le cigare et ferma les paupières. Un moment, le Félin le crut mort. Mais le blessé rouvrit les yeux.

— Eh, vous êtes celui qui a voulu prévenir tout le monde. Ils m'ont posé des questions sur vous deux. Je leur ai raconté n'importe quoi.

Valentine murmura quelque chose à l'oreille du diacre, qui acquiesça.

— Tenez, Lawson, prenez ma Bible. Le Livre Saint est à peu près tout ce que j'ai pour vous réconforter. Vous ne disposez plus de beaucoup de temps en ce monde, alors peut-être que vous voulez penser à Celui qui vous attend. Vous pouvez nous aider, par exemple en nous disant ce que vous étiez supposés faire une fois que vous vous seriez rendus maîtres de notre camp.

Lawson respirait avec de plus en plus de difficulté.

— Bien sûr. Dans ma poche. Le lance-fusées. Je devais tirer quand nous… aurions eu le camp.

Valentine trouva le pistolet au large canon. Des détonations sporadiques continuaient à résonner ici et là.

— Mes hommes… pitié… sont blessés… c'est ma fau…

Lawson n'en dit pas plus.

Le diacre vérifia son pouls.

— Pas encore mort, mais c'est pour bientôt, lâcha-t-il. Dieu ait pitié de vous, chef de convoi.

Il lui reprit la Bible et murmura une brève prière.

Lawson émit un gargouillement étouffé, et Valentine attendit que le diacre ait terminé. Quand celui-ci recoiffa son chapeau, le Félin ramassa le pistolet de détresse du mort puis il le tendit à Josh.

— Un souvenir pour vous, dit-il avant de s'adresser au diacre. Vous pouvez faire venir Waldron ?

Mme Hendricks regardait le spectacle qu'offraient tous ces hommes abattus. Elle secoua doucement la tête quand on entreprit de ramasser les cadavres et de les aligner. Valentine n'avait pas besoin de recourir à son odorat de Loup pour savoir qu'elle sentait la poudre.

— Chef de convoi, dit-il, la situation pourrait tourner à notre avantage. Ils étaient censés envoyer une fusée dès qu'ils auraient pris le contrôle du camp. Si nous le faisons, les hommes du Général viendront certainement. À mon avis, ils se montreront prudents, mais ils avanceront assez près pour se rendre compte par eux-mêmes. Je pense que nous améliorerons grandement nos chances si nous parvenons à les frapper avec les canons à un coup de Waldron.

Ce dernier rejoignit David et le diacre. Tous quatre ébauchèrent un plan d'action qu'ils diffusèrent ensuite parmi les Aigles. Ils lanceraient la fusée de détresse, et laisseraient l'accès principal ouvert. Quand les créatures de la Croix Torse, ou les patrouilleurs, ou les ennemis quels qu'ils soient entreraient dans le camp, tous les canons de Waldron tireraient. Valentine donna une description des cibles prioritaires :

— Des humains de grande taille, probablement en tenue pare-balles ou enveloppés dans de larges capes. Ils seront puissamment armés, avec des fusils d'assaut à chargeur courbe. Ne gaspillez pas les munitions des canons si des patrouilleurs arrivent. Concentrez le feu sur les Faucheurs.

Mme Hendricks tira la fusée de détresse, laquelle s'éleva et décrivit une courbe lumineuse qui les baigna tous dans une clarté rougeâtre avant de retomber en faiblissant d'intensité.

— N'oubliez pas, poussez des cris de bienvenue quand ils approcheront de l'entrée.

Certains des Trekkers se tenaient bien en vue dans le camp, alors que d'autres s'étaient dissimulés dans les chariots de chaque côté de la porte. Tous les canons que Waldron avait pu charger étaient braqués sur l'ouverture unique, et les autres explosifs étaient cachés derrière les cadavres de chevaux et devant le mur de roulottes. En détonant, ils propulseraient des nuées de débris métalliques. Valentine s'accroupit dans les eaux froides de la source et patienta.

Il entendit le grondement poussif d'un moteur diesel qui se rapprochait.

— Qu'est-ce que c'est que ce truc ? lâcha une des sentinelles depuis les fortifications.

— Acclamez-les ! Un peu d'enthousiasme ! lança David aux gardes.

— C'est un vrai monstre, fit le diacre qui se recroquevilla derrière un cheval mort.

Le bout incandescent de son cigare brasillait au-dessus de la mèche du canon.

— Laissez-les entrer, laissez-les entrer, cria encore Valentine pour couvrir le vrombissement croissant de l'engin. Les troupes suivent.

Il ferma à demi les yeux.

Faire le calme.

Se concentrer.

Il visualisa sa conscience sous l'aspect d'une grande boule bleue qui occupait l'horizon, et à chaque respiration profonde il la fit rapetisser. Il sentit son rythme cardiaque baisser, et l'univers entier ralentir progressivement. Autour de lui, les Trekkers commencèrent à ressembler à des mannequins, des marionnettes pareilles à celles qu'il avait vues tourner en rond dans les vitrines de certains magasins, à Chicago. L'esprit maintenant en sourdine et ouvert, il décela aisément la présence des Faucheurs. Ils étaient nombreux, et terriblement proches. Les feux follets de la mort flottaient sur la brume, dans sa direction.

La première vision qu'eut Valentine de la Croix Torse émergeant des ténèbres et du brouillard le figea sur place. Un véhicule à chenilles, semblable à un bulldozer sans pelle mais avec des plaques de blindage sur l'avant et les flancs, tractait une remorque de camion elle aussi blindée au point de ressembler à une forteresse roulante. Des canons de mitrailleuses avec serveurs saillaient de chaque côté du véhicule, et les vitres de la cabine étaient protégées par des stores en lamelles d'acier.

Derrière ce monstre mécanique venaient les Faucheurs de la Croix Torse, en deux colonnes. Plus insectes qu'hommes, ils étaient revêtus d'une armure semblable à une carapace et coiffés d'un casque intégral avec visière dont les protections descendaient sur les côtés et l'arrière comme dans les tenues des anciens samouraïs. Ils étaient armés de fusils d'assaut et de tubes à l'extrémité bulbeuse accrochés par une lanière dans leur dos.

Les hommes des Ailes de l'Aigle les acclamèrent, certains de façon presque hystérique, d'autres avec beaucoup plus de retenue. Quelques-uns reculèrent instinctivement, prêts à fuir dès la première détonation.

Valentine se coucha à plat ventre dans la dépression formée par le ruisseau quand le camion blindé roula audessus de lui.

Allez, Waldron, maintenant!

Un sifflement strident déchira la nuit. Aussitôt les fusils se mirent à aboyer à un rythme tel qu'ils formèrent un rugissement presque uniforme, une avalanche sonore qui déferla sur David. Toujours coincé sous le véhicule ennemi, il vit des silhouettes en armure qui s'écroulaient, certaines pour ne jamais se relever. À l'inverse, d'autres semblaient ne même pas ressentir les impacts de balles et elles arrosaient les ténèbres de giclées de projectiles.

Rendu à moitié sourd par les détonations, Valentine rampa pour sortir de sous le camion.

Un Faucheur courut vers l'arrière du véhicule, sans doute pour s'abriter du feu croisé qui se déversait des chariots.

Le Félin se leva d'un bloc, son arme à l'épaule. La créature s'immobilisa. Peut-être cette soudaine apparition l'avait-elle déconcertée. Elle releva le canon de son fusil d'assaut mais n'eut pas le temps de tirer. Le PPD lui envoya une décharge qui pulvérisa sa visière et son visage.

Les mitrailleuses du camion blindé déchiquetaient les flancs des chariots, et les Trekkers chutaient ou sautaient pour se mettre à couvert.

Valentine se retourna, fit deux pas vers l'arrière du camion et s'élança. Il effectua un bond qui le propulsa dans l'air comme s'il avait été treuillé par un filin invisible, et il se reçut souplement sur le toit du véhicule. Une passerelle courait tout le long de la remorque. Au milieu de celle-ci, il trouva un panneau rond pareil à une bouche d'égout, verrouillé. Sur le côté, il vit un ventilateur dont la partie extérieure était recouverte de grillage pour empêcher qu'on y laisse tomber des grenades.

Chez les Collabs, pas de doute, on ne fignole pas le boulot. C'est du vite fait chaque fois.

Il s'accroupit sans se soucier des balles qui sifflaient à ses oreilles, passa les doigts entre les mailles métalliques et tira de toutes ses forces. Le grillage céda presque aussitôt. Il lui suffit ensuite de briser les pales en plastique à coups de talon.

Un dernier effort et il avait arraché le cadre de son logement.

Il colla le PPD contre son torse et se laissa chuter à l'intérieur.

Un seul ennemi eut le temps de tourner un regard stupéfait vers cet intrus qui venait d'apparaître parmi eux, comme né du brouillard lui-même, avant que David arrose d'une rafale la partie avant du camion. La mitraillette rugit dans l'espace confiné, et ses adversaires s'écroulèrent.

Il sentit un mouvement derrière lui et se baissa juste à temps. La balle de revolver ricocha contre la paroi blindée, là où s'était trouvée sa tête un instant plus tôt. Il pivota et pressa la détente. Les projectiles soulevèrent le soldat du sol. Une nouvelle rafale eut raison d'un autre ennemi à l'arrière, qui essayait d'enclencher un chargeur plein dans son fusil d'assaut.

Huit hommes morts ou agonisants jonchaient le plancher grillagé de la remorque. Valentine avança vers les mitrailleuses qui armaient les flancs du camion. Au passage il acheva d'une balle dans la tête un soldat qui rampait vers son fusil. Le véhicule tournait pour se placer latéralement devant l'entrée du camp, afin de la couvrir de son feu. De toute évidence, les patrouilleurs qui pilotaient l'engin depuis la cabine n'avaient nullement conscience du carnage survenu à l'arrière.

Soulevant de son support la mitrailleuse qui faisait face au mur de chariots, il en examina le magasin. À moitié vide. Il décida que ce serait suffisant et grimpa au poste de tir situé à l'avant de la vieille remorque. Perché sur la marche, il avait une vue claire de la cabine. Le conducteur et son compagnon échangeaient des coups de feu avec les Aigles disséminés sur les fortifications. Entre les deux Collabs et le Félin, il n'y avait qu'une toile et des câbles entremêlés. Il cala la mitrailleuse contre son épaule, visa et tira. L'éclair de la rafale jaillissant du canon l'aveugla à moitié. Quand il put voir de nouveau, les deux hommes étaient affaissés dans la cabine criblée de balles.

Il alla se poster derrière la deuxième mitrailleuse. Une fente horizontale dans la paroi blindée du camion permettait de faire pivoter l'arme montée sur un trépied. Il aperçut trois Faucheurs qui avançaient en triangle et avaient déjà franchi l'entrée en tirant dans toutes les directions. Les balles des Trekkers ricochaient sur leur armure, et ils semblaient invulnérables. Une grenade explosa dans la forme qu'ils dessinaient, et l'un d'eux tomba à genoux. Pour se relever aussitôt et continuer avec les autres.

Valentine braqua la mitrailleuse puis lâcha une longue rafale. L'arme tressauta rudement en crachant ses projectiles, et les douilles cascadèrent à travers le plancher grillagé. Ce système évitait qu'on trébuche en marchant sur l'une d'elles.

Le premier Faucheur s'écroula, coupé en deux. La tête d'un autre fut pulvérisée alors qu'il se retournait vers son congénère, et celui qui avait été touché par la grenade essaya de ramper à l'abri quand il tomba sous le feu de David. Le Félin le cribla d'une centaine de balles au moins, en courtes rafales qui alternaient avec des obscénités débridées. Puis la créature se figea enfin.

Reprends-toi. Sers-toi de ta cervelle autant que de la mitrailleuse.

Tout en luttant contre la fureur meurtrière qui faisait bouillir son sang, il régla leur compte à deux nouveaux Crânes Noirs qui avaient escaladé les fortifications. Un autre duo d'ennemis sauta par-dessus un des chariots. Le premier décapita un Trekker de sa main nue. Son acolyte braqua une arme qui ressemblait à un piston terminé par une boule. Le missile fusa dans une gerbe d'étincelles et explosa sous une roulotte. Hommes et débris divers furent projetés en l'air.

Valentine vida son arme sur ces deux-là. L'un s'écroula, son torse déchiqueté transformé en une pulpe noirâtre, et le second essaya de fuir, pour finir dans le fossé, amputé d'un bras et d'une jambe.

Comme possédé, David prit une nouvelle bande de munitions dans la caisse posée près de la mitrailleuse. Il ouvrait le dispositif d'alimentation pour placer la première balle dans le logement quand un Faucheur jaillit des ténèbres. En deux secondes, il couvrit la distance qui le séparait du camion.

Valentine le vit bondir. Il abandonna la mitrailleuse et sortit le katana de son fourreau. Quand la créature se glissa par la trappe, la tête la première, le Félin était prêt.

La lame trancha le bras du Crâne Noir au niveau du coude. L'autre membre s'effaça pour éviter le coup en revers qui visait sa tête. S'il s'était immédiatement jeté sur Valentine, il aurait sans doute mis un terme au combat, pourtant ce qui animait le Faucheur avait décidé qu'il utiliserait son arme.

Le tueur de la Croix Torse se laissa tomber en pivotant pour atterrir sur ses pieds. Il releva sa kalachnikov, mais Valentine avait eu le temps de rouler à terre et d'éviter ainsi la rafale. Il le transperça au niveau du bas-ventre, là où la protection du torse rejoignait celle des hanches.

La créature lui arracha le katana des mains comme un taureau blessé se débarrasse d'une banderille. Elle tituba en arrière. David saisit son parang et, d'un seul mouvement fluide, lui porta un coup à la nuque. Le corps fit encore un pas, alors que la moelle épinière était sectionnée, puis il s'effondra sur le sol. Une substance goudronneuse coula sur le filet métallique qui servait de plancher.

À l'extérieur, les hommes sur les fortifications et leurs adversaires continuaient à échanger des coups de feu. Valentine entendit une fusillade nourrie qui venait du flanc de la colline, au nord du camp, mais ce n'étaient pas des rafales de kalachnikovs. Des explosions de grenades ponctuaient ce vacarme.

Les jambes lourdes et les oreilles bourdonnantes, il reprit son PPD dont il remplaça le chargeur. Il lui fallut un moment pour se ressaisir, après cette poussée d'adrénaline, et il pointa la mitraillette dans la meurtrière, en direction de l'entrée du camp. Mais les armes de la Croix Torse s'étaient tues, et l'on percevait maintenant les gémissements et les appels à l'aide des blessés.

Il n'y avait plus personne à tuer.

Valentine s'appuya contre la crosse de son PPD. Il n'était conscient de rien, sinon de l'odeur de la cordite et du métal chauffé. Il attendait que quelqu'un d'autre prenne les décisions.

Dès le repli des Faucheurs de la Croix Torse, le tir de barrage commença, une pluie d'obus de mortier qui mirent en pièces hommes, animaux et chariots. David n'avait jamais rien vécu de tel. Il avait l'impression que toutes les explosions le visaient.

Trente minutes plus tard, le pilonnage cessa. Alors vint le temps de nettoyer.

— Si c'est une victoire, je préfère ne pas imaginer ce qu'aurait été une défaite, dit Danvers, le chef des cavaliers.

Il contemplait les ruines fumantes du camp alors que l'aube dissipait le brouillard. Valentine l'avait rejoint pour dresser le bilan des dégâts et des pertes ; il lui avait également demandé s'il pourrait utiliser ses hommes pour rechercher l'empilement qui cachait le message de Duvalier.

Les Aigles morts étaient alignés sur le sol, protégés par des couvertures. Les pieds en dépassaient, pour ceux qui n'avaient pas perdu leurs jambes. Parmi eux figurait Waldron, le régisseur du camp, tué par un Faucheur alors qu'il rechargeait son fusil.

Pendant qu'ils organisaient ce qui restait de leurs défenses et guettaient la venue du jour, Danvers expliqua au Félin ce qui était arrivé à ses cavaliers du côté nord. Pendant la retraite de la Croix Torse, ils avaient découvert des Grogs insectoïdes qu'ils appelaient « Cafards des Sables » disséminés sur le flanc de la colline.

— Les Cafards, nous pouvons nous en occuper. Ils viennent des Dakotas, expliqua Danvers. Pour la plupart, ils vivent dans la prairie inoccupée des Badlands. Ils ressemblent à des cloportes géants. Ils vous saisissent dans leurs pattes antérieures et vous plongent une sorte d'aiguillon venimeux dans le corps. Si vous avez de la chance, ça vous tue. Sinon, vous restez paralysé. Dans un cas comme dans l'autre, ensuite ils vous balancent dans un trou, avec un tas de leurs œufs.

— Des faiblesses ? demanda machinalement Valentine tout en observant une ligne de cavaliers espacés qui ratissaient les environs du camp.

— Ce sont les créatures les plus stupides qui soient. Ces Cafards ne sont pas du tout organisés. Ils attaquent dès qu'ils voient un mouvement. Bien sûr, s'ils avaient atteint les murs, nous aurions eu de gros problèmes, parce qu'ils creusent très vite et qu'ils l'auraient fait dans le fossé, pour ressortir au beau milieu du camp. Et ça n'aurait pas été joli… Ce qui reste de mes hommes cherche à les débusquer. Ils se cachent du soleil. Nous n'avons vraiment pas besoin de nids de Cafards des Sables en plus de tout ce qui nous arrive.

Mais Valentine s'intéressait à la Croix Torse, pas aux nouvelles particularités des Grogs. Il n'avait pas aperçu Duvalier, ni découvert de message d'elle.

Il alla voir le diacre, qui était occupé à superviser les soins apportés aux blessés et les préparatifs pour l'ensevelissement des morts.

—Je ne trouve pas Mme Hendricks, alors j'ai pensé venir vous faire mes adieux, et vous demander de les lui transmettre.

—Attendez un peu. Vous avez besoin de souffler, comme n'importe qui d'autre. Mme Hendricks est partie avec les cavaliers. Voyons ce qu'ils ont découvert. Inutile que vous partiez à moitié armé. Et puis, nous n'avons toujours pas eu signe de vie de votre amie. Vous ne voulez pas lui donner une sépulture décente, au moins ?

—Je pense qu'elle est vivante.

—Ah, voilà le chef de convoi. Parlez-en avec elle.

Mme Hendricks entra à cheval dans le camp. Elle supportait son épuisement et sa tristesse avec cette même retenue qu'elle mettait à diriger la Marque. Un homme se précipita pour l'aider à descendre de selle.

—Merci, Brent, dit-elle.

Valentine et quelques autres s'approchèrent, impatients d'entendre ce qu'elle avait à leur apprendre.

—Oui, ils sont partis, annonça-t-elle. Leur camp est désert. Et non, nous n'avons pas encore retrouvé une seule des personnes portées manquantes, mis à part Peter et Judith Reilly. Ils ont été abattus là-bas, dans les bois. J'espère que ça répond à vos questions.

Les gens se dispersèrent immédiatement, et la veuve s'adressa à Valentine, qui n'avait pas bougé :

— Aucun signe d'Ali, jeune homme. Pas de corps non plus.

— Je ne pense pas que vous ayez à vous inquiéter d'un retour de la Croix Torse dans l'immédiat. Il leur faudra du temps pour se regrouper, après cette nuit. J'aimerais partir et les pister, peut-être jusqu'au trou dans lequel ils se terrent. On dirait qu'ils ont battu en retraite.

— Nous avons survécu avant. Nous continuerons. Vous serez toujours le bienvenu parmi nous, David. J'ai vu ce que vous avez fait avec ce camion blindé, ajouta-t-elle en jetant un regard en direction du véhicule qui avait été dépouillé de ses mitrailleuses. Je n'ai pas grandi dans cette région. Je suis née dans l'Enclave Libre de la Wind River, dans l'ouest du Wyoming. J'ai été estafette à pied pendant quelque temps, avant de rencontrer mon mari alors que je servais d'éclaireuse pour un déplacement de troupeaux de la Marque des Ailes de l'Aigle. Je sais reconnaître les Arts du Chasseur quand je les vois. À l'époque dont je vous parle, je me servais de mes oreilles et de mon nez autant que de mes yeux. Je suis sûre que vous me comprenez.

Elle se tourna vers son fils.

— Josh, nous aurons besoin d'un bon cheval de selle et d'équipement pour notre ami ici présent. Il va devoir partir. Prévois aussi de quoi lui remplir le ventre et deux sacs d'avoine pour sa monture, tu veux bien ?

— Tout de suite, répondit l'adolescent.

En l'espace d'une nuit, le jeune entêté s'était métamorphosé en fils obéissant.

— Ça pourrait prendre un peu de temps, intervint Danvers. On est toujours en train de ramener les chevaux qui se sont sauvés du camp pendant le tir d'artillerie.

Elle sourit en regardant son fils s'éloigner.

— Je pense qu'ils se sont retirés au sud, dit-elle, et une expression féroce envahit ses traits affables. Nous leur avons vraiment donné une leçon. Oh, nous avons trouvé deux camions incendiés et un semi-remorque qui avait tout l'air d'avoir explosé. Peut-être qu'Ali est venue dans leur camp pendant qu'ils étaient occupés avec nous... J'espère qu'elle s'en est sortie.

— Elle a promis de laisser un mot si elle le pouvait, répondit Valentine. Vous n'avez pas remarqué un empilement de morceaux de bois, ou de pierres ?

— Non, mais il faut reconnaître que leur camp était en triste état. Elle peut faire beaucoup de dégâts quand elle y est déterminée.

— On peut dire ça, oui, approuva David. Maintenant, il faut que je la retrouve.

— Vous êtes resté debout toute la nuit, mon garçon. La traversée des Dunes avec Dieu seul sait combien de ces créatures blessées et furieuses dans les parages n'est pas indiquée pour une personne à moitié endormie. Il vous faut deux repas chauds et un peu de sommeil avant que je vous laisse franchir cette porte.

Il ouvrit la bouche mais la referma quand Mme Hendricks planta les mains sur ses hanches et fronça les sourcils. Elle eut un hochement de tête autoritaire pour lui faire comprendre qu'il n'avait pas le choix.

Il retourna vers la roulotte, heureux de céder devant sa sagesse. Jocelyn Hendricks était assise sur les petites marches, tenant entre les mains une tasse d'un liquide fumant d'où montait une vague odeur de whisky. Ses yeux étaient cernés.

—Je vous ai apporté le petit déjeuner à l'intérieur, dit-elle. Il y a tant de morts… C'était un peu bizarre de préparer du café et à manger avec ces cadavres alignés. J'avais envie de tout arrêter pour un temps, mais il faut bien traire les vaches.

Elle se leva et lui ouvrit la porte. Il entra, puis s'assit à la table sur laquelle étaient disposés des petits pains, une part de tarte et un pichet de lait.

—Je n'ai pas réussi à toucher à la viande, et encore moins à la cuisiner, désolée, fit la jeune femme.

Elle alla ouvrir une fenêtre.

—Je n'ai pas faim à ce point, répondit David.

Il se servit un peu de lait encore chaud et le but. Son goût déclencha quelque chose en lui ; il vida son verre d'un trait. Son estomac se rebella et du liquide coula sur son menton. Il reposa le verre d'une main tremblante.

Elle le regardait fixement en se mordillant la lèvre inférieure. Valentine avait l'impression d'être dans un brouillard pareil à celui de la nuit passée, et il ne parvint pas à lui faire la conversation.

—La bataille est un échec ? demanda-t-elle enfin.

—Non. Vous avez gagné.

Elle se rapprocha et prit un torchon pour lui essuyer le menton.

—Il y a… du sang ou je ne sais quoi sur vos vêtements. À cause de ce qui s'est passé à l'intérieur du camion, de ce qu'on m'en a dit. L'histoire circule dans tout le camp, la manière dont vous avez bondi comme un cerf… certains disent même que vous voliez. Laissez-moi nettoyer ces habits pour vous. Ils sécheront pendant que vous dormirez.

Il se leva sans cesser de mastiquer un petit pain. Il observait les mouvements de la jeune femme, il sentait le goût de la nourriture, il voyait la petite roulotte dans laquelle il se trouvait, mais son esprit ne parvenait pas à raccorder toutes ces informations. Il commença à se déshabiller. Elle rougit violemment puis sortit en hâte, et il passa les vêtements par la fenêtre.

— Merci, mademoiselle Hendricks, dit-il.

— Jocelyn.

À son réveil, elle était assise sur le petit tabouret et cirait ses bottes. Ou bien il se sentait parfaitement en sécurité dans le camp des Aigles, ou bien elle était entrée sans bruit, et pendant une phase de sommeil profond : il ne se souvenait pas de l'avoir entendue.

— Vous allez partir ? demanda-t-elle avant de se lever et de lui montrer ses vêtements propres.

— Bientôt, oui.

Il s'assit, la couverture toujours entortillée autour de lui, et cligna des yeux à plusieurs reprises, pour chasser sa somnolence.

— Pour retrouver votre femme ?

— Ma femme ? Non, c'est plutôt un guide. Je crois que j'ai plus confiance en elle que bien des maris en leur femme.

— Je sais que ça ne me regarde pas, mais est-ce qu'elle et vous, vous…

Elle ne termina pas sa phrase mais baissa la tête et lui lança un regard embarrassé.

— Non. C'est un sujet de plaisanterie entre nous. Peut-être que, dans d'autres circonstances, ce serait différent.

— J'avais un petit ami. Il est parti mener du bétail à Denver, et il n'est jamais revenu. Ça fait plus d'un an. Je suppose qu'il voulait voir la ville. J'ai espéré une lettre, un message, mais il n'a jamais donné d'explication.

— Je suis désolé pour vous.

— Auprès de lui je me sentais… bien, en sécurité. La nuit dernière, quand vous m'avez parlé, je me suis sentie bien et en sécurité de nouveau. J'ai eu envie de vous embrasser.

Valentine sentait le désir et la compassion s'affronter en lui. C'était une jeune femme séduisante, mais il allait partir dans quelques minutes.

— Jocelyn, je parie que tous les jeunes hommes de cette Marque marcheraient sur des braises pour vous embrasser. Nous ne nous connaissons pas.

— Les hommes ici sont des gens bien. Je les connais depuis toujours. Les plus âgés sont plus intéressés par mon statut de fille du chef de convoi. Les jeunes sont juste… des gamins dans des bottes d'hommes, si vous voyez ce que je veux dire. Vous, vous êtes… sérieux.

Valentine trouva le mot assez étrange. Peut-être approprié, après tout.

Elle posa les bottes sur le plancher et s'assit au bord de la couchette.

— Depuis ce repas après votre arrivée, j'ai beaucoup pensé à vous. Vous croyez sûrement que je ne suis qu'une petite péquenaude idiote. Je ne cherche pas un homme qui soit présent en permanence. En fait, vous allez partir et ça m'arrange presque : je vais pouvoir rêver sans me soucier de l'avenir. Vous comprenez ?

Elle ôta son bandana et secoua la tête pour donner du volume à son épaisse chevelure auburn. Puis elle plaça la paume d'une main entre ses pectoraux. Le cœur de David cognait violemment contre sa cage thoracique, comme s'il essayait de la rejoindre. Le Félin se pencha vers elle et ils tombèrent dans les bras l'un de l'autre. Le besoin qu'ils en éprouvaient rendit cette étreinte douce et dénuée de toute gêne. Mieux encore pour David, elle fut naturelle. Ses impulsions sublimées pendant tous ces mois où il n'avait pas touché de femme se réveillèrent et l'inondèrent subitement. En un instant, toutes les barrières cédèrent. Il saisit sa chevelure opulente à pleines mains tandis qu'il l'embrassait.

— David, qui es-tu réellement ? Je… J'ai comme de la fièvre.

Elle soupira pendant que, des lèvres, il explorait son cou, et le reste de son corps avec une main fébrile. Il l'aida à se dépêtrer de ses vêtements. La couverture était déjà tombée au sol, le laissant nu. Il se pressa contre elle.

Il la fit basculer doucement sur la couchette, et elle s'offrit à lui. Des mains, elle agrippa son dos pour l'attirer. Elle accepta avec voracité ce qu'il lui donnait, mais en retour elle lui fit un cadeau encore plus doux. L'oubli. Pendant ces instants, il n'y avait pas de bataille, pas de traque, de responsabilité ni de crainte, seulement une femme qui frémissait de plaisir dans ses bras. Leur étreinte ne fut que douceur, baisers et désir ; ce fut un moment sans lendemain, une jouissance simple, pareille à un éclair dans le néant tumultueux de son existence, un paroxysme émotionnel qui le laissa avec une envie encore plus grande d'elle et de cette amnésie que lui avait apportée le plaisir.

Il quitta le camp des Ailes de l'Aigle au trot sur un hongre bai. C'était un peu comme s'il chevauchait une tour en mouvement : sa monture était très haute et avait un arrière-train pareil à un bateau à rames. Les Trekkers s'étaient alignés pour le saluer à la porte. Il se sentit honoré de ce geste, et dut rougir un peu en voyant le petit signe que Jocelyn lui fit de la main.

Le seul objet qu'il avait gardé en souvenir de la bataille était un casque en Kevlar avec des protections descendant sur la nuque et le cou. Avec son gilet pare-balles, son déguisement serait encore plus convaincant si, une fois de plus, il devait se faire passer pour un patrouilleur. Son précédent propriétaire avait investi dans une doublure en toile à sangles et liège qui lui évitait parfaitement d'avoir trop chaud.

Il se rendit au camp de la Croix Torse. Il avait été installé à l'abri du vent, en contrebas de la petite crête située au sud de celle, immense, qui dominait le camp des Aigles.

Deux cavaliers fouillaient les décombres et jetaient des morceaux de métal sans utilité apparente ou des douilles d'obus dans un chariot. Valentine se dirigea vers eux.

— L'homme à la mitraillette, fit l'un d'eux avec un salut de la main. Eh, monsieur, nous avons appris que vous cherchiez un empilement de quatre choses identiques. Je crois que nous l'avons trouvé. Ou alors ces gars-là ont une façon très curieuse de prendre soin de leurs morts. Voyez l'endroit où se tient Sam, là-bas.

Valentine rejoignit le second cavalier et découvrit quatre têtes de Faucheurs empilées en pyramide, comme les boulets de canons dans un château fort. Des mouches à viande grouillaient déjà sur les chairs mortes, et à certains endroits les asticots avaient dénudé l'os noir.

Il se boucha le nez puis renversa la pile du bout de sa botte. Sous ce jalon macabre était pliée une feuille de papier. Il la ramassa et reconnut l'écriture de Duvalier.

« Le Spectre,

Je me dirige plein sud, vers la Platte. J'ai espionné leur camp, et il y a un autre contingent du côté de Broken Bow. Pousse au sud jusqu'à l'autoroute et suis-la vers l'est. S'ils ont quitté les lieux, on se retrouve au sud d'Omaha, comme prévu. J'ai entendu parler de leur Général, et leur quartier général se trouve là-bas. Ils l'appellent la « Caverne ».

Ne sois pas impressionné par ma petite balise. Ce sont des blessés que j'ai achevés alors qu'ils tentaient de retourner à leur camp.

La Fumée »

Valentine replia la note et la rangea avec ses cartes. Il retourna à son cheval qui avait baissé la tête et cherchait dans l'herbe sèche les brins verts plus courts.

— Direction : Broken Bow, lui dit-il.

Cette nuit-là il campa près du croisement de deux autoroutes, dans une ancienne forêt nationale du Nebraska.

Sa monture infatigable avait parcouru près de quatre-vingt-dix kilomètres. Valentine était stupéfait par la distance franchie. Durant ses premières années en tant que manœuvre dans le Territoire Libre, les cavaliers des monts Ozark lui avaient transmis leur préférence pour les mustangs et certaines variétés de poneys. Ils n'aimaient guère la race massive à laquelle appartenait ce hongre, trop lourde à leur goût, et qui, d'après eux, manquait d'énergie. L'exploit de ce jour prouvait le contraire.

Valentine avait aperçu quelques fumerolles au nord-est, pendant l'après-midi, mais il avait décidé que, quoi qu'il se soit passé, c'était probablement terminé depuis l'aube. Il n'avait aucune envie de visiter un autre champ de bataille, au risque d'être repéré par un traînard. Il remarqua également des traces de pneus récentes sur l'autoroute, mais même le petit avion de reconnaissance qui était apparu quotidiennement auparavant resta au sol. Pour toute compagnie, il se contenta d'un ou deux coyotes méfiants et de quelques faucons dans le ciel.

Il se sentait un peu seul. Les taquineries et les sarcasmes de Duvalier lui manquaient, de même que l'odeur de sa transpiration près du feu de camp. Il n'en alluma d'ailleurs pas et, puisqu'il ignorait ce qui pouvait rôder dans la région, il reprit sa vieille habitude de Loup, qui consistait à changer de campement vers minuit. Il attendit qu'un nuage cache la lune pour ramasser sa couverture, son sac et ses sacoches.

Alors qu'il plaçait la selle de style western sur sa monture, celle-ci se montra soudain rétive. Il voulut lui caresser le front, mais l'animal refusait de se calmer. Sur le qui-vive, David se retourna pour voir ce qui effrayait le bai, et comprit instantanément : un monticule de terre herbue semblait gonfler, accompagné d'une odeur de moisi, comme du bois pourri mouillé par la pluie.

Valentine donna raison au hongre. Il sauta sur le dos de sa monture qui volta, mais pas la selle : il l'avait seulement posée sur le cheval, sans en fixer les sangles. Il tenta de se maintenir en enserrant le corps de l'animal entre ses mollets, mais la selle et le cavalier glissèrent de côté, et tombèrent de la bête affolée.

Il effectua un roulé-boulé, se redressa dans la foulée et dégaina son katana. Il sentit la terre bouger. Quelque chose attaqua la selle et les sacs dans un geyser de terre. Il courut jusqu'à l'autoroute, rassuré de sentir sous ses pieds le bitume craquelé au lieu de ce sol qui dissimulait un ennemi.

Quelque chose fonçait bruyamment dans les bois et à travers les broussailles, du côté opposé. Il vit un rocher qui dévalait le flanc de la colline, et qui altéra sa course légèrement – et intelligemment. Il venait droit vers lui, même quand David voulut s'écarter.

Il plongea, et la chose bondit par-dessus son corps. Sa vision périphérique perçut un mouvement dans une autre direction ; il redressa la lame de son sabre. Un tapis de muscles vivants se jeta sur ses jambes. Quelque chose déversa un liquide brûlant dans son mollet. Il changea la prise sur son arme qu'il mania de droite et de gauche dans l'espoir de toucher un organe vital. Il n'avait plus de souffle. Le katana et le Cafard des Sables lui parurent soudain très lointains, comme vus depuis le mauvais bout d'une longue-vue.

Il n'éprouva aucune sensation de paix intérieure avant de perdre conscience, et sa vie ne défila pas devant lui en un éclair… Il n'eut que le temps de se demander ce qui lui arrivait, puis ce furent les ténèbres.

Le chiot de sa petite sœur aimait lui mordiller les pieds. L'animal s'allongeait, croisait les pattes sur son tibia et s'attaquait à ses orteils avec ses petites dents pointues. David s'étendait dans le jardin, hurlait et riait sous la torture pendant que sa sœur s'asseyait sur sa poitrine et que son chien s'acharnait sur son pied. Ensuite sa sœur lui écrasait le genou de l'autre jambe et le chatouillait.

— Aïe, Pat… Arrête.

Puis quelqu'un mit un oreiller sur son visage, et il se débattit pour respirer.

Valentine sentait la terre dans sa bouche, mais il ne parvenait pas à la recracher. Sa langue lui semblait flétrie et desséchée. Il était dans l'obscurité, et chacun de ses muscles demeurait tétanisé. Il voulut remuer la tête, un bras, mais son corps refusa d'obéir. Quelque chose frappait sa poitrine. Il serait plus facile de replonger dans le sommeil. *Tu dors, tu meurs*, lui dit une voix lointaine, et il lutta pour rester éveillé, pour briser l'étau qui l'étreignait, mais c'était trop difficile, et il faiblit de nouveau.

Pat était penchée sur lui et, avec une force impossible pour son âge, elle essayait d'enfoncer de force un tuyau dans sa bouche. Il rassembla toute sa volonté pour garder les mâchoires serrées.

— David ! David ! appela sa mère du seuil de la maison.

— Maman ? répondit-il. Pat veut me faire…

Une sonde rigide pénétra dans sa bouche, et un liquide très fort coula dans sa gorge. Il ne pouvait pas respirer par le nez. Il avala.

— David ! répéta une fois encore Jocelyn, d'une voix implorante. David, je suis ici, tout va bien. Nous avons tué des larves de Cafards des Sables, vous allez vous remettre.

Valentine n'avait aucun avis sur la question. Cela ne lui importait pas. Il était trop fatigué.

— Donne-lui une autre lampée de whisky, c'est le meilleur remède contre le venin, dit une voix bourrue.

Il mit du temps à comprendre le sens de ces paroles.

On lui fit ingurgiter de force un peu plus de liquide. Il n'eut d'autre choix qu'avaler.

Quand il ouvrit les yeux, il eut l'impression qu'il avait été piétiné par un troupeau entier. Mais il parvenait maintenant à voir, quoique flou. Assis autour d'un feu de camp, Jocelyn, le diacre et Danvers buvaient quelque chose dans des gobelets en métal tout en contemplant les flammes.

— De l'eau, demanda-t-il dans une sorte de croassement.

Jocelyn prit une gourde et s'agenouilla auprès de lui. Danvers se mit dans son dos et le redressa pour qu'il puisse boire plus facilement. L'eau fraîche lui insuffla assez d'énergie pour qu'il lève les yeux sur la jeune femme.

— Quoi ?

— Votre cheval est revenu hier. Nous avons compris qu'il avait dû vous arriver quelque chose.

Elle était penchée vers lui, et ses cheveux effleurèrent son front quand elle le lui caressa.

— Les Cafards sont partout, expliqua Danvers. Nous perdons des têtes de bétail dans tous les coins. Mais, en voyant votre cheval revenir seul au camp, le chef de convoi a ordonné qu'on abandonne nos activités pour partir à votre recherche, juste au cas où. Nous avons déjà tiré des types hors des nids de Cafards, et s'ils sortent du coma, en général ils sont pareils aux victimes d'une attaque. Étant donné que vous êtes un nouveau, j'ai bien craint qu'on ne puisse rien faire d'autre que tuer les larves et enterrer ce qui resterait de vous.

— Ça fait mal… Rien contre la douleur ? demanda-t-il.

— J'ai un mis un cataplasme sur la plaie, dit Jocelyn.

Danvers tapota la main couverte d'égratignures et de terre de Valentine.

— Vous avez réussi à revenir à la surface en griffant le sol. Nous avons vu votre tête et un bras qui dépassaient du monticule. Vous n'avez pas dû recevoir une grosse dose de venin.

— Ne le laissez pas vous faire peur, déclara le diacre toujours assis devant le feu de camp. Vous vous rétablirez. Ils n'ont fait que vous mordiller : vous pouvez toujours remuer vos doigts comme vos orteils. Vous êtes resté enterré au moins un jour entier. Buvez encore une gorgée de whisky. Cette vieille rengaine qui voudrait que ce soit efficace contre les morsures de serpent est fausse, mais un peu d'alcool dans le sang vous aidera à combattre ce qu'ils vous ont mis dans le corps.

Danvers déboucha la bouteille et versa un peu de whisky dans la bouche de David. Il ajouta une autre dose quand le Félin eut avalé la première, pour faire bonne mesure.

— C'est bon, hein ? fit-il avant d'en boire un peu lui aussi.

— Chuck, arrête ça tout de suite ! lança le diacre. N'oublie pas que nous sommes loin de chez nous.

— Désolé. C'est la première goutte depuis la fête du vêlage. Et entre-temps il s'est passé pas mal de choses.

— C'est ta dernière goutte jusqu'à ce que nous soyons revenus aux chariots. Dès l'aube je retournerai là-bas à cheval pour leur dire de rappeler tous les gens partis à la recherche de notre ami.

Le matin arriva, et Danvers réveilla l'homme d'Église. Le vieux liseur de Bible se mit en selle.

— À une époque, la vie était plus douce quand on était âgé, grogna-t-il tandis qu'il faisait avancer sa monture vers Valentine. Jeune homme, vous êtes le bienvenu dans nos chariots quand vous le souhaitez.

Il enfonça son haut-de-forme sur sa tête d'une tape.

— Merci, répondit David.

Il se sentait exténué, mais ses pensées, quoique quelque peu embrumées par l'alcool, étaient de retour dans le monde des vivants. Sa jambe gauche était douloureuse au niveau de la cheville, mais il s'agissait de la souffrance saine d'un corps en cours de guérison.

— Maintenant que je connais l'odeur des Cafards des Sables, je saurai les éviter, monsieur. Ça va aller.

— Jocelyn, pas question qu'il selle son cheval avant encore deux jours, ordonna le diacre. Qu'il boive beaucoup d'eau et qu'il se repose, et il sera d'aplomb rapidement. Danvers, j'enverrai quelques-uns de vos hommes pour vous remplacer ; ainsi, vous pourrez reprendre le travail.

— Non, merci, le diacre. Je vais garder un œil sur Jocelyn.

— Comme vous voudrez. Au revoir donc, monsieur Stuart. Dieu soit avec vous.

Le cataplasme atténuait la douleur. Valentine inclina la tête et ferma les yeux.

— Il était avec moi quand j'ai rencontré les Aigles.

Il faisait des siestes à l'ombre quand il ne buvait pas d'eau. Ses compagnons le nourrissaient de pain trempé dans du bouillon. Jocelyn appliquait des compresses imbibées de vinaigre sur sa plaie, et la douce morsure antiseptique le soulageait un peu. Il regardait les deux Aigles : quand il était dans le camp, Danvers ne quittait jamais la jeune femme des yeux. Mais l'homme était de tempérament nerveux, et il ne tenait pas en place. Il sortait continuellement pour chercher de l'eau ou surveiller la route, quand il n'allait pas poser des pièges pour le petit gibier, et il signalait toujours son retour en poussant un cri à quatre cents mètres du camp.

—Il aime bouger, n'est-ce pas ? remarqua Valentine alors que Danvers sortait sur son hongre bai pour lui faire faire un peu d'exercice.

—Il est né et a grandi sur une selle, ou presque. Sa mère est descendue de cheval et l'a mis au monde deux minutes plus tard. Son père prétend qu'elle est remontée en selle cinq minutes après l'accouchement, mais personne ne le prend au sérieux. Il nous laisse seuls par simple politesse.

—J'apprécie votre compagnie, mais ce n'est pas indispensable.

—Il… j'ai fait une sorte de scène au camp, lorsque votre cheval est revenu. J'ai dit à ma mère que j'allais vous retrouver et partir avec vous.

Valentine lut l'anxiété dans ses yeux.

—Je pense que vos proches ont besoin de vous, dit-il après un moment. Plus que moi.

—Ils s'y feront.

—Je ne vais pas vous dire que vous ne pourriez pas suivre, ni que je n'aimerais pas vous avoir à mon côté, Jocelyn. Alors je vais reformuler : vous avez besoin de vos proches.

Elle posa sur lui un regard humide. Peut-être avait-elle espéré un argument différent.

— Ils sont votre famille. Vous êtes exactement à l'âge où vous croyez que ça n'a pas grande importance pour vous, mais avec le temps vous risqueriez fort de déplorer votre choix.

— Ou le contraire.

— J'aimerais avoir la chance de pouvoir regretter ma famille. J'avais des parents, un frère et une sœur, un foyer. Tout ça m'a été enlevé quand j'avais onze ans. Si vous éprouvez le moindre respect pour moi, mettez de côté ce qu'il peut y avoir entre nous et écoutez ce que j'ai à vous dire : restez auprès de votre mère et de Josh. Nous sommes deux personnes qui ont eu besoin l'une de l'autre pendant une certaine période. Votre famille aura toujours besoin de vous.

— Vous dites ça pour m'empêcher de… vous suivre. Affirmez que vous ne voulez pas que je vous accompagne, et je ne le ferai pas.

— Je ne veux pas que vous veniez avec moi, pour les raisons que je viens d'exposer.

Le visage de la jeune femme prit une expression dure.

— Ce n'est pas ce que je veux dire. Vous, David, en tant qu'homme.

— Un homme ? J'en suis vraiment un ?

— Eh bien, vous n'êtes pas un mulet, à part pour le côté entêté.

— Il vous faut un homme qui ait des perspectives d'avenir. Moi, je suis…

— Éteint ?

— Qu'est-ce qui vous fait avancer ça ?

Elle resta silencieuse un moment.

— C'est ce que mon père n'arrêtait pas de répéter. Il parlait d'une génération plus ancienne, celle qui avait vu trop de morts et de bouleversements. Il disait que ces gens continuaient à bouger et à parler, mais que quelque chose en eux était mort, s'était « éteint » pendant les guerres. Leurs familles, s'ils en avaient, n'ont pas eu la vie facile.

— J'allais dire que vous avez besoin de quelqu'un avec qui vous pourrez vieillir. Et mes proches ont rarement cette chance.

— Ça ne peut pas être mieux de rester seule.

Il secoua lentement la tête.

— Non, bien sûr. Mais c'est plus facile.

Jocelyn se montra fringante comme un pinson au soleil du printemps jusqu'à la fin de sa convalescence. Il n'aurait pu dire si c'était un masque. Avec Danvers, ils bavardaient autour du feu tandis que les étoiles se déplaçaient au-dessus de leur tête, jusqu'à ce que la flambée se réduise à des braises et qu'ils ne soient plus que des ombres et des voix chuchotantes dans la nuit.

Le dernier jour, Jocelyn et Danvers chevauchèrent quelques heures avec lui en direction du sud-ouest, avant de lui faire leurs adieux. Le chef des cavaliers lui serra la main, et Jocelyn le prit dans ses bras quand ils firent halte pour permettre aux chevaux de se reposer. C'est la jeune femme qui mit fin à leur étreinte, et elle alla seller sa monture. Était-elle toujours aussi désireuse qu'elle l'avait prétendu de quitter sa Marque ? Ce n'était pas certain.

— Merci, lui dit Danvers, et son regard alla de Jocelyn au Félin. Pour tout.

— Souvenez-vous… de nous, ajouta-t-elle.

— Je me souviendrai de vous. Vous m'avez aidé plus que vous le pensez. Le Général s'est pris une belle raclée. Peut-être qu'il va courir se terrer dans son trou pendant un bon moment. Mais je finirai bien par le débusquer.

Les formules d'adieu échangées, Valentine lança son cheval sur la route. Il avait le regard désagréablement embué et s'efforça de ne pas entendre le martèlement des autres sabots qui allait *decrescendo*.

Cette contrée était recouverte de bosquets de cèdres, avec de petites collines abritant un sol plus humide et boisé. Les fleurs sauvages et les abeilles régnaient en maîtresses sur cette partie des Dunes. Il ne vit aucune trace de bétail, aucune piste laissée par le passage des Trekkers. Il entrait dans les terres frontalières.

Il essaya de se remémorer quel Kurian contrôlait cette zone, et il estima que c'était certainement celui de Kearney. Il y avait assez peu de risques qu'il croise des Marshals aussi loin de la ville, mais il était toujours possible de rencontrer un Faucheur en maraude nocturne ou des patrouilleurs le jour. Il chevaucha donc en prenant un maximum de précautions, et resta dans les vallées, à l'écart des routes.

Il approcha de Broken Bow en décrivant un large arc de cercle au sud. Il savait par expérience que certains Collabs se méfiaient comme de la peste des cavaliers arrivant de ce *no man's land*, mais, si le même homme se donnait la peine d'un vaste détour pour apparaître ailleurs, les Renégats étaient tout sourires et lui offraient même un café.

La nuit tombait quand il atteignit le groupe de stations-service et de supérettes entourées d'habitations, au bord de la chaussée.

Il arriva à une voie ferrée et fit halte pour examiner les rails. Cela ne faisait aucun doute, ils étaient peu fréquentés mais ils avaient connu le passage récent d'un train, comme en témoignaient les herbes couchées sur les bords de la voie.

Il suivit la ligne ferroviaire et entra dans la petite ville alors que les ombres se fondaient dans le crépuscule. De la lumière était visible aux fenêtres d'un seul bâtiment, derrière des stores bricolés. C'était une boutique aux murs en dur et blanchis à la chaux. Les rues n'étaient animées que par le vent.

Si un train était passé par là, il était reparti.

Il aperçut le brasillement d'une cigarette dans une ruelle sombre, et un patrouilleur apparut, l'arme braquée.

— Ne bouge plus. Qui es-tu ?

David arrêta son cheval.

— On dirait que j'arrive trop tard. Les gars du Général sont repartis ? J'étais censé apporter un message.

— Je ne te connais pas, toi…

— Rien d'étonnant à ça : je viens de Columbus, pas de Kearney. Je vais faire demi-tour, l'ami. Il est parti, c'est évident, et j'ai donc passé une journée entière à galoper pour rien.

— Pourquoi ils n'ont pas envoyé ton message par radio, hein ?

— Tout ça ne te regarde pas plus que moi, mais le Général aime avoir certaines informations sur papier. Enfin, c'est ce qu'on m'a dit. Peut-être qu'ils ne veulent pas courir le risque que n'importe qui intercepte la transmission avec un scanner.

— Bon, ça va, tu peux venir à l'intérieur si tu veux. Mange un bout avant de repartir. Mais tu laisses ton cheval et l'arme ici. Et ce surin énorme aussi, ce sera mieux. Où as-tu dégotté une lame pareille ?

— Un Grog à Omaha, il y a deux ans. Mais il y a intérêt à ce que tout soit encore là quand je ressortirai. J'ai un revolver, aussi. Je peux le poser sur le banc, là ?

Le canon de l'arme était toujours pointé sur le Félin, mais celui-ci sentait que le Collab se détendait un peu.

— Bien sûr. Tu es bien outillé.

— Tu le serais également si tu devais voyager aussi loin, et seul.

La sentinelle alla à la porte. Sa vitre était couverte de rayures, mais intacte.

— Une estafette à cheval va entrer. J'ai son canasson et ses flingues.

Valentine pénétra dans la pièce. Quatre soldats, dont deux endormis sur des lits de camp, emplissaient l'endroit de fumée et de l'odeur de leur sueur. Des sacs de sable étaient entassés devant les fenêtres, et une rangée de fusils pendait à un mur. Des papiers propres jonchaient le sol récemment nettoyé. Ce poste avait peut-être servi de quartier général peu de temps auparavant.

— 'Soir, grommela un des hommes.

Il avait l'air d'un sergent, même s'il ne portait pas la tenue correspondante.

— Bonsoir, répondit David. Je suis en retard d'un jour et je n'ai pas un sou en poche. C'est l'histoire de ma vie, ça… Je devais remettre un paquet au Général ou à son subordonné le plus proche. On dirait qu'il est parti.

— Ouais, depuis près de huit heures. Pour ce qui est d'un Général, je ne suis pas au courant, mais les hommes de la Croix Torse étaient là. De ce que j'ai compris, ils ont anéanti trois Marques en seulement deux nuits. Ils ont reçu des ordres et ils sont partis.

— C'est bien ma veine. Pour quelle destination ?

— Comment savoir ? Ces types-là ne sont pas bavards. Ils me filent la pétoche, je peux bien te l'avouer.

— Je connais ça, fit Valentine, sans véritablement mentir.

— Ils ont dit qu'ils allaient revenir. Pas que je te conseille de les attendre, note bien. Ça ne s'est pas si bien passé à l'ouest.

Mais tu peux être sûr d'une chose : quand ils reviendront, ce sera avec assez de fusils pour dessouder jusqu'au dernier culterreux des Dunes.

— Ça ne dérange pas si je prends un peu de café ? Il va falloir que je reparte.

— Non, vas-y, sers-toi. Il est encore chaud.

Le Félin se versa un peu de la lavasse à base de noisette et de gland qui remplaçait ici le café. Il regrettait déjà celui de Duvalier.

— Eh, si tu veux te changer les idées, dans la pièce du fond on a enfermé une jolie petite fugueuse. Ma main à couper qu'elle n'a pas dix-sept ans. Ils sont tombés sur sa famille il y a deux jours, au bord de la rivière, et un pote à moi qui faisait partie de l'escouade me l'a refilée. Les Crânes Noirs ont eu les parents. Si tu veux t'amuser un peu avec elle, ne te gêne pas.

Valentine s'approcha de la porte entrebâillée entre les deux pièces et jeta un coup d'œil. L'autre soldat s'approcha du sergent et lui glissa à l'oreille :

— Ce type ne me plaît pas, Bud.

Il eut beau chuchoter, David l'entendit parfaitement.

Le Félin avala le reste de son café.

— Merci de la proposition, mais non. Après, je serais sûrement crevé, et il faut que je reprenne la route.

Il s'avança vers le sergent en mettant les mains dans ses poches.

— Attends, j'ai un peu de tabac indien quelque part, et si tu veux l'échanger contre…

Il frappa de bas en haut, et les griffes de combat réduisirent les yeux du sous-officier à l'état de gelée rouge. Sa main gauche toucha l'autre patrouilleur en travers du visage, y laissant quatre balafres profondes de l'oreille au nez. Alors que le sergent reculait en titubant, les mains plaquées sur ses paupières, Valentine fit basculer d'un coup de pied un des lits de camp où dormait un soldat.

Le soldat blessé au visage se mit debout juste à temps pour être quasiment décapité.

Valentine se débarrassa de ses griffes et décrocha du mur un fusil qu'il braqua sur l'inconnu qui se levait de la couche renversée. Il pressa la détente mais rien ne se produisit. L'arme était enrayée, ou déchargée. Il la prit par le canon et assomma son adversaire d'un revers trop rapide pour être évité. Puis il assena un coup si violent sur le crâne de l'autre patrouilleur que la crosse du fusil se brisa. L'homme s'écroula au sol, mort ou inconscient.

Pour finir, David acheva le blessé avec le parang. Puis il saisit un fusil à pompe, vérifia qu'il était chargé et alla jusqu'à une des fenêtres. Aucun signe de la sentinelle: elle s'était enfuie ou mise à couvert quelque part, pour guetter sa sortie et l'abattre.

Courbé en deux pour ne pas servir de cible, Valentine posa l'arme près de la porte, ramassa un des morts et le propulsa à travers la fenêtre. La vitre explosa et il entendit une détonation. Il ramassa le fusil à pompe puis se rua au-dehors. La sentinelle se tenait devant le cadavre qu'elle menaçait de son arme. La première décharge de David la toucha à l'épaule, la seconde lui arracha la moitié de la tête.

Le hongre s'agitait en une danse hystérique et tirait sur le banc auquel il était attaché. Valentine le calma avant de prendre son PPD et le katana. Ensuite il retourna à l'intérieur.

La fille était toujours dans la petite pièce du fond. Recroquevillée dans un coin, avec pour seul vêtement une couverture miteuse, elle braqua deux grands yeux marron sur lui et hurla dès qu'il apparut sur le seuil. Il abaissa son arme puis écarta les mains.

— Je m'appelle David et je ne te ferai aucun mal.

Il avança d'un pas.

— Non ! cria-t-elle, et elle ferma les yeux, tournant son visage vers le mur.

Il s'immobilisa.

— Désolé, mais il va falloir que tu fasses le reste du boulot. Tu aimes les chevaux ? Tu sais monter ?

— Monter ?

Ce n'était qu'un murmure, mais avec une note d'espoir.

— Oui, filer loin d'ici sur un cheval capable de galoper toute la nuit.

— Loin d'ici ? dit-elle, un peu plus fort.

— Tu commences à comprendre. Tu veux manger quelque chose ? Un peu d'eau ?

— Non… je voudrais partir loin d'ici. Tout de suite.

— Alors habille-toi. Et prends des couvertures.

Il repassa dans la première pièce et surveilla le carrefour désert un moment.

La fille en avait vu assez. Il étendit des draps et des vestes sur les patrouilleurs avant de retourner auprès d'elle.

— Ils sont morts ? demanda-t-elle.

— Qui donc ?

— Les Encapuchonnés. Ils sont venus en pleine nuit et ils les ont emmenés. Pour… pour toujours.

— Qui, tes parents ?

Elle acquiesça, et des larmes embuèrent ses yeux.

— Oui, les Encapuchonnés sont morts.

Elle avait mis des chaussettes et un pantalon déchiré pris dans un stock militaire. Elle sortit de la pièce enveloppée dans sa couverture comme dans un poncho.

— Waouh, souffla-t-elle à la vue des cadavres.

David la guida au-dehors, jusqu'au hongre.

— Je veux que tu chevauches sur cette route, tout droit. Je ne pense pas que tu croiseras de camions, mais, si tu en vois arriver, cache-toi. Va trouver des personnes qui ont de grands troupeaux de bétail et des chariots.

— Du bétail et des chariots, d'accord.

— Tu sais t'occuper d'un cheval, n'est-ce pas ? Je n'ai jamais vu une fille de ton âge qui ne le fasse pas mieux que n'importe quel homme. Quand tu atteindras le bétail et les chariots, cherche quelqu'un qui s'appelle le chef de convoi. Dis-lui que tu dois rejoindre la Marque des Ailes de l'Aigle, et on t'aidera. Tu as bien compris ?

— Le chef de convoi. Les Ailes de l'Aigle. Oui.

— Il y a une femme parmi les Aigles qui vient de perdre beaucoup de gens à cause des Encapuchonnés. Elle prendra soin de toi.

Il ôta son paquetage du cheval mais y laissa l'eau et les vivres.

— Et maintenant, dis-moi quelle route tu dois suivre, fit-il.

— Celle-là.

— Pas d'autre question ?

Elle se mit en selle avec l'agilité d'un singe et parut encore plus menue une fois perchée sur cette monture robuste. Elle tira sur le mors et la fit tourner dans la bonne direction. À n'en pas douter, elle était à son affaire.

Un instant, elle scruta la route. Son visage exprimait la détermination plus que la crainte. Puis elle baissa un regard interrogateur sur Valentine.

— Qui êtes-vous ? demanda-t-elle.

Il arrivait à David de se poser la question. Il régla les étriers tandis qu'elle contemplait le cadavre du patrouilleur dans la rue.

— Je suis celui qui vient la nuit régler leur compte aux Encapuchonnés.

Le terminus de la voie ferrée recelait des trésors abandonnés par la Croix Torse dans son départ précipité. Valentine découvrit le camion à plateau des patrouilleurs, un véhicule massif aux vitres sales protégées par des grilles. Rouillé mais équipé de quatre roues motrices. Il examina le moteur, le jugea en bon état, et chargea vivres et essence à l'arrière, sans jamais cesser de tendre l'oreille pour le cas où un détachement ennemi approcherait.

Les patrouilleurs avaient effectué des pillages, à moins qu'ils aient été équipés par la Croix Torse. Il y avait des caisses identifiées au pochoir partout. Il lut les étiquettes à la lumière du cristal de Ryu. La pyramide miniature tenait aisément dans le creux de sa main, et il pouvait en diriger le halo sans problème. Il prit une caisse de grenades et une autre de bombes thermiques. Quand on mettait le feu au mélange d'oxyde ferrique et d'aluminium, celui-ci brûlait en dégageant une chaleur assez élevée pour souder le métal. L'arme incendiaire ainsi constituée était parmi les préférées des Collabs. Il razzia également les cartes, les armes et les munitions du poste, avant de se mettre au volant.

Tout en conduisant – pas très bien au départ, car il n'avait pas l'expérience de ce genre d'engin –, il s'efforça d'apprendre à connaître le pick-up comme il l'aurait fait pour un cheval.

Il l'ignorerait toujours, mais sa lente progression à travers le nord-est du Nebraska allait devenir le sujet d'une légende locale. Il voulait éviter tout risque de rencontre avec une patrouille ou des Faucheurs, aussi fit-il un large crochet pour contourner le territoire du Numéro Un au nord de Lincoln. Il emprunta les chemins les plus reculés dans une zone que se disputaient les Kurians, les Grogs et les humains. De temps à autre, il s'arrêtait dans une ferme isolée où il troquait des armes et des boîtes de munitions contre un repas chaud et un lit.

À aucune de ces haltes, ses hôtes ne lui posèrent de questions, mais ils se montraient très bavards sur leurs problèmes. Il nettoya et incendia un nid de Harpies qui harcelaient une petite colonie à Wayne, et il décima une poignée d'anciens patrouilleurs devenus pillards, qui roulaient dans deux voitures, lorsqu'ils eurent établi leur campement pour la nuit. Il tua le premier alors qu'il allait se soulager dans une ravine et exécuta les autres avant qu'ils aient pu se lever.

Finalement il céda le pick-up de Broken Bow à une coopérative de familles dans une région pittoresque, au nord de Blair, et c'est à pied qu'il atteignit Omaha.

La ville n'était plus qu'une coquille vide et noircie. Tout ce qui se trouvait au sud, entre Council Bluffs et Papillion, avait été rasé par les explosions nucléaires destinées à pulvériser la base aérienne militaire de Bellevue. Il avait projeté d'éviter ce champ de ruines, peut-être en longeant la 680, mais le Destin en décida autrement.

Chapitre 9

Omaha, septembre : le centre de transports de l'Ancien Monde installé dans la vaste vallée boisée du Missouri n'est plus que l'ombre sinistre de ce qu'il fut un jour. Le squelette du building Woodman domine les murs et les toits effondrés des bâtiments qui abritaient jadis commerces, bureaux et locataires. Comme sa sœur Saint Louis, plus bas dans l'État, Omaha elle-même est à présent le lieu de prédilection des Grogs et des bandits, humains ou non. La ville et ses environs ont été cédés aux tribus de Grogs en échange de leur aide pendant le Renversement, et les nouveaux occupants l'ont aménagée à leur goût. Le contrôle des lignes de communication vitales a été confié aux Collabs de Council Bluffs, et ils supervisent la circulation fluviale ainsi que les ponts ferroviaires. Sur la rive ouest, les immeubles en briques datant du XIX*e* *siècle de l'Old Market sont maintenant les résidences de voleurs, trafiquants et voyous humains qui se livrent à ce qui est peut-être la deuxième profession la plus ancienne au monde : celle qui consiste à procurer ce qu'ils désirent aux gens capables de payer pour ce service. Pourtant, même les habitants de ce nid de vipères qui s'étend au sud des vestiges de Heartland Park songent à déménager. Une rumeur persistante veut que des combats meurtriers aient eu lieu dans la ville entre les Grogs et des hommes de grande taille, puissamment armés. La cité est peu à peu ratissée et débarrassée de ses Grogs.*

Cela pourrait très bien arranger les affaires des trafiquants. Mais la destruction récente d'une péniche chargée à ras bord de biens de contrebande et de tout son équipage a inquiété les gangs de l'Old Market. Les Collabs ont toujours fermé les yeux sur le trafic qui les alimente en cadeaux venus des quatre coins du pays ; les Grogs dépendent d'eux pour la fourniture des armes, et puisque les humains libres se trouvent trop loin pour venir brûler quelques tonneaux de rhum et de cognac, les trafiquants sont bien obligés de se demander si l'on n'a pas décidé de les éradiquer eux aussi.

Quelqu'un projette un coup de force sur la ville, et il ne plaisante pas.

Il se trouvait du côté nord-ouest de la cité, près d'un de ces anciens centres commerciaux couverts qui s'étalent sur plusieurs niveaux. À présent, la structure en ciment était noire et verte, aussi vide qu'une dent cariée. La puanteur caractéristique des Harpies s'en dégageait à cinq cents mètres à la ronde, aussi préféra-t-il l'éviter.

Il ne tenait pas à s'attarder, c'est pourquoi il marchait à découvert d'un pas vif, son arme à l'épaule. Il transpirait abondamment sous le chaud soleil de septembre quand il s'engagea dans le chaos vert de ce qui avait dû être un terrain de golf ou un parc, puis il traversa plusieurs aires de stationnement sur le point d'être conquises par la forêt.

Il arriva à une route qui allait d'est en ouest. Elle n'était ni plus ni moins délabrée que toutes les autres qu'il avait vues. Des carcasses rouillées de voitures la parsemaient, et, comme une série de bacs à fleurs, beaucoup d'entre elles étaient devenues de véritables petits terrariums à l'intérieur desquels s'accumulaient de la poussière et des détritus. Mais il décela une odeur qui lui rappela le champ de bataille : celle d'un corps qui pourrit sous le soleil.

Il la suivit et découvrit des taches, récentes mais ayant déjà viré au marron, qui avaient éclaboussé une carrosserie. Son flair localisa sans peine l'odeur de cadavres exposés à la chaleur. Un peu plus loin, des Harpies, ces Grogs horribles aux jambes arquées et aux bras transformés en ailes de chauves-souris, gisaient sur le sol et sur le toit des véhicules. Depuis ses premiers temps dans le Territoire Libre, Valentine détestait ces créatures.

Parmi leurs corps brisés, il trouva sur la route un grand sac à dos – beaucoup trop grand pour être porté par l'une d'entre elles. Il était fait de bois et de peaux fixés sur un montant qui semblait être l'armature tubulaire modifiée d'une chaise de cuisine. L'objet était manifestement artisanal, mais sa conception prouvait une ingéniosité et un savoir-faire indéniables. Quelques Harpies avaient incontestablement survécu à l'affrontement avec le porteur de ce sac, puisque celui-ci était vide.

Intrigué, David essaya de retracer le déroulement du combat d'après la position des cadavres. Les Harpies avaient tout d'abord attaqué leur victime en plein milieu de la route, à en juger par les deux cadavres qui gisaient à l'est, transpercés par des balles. Il se mit à quatre pattes et trouva les douilles. Leur adversaire avait tenté de gagner le couvert des arbres d'où Valentine venait d'émerger. En chemin il avait tué une troisième Harpie. Il lui avait déchiré une aile, brisé le cou et l'avait jetée dans une voiture. Il était fort, très fort. Et grand, car le monstre ailé était passé par le toit ouvrant de la berline. Autour du sac à dos, il y avait d'autres traces de sang qui allaient en s'épaississant jusqu'aux fenêtres brisées d'un McDonald's. Dans la salle vide du restaurant, Valentine vit seulement une quatrième Harpie morte.

McDonald's construisait ses bâtiments pour qu'ils durent : le toit de celui-ci était encore à peu près en état, malgré cinquante ans passés sous le rude climat du Nebraska. À pas prudents, David suivit la traînée de sang jusqu'à l'arrière du bâtiment, entre les débris divers. Elle finissait dans la sombre carcasse métallique de ce qui avait été un énorme frigo.

Il sentit l'odeur du sang frais et entendit une respiration lente et laborieuse. Il repoussa la porte entrouverte et regarda à l'intérieur.

Un Grog était recroquevillé sur le sol. Gigantesque. Il semblait appartenir au même type que ceux qu'il avait entrevus auprès des trains de la Croix Torse, plus grand mais pas aussi puissamment charpenté que les féroces Dos Gris qu'il connaissait trop bien. La peau de celui-là, épaisse, ridée et bosselée comme celle d'un éléphant, n'était pas recouverte de ces plaques de blindage compactes que portaient les Grogs à Little Timber. Et ce spécimen était habillé. David n'avait jamais vu un Grog vêtu de plus qu'un pagne ou un gilet pare-balles. Une fourrure ocre et clairsemée parsemait sa poitrine et semblait plus fournie sur les épaules et le dos. Du sang la poissait. Une traînée d'un brun sinistre coulait de son corps jusqu'à la bouche d'évacuation, au centre du plancher métallique.

Il était inconscient, et très probablement agonisant. Valentine faillit refermer la porte pour le laisser mourir en paix, mais il perçut un gémissement très bas. Le Grog était plongé dans un rêve alimenté par la douleur. Mais il avait tué quatre Harpies, dont deux à mains nues. Pour ce qui le concernait, David estimait qu'il avait droit à des remerciements, et un petit coup de pouce. Il commença à chercher autour de lui quelque chose qui pourrait faire office de bandage.

La réserve était vide, mais dans le sous-sol il dénicha des loques et de vieilles serviettes. Les placards des employés avaient été pillés depuis longtemps. Il trouva quand même un grand drapeau rouge ayant visiblement servi de tapis – il avait été étalé sur le sol froid par un occupant inconnu –, et une vieille boîte contenant des sachets d'un mélange étiqueté « DÉSINFECTANT ». Il en ouvrit un, versa son contenu dans un des seaux métalliques qui occupaient un coin de la cave et y ajouta un peu d'eau de sa gourde.

Il empocha le paquet vide. La comparaison des instructions en espagnol avec la version anglaise lui donnerait de quoi s'occuper l'esprit, plus tard.

Il ressortit avec deux seaux et les remplit d'eau de pluie accumulée dans un égout défoncé. Il rinça les guenilles et l'étendard du mieux qu'il put. Après quoi, il remplit de nouveau les récipients puis versa plusieurs paquets de désinfectant dans l'un, avant d'y plonger les morceaux de tissu. Il ramassa des branches mortes qu'il coinça sous un de ses bras et revint dans le restaurant. Dans un des bacs à friture, il mit le bois qu'il enflamma avec une allumette plutôt qu'avec sa petite loupe, pour gagner du temps. Enfin il posa un des seaux d'eau sur une grille placée sur le bac.

Il n'avait aucune idée du temps qu'il convenait de laisser tremper les chiffons dans le désinfectant. Il alla encore chercher de l'eau, jusqu'à ce que tous les récipients disponibles soient remplis, puis il entreprit de confectionner des bandages. Avec des gestes frénétiques, il déchira les tissus en longues lanières qu'il noua entre elles. Une fois cette tâche terminée, il se força à se calmer. Après quelques respirations profondes, il apporta l'eau bouillie et les étoffes sentant le chlore dans la petite pièce métallique, puis il se mit à nettoyer et panser la créature. Elle portait un vêtement court sans manches noué par-derrière, au creux des reins, maintenant déchiré et imbibé de sang. Valentine le lui enleva et le plongea dans le seau de désinfectant, où il rejoignit les chiffons utilisés pour nettoyer les plaies.

Les morsures et les lacérations s'étaient remises à saigner, mais à peine. Quoi qu'on puisse dire des Grogs, ils étaient résistants. Valentine disposait de plus de temps, à présent, et il alla mettre les chiffons ensanglantés dans un autre seau d'eau, sur le feu.

Il possédait un peu de sucre brun et un pot de miel, cadeaux d'une des fermes du nord-est du Nebraska. L'apiculteur lui avait également donné des morceaux de gâteau de miel séché. Il mit un peu de chacun de ces ingrédients à fondre dans un nouveau seau d'eau placé sur le feu, et l'apporta près du Grog. Il versa l'eau parfumée sur un chiffon de la taille d'un gant de toilette et le plaça dans la bouche de la créature, en tenant sa tête aussi grosse que celle d'un ours sur ses genoux. Instinctivement, le Grog se mit à suçoter le liquide.

Six autres chiffons, un changement de bandages et vingt-quatre heures plus tard, Valentine se prépara à quitter le blessé. Il disposa le gâteau de miel, une réserve abondante d'eau et un peu de bœuf séché à portée de sa main, ainsi qu'un sac plein de tous les champignons comestibles qu'il avait ramassés dans les bois proches.

Il se hâta de réunir ses affaires, car le Grog semblait sur le point de reprendre conscience. Sa respiration était lente et régulière, et il ne grognait plus, ni ne gémissait. Son corps remarquablement résistant avait survécu à ses nombreuses blessures. Les soins prodigués par Valentine n'y avaient peut-être pas contribué.

David regarda une dernière fois son patient. Il lui avait confectionné un lit avec du papier qui sentait un peu le moisi, mais constituait au moins une sorte de matelas. Curieusement, il n'estimait pas avoir perdu son temps à soigner le Grog. Il avait besoin d'un jour ou deux de repos, de toute façon, et le restaurant était un endroit aussi sûr qu'un autre. Néanmoins il voulait partir avant la tombée de la nuit, car il avait eu la preuve que des Harpies chassaient dans la région.

Il allait sortit de l'arrière-cuisine quand son ouïe saisit un murmure rauque :

— Attends... homme.

Il n'avait encore jamais entendu un Grog parler sa langue. Intrigué, il se retourna vers le frigo.

— C'était... toi ? demanda le blessé en pointant un doigt sur les bandages à sa tête et sa poitrine.

Sa voix était pareille au son que produirait un éboulement de rochers au loin.

Valentine acquiesça.

— Oui.

— La nourriture... l'eau... aussi ?

La créature essaya de s'asseoir, échoua, mais réussit à redresser sa lourde tête. Ses oreilles s'étendirent pour saillir de chaque côté de son crâne, comme celles d'une chauve-souris qui déploie ses ailes. Leurs pointes s'inclinèrent vers le Félin.

— Pourquoi ?

David haussa les épaules avant de songer que peut-être le Grog ne comprenait pas la signification de son geste.

— Dehors, tu t'es battu très... bravement. Disons que c'est un hommage. Tu comprends ?

Le blessé ferma les yeux un long moment.

— Non.

— Ça veut dire que je pense que tu es fort, et brave. Un guerrier, si tu veux. Alors je t'ai secouru.

Le Grog s'esclaffa, un son bas semblable à un grincement souterrain.

— Non… J'ai compris… tes paroles… Pas ton… but.

— Alors nous sommes deux. Je vais te laisser, maintenant. Je pense que ça ira pour toi.

— Merci mais… je te suis… redevable.

— Non.

La créature roula sur le ventre et décolla son buste du sol en dépliant ses deux bras aux muscles épais, comme dans le mouvement ascendant d'une traction. Elle ramena une jambe, puis la seconde, sous ses pectoraux aussi larges que des plaques d'égout. Elle réussit à se mettre debout et vacilla vers l'avant. Elle tituba vers la porte et Valentine s'avança pour la rattraper, en oubliant que le poids du Grog le renverserait très probablement. Mais la créature étendit un de ses bras longs d'un mètre cinquante et prit appui contre le mur.

— Non, dit-elle entre deux halètements. Je suis… redevable. S'il te plaît… attends… un jour.

De plus en plus curieux, se dit le Félin.

— D'accord. Un jour.

— Pour les hommes… je m'appelle Ahnkha… Krolph… Mergrumneornemn.

Valentine saisit la première partie de ce qu'il avait dit, mais le dernier mot, qui devait être son nom, lui parut totalement inintelligible.

— Je suis David Valentine, euh… Ahn-Kha, dit-il en s'efforçant de prononcer ces syllabes de son mieux.

— Valentine est le nom de ton clan ? demanda le Grog qui avait repris son souffle.

— On peut le voir comme ça. Mais c'est un clan très réduit. Pour autant que je sache, j'en suis le seul membre.

— David est ton nom de membre ?

— On dit plutôt prénom.

— Mon David, je te suis reconnaissant, déclara Ahn-Kha avec emphase.

Il croisa son bras gauche en travers de sa poitrine, paume ouverte vers l'extérieur, et s'inclina en repliant les oreilles.

— Ahn-Kha, content de faire ta connaissance, répondit Valentine.

Ce qu'il savait des coutumes des Grogs se limitait aux parties de l'anatomie humaine qu'ils préféraient déguster en premier. Il tendit sa main. Ahn-Kha identifia le geste, à moins qu'il en ait deviné le sens. L'air solennel, il enserra la main de Valentine dans sa propre paume et l'agita à deux reprises.

— Nous ne venons pas de nous marier, ni rien de semblable, n'est-ce pas ?

Un large sourire déforma les traits du Grog. Il renversa la tête en arrière, ouvrit une bouche immense, comme un oisillon attendant la becquée, et rit. Le son rappela à David le braiment d'un certain mulet qu'il avait fréquenté récemment.

— J'espère que c'était un « non ».

Le Félin accorda à Ahn-Kha un jour de plus que celui qu'il demandait.

Les forces du Grog lui revinrent à une vitesse stupéfiante. Valentine ne pouvait qu'admirer la constitution extraordinaire de son espèce. S'il se tenait dressé comme un homme, et bien que ses jambes soient plus longues que celles des Dos Gris, il se servait de trois, voire de quatre membres quand il souhaitait se mouvoir plus rapidement. David finit par se rendre compte qu'il pouvait le distancer à la course sur terrain plat, mais s'il fallait gravir ou dévaler une pente, surtout encombrée d'arbres et de rochers, le Grog était capable de bondir et de se hisser à l'aide de ses bras énormes avec une agilité que l'humain n'égalait que par des sauts… de Félin.

Ahn-Kha mesurait deux mètres dix. Ses bras formaient un U renversé, avec un arc de muscles aux épaules qui saillaient et se contractaient comme si des créatures différentes avaient occupé son dos. Il avait trois doigts plus un pouce, l'index et le médius étant beaucoup plus longs que le dernier, lequel était presque aussi opposable que le véritable pouce. Ses pieds obéissaient au même schéma, mais il les couvrait d'une sorte de mitaine épaisse doublée de cuir, qui lui permettait d'utiliser ses orteils préhensiles pour grimper.

Les deux mâles des deux espèces tombèrent d'accord sur un point : l'autre était la créature la plus laide qu'il ait jamais vue dans la Création. Ahn-Kha trouvait que le visage de Valentine ressemblait à celui d'un nouveau-né malformé, et jugeait le contraste entre la peau et les cheveux choquant, par rapport à la fourrure dorée qui recouvrait tout le corps d'un Grog. De son côté, David voyait toujours Ahn-Kha comme une créature issue d'un improbable métissage entre un ours à poils ras et un singe. Il y avait quelque chose de la calme sagesse de l'ours dans son expression, avec ces yeux d'un marron profond. Hélas, la bouche aux crocs redoutables gâchait un peu l'impression et lui donnait parfois des airs de prédateur affamé. Le groin d'Ahn-Kha était également plus large que le museau d'un ours. Il arborait de longues moustaches de chat qui retombaient aux commissures de ses lèvres, mais elles semblaient plus décoratives que fonctionnelles.

Ahn-Kha mangeait constamment, ce qui donnait à Valentine des occasions multiples d'étudier la bouche du Grog. Il le regardait s'empiffrer avec la même fascination qui l'avait saisie un jour devant le spectacle d'un serpent à sonnettes avalant un rat. L'articulation des mâchoires était située très en arrière, si bien qu'Ahn-Kha était capable de les ouvrir assez largement pour ingérer un pamplemousse avec autant d'aisance que Valentine une noisette. Ses dents de devant, y compris les incisives surdéveloppées à peine visibles derrière les lèvres caoutchouteuses, saillaient comme celles d'un cheval, mais pour le reste sa denture ressemblait à peu près à celle de Valentine. Il était donc bien omnivore. Le Grog aspirait l'eau par succion plutôt qu'il la lapait. Pour la taille de sa bouche, sa langue était petite, et il préférait se servir de ses lèvres pour ingurgiter la nourriture. Quand Valentine tira la langue et se toucha le bout du nez avec, alors qu'ils discutaient de leurs préférences culinaires tout en dînant, le Grog réprima à grand-peine une nausée subite et lui tourna le dos jusqu'à la fin du repas.

David apprit à observer les oreilles de son compagnon. Leur position permettait de décoder son humeur. Quand il était intéressé par quelque chose, elles se relevaient légèrement en avant, et leur pointe s'affinait, ce qui lui donnait l'air quelque peu diabolique. S'il demandait un service, même anodin, comme demander qu'on lui fasse passer un couteau pendant un repas, elles s'aplatissaient contre son crâne. Lorsqu'il était fatigué, elles pendaient ; chagriné, elles se tendaient presque à l'horizontale. Quand Valentine et lui se risquaient en terrain inconnu, ainsi qu'ils le firent dès que le Grog voulut se dégourdir les membres, elles s'ouvraient largement et pivotaient dans un sens puis dans l'autre, à la manière d'une antenne radar parabolique.

Le Félin eut du mal à s'habituer à la façon dont Ahn-Kha fermait les yeux pour dire « non ». David interrogea deux fois la créature sur cette attitude, par l'effet d'un réflexe qui ensuite les irritait tous les deux ; puis il s'y habitua.

Ils déménagèrent à un kilomètre et demi plus au sud dès qu'Ahn-Kha se sentit assez bien pour voyager. Aucun des deux ne commenta leur collaboration quand ils partirent, mais pour Valentine la présence du Grog était dans l'ordre des choses. Ils explorèrent les environs et finirent par s'installer dans une villa aux allures de ranch, près des berges boisées d'un lac. Les habitations alentour n'étaient plus que des ruines, mais celle-là avait des murs solides en brique et un toit en ardoise. L'air frais et le mouvement avaient paru salutaires au Grog, dans un premier temps, mais il se fatigua rapidement. Le lac se révéla riche en dorés jaunes, et David décida qu'ils pourraient trouver à se nourrir sans s'éloigner beaucoup de la maison pendant le restant de la convalescence d'Ahn-Kha.

— Comment as-tu su, pour les champignons, mon David ? demanda le Grog le jour où ils découvrirent le ranch, pendant qu'ils dégustaient une soupe à base de champignons, justement. Tu as dit que tu n'avais jamais vécu parmi nous, ni commercé avec nous, et pourtant tu connais nos goûts ?

Valentine pouvait recourir à cet aliment, mais il s'en passait fort bien. Il procurait des protéines, dans certains cas de la graisse, mais à vrai dire il aurait préféré poser des collets à lièvres ou attraper des serpents plutôt que manger ces excroissances insipides et parfois caoutchouteuses.

— J'ai traqué beaucoup des tiens, et je les ai observés de loin. Comment les appelles-tu, déjà, les Dos Gris avec le cuir épais ?

Ahn-Kha émit un son qui aurait pu laisser penser qu'il allait cracher.

— Ce n'est pas un nom, c'est une fonction corporelle, précisa David. Hur-rack ? C'est à peu près ça, non ?

Le grog acquiesça. Diplomate par nature, il s'adaptait à la gestuelle de l'humain beaucoup plus aisément que l'inverse, et il se concentra sur le repas. Cuisiner pour Ahn-Kha était comparable à vouloir nourrir un campement de bûcherons.

— Nous avons eu quelques rapports avec eux, dans le Sud. J'ai connu un Dos Gris captif, qui vivait avec des chercheurs. Il adorait le soda aux extraits végétaux.

— Le soda aux extraits végétaux ? Je connais le soda. Je connais les végétaux.

— C'est une boisson délicieuse. Tu n'as pas idée à quel point elle est agréable quand on a couru toute la journée sous le soleil.

— Et les champignons ?

— J'ai vu les Hur-racks faire halte et en arracher aux troncs d'arbres morts pour les manger tout en marchant, et même se battre pour les avoir. J'en ai déduit que les Grogs devaient les aimer.

— Ceux-là sont acceptables, rien de plus. Tu n'as jamais goûté une racine-cœur, mon David. C'est encore meilleur que ton pain.

— Comment as-tu appris à parler aussi bien ?

— Nous avons une tradition, mon David. Quand quelqu'un pose une question qui réclame une histoire entière en réponse, le demandeur doit se préparer à raconter une histoire aussi longue en retour. Correct ?

— Correct, approuva Valentine.

— Je suis né ici, mon David, et j'ai été un des premiers de mon clan à arriver en ce monde une fois que nous nous y sommes installés. J'ai quarante et un ans, et pour moi ce pays est le mien. Les « Dos Gris » que tu combats viennent du monde de mes parents, eux aussi. Ils habitent dans la jungle, et ils n'écrivent pas, ni ne façonnent le métal et la pierre. Nous sommes les « Dos Dorés » des collines et des vallées, les bâtisseurs de barrages et de ponts, et les concepteurs de routes. Les Kurians ont attiré beaucoup de nos clans et des tribus de Dos Gris sur ce monde, en leur promettant des terres et de l'espace qu'il nous suffirait de prendre à une race crasseuse et faible. Ils nous ont donné des armes et des colifichets, ils nous ont entraînés et nous ont fait de belles promesses. Nous sommes morts en grand nombre pour leur assurer la victoire. Mes parents méprisaient les tiens, dont beaucoup ont vendu leurs frères pour obtenir le pouvoir et un peu de fortune. Selon eux, vous avez eu ce que vous méritiez.

» Les Dos Dorés sont plus heureux quand ils bâtissent et plantent que lorsqu'ils détruisent, et nous avons réclamé nos terres aux Kurians dès que cela a été possible. Notre clan s'est installé dans un joli bâtiment en pierre, jadis une bibliothèque, dans cet endroit que tu appelles Oma-Ha. Mon père était surveillant et contremaître de nos ouvriers humains, et j'ai entendu parler ta langue. Dans ma jeunesse, j'ai appris à la manier à l'oral comme à l'écrit. J'ai beaucoup lu, un grand nombre de vos livres, j'ai joué votre musique sur des jouets électriques, et j'ai grandi dans le savoir de ta race. J'ai commencé à me trouver en désaccord avec mes parents, d'abord par simple esprit de rébellion, plus tard par conviction. Un prophète du clan a déclaré que mon destin était parmi les hommes, et j'ai donc choisi de devenir négociant. Je me suis souvent trouvé dans la résidence du Big Boss, à Omaha, pour prendre le thé. J'ai rencontré des contrebandiers qui conduisaient des tout-terrain à essence. Après avoir été berné plus d'une fois, j'ai enfin appris une leçon très utile : il faut connaître l'homme avant de s'asseoir pour marchander, et examiner le produit avant de conclure le marché. J'ai aussi compris que je pouvais mettre ma vie entre les mains de certains d'entre eux, alors que d'autres n'étaient que des chiens.

» À partir de l'âge de trente ans, je m'asseyais à côté de notre Premier Ancien lors de chaque réunion avec des gens de ta race, j'aidais à traduire et je dispensais mes conseils. Les hommes se trahissent parfois, lorsqu'ils mentent. À trente-cinq ans, j'étais un Ancien, dix ans avant l'âge généralement requis pour se voir attribuer un tel honneur, et j'espérais bien surpasser un jour les réalisations de mon père.

» Nous avions des cultures de racine-cœur dans les quartiers de notre vieux frère. Les racines-cœurs poussent très bien avec seulement de l'humidité et des ordures. Elles n'ont pas besoin de grand-chose d'autre. Elles constituent notre denrée de base. Nous avons appris à prendre soin de vos animaux ; nous avons trouvé le poulet très bon à manger, et facile à élever. Nous possédions une terre riche ; nous plantions et élevions sans cesse.

» Et puis la Croix Torse est arrivée, et elle a été l'emblème de notre ruine. Dans les premiers temps, j'étais optimiste : ses membres se montraient parfaitement respectueux à notre égard. Leur « ambassadeur » humain a demandé des guerriers pour servir le nouveau seigneur appelé le « Général » dans le sud de la ville, et en échange il a promis que nos terres seraient sous la protection de ce Général.

» L'ambassadeur, qui d'abord avait prononcé de belles paroles, est devenu d'une humeur massacrante quand il a appris que nous ne lui donnerions pas immédiatement ce qu'il exigeait.

» « Nous nous sommes protégés nous-mêmes, jusqu'à ce jour, lui a répondu le Premier Ancien. Je vous soupçonne de nous proposer une protection contre le Général lui-même. Cherchez votre tribut de chair ailleurs. »

Valentine essaya d'imaginer la scène : les marches de la bibliothèque restaurée par les Grogs, avec les Dos Dorés qui discutaient entre eux face à un contingent de la Croix Torse en uniforme, sous la bannière noire et blanche frappée du svastika. Ahn-Kha était maintenant tout à son histoire, et il poursuivit sa narration en adoptant le phrasé lent de sa langue natale, avec des intonations qui montaient et redescendaient comme un navire sur une mer mauvaise.

— Après beaucoup de discussions, parfois calmes, parfois animées, le Premier Ancien a décrété que tous les esprits libres qui le souhaitaient pouvaient partir au service du Général.

» Son représentant leur a promis beaucoup de terres en récompense après qu'ils auraient « détruit certaines bandes de rebelles et de terroristes ». Nous autres, Dos Dorés, avions entendu ce même genre de discours du temps de nos parents et de nos grands-parents qui, après avoir vu disparaître bon nombre d'entre eux et enduré beaucoup de souffrances, s'étaient vu récompenser par des terres en ruine près de zones empoisonnées. Néanmoins un certain nombre des nôtres sont repartis avec l'ambassadeur.

» Il est revenu à l'automne, et a de nouveau demandé un quota d'individus en bonne santé. Avec moins de mots et plus de colère, le Premier Ancien l'a renvoyé, et seuls un ou deux Dos Dorés mécontents de leur sort parmi nous ont accompagné l'ambassadeur, au lieu des dizaines qui l'avaient suivi la fois précédente.

» Enfin il y a eu sa dernière visite, qui s'est produite voici maintenant plus de trois ans, au printemps. Un des mécontents qui s'étaient joints à lui lors de sa deuxième venue l'accompagnait. Les nouvelles qu'ils apportaient ont provoqué un tel émoi que, sans les nombreux fusils dont disposaient les hommes de l'ambassadeur, une effusion de sang se serait certainement produite. Les Kurians avaient choisi ce mécontent, Khay-Hefle, pour être notre nouveau chef. Pas le Premier Ancien, le *chef.* Bien sûr, ce Khay-Hefle n'a pas formulé lui-même cette exigence aberrante, car il savait que les dieux n'auraient pas permis à sa langue de fourbe de prononcer de telles paroles. Nous étions tous abasourdis et silencieux quand l'ambassadeur a dit cela, même le Premier Ancien.

» Une colère terrible m'a pris ; je me suis avancé et j'ai déclaré : « Partez, tous autant que vous êtes, ou vous serez tués là où vous vous trouvez maintenant. »

» L'ambassadeur m'a complètement ignoré et s'est adressé au Premier Ancien. Celui-ci a rappelé que selon l'accord qui nous octroyait ces terres, aussi empoisonnées et en ruine soient-elles, il nous appartenait de les utiliser et les gouverner à notre guise.

» « En effet, a répondu l'ambassadeur, l'accord dit cela. Mais comme c'est toujours un Dos Doré qui gouvernera, l'entente demeure valide et Kur tient sa promesse. » Et il a ajouté maintes autres phrases trompeuses.

» Le Premier Ancien s'est mis en colère, si fort que sa fourrure s'est hérissée. « C'est la deuxième fois que j'entends des mots très clairs manipulés pour signifier le contraire de ce qu'ils veulent dire, et les deux fois, vos Maîtres étaient impliqués. Retournez à vos niches, chiens, et ne revenez plus jamais. Khay-Hefle et tous ceux qui l'ont imité ne feront plus partie de notre clan s'ils ne sont pas revenus dans sept jours. » À ces mots, la tristesse a envahi les familles de ceux qui étaient partis précédemment.

» « Vous pouvez tenter d'imposer par la force vos exigences et de placer cet usurpateur à notre tête, mais ne croyez pas que ce sera chose facile, a encore dit le Premier Ancien. Vous ne rentrerez avec aucun de nos guerriers, ni aucun des vôtres. »

» J'ai soutenu cette déclaration courageuse, et tous les Anciens se sont dressés, silencieux et sombres, jusqu'à ce que l'ambassadeur et son chien Khay-Hefle s'en aillent. Ensuite on a beaucoup parlé. Certains disaient qu'il serait préférable de préserver ce que nous avions construit plutôt que de souffrir dans une guerre que nous perdrions. D'autres ont affirmé que nous devions partir : aller vers le nord sans délai, pour nous éloigner du Général et des Kurians.

» Finalement, les Anciens ont envoyé un dixième d'entre nous vers le nord puis l'ouest, en direction d'une chaîne de montagnes que nous connaissions, dans cette région que vous appelez Canada, hors de portée des Kurians qui n'aiment pas le froid. J'ai été choisi pour mener ce groupe des Uns sur Dix, parce que je savais parler aux humains, mais j'ai refusé. J'étais encore dans le même état d'esprit que lorsque j'avais pris la parole devant la Halle du Clan, et je ne souhaitais rien autant que voir Khay-Hefle revenir avec ses nouveaux maîtres pour tenter d'imposer leur volonté malfaisante.

Ahn-Kha s'interrompit un moment et contempla les braises du feu dans la cheminée de la maison. Après le repas du matin, la chaleur excessive de la journée les dissuadait d'entretenir la flambée qu'ils laissaient donc mourir.

— Pour le reste, je serai bref. Nous avons transformé nos jardins en tranchées et nos maisons en fortins, nos halles en châteaux forts. Tout le monde était armé, tout le temps, et nous avons rassemblé les enfants dans les caves. Je pensais que nous avions une bonne chance de gagner, ou qu'au moins nous combattrions avec tant de fureur que notre destruction entraînerait la leur, et j'espérais que nos petits pourraient grandir sans craindre leur menace.

» Ils sont venus, et jamais encore nous n'avions rencontré de tels soldats. Nos balles les abattaient, mais elles ne les tuaient pas. Dans les combats au corps à corps, leur force égalait la nôtre, par quelque pouvoir démoniaque, et nous n'en avons tué qu'un pour dix d'entre nous qui tombaient. Ils étaient semblables aux Encapuchonnés, mais ils se battaient avec les armes et le savoir-faire des hommes. Ils avaient des fusils, des équipements qui crachaient de longs jets de flammes, et des canons montés sur des véhicules à chenilles. Les jets de feu étaient ce que nous redoutions le plus. Les miens ont peur du feu de la même façon que certains des tiens sont effrayés par les serpents, les araignées ou une grande hauteur. Notre sort a été amer. Avec quelques autres, dont mon père, nous tenions un bâtiment dans le jardin devant la Halle. Ils sont arrivés avec des caisses d'explosifs. Voyant cela, j'ai dit à mes compagnons de me suivre dans le tunnel secret qui menait à l'ancienne bibliothèque. Quand les explosions se sont produites, elles ont enterré tous mes amis derrière moi sous des tonnes de décombres. Je me suis rendu dans la Halle. Une bombe ou un obus avait ravagé le sous-sol dans lequel les enfants se terraient, et tous avaient péri. J'ai emprunté un autre tunnel pour rejoindre le poste depuis lequel le Premier Ancien commandait la résistance, mais je n'ai trouvé que du sang sur le sol.

» J'étais résolu à venger le clan par la mort de Khay-Hefle, et j'ai rôdé sur nos terres en ruine en guettant l'occasion de le tuer. Mais il s'était déjà mis à régenter la vie des survivants, entouré d'humains et d'une garde rapprochée de Dos Gris. Tu imagines cette engeance illettrée s'empiffrer de racines à mâcher tout en regardant les Dos Dorés s'échiner au labeur, pendant qu'eux se grattent ?

» Curieusement, j'ai été tenu à l'écart par les quelques autres survivants qui erraient dans la ville. Peut-être s'étaient-ils laissé convaincre par Khay-Helfe que mes fières paroles et l'emprise malfaisante de quelques-uns sur notre Premier Ancien avaient amené la destruction de notre clan.

» À présent, les miens vivent comme beaucoup des tiens, mon David. Ils ne sont guère plus que des esclaves égarés par les propos de leurs maîtres, qu'un Dos Doré a répétés.

J'ai dû partir dans la banlieue de la ville, et m'habituer à la solitude. J'espère toujours que la chance me sourira, mais il m'arrive de penser à partir vers le nord pour voir si les Uns sur Dix sont arrivés au Canada.

Valentine fouilla dans son paquetage.

— J'ai là quelques cartes, si tu penses qu'elles pourraient t'être utiles.

— J'en ai trouvé dans l'ancienne bibliothèque des humains. Mais je ne partirai pas au nord avant d'avoir payé la dette dont je te suis redevable.

David secoua la tête.

— Est-ce qu'il faut encore aborder ce sujet ? Tu ne me dois rien. Je voulais savoir ce qui avait réussi à tuer ces Harpies à mains nues, et ensuite j'ai eu de la sympathie pour toi. C'était un hommage, pas un service.

— Nous verrons, mon David. Tu as accepté de raconter une histoire en échange de la mienne. Connaître la tienne me ferait plaisir. Je n'ai pas véritablement parlé avec quelqu'un depuis très longtemps. Je sens que, sous la peau, nous sommes frères, et que tu charries toi aussi bien des chagrins qui troublent ton esprit.

— Je ne dirais pas non à un verre, lâcha Valentine.

— Tu veux dire du vin, ou un alcool ? demanda Ahn-Kha. Mon peuple fabriquait un vin merveilleux à partir d'un fruit que nous appelons « ethrodzh », mais je n'en ai pas avec moi. Je n'en avais pas, même avant l'attaque de ces créatures ailées.

— J'aimerais y goûter, un jour, fit David.

Il laissa son regard errer sur les murs fissurés et pelés du ranch, le plafond taché et les meubles qui sentaient le moisi.

— Tu m'as parlé de ton peuple. Je ne suis pas sûr de ce qu'il y a à dire du mien. Naguère, nous établissions une sorte de classification selon la couleur et la langue, l'endroit où nous habitions et ce que nous faisions. Mais plus maintenant. Pour moi, il ne reste plus que trois groupes distincts : ceux qui aident les Kurians, ceux qui souffrent sous la loi des Kurians, et ceux qui résistent. Ceux qui les aident, je n'ai aucune sympathie pour eux ; et je me suis rendu compte que je ne pouvais pas grand-chose pour ceux qui endurent leur tyrannie. Quand j'y pense trop longtemps, je me mets à désespérer. Je fais partie du groupe qui combat les Kurians.

» Il en était de même pour mon père. Je ne suis pas certain des raisons qui l'ont poussé à quitter la Cause, mais, depuis deux ans que je me bats pour elle, je peux comprendre. J'ignore s'il a fait la connaissance de ma mère avant ou après. Probablement après. Quoi qu'il en soit, il est parti. Il a tenté de mener une vie paisible à environ quatre cent cinquante kilomètres d'ici, au nord, comme tes Uns sur Dix qui cherchaient un endroit où les hivers seraient trop longs et trop rigoureux pour que les Kurians s'y établissent. Mes parents avaient fondé une famille : j'étais l'aîné, et j'avais une sœur et un frère. Dans le nord du Minnesota, chaque été les gens se retiraient au fond des bois, et ils revenaient à l'automne. Pendant l'été, les Collabs – tu sais ce qu'est un Collab, n'est-ce pas ? Bref, en été, nous nous cachions d'eux, ainsi que des Faucheurs. En hiver, nous restions cloîtrés dans nos maisons. Nous ne sortions pratiquement que pour pêcher dans les lacs gelés et faire provision de bois de chauffe.

» Je suppose que mon père ne s'était pas suffisamment enfoncé dans les bois. Une patrouille de Collabs est passée par là, alors que j'étais parti ramasser des céréales sauvages. Ils les ont tous tués, plus par amusement que pour une raison précise. Un autre homme, un vieux prêtre qui était l'ami de mon père, m'a recueilli et m'a élevé.

» Quand j'avais dix-sept ans, presque dix-huit, des soldats sont arrivés. Ils venaient du Territoire Libre d'Ozark.

— J'ai entendu parler de cet endroit, dit Ahn-Kha. Les Kurians se font beaucoup de souci pour vous.

— Tu veux sans doute dire qu'ils se font beaucoup de souci *à cause* de nous ?

— Ce n'est pas la même chose ?

Valentine sourit. *Peut-être sommes-nous des âmes sœurs, après tout*, songea-t-il. *Qui d'autre se soucierait de tels détails sémantiques, alors que la mort est partout autour de nous ?*

— Mais peu importe, lui dit Ahn-Kha, toujours conciliant. Je t'en prie, continue.

— Je suis parti au sud, avec d'autres jeunes gens du Minnesota. J'étais curieux d'en apprendre plus sur le compte de ces hommes qui avaient combattu avec mon père. Je voulais faire quelque chose, venger ma famille, d'une certaine façon, peut-être aussi remplacer mon père. C'était ma manière d'apprendre qui j'étais réellement, en suivant ses traces. Du moins, c'est ce que je me suis dit à l'époque.

» Je voulais aussi verser le sang. Pour montrer à la force qui commandait tout ça qu'elle pouvait tuer le père et la mère, mais que leurs fils et leurs filles prendraient leur place. Une amie d'école a suivi le groupe dans le Sud. Elle s'appelait Gabriella, et… j'éprouvais quelque chose pour elle.

— Je vois, mon David. Vous autres humains, vous vous accouplez, à cet âge ?

— La question serait plutôt : « À quel âge les humains ne s'accouplent-ils pas ? »

Ahn-Kha posa les mains sur son ventre. Valentine le connaissait maintenant assez pour savoir que c'était sa façon de montrer un amusement tranquille.

— La première année, reprit David, on nous a seulement fait travailler comme des fous à la construction de bâtiments et aux tâches de la ferme. Je pense que c'était une façon d'écarter les tire-au-flanc. Nous nous sommes endurcis, nous avons appris à travailler ensemble, et toute la sueur que nous avons versée a aidé le Territoire Libre. Mais cette même année, Gabriella a trouvé la mort. À cause de ces maudites Harpies et d'un Faucheur, justement. Nous avons réussi à tuer les responsables. Ensuite ils ont fait de moi un soldat, et je le suis toujours. Mais ça n'a pas ramené Gabby.

— Un soldat étrange, qui combat seul, observa le Grog.

Valentine ne voulait pas en révéler trop.

— C'est une longue histoire. Je crois qu'on pourrait dire que je suis un éclaireur qui s'est aventuré un peu trop loin.

— Et maintenant, tu rentres chez toi ?

David hocha la tête.

— Maintenant je rentre, oui.

— Je pense que nous étions faits pour nous rencontrer, mon David. Toi comme moi, nous avons perdu notre clan. Nous voyageons seuls. Tu as la moitié de mon âge, pourtant tes pieds ont foulé le sol d'endroits dans lesquels je ne me suis aventuré qu'en pensée. J'ai vu ton regard quand j'ai parlé des hommes du Général, et de la Croix Torse. Renoncerais-tu à rentrer chez toi tout de suite si je te disais où exactement on peut les trouver ?

Pendant qu'ils parlaient, Valentine se prit à se demander si ce n'était pas là quelque piège savamment élaboré. Il repoussa aussitôt cette hypothèse. La nuit précédente, le Grog aurait sans doute pu le tuer dans son sommeil s'il l'avait voulu. Et, à moins qu'Ahn-Kha ait imaginé son récit au fur et à mesure, il avait encore plus de raisons que l'humain de haïr la Croix Torse.

Le Félin désirait avant tout avoir une occasion d'étudier la base de la Croix Torse, mais Ahn-Kha insista sur la nécessité d'amasser d'abord plus d'approvisionnement, car ils ne pouvaient risquer de chasser dans les parages du quartier général ennemi. Et le Grog voulait trouver des armes pour remplacer celles que les Harpies lui avaient volées. Ils en discutaient encore la veille au soir de leur départ, alors qu'ils rassemblaient leurs affaires pour partir durant la nuit.

— Mon David, je me sens nu sans une arme.

— Je t'ai proposé de prendre mon pistolet.

— Ah ! J'aurais dû dire que je me sens nu sans une vraie arme.

— Écoute, je suis déjà en retard pour le rendez-vous avec ma partenaire. Ton idée de nous rendre dans la partie de la ville où vivent les Dos Dorés me semble un peu risquée. Pourquoi ne pas rejoindre plutôt ces habitations humaines près de la rivière ?

— Il y a des Collabs, là-bas. On nous remarquerait certainement. On pourrait même se souvenir de mon visage. Et puis, je n'ai rien à troquer contre une arme, sinon une autre arme. Quoique nous pourrions avoir deux bons fusils en échange de ton étrange arme automatique.

— Tout ça ne me rapproche pas de la Platte, alors que là, tu pourrais…

Il ne termina jamais sa phrase. Il avait détecté une odeur singulière, en provenance du lac.

— Danger, murmura-t-il.

Le Grog avait de bons réflexes. Il se mit à quatre pattes sous la fenêtre avant que David ait eu le temps de faire passer la première balle dans la chambre du PPD.

— D'où vient-il ? demanda Ahn-Kha.

— Le lac, côté nord. Voyons ça.

Il s'écarta de la croisée en restant baissé, évita la lumière de la cheminée et se redressa pour scruter en biais par la vitre le bosquet d'arbres et les buissons situés entre la maison et la route défoncée. Oui, il y avait des Grogs au-dehors. Un Dos Gris avait calé le long canon de son fusil dans une fourche basse. L'arme était pointée sur la façade du ranch.

Il se retourna. Ahn-Kha répandait le sable humide de leur seau à besoins dans l'âtre, pour éteindre le feu.

— C'est le clan du Bracelet, peut-être, dit le Grog. Un de leurs éclaireurs a pu nous apercevoir dans la maison, ou relever nos empreintes. Ils sont six à venir du lac. Ils possèdent des cordes. S'ils ont l'intention de me capturer pour me mettre un harnais sur le dos, ils vont se rendre compte que le vieux cheval sait encore donner des ruades.

— Ils t'ont vu ?

— Non, je ne crois pas. Ils auraient chargé… ou se seraient mis à couvert.

Valentine vérifia qu'il avait bien rangé les cartes dans son paquetage, avec le reste de scs affaires.

— Comme je vois les choses, dit-il, nous avons trois possibilités : engager le combat d'ici…

Le Grog ferma les yeux une seconde, les rouvrit.

— Mon David, ils vont incendier la maison et nous coincer à l'intérieur.

— Deuxième possibilité : tenter de parlementer ou de négocier pour sortir d'ici…

Cette fois, Ahn-Kha eut la présence d'esprit de secouer la tête de droite et de gauche.

— Les Bracelets obtiendront le meilleur marché possible, parce qu'ils ne tireront pas une balle de trop pour nous attirer à l'extérieur. Ensuite, ils nous abattront.

— À moins que nous détalions comme des lapins.

— Fuir est souvent le choix le plus sage, approuva le Grog. Mais, si nous fuyons comme des lapins, ils nous tireront comme des lapins.

— Suis-moi, fit Valentine.

Il ramassa son paquetage et précéda son compagnon dans le garage. Une faible lumière descendait par un trou situé sous la pointe du toit, là où les bords brisés d'une fenêtre en forme de hublot étaient festonnés de fougères. La porte en bois était toujours intacte sur ses charnières rouillées.

— Ils vont probablement investir la maison brutalement, supputa le Félin. Ils arriveront en faisant beaucoup de bruit, avec des grenades s'ils en ont.

— Non, mon David. Les grenades sont trop précieuses pour qu'ils les gaspillent sur des gens de passage. Et il reste toujours l'éventualité que nous ayons des amis puissants. Peut-être que tu es un membre officiel de la Croix Torse en balade. Ils entreront et abattront tous ceux qui ne portent pas d'uniforme qu'ils connaissent. Pourquoi discutons-nous ici ? Il n'y a pas d'issue, et il faudrait trop de temps pour grimper jusqu'à ce trou là-haut.

— Nous n'allons pas escalader pour sortir par le toit. Nous allons créer une nouvelle porte.

Ahn-Kha serra la mitraillette contre son torse massif. Quand Valentine entendit un cri inintelligible et le vacarme que faisaient les Grogs en enfonçant portes et fenêtres, il compta silencieusement jusqu'à cinq puis lui adressa un signe de tête.

Le Dos Doré baissa une de ses énormes épaules et chargea la porte du garage. Il la percuta avec la puissance d'une charge explosive, et le bois trop vieux céda sous l'impact.

Il aperçut aussitôt le sniper immobile derrière l'arbre, là où David l'avait situé un moment plus tôt, mais il disposait maintenant d'un angle bien meilleur que s'il avait tiré depuis la maison. Il lâcha une rafale qui cribla le tronc et l'ennemi. Celui-ci bascula en arrière. Ahn-Kha pivota vers la droite et tira sur le Dos Gris qui, de l'extérieur, couvrait le salon dans lequel s'étaient engouffrés ses congénères. L'autre laissa échapper l'arme qu'il voulait pointer vers eux.

Comme ils l'avaient prévu, le Dos Doré lança alors le PPD à Valentine. Le Félin plongea au sol et braqua la mitraillette sur la porte d'entrée. Ahn-Kha bondit rapidement jusqu'aux arbres derrière lesquels le sniper s'était posté. Il ramassa le fusil de sa victime et inversa les rôles pour couvrir la façade.

David se releva puis recula dans l'allée. Il pointait maintenant le PPD sur le coin arrière du garage. Il entendit du bruit dans cette direction. La moitié d'un visage apparut. « Ton œil n'est utile que si ton arme l'accompagne », lui avait dit un jour un vieux Loup bourru, et Valentine apprit cette leçon au Grog d'une rafale. Il rata sa cible, et la tête disparut.

Il fit demi-tour pour fuir et entendit alors la détonation assourdissante du calibre 50 manié par Ahn-Kha.

— Couvre-moi ! cria le Dos Doré.

Le Félin se jeta de nouveau au sol, cette fois en visant le centre de la façade. Il s'émerveillait de la parfaite coordination qui s'était établie entre lui et cette créature qu'il aurait pu abattre à vue quelques jours plus tôt seulement. Ahn-Kha débarrassa le cadavre du sniper de sa bande de cartouches, et rechargea l'arme, encombrante pour un humain. David remarqua un mouvement à une fenêtre et pressa la détente. Impossible de dire s'il avait fait mouche. Il rampa rapidement jusqu'à son compagnon puis s'abrita derrière le corps du Dos Gris mort.

Du sac de celui-ci dépassait la poignée d'une grenade. Il la prit et la tendit à Ahn-Kha.

— Tu peux balancer ça par-dessus la baraque ?

— Par-dessus le lac, s'il le faut.

Le Félin arma la grenade et la passa au Grog. Ahn-Kha rejeta un bras en arrière, tendit l'autre en avant dans la pose classique du lanceur de javelot, et envoya le projectile tournoyer au-dessus du toit.

Ils s'élancèrent, Valentine en tête, en biais par rapport à la maison, selon un angle qui forcerait leurs adversaires à tenter un feu croisé. Ils franchirent un tronc tombé en travers de la route, David d'un bond, et son compagnon en s'aidant d'un de ses longs bras.

La grenade n'explosa jamais. La mise à feu était peut-être défectueuse, ou bien un Grog désespéré posté derrière la maison avait réussi à l'éteindre à temps. Les deux fuyards foncèrent vers le sud. Des balles sifflèrent dans les feuillages proches.

Six ennemis les poursuivaient en enchaînant les bonds dans la jeune forêt qui avait envahi les lotissements de cette banlieue en ruine. Ils ne furent plus que cinq lorsque Ahn-Kha s'abrita derrière un fût pour abattre le premier, pendant que Valentine continuait sa course. Ensuite la chasse fut moins rapide et plus prudente, et quand le Dos Doré propulsa David sur un toit depuis lequel le Félin en tua un autre, les survivants abandonnèrent.

— Nous leur avons échappé, fit Ahn-Kha, pantelant, en prenant appui sur ses mains.

— Sûr, mon vieux, répondit Valentine qui observait le soleil couchant. Mais eux ne nous échapperont pas.

Cette même nuit, Ahn-Kha put choisir son arme.

Ils firent demi-tour en décrivant un large crochet, et David laissa le Grog épuisé avec son paquetage et son arme loin de la maison, tandis que lui-même revenait au ranch de briques, mais en approchant depuis la direction opposée à celle de leur fuite. Il ramassa deux grenades sur les Dos Gris abattus.

Il contourna la bâtisse à l'intérieur de laquelle il entendait des grognements et des aboiements. Les Grogs s'étaient rassemblés autour de leurs blessés et se reposaient dans la pièce principale. Il arma les grenades et actionna leur mise à feu en faisant le moins de bruit possible.

Les Dos Gris avaient un bon odorat, et une ouïe encore meilleure. L'un d'eux entendit ou sentit l'amorce. Il meugla une mise en garde, malgré laquelle Valentine attendit encore deux secondes avant de lancer le projectile par la fenêtre. Il n'était pas retombé au sol qu'il enfonçait un doigt dans chacune de ses oreilles.

Au moment de l'explosion, il dégaina son katana et entra par la porte arrière. Pour lui, la suite était simple : il devait tuer tout ce qui remuait encore dans la pièce emplie de fumée. Les Grogs abasourdis et commotionnés auraient tout aussi bien pu jouer à colin-maillard avec une scie circulaire. Un seul d'entre eux eut la présence d'esprit de se précipiter vers l'extérieur. Il voulut bondir par le trou béant, là où la grande fenêtre de façade s'était trouvée.

Il ne l'atteignit jamais. Le Félin l'atteignit avec la rapidité d'une flèche et lui ouvrit le dos d'un coup puissant.

Quand Ahn-Kha revint au ranch, il ne prêta aucune attention au carnage. Il examina longuement les différentes armes et jeta finalement son dévolu sur un fusil à la crosse tachée de noir. Les Grogs aimaient que la crosse de leur arme soit noueuse et brûlée, et le Dos Doré ne faisait pas exception.

— Il faudra que je l'adapte avant qu'elle m'aille vraiment bien, mais c'est un bon fusil.

Il examina aussi minutieusement les balles longues comme un doigt et en garnit une bandoulière.

Valentine aligna les ennemis morts suivant les instructions de son compagnon, sur le dos, avec la main gauche ouverte sur le cœur, la paume de la droite sur le nez et la bouche. Il plaça leurs armes à côté des cadavres. En découvrant la scène, une autre patrouille du clan du Bracelet prendrait peut-être le temps d'accomplir le rituel funèbre que réclamait la situation. Ils ensemenceraient les dépouilles avec les champignons appropriés, et seraient peut-être trop occupés à honorer leurs morts pour se lancer à la poursuite de leurs tueurs.

— Vous, les hommes, vous mettez très en colère les Dos Gris lorsque vous vous contentez de brûler les cadavres. Ils pensent que non seulement vous les abattez dans ce monde, mais que vous leur interdisez aussi l'entrée dans la Forêt des Héros, que leur bravoure mérite. Mieux vaut les laisser sur le champ de bataille sans les toucher.

— Jamais entendu l'expression : « Il faut adopter les usages de l'endroit où l'on se trouve » ? On n'ignorerait pas leurs rites s'ils n'étaient pas venus dans notre monde.

— C'est la faute d'une autre génération.

Valentine songea aux endroits les plus reculés de l'ouest du Missouri. Des équipes de Loups pouvaient atteindre Omaha, trouver des chemins que des forces plus puissantes emprunteraient ensuite.

— En travaillant ensemble, nous pourrions bien balayer l'héritage de cette génération, au moins en partie.

— Les Dos Dorés ont goûté aux fruits qu'a donnés leur alliance avec les Kurians. Ils étaient pourris. Puis la Croix Torse est arrivée. Nombreux sont ceux qui rejoindraient ton combat.

— J'aimerais que nous trouvions des explosifs plus puissants que ces grenades, dit David qui fouillait dans l'équipement des Dos Gris. Nous pourrions frapper la Croix Torse en plein cœur.

— Je peux t'aider, pour cela, répondit Ahn-Kha. Il y a des hommes dans l'Old Market qui sont en mesure de te procurer tout ce dont tu as besoin.

Pour Valentine, tout ce qui datait d'avant 2022 était « ancien ». Mais cette partie de la ville en bordure du fleuve était vieille, même selon les standards de l'Ancien Monde tels qu'il les comprenait.

Les immeubles en briques serrés les uns contre les autres avaient quelques fenêtres neuves par endroits ; mais la plupart d'entre leurs croisées étaient tout simplement murées. Bien des façades ouest et sud arboraient encore des traînées noires laissées par le feu, preuves tenaces des explosions aériennes qui avaient détruit la cité et la base aérienne de l'armée, plus au sud.

Ils arrivèrent dans ce quartier en longeant à pied la Missouri River. Les eaux du fleuve étaient chargées de limon et d'algues, et dégageaient quelques faibles relents fétides que Valentine sentait monter des nombreux vieux égouts pluviaux. Au loin, une drague couleur rouille s'activait entre les piliers du pont ferroviaire, pour recueillir des masses de boue. Un peu en amont, plusieurs péniches étaient amarrées à un quai. Il y avait aussi des canoës et même quelques petites embarcations à voile qui partageaient le cours du fleuve avec des péniches, versions naines des énormes bateaux qu'il avait vus de loin sur le Mississippi.

Pendant qu'ils marchaient, Ahn-Kha lui en dit plus sur l'endroit où ils se rendaient. Bien que tout Omaha et sa banlieue proche aient été donnés aux Grogs, les Dos Gris et Dorés avaient toujours besoin du troc, surtout pour obtenir des outils et des armes. Ils invitaient quelques humains à s'installer là, leur offraient leur protection et un peu de terrain près des champs en bordure du fleuve et du lac en forme de C, le tout contre la possibilité d'exercer des activités illégales partout ailleurs dans la Zone Kuriane. Les tenants du marché noir étaient très prospères, et à mesure que se développait la Société des Collabs dans l'Iowa et certaines zones du Kansas, ils étaient devenus quasi légitimes, même aux yeux des Kurians.

Dans la partie ancienne d'Omaha, on ne trouvait pas de murets de séparation entre les jardins. Une fois dépassés les amoncellements puants d'ordures et la multitude de chats qui dormaient sur le seuil des maisons éventrées et devant les fenêtres, au nord du quai, Ahn-Kha le mena par des rues pavées d'une propreté paradoxale. Chaque rebord de fenêtre, chaque toit était occupé par des plantations. Des chèvres et des veaux broutaient sur des parcelles ouvertes. Les animaux étaient marqués avec de la teinture.

— Ici, les négociants dirigent des « Maisons », expliqua Ahn-Kha. À mon arrivée, elles étaient trois. On m'a dit que c'était ainsi depuis des années. Chacune d'entre elles tolérait la présence des deux autres, cependant cette époque est révolue. Aujourd'hui, ces commerçants se partagent les terres mais ils marquent leurs animaux. Les jardins devant les habitations sont à eux. On m'a également affirmé que, de l'autre côté du fleuve, il y a des vergers de pommiers et de cerisiers ; je ne suis pas allé voir comment ils se les répartissent.

Des hommes, pour la plupart équipés d'armes de poing et de ceinturons, traînaient ici et là. Certains se levèrent de leur banc et allèrent se camper d'un air de défi sur le trottoir, de sorte qu'Ahn-Kha dut descendre sur la chaussée pour les éviter.

— Tu acceptes ces conneries ? s'étonna Valentine.

— Il est plus facile d'encaisser une insulte qu'une balle.

Malgré l'évidente sagesse de cette attitude, elle irritait le Félin.

— Quelle Maison veux-tu essayer ?

— La Maison Holt. Ils étaient majoritairement en bons termes avec les Dos Dorés. Elle est dirigée par celui qu'on appelle le « Big Boss ».

— Comment est-il ?

David se demandait à quoi il devait s'attendre. Il espérait que ce n'était pas une version locale du Duc de Chicago, qui maniait aussi bien le bluff que la menace.

— Il a toujours été équitable avec moi, même si ça n'a jamais rien eu d'amical. Et il a toujours vu très loin. Je l'admirais parce qu'il pensait et s'exprimait en termes d'années plutôt que de jours.

— Peu de gens peuvent s'offrir ce luxe.

— Voilà son emblème. Il est accroché au-dessus de sa Maison, et ses hommes le portent en signe de reconnaissance.

Valentine étudia le panneau. Il en avait vu des versions incomplètes à plusieurs reprises : il était circulaire, vert, blanc et noir, et représentait une jeune femme à l'expression sereine et aux longs cheveux, entourée d'étoiles. Au-dessus de l'enseigne, au premier étage, des ventilateurs sertis dans une fenêtre tournaient derrière d'épais barreaux en fer.

— Il y a de l'électricité, ici ? interrogea David.

— Oui. Les trois Maisons se partagent l'entretien d'un générateur à charbon. Il y a longtemps, j'ai essayé de les convaincre d'en installer un pour les Dos Dorés. J'ai échoué.

Alors qu'ils approchaient de la porte située sous l'enseigne, un homme se leva du coffre en bois près de l'entrée sur lequel il était assis et posa la main sur la crosse de l'arme qui pendait à sa hanche. Il avait les cheveux longs et le regard insistant.

— La raison de votre présence ?

— Une entrevue avec votre patron, répondit Ahn-Kha.

— Tu laisses ton Grog parler à ta place, petit ? demanda le garde à Valentine. D'habitude, avec les types du Drapeau Noir, c'est l'homme qui parle et le Grog qui joue des muscles.

— Je suis son garde du corps, dit simplement David.

— Bon. Mettez vos armes dans ce coffre, et je vous laisserai entrer. Ensuite, ce sera au Big Boss de décider s'il accepte ou non de vous recevoir.

Ahn-Kha se tourna vers le Félin et hocha la tête, puis il cala son fusil au canon trop long contre le chambranle de la porte. Le garde ouvrit le coffre, et Valentine y déposa son pistolet, le parang, le katana et les griffes, pour recouvrir ensuite le tout avec son PPD et son sac de couchage.

L'homme eut une moue de désaccord.

— Ce n'est pas en accumulant la ferraille que tu deviendras plus fort, petit. Il faut que je vérifie le contenu de vos poches et que je vous palpe. Si je trouve quoi que ce soit qui coince, nous vous renvoyons à votre Général sur des béquilles. Alors, autre chose ?

David exhiba un couteau de poche qui rejoignit le reste. Ce n'était pas une arme très efficace, de toute façon.

— Je n'ai plus rien. Vas-y, amuse-toi.

L'autre les fouilla de la tête aux pieds avant de s'estimer satisfait.

— Des inconnus entrent, lança-t-il par-dessus son épaule.

— On ouvre pour des inconnus, répondit une voix après un moment.

Un homme plus âgé, aux tempes grisonnantes et avec des lunettes de soleil panoramiques, abaissa son fusil quand il vit Ahn-Kha.

— En-Cas ! Eh, ça fait un bail…

Valentine se réjouit de constater qu'il semblait sincèrement content.

L'homme salua le Félin d'un petit signe de tête avant de serrer la main du Grog.

— J'ai cru que tu avais passé l'arme à gauche quand ça a chauffé, la dernière fois.

— Je me suis caché, mon Ian. J'ai le plaisir de te présenter mon nouveau frère, David.

Ian referma la porte derrière eux et repoussa un pêne démesuré dans son logement.

— Tu ne fais plus la route ? demanda le Grog.

— Les routes ne rapportent plus. Même au nord. Ceux d'entre nous qui veulent encore convoyer du matos se déplacent armés, à présent. Le Général nous essore.

— Alors nous pouvons peut-être faire affaire. Nous aimerions voir le Big Boss, au sujet du Général, justement.

— Peine perdue. Ce rat galonné a des hommes d'ici à Kansas City. Il n'arrête pas de nous inciter à le rejoindre et à porter sa maudite croix. Tout ça n'est pas trop à mon goût, et je ne suis pas le seul. Tu parles, aller là-bas pour se prosterner et fixer des talons neufs aux bottes des Faucheurs… Ce n'est qu'une discussion interne à la Maison, mais le Big Boss dit que c'est la seule alternative à l'arrêt de nos activités et un départ pour Dieu sait où. Il en est réduit à nous obtenir un marché correct et nous protéger.

Quinze minutes plus tard, ils s'entretenaient avec le patron de la Maison Holt.

Le Big Boss n'avait rien d'imposant. Il n'était pas grand, pas même de taille moyenne. Valentine estima qu'il mesurait à peine un peu plus d'un mètre quarante, et qu'en boxe il aurait appartenu à la catégorie des poids coq. Ses cheveux noirs lustrés tombaient de la couronne du crâne jusqu'à sa barbe de jais. Il portait une chemise à col ouvert, une ceinture ornée d'une boucle en argent et un pantalon à revers sur des bottes à bout pointu. Il avait aussi les jambes arquées, et la poitrine bombée.

David le jugea âgé d'environ quarante-cinq ans. Au cours de sa formation pour devenir Loup, il avait entendu un ancien parler d'une génération qu'il avait appelée les « enfants du chaos ». Durant les années baptisées, dans le Territoire Libre, le « Renversement », un grand nombre d'enfants étaient nés prématurés, parfois malformés, souvent beaucoup trop maigres. Et les années suivantes, pour le moins agitées, ne leur avaient pas offert la moindre chance de rattraper ce handicap. Valentine avait déjà croisé la route d'une poignée de ces humains, des individus comme ramassés sur eux-mêmes, exactement comme l'homme face auquel il se tenait alors. Mais ceux qu'il avait rencontrés étaient généralement généreux. Apparemment, les duretés de l'existence avaient poussé cette génération vers la magnanimité. Ou un égoïsme forcené.

Valentine espérait que le Big Boss appartenait à la première catégorie.

Leur hôte se tenait devant une fenêtre du deuxième étage de la bâtisse, et contemplait l'ancien quartier d'Omaha derrière une baie vitrée dont l'épaisseur distordait un peu la vue sur l'extérieur. Il prenait appui sur une chaise placée avec une autre de chaque côté d'une table de jeu d'échecs aux pièces en or et argent, dont certaines se trouvaient à côté de l'échiquier. Le mobilier était d'une opulence rare ; un immense bureau en bois massif et une bibliothèque en constituaient les pièces maîtresses, mais l'endroit donnait l'impression d'être encombré – par une profusion de statues, tapis, peintures, vases et autres objets – plutôt qu'arrangé avec goût, comme cela avait été le cas chez Roland Victor, au Kansas.

Dans le coin le plus proche d'eux, séparée du Big Boss par un paravent, était assise une assistante qui louchait légèrement. Elle écrivait dans un livre de comptes posé sur une petite table. Le bureau du Big Boss n'était occupé que par une lampe et un sous-main en cuir.

— Ahn-Kha, dit le petit homme d'une voix un peu aiguë. Qu'est-ce qui vous amène dans ma Maison, toi et ton « garde du corps » ?

— Mes félicitations pour ta promotion, éluda le Grog. Qu'est-il advenu du précédent Boss ?

— Les Délireux. Des rats qu'ils avaient lâchés dans la nature, je suppose dans le sud des monts Ozark, et qui se sont infiltrés sur une de nos péniches. Pas de chance : il vérifiait un chargement tout juste livré et il a plongé la main dans un sac de riz sans porter de gants.

— Tu as hérité du nom en même temps que du titre ?

— C'est une sorte de blague. Ça ne me dérange pas.

Le Big Boss alla s'installer derrière son bureau. Il se déplaçait d'un pas raide, avec l'aide de deux cannes. Celles-ci disparurent dès qu'il fut assis.

— Devons-nous partir tout de suite ? demanda Ahn-Kha.

— Sans m'avoir présenté ton ami ? rétorqua le Big Boss.

— Il s'appelle David.

Le regard de l'homme contrefait glissa vers Valentine.

— Il faut que j'explique la situation. Ahn-Kha et moi avons eu un contentieux par le passé. Je ne voulais pas que notre Maison lui fournisse des armes... (Il reporta son attention sur le Grog.) Je t'ai accusé de manger la chair des bébés, si je me souviens bien. Il y a dix ans, j'étais... Ah, disons que la colère avait tendance à m'influencer un peu trop. Une colère qui en fait n'avait aucun rapport avec les Dos Dorés.

— De mon côté, je l'ai défié en combat singulier, ajouta Ahn-Kha. Et ainsi, j'ai aggravé l'insulte par une autre, plus grande encore.

— Vous vous êtes battus ? voulut savoir Valentine puisque aucun des deux ne lui livrait le fin mot de l'histoire.

— Non, répondit le Big Boss. Des esprits moins échauffés sont intervenus. À moins que tu souhaites renouveler ton défi, Ahn-Kha ?

Le Grog ferma les yeux, puis les rouvrit.

— Non.

David sentit la tension ambiante baisser notablement.

— Nous avons besoin de votre aide, dit-il. L'aide de la Maison Holt.

— Qu'est-ce que vous avez à proposer ? Nous sommes des négociants. Des trafiquants, pour certains. Et même des Collabs, pour d'autres. Je t'ai vu déposer un parang avant d'entrer.

Valentine décida que la vérité, même partielle, était préférable à un mensonge plausible.

— Ma compagnie a été détruite au printemps dernier. Notre requête est… inhabituelle.

— January, merci d'apporter à nos visiteurs des sandwichs et de la limonade.

La femme qui se tenait derrière le paravent sortit sans bruit de la pièce. David s'approcha du jeu d'échecs.

Le Félin étudia la partie en cours. Le roi or était en mauvaise posture, avec seulement une tour et un pion pour le protéger d'un cavalier, deux pions, un fou et le roi adverses.

— Tu joues ? s'enquit le Big Boss.

— Un peu. Mon père m'a appris. Et puis j'ai joué avec mon père adoptif. Mais aucun de nous deux n'était très doué.

— Vois-tu une porte de sortie pour le roi noir ? Je cherche le pat.

— C'est l'or, les noirs ?

— Oui. Désolé. Les conventions exigent de nommer les adversaires noirs et blancs, quelle que soit leur couleur.

Valentine regarda longuement l'échiquier.

—Non, je ne vois pas de pat. Je dirais : mat en trois coups.

Le Big Boss soupira.

—Deux. Le roi aussi peut attaquer.

—Une partie ? Pendant que nous mangeons les sandwichs ?

La proposition parut enthousiasmer leur hôte qui rejoignit le Félin de sa démarche chaloupée.

—Tu es l'invité. Les blancs ou les noirs ?

—Argent.

Huit coups plus tard, derrière l'écran de ses cavaliers bondissants, la reine noire passa à l'action.

—Échec et mat, déclara le Big Boss d'une voix totalement neutre.

Valentine lui serra la main.

—Qu'est-ce que le Général est pour vous, Big Boss ? Un fou ennemi, ou votre roi ?

L'autre posa le menton sur le pommeau d'une de ses cannes.

—Un roi adverse. Je lui paie un tribut, des péniches entières de nourriture. Il préférerait que je sois une des pièces de son jeu. Ma position n'est pas très différente de la situation de l'échiquier avant cette partie. Encore que je ne dispose même pas d'une tour. Seulement trois étages de bric-à-brac.

Les sandwichs arrivèrent, et Ahn-Kha s'arracha à la contemplation des peintures à l'huile dans leurs cadres ouvragés anciens.

—January, je n'aurai pas besoin de vos services avant quelque temps. Vous pouvez rentrer chez vous pour l'après-midi, si vous voulez, dit le Big Boss.

Le regard qu'ils échangèrent n'échappa pas à Valentine.

— Tout va bien. Je n'ai rien à craindre. Ils n'appartiennent pas à la Croix Torse.

Le petit homme au corps tordu entreprit de remettre les pièces dans leur position initiale.

— On échange nos places pour la partie suivante ?

Ce furent les fous du Big Boss qui le massacrèrent, cette fois. Échec et mat en onze coups.

— Pourquoi êtes-vous venus ici ?

— Il nous faut des armes pour les Dos Dorés, dit le Grog pendant que Valentine et le Big Boss échangeaient de nouveau leurs places. Les miens s'en serviraient contre la Croix Torse.

— Je ne suis handicapé que physiquement, Ahn-Kha.

David déplaça sa reine et prit un fou.

— La Région Militaire Sud participerait aussi. Dans quelques mois, peut-être, nous pourrions avoir des équipes d'Ours ici. Vous savez ce que sont les Ours, bien sûr ?

— Ah, les promesses… J'y croirai quand je les verrai réalisées. D'ailleurs, je ne dispose pas d'autant de temps. Le Général m'a lancé un ultimatum. Le rejoindre, partir, ou… être annihilés. À toi de jouer.

Cette fois Valentine vit le piège, mais trop tard : son adversaire avait sacrifié un cavalier pour attirer sa reine. Il perdit aussi un fou, et la sanction tomba :

— Échec et mat.

— Une autre partie. Sans changer de camp. J'aime le côté Argent.

— D'accord.

Ils jouèrent en silence. David perdit un cavalier et, quand les fous entrèrent en scène, il interposa ses pions pour donner de l'espace à sa reine. Celle-ci prit une tour, un pion et un fou avant de succomber. Il avança alors ses tours. Le Big Boss laissa échapper un léger râle de perplexité, fronça les sourcils, recula un cavalier. Valentine attaqua avec un fou, prit un pion, perdit sa pièce, et bougea son dernier cavalier.

— Échec.

En souriant, le Big Boss déplaça son roi.

— Échec et mat, annonça David.

Le chef de la Maison Holt lui tendit la main.

— Mes félicitations. Je l'ai vu arriver il y a deux coups, mais je n'ai rien pu faire.

Valentine replaça les pièces telles qu'elles étaient quand il s'était approché de l'échiquier pour la première fois.

— Monsieur, dans votre recherche d'un pat… Imaginez que vous soyez en mesure de prendre ce pion aux blancs et d'en faire un noir.

— Improbable.

— Imaginons que l'improbable se produise.

— Compter sur l'improbable, ce n'est pas une stratégie très fiable…

— Admettons quand même, insista le Félin.

Les oreilles d'Ahn-Kha pointèrent vers l'avant.

— Tout l'équilibre de la partie s'en trouverait changé. Je pourrais obtenir le nul. Et selon les déplacements du fou, je serais même en mesure d'envisager la victoire.

» Si vous fournissez suffisamment d'armement aux Dos Dorés, dans le ghetto, sur la base, ce seul pion pourrait devenir une arme redoutable.

— Non, je ne mettrai pas l'avenir de ma Maison en péril.

Les oreilles d'Ahn-Kha s'abaissèrent.

— Merci pour les sandwichs, dit-il. Je suis heureux que nous ayons fait table rase du passé.

Le Big Boss acquiesça.

— Bonne chance à vous, pour votre propre avenir.

— Ce qu'il en reste, commenta Valentine. Merci de nous avoir accordé un peu de votre temps.

— Merci pour les parties. Je n'avais pas été battu depuis des années.

Valentine et Ahn-Kha se dirigèrent vers la porte. Ils l'ouvraient quand le Big Boss reprit la parole :

— David, un petit conseil : agis à partir de l'expérience acquise. Tu gagneras plus souvent. Un joueur intuitif peut faire des étincelles, et même battre les meilleurs, à l'occasion. Mais la plupart du temps, il perdra.

Le Félin hocha la tête. Le Big Boss revint à l'échiquier. Les deux visiteurs sortirent, mais Valentine laissa le battant entrebâillé et regarda dans la pièce. Le petit homme avait le visage crispé par la concentration. Il avança son pion doré d'une case.

— Tant pis pour les explosifs, dit David quand ils furent dans la rue.

Ahn-Kha leva les yeux vers le ciel.

— Il y a un autre endroit où nous pouvons tenter notre chance. Ce n'est qu'à quelques pâtés d'immeubles d'ici.

— Une autre Maison ?

— Les autres ne proposent que des fusils de chasse.

— Sois plus clair.

— Le bâtiment du Général, où Khay-Hefle règne maintenant en maître. Il se trouve derrière l'enceinte qui emprisonne les miens.

De ce qui avait peut-être été un bureau, dans le squelette d'un gratte-ciel, Valentine contemplait le centre d'Omaha et le ghetto des Dos Dorés.

Allongé sur le ventre, il scrutait à loisir les ruines de la ville qu'on avait réservées aux Grogs. Au-delà de l'ancienne bibliothèque, devenue la résidence de leur usurpateur de chef protégé par la Croix Torse, s'élevaient les deux bâtiments jumeaux qui abritaient les fermes humides de la racine-cœur tant vantée par Ahn-Kha ; les Dos Dorés captifs d'Omaha y logeaient. D'après son compagnon, les étages inférieurs et les escaliers étaient encore en bon état, même si les murs et les fenêtres avaient été soufflés par l'onde de choc des explosions nucléaires. Un grand nombre de Dos Dorés vivaient dans les premiers niveaux du bâtiment, relativement intacts, dans un dédale de cloisons et de pièces reconstruites, dont le système de plomberie était, selon Ahn-Kha, la merveille d'Omaha.

Avec l'arrivée de la Croix Torse, quelques modifications avaient été ajoutées à la zone. Des entassements de décombres surmontés d'éclats de verre figés dans le ciment formaient une enceinte tout autour du quartier des Dos Dorés. Leur nouveau Premier Ancien avait insisté sur cette mesure, en affirmant que c'était pour leur sécurité. Pour Ahn-Kha, ces murs avaient évidemment pour fonction de contenir les Dos Dorés à l'intérieur, et non d'empêcher d'hypothétiques ennemis de les approcher. Cet avis était étayé par la présence de tours de guet en bois construites par paires de chaque côté de la muraille.

Valentine estimait la zone fermée qui occupait l'ancien centre de la ville à environ deux kilomètres carrés. D'après les dires d'Ahn-Kha, il avait existé une population de Grogs en pleine expansion, qui contrôlait le cœur d'Omaha, mais, malgré l'espace réduit que contenait l'enceinte, le ghetto lui semblait très loin de la surpopulation.

— Je n'aperçois pas beaucoup des tiens. Quelques-uns travaillent dans les jardins, d'autres nettoient ce champ de ruines au nord-ouest…

— Chaque jour, un train franchit le portail ferroviaire au sud. Les gens de mon clan sont de grands constructeurs.

Ta Croix Torse a besoin d'eux pour l'ancienne base au sud de la ville. Ceux qui ont envie de bien manger montent à bord de ce convoi. On sert de la soupe et du pain à ceux qui acceptent de travailler. La Croix Torse garde même certains de mes frères en otages, sur sa base.

— Des otages. Le Général aime les recettes éprouvées autant que le Big Boss.

— Jadis, les Dos Dorés qui étaient considérés comme des Grands étaient ceux qui faisaient du profit dans le commerce, ou composaient les meilleurs poèmes, ou encore lançaient le *sook* avec le plus de précision sur les terrains de sport. Aujourd'hui, ils remuent la terre.

— Tu es déjà entré là-dedans depuis la création du ghetto ?

— Oui, brièvement. C'est un endroit dangereux. Mais j'ai rencontré à de nombreuses reprises ceux qui se faufilent à l'extérieur pour négocier et chasser. Mon clan est doué. Dès qu'un passage est bouché, il en ouvre un autre. C'est une activité très risquée, surtout la nuit. Les Encapuchonnés de la Croix Torse voient à travers les murs, parfois même à travers le sol.

— *Voir* n'est pas exactement le terme qui convient. Ils sont capables de détecter l'énergie que tout être pensant dégage, et qu'on appelle « aura ».

Ahn-Kha grogna.

— J'en ai entendu parler, mais je croyais que c'était une légende, ou un simple mensonge destiné à nous effrayer. La nuit, les hommes du Général errent autour de l'enceinte. Le jour, mes frères sont surveillés par les gardes dans les miradors. Certains sont des hommes, d'autres des Dos Gris, et d'autres encore les lèche-bottes de Khay-Hefle.

Les yeux toujours rivés aux jumelles, Valentine sourit.

— Tu es cultivé, Ahn-Kha. De toute ma vie, je crois bien n'avoir jamais entendu quelqu'un employer le terme de « lèche-bottes ».

— J'ai grandi dans l'amour de ta langue, mon David. Elle n'est ni très logique ni très mélodieuse, mais certaines phrases sont magnifiques.

— D'accord avec toi. Quand je trimais comme Apprenti, mon sergent avait lui aussi quelques expressions remarquables. Aucune logique, aucune mélodie dans ce qu'il disait, là non plus, mais il se faisait très bien comprendre.

Ahn-Kha eut un rire guttural.

— Les petits chefs sont les mêmes partout.

— Tu as dit que tu avais un plan pour nous faire entrer dans le ghetto. Qu'as-tu en tête ?

— Nous ne pouvons pas franchir le mur. Trop d'obstacles, de pièges et de crécelles. Durant le jour nous serions repérés. La nuit, les Encapuchonnés sentiraient notre présence. Ce qui ne laisse que deux possibilités pour nous introduire dans l'enceinte. La première peut sembler assez risquée, et elle table en bonne partie sur la chance. Je connais l'existence de deux tunnels qui permettent d'accéder au ghetto, mais mes informations datent de plusieurs mois. Et, comme je l'ai dit, ils découvrent régulièrement nos galeries. Il est donc possible que nous nous retrouvions sous terre avec un passage muré à sa sortie. À moins qu'il soit encore ouvert, mais piégé par des explosifs qui nous tueront et feront s'écrouler le souterrain en même temps.

» La deuxième possibilité est encore plus risquée. Le portail ferroviaire et les principaux accès de la ville sont gardés par des humains, ceux qui appartiennent aux rangs les plus bas dans la Croix Torse. Pour eux, rien ne ressemble plus à un Dos Doré qu'un autre Dos Doré. Je pourrais me présenter à eux comme un des lèche-bottes de Khay-Hefle – pour reprendre ce mot que tu aimes tant – en prétendant que tu es sous surveillance. Nous parviendrons peut-être jusqu'à la Halle du Clan. Mais là, les sentinelles en poste sont des gardes du corps de Khay-Hefle, et ils me reconnaîtront certainement.

— Combien sont-ils ?

— Douze ou quinze. Trois le protègent en continu, et ils se tiennent devant sa porte de jour comme de nuit. Un autre devant celles de la Halle, et ceux qui ne sont pas de service traînent à l'intérieur ou dans les environs. Ils sont bien armés, parce qu'ils redoutent ceux qu'ils ont trahis : mon peuple.

— C'est dans la Grande Halle que sont entreposées les armes de la Croix Torse ?

— Oui, l'armurerie se trouve là, sous la surveillance des hommes du Général. Si j'ai bien compris, ils ont aussi une annexe de l'autre côté du fleuve. Ils ont beaucoup modifié l'ancienne base qui se trouve au sud de la ville. Ce Général recrute des artisans et des techniciens un peu partout. Il convoite un objectif plus important qu'Omaha.

Valentine réfléchit un moment.

— C'est bien ce que je craignais. D'après ce que tu dis, il a le projet de détruire la région d'où je viens. Et il pourrait réussir, je m'en suis bien rendu compte. La Région Militaire Sud ne tient que de justesse.

Tu es seul, se dit-il. *Retourne dans les Ozark et dis-leur tout ce que tu as appris.*

Un homme seul ne peut pas arrêter l'usine, mais il peut laisser tomber une clé dans les rouages, répliqua une autre voix dans sa tête, plus assurée celle-là. *La Région Sud n'organiserait pas une expédition avant le printemps prochain, au mieux, et alors il serait déjà trop tard.*

Durant sa courte existence, Valentine avait accompli quelques actes audacieux, pour ne pas dire téméraires ;

néanmoins, marcher mains derrière la tête vers un poste de garde ennemi, avec un Grog au langage châtié, mais censé le détester, qui pointait le canon de son arme sur sa nuque, lui sembla sur le coup être le summum de l'intrépidité. Il avançait en traînant les pieds sur l'accès dégagé, entre des entassements de décombres.

Il avait d'abord demandé à Ahn-Kha de jouer le même simulacre en le menaçant avec la mitraillette.

— Non, mon David, avait répondu le Dos Doré. On remarquerait l'arme. Le moindre de ces gardes se croit supérieur à n'importe quel représentant de ma race, et il s'approprierait cette merveille sans hésiter.

Ils avaient donc caché le PPD et le paquetage de David sous les gravats omniprésents dans le bâtiment depuis lequel ils observaient le ghetto. Ahn-Kha transportait le katana, le parang et le pistolet de son compagnon, dans ce qui avait été le sac du Félin. Les seules armes du pseudo-prisonnier étaient ses griffes d'acier.

Les ombres du soir s'étiraient sur la ville tandis que le sous-officier de garde de la Croix Torse surveillait leur approche d'un air intéressé. Il se comportait avec l'impatience de ceux qui espèrent soudain être promus à un poste plus agréable. L'ouïe surdéveloppée de Valentine saisit la conversation murmurée avec un subordonné :

— Un de nos vaillants alliés a fait une belle prise, disait le caporal dont les manches de la tenue grise étaient ornées de svastikas argentés.

— J'aurais préféré qu'il nous amène une femme, pour changer, chef, répondit le soldat vêtu du même uniforme que son supérieur, version « camouflage ».

— Attends ta promotion, alors. Les officiers se tapent les maîtresses, les sergents se tapent les putes, et les autres se tapent les engueulades.

— Très vrai, ça, chef.

Pendant que les deux nouveaux venus louvoyaient entre les chevaux de frise surmontés de barbelés qui défendaient l'entrée durant la journée, le caporal s'avança sous le soleil.

— C'est assez près, stop, dit-il, le fusil d'assaut niché dans le creux de son bras.

Un de ses yeux était plus haut que l'autre, ce qu'il semblait vouloir compenser en abaissant le côté opposé de sa bouche.

— C'est quoi, soldat ?

— Da-Khest, Sécurité Ferroviaire, monsieur ! aboya Ahn-Kha. Je suis tombé sur cet homme de ce côté de l'ancienne voie rapide, vers le sud. Et il était armé, monsieur !

Le caporal se retourna vers la sentinelle.

— La Sécurité Ferroviaire, railla-t-il à mi-voix. Trois repas par jour, et ils dorment sous les ponts…

Il fit de nouveau face au Grog.

— Bon boulot, La Caisse. Nous aimons bien voir des résultats, de temps en temps. D'habitude, vous racontez que des bandits ont emporté leurs morts. Montre un peu ce flingue…

Ahn-Kha prit le revolver de Valentine et le tendit au caporal.

— Il était vide, monsieur.

L'autre examina l'arme, fit tourner le barillet.

— Ça ne m'étonne pas. Soldat Wilde, un 357, ça vous intéresse ?

— Non, monsieur, merci. Mais je sais qu'Ackerman recherche un neuf-millimètres.

— Qui voudrait d'une arme à barillet, de toute façon ? lança une autre sentinelle.

— C'est vrai, ça, approuva Wilde. Il n'y a plus que les

patrouilleurs pour se trimballer avec ce genre de truc. Ces ploucs meneurs de chèvres.

— Il est trop éraflé, fit le caporal après avoir fait tourner le barillet et testé la double action. Il vaudrait quelque chose s'il était chromé, ou au moins en acier inoxydable. Cet acier bleu donne un aspect minable à l'arme, au bout de quelques années.

— Il y a erreur, monsieur, intervint Valentine. Je ne suis qu'une estafette, mais j'ai des amis des deux côtés du fleuve. Des deux côtés, monsieur. Il est important pour le Big Boss de l'Old Market que je retourne auprès de lui.

L'œil le plus bas du caporal se ferma à demi, dans une expression menaçante.

— Écoute, idiot : je ne suis pas un patrouilleur affamé ni un Marshal qu'on peut acheter. Je suis taillé dans de l'acier inoxydable. Les conneries glissent sur moi.

Tu es aussi tellement préoccupé de ta supposée supériorité que tu ne poses pas les bonnes questions, songea David.

— Tout ça ne vaut pas que je transpire au soleil, décida le caporal. La Caisse, ce type est en très bonne forme physique. Transporter des paquets en contrebande fait les muscles. Il en aura besoin à la Caverne. Mets-le au frais pour l'instant, il sortira pour le train de demain.

Le caporal retourna s'abriter et griffonna quelque chose sur une écritoire. La sentinelle écarta la moitié de la barricade en barbelés, et Valentine précéda Ahn-Kha de l'autre côté.

— Pensez-y, monsieur, lança David par-dessus son épaule. Contactez le Big Boss. Dites-lui que Blackie est prisonnier, il vous sera reconnaissant. Et il saura se montrer généreux.

Le caporal éclata d'un rire aigre.

— Il fera ce qu'il fait toujours. Il affirmera n'être qu'un honnête homme d'affaires et qu'il n'a jamais entendu parler de toi.

Exactement ce que j'escompte, se dit Valentine.

Ahn-Kha guida le Félin dans le ghetto et ils gravirent un petit chemin en direction du sommet de la colline et de l'ancienne bibliothèque.

— Encore à peu près une heure avant le retour du train, murmura le Grog. Il fera nuit, et les Encapuchonnés sortiront pour surveiller le déchargement. Ils sont toujours sur le qui-vive quand ils se trouvent en présence d'un grand nombre de mes frères. Nous allons nous cacher en attendant, mon David.

Ils passèrent devant une rangée de maisons en vieux parpaings et plaques de métal. Mais ce n'étaient pas des taudis improvisés. Les Dos Dorés utilisaient ces débris comme certains artistes le font avec des morceaux de verre, créant des mosaïques et des motifs avec les parpaings brisés et les structures métalliques tordues.

De vieux Grogs dont la fourrure avait viré au blanc grisâtre se reposaient au fond de chaises longues en bois et bavardaient dans leur langue grondante.

— Cette porte, vite ! dit soudain Ahn-Kha.

Valentine obéit. Il écarta le rideau et pénétra dans le logis de fortune que désignait son compagnon.

Un Grog blanchi par les ans leva les yeux de son dîner. Il cligna des paupières par deux fois, et ses oreilles se redressèrent subitement.

Ahn-Kha et lui parlèrent plusieurs minutes dans leur langue natale, et le plus vieux finit par sortir d'un pas traînant. Valentine regarda du coin de la fenêtre l'extérieur et la vie dans le ghetto.

— C'est un vieil ami de mes parents, expliqua Ahn-Kha. Il va dire aux autres de faire comme s'ils n'avaient rien vu. Ensuite il ira trouver un autre ami, à la Halle du Clan. Ah, tiens, mon David, goûte donc cela.

Il brisa en deux une sorte de tube. Valentine mordit dans un morceau et trouva la chose agréable, assez comparable à de la citrouille, avec la texture d'une pâte à moitié cuite.

— Nous aimions le tremper dans le miel, mais il n'y a plus de miel, de nos jours.

Ahn-Kha ouvrit un coffre et se mit à fouiller parmi des vêtements pliés. Il choisit une version bleue très simple de la sorte de kimono que les Dos Dorés aimaient porter.

— Pas mauvais, fit David en prenant une autre bouchée. Ça a un peu le goût du pain de maïs. Il faudrait essayer avec de la mélasse. Qu'est-ce que c'est ?

— Je ne te l'ai pas dit ? C'est de la racine-cœur, l'aliment de base de mon peuple. Nous l'obtenons à partir de rien, sinon de végétaux morts, de fumier et de boue. Elle pousse toute l'année, pour peu que l'eau ne gèle pas, mais beaucoup plus lentement en hiver.

Il échangea son habit déchiré et sale contre la tenue bleue. Ils firent passer le temps en parlant de l'ancienne bibliothèque et de l'endroit probable où on y avait aménagé l'armurerie.

Ils attendirent l'obscurité et ressortirent quand l'ululement spectral du train annonça l'arrivée du convoi dans le ghetto. Valentine était armé du katana et du revolver maintenant chargé et glissé dans son étui de ceinture. Le sabre était accroché dans son dos sous le grand manteau noir, et seul le bout de sa longue poignée saillait du col derrière sa tête. Ahn-Kha avait le calibre 50 à la main, et le parang du Félin dissimulé sous son vêtement neuf.

Ils traversèrent le terrain commun au centre du ghetto, qui était moitié potager et moitié espace vert. Quelques moutons se reposaient dans l'ombre, près d'une mare couverte de nénuphars.

Ahn-Kha se tenait très droit.

— Par ici, mon David.

Il le mena jusqu'à une petite clairière bordée par un autre bidonville. David aperçut et sentit des latrines à ciel ouvert au centre de l'espace découvert. Ahn-Kha fit halte et, s'appuyant sur son long fusil comme sur un bâton, contempla les lieux.

— C'est là qu'ils ont enterré les miens, dit-il paisiblement, à mi-voix. Lorsque Khay-Hefle s'est proclamé Premier Ancien, ils ont jeté les cadavres dans une fosse ici. Mes parents étaient du nombre, de même que le véritable Premier Ancien, et un grand nombre de mes frères qui avaient résisté. Sans compter ceux qui ont simplement eu la malchance de se trouver là au moment de la bataille.

Le Grog ôta ses chaussons-mitaines et enfonça ses longs orteils dans le sol.

— Ma femme et mon fils sont ensevelis ici. Je voulais qu'ils partent avec les Uns sur Dix au Canada, mais elle a refusé de quitter sa famille. Deux mille des nôtres reposent sous cette terre. On dit que, si on fait silence, on peut les entendre se lamenter.

» Au début, selon votre coutume à vous, humains, mes frères ont planté des fleurs ici, m'a-t-on dit. Et puis, un jour, après la construction de l'enceinte, ce Général qui n'accepte que la soumission ou la mort est venu pour une inspection. Il a vu toutes ces fleurs magnifiques et il les a fait arracher. À leur place, il a fait creuser des latrines, et a ordonné que tous les utilisent. Le premier à obéir a été Khay-Hefle, bien entendu. Il semble toujours trouver de nouvelles façons d'insulter ceux qui étaient ses frères. Pendant une certaine période, ils faisaient venir jusqu'ici tous les ouvriers débarqués du train, à la fin de la journée. Les Dos Dorés ne sont pas jugés dignes d'utiliser les toilettes humaines de la Caverne que le Général construit.

Ils doivent aller se soulager dans les buissons, près du fleuve, ou attendre de revenir ici.

—Je suis… désolé, fit Valentine qui buta sur le dernier mot, inapproprié. Tu ne m'avais jamais dit que tu étais marié.

—Quand je n'en parle pas ou que je n'y pense pas, le chagrin diminue pendant un temps. Elle était très belle, physiquement comme de l'intérieur.

—J'en suis sûr.

David était sincère, même s'il n'avait pas la moindre idée des canons de la beauté en vigueur chez les Grogs.

—Mon David, je suis heureux que nous ayons pu venir ici. Je n'avais jamais vu cet endroit que de loin. Mais nous devons nous hâter. Du travail nous attend sur la colline.

Ils traversèrent l'espace vert boisé en direction du sommet et de l'ancienne bibliothèque. Vu d'en bas, le bâtiment ressemblait à un temple construit selon les spécifications d'une forteresse. Valentine détecta un Faucheur, quelque part à l'intérieur. Un coyote ou un chien redevenu sauvage passa devant eux, tête et queue basses. Quelques couples de Dos Dorés étaient visibles ici et là entre les arbres, et les femelles, plus petites que leurs compagnons, marchaient derrière eux en leur touchant le dos.

—Attendons un moment, s'il te plaît, dit-il à Ahn-Kha.

Le Grog mit un genou à terre et regarda lui aussi la bibliothèque.

Valentine fit le calme en lui. Il sentit tout son corps se décontracter. La position du Faucheur se précisa. Il se trouvait dans un niveau souterrain.

—Tout va bien, mon David ?

—Maintenant, oui. Un de tes Encapuchonnés est à l'intérieur.

—Tu as senti son odeur ?

Valentine n'avait pas le temps d'expliquer.

— Quelque chose comme ça, oui… Tu as dit que tu avais un plan pour entrer.

Le Félin observait les fenêtres condamnées par des barreaux solides devant les volets épais, au rez-de-chaussée.

— Le vieil ami de mon père connaît une de nos sœurs qui appartient au personnel employé par Khay-Hefle. Elle déteste le nouveau Premier Ancien et elle informe nos frères dès qu'elle en a l'occasion. Elle ouvrira les volets d'une des ouvertures au premier étage, après que les gardes les auront vérifiées. C'est très dangereux pour elle : elle devra demeurer dans le bâtiment tout le restant de la nuit. Il n'y a pas de barreaux aux fenêtres du premier, parce qu'ils croient impossible de grimper jusque-là.

— Alors comment allons-nous l'atteindre ?

Le Grog désigna un mât à drapeau planté devant un long bâtiment bas, sur la droite de la Grande Halle.

— Nous allons nous en servir.

Valentine regarda l'étendard de la Croix Torse qui pendait mollement dans l'air nocturne.

— Ne me dis pas que c'est dans ce baraquement que sont cantonnés les soldats de la Croix Torse.

— Si.

— C'est très risqué.

David tourna son attention vers le garde posté devant la Grande Halle. Le soldat de Khay-Hefle portait une tenue en cuir rembourrée aux épaules, aux genoux et sur les avant-bras, et un casque découpé de façon à laisser pointer ses oreilles. Depuis l'endroit où il se trouvait, il ne pouvait pas voir le baraquement.

— Il n'y a pas de sentinelle devant le baraquement ?

— Non, la Croix Torse se claquemure dès la nuit tombée.

Ils évitèrent le garde posté devant l'entrée de l'ancienne bibliothèque devenue maintenant la Grande Halle des Dos Dorés, et longèrent le bâtiment. Pendant un moment, Valentine scruta l'obscurité et tendit l'oreille, avant de donner le signal d'une tape sur le bras de son compagnon. Ils s'élancèrent et traversèrent le trottoir au ciment fissuré. Le Grog faisait tellement de bruit en courant que David regretta de n'avoir pas Duvalier à ses côtés. Était-elle en chemin pour retourner dans le Territoire Libre ? Ou l'attendait-elle à leur point de rendez-vous, en le maudissant un peu plus à chaque heure écoulée ?

— Combien d'Encapuchonnés y a-t-il dans le ghetto ? demanda-t-il.

— Personne ne le sait. Leur nombre semble varier. De ce qu'on m'a dit, certains jours ils seraient jusqu'à trente. Ils se servent de notre territoire comme base pour leurs opérations dans les autres secteurs de la ville, pour s'entraîner, peut-être, ou pour soumettre un autre clan.

Le Faucheur n'avait pas bougé. Valentine espérait que ce qui le tenait occupé continuerait à mobiliser son attention pendant encore quelques minutes. Ils arrivèrent au pied du mât.

— Dressé par des humains, pas par des Dos Dorés, déclara Ahn-Kha en plaçant les deux mains sur sa base. Et maintenant, imaginons que c'est le cou de Khay-Hefle.

Ses muscles se gonflèrent quand il se mit à pousser et tirer alternativement. Valentine surveilla les alentours quelques secondes, puis décida que c'était inutile. Ils se trouvaient à découvert, et s'ils devaient être repérés, le savoir quelques secondes plus tôt ne changerait rien. Il se positionna donc face au Grog et joignit ses forces aux siennes. Quand Ahn-Kha poussait, lui tirait, puis c'était le contraire. Le mât ne tarda pas à osciller de plus en plus nettement. Alors le Grog l'entoura de ses bras épais et, d'un seul effort, le délogea de sa base en ciment.

Ahn-Kha souleva le côté le plus lourd, Valentine celui du drapeau, et ils le transportèrent contre le mur du bâtiment.

— C'est une bonne chose que la Croix Torse ne garde pas un œil sur tes frères pendant la nuit, observa David dont les jambes souffraient sous le poids de la charge. Quelques patrouilles dans cette zone, et nous pourrions dire adieu à notre plan.

— Mes frères vivent dans la terreur des Encapuchonnés ; ils redoutent le retour des lance-flammes, mon David. Quand ils rentrent le soir, ils sont affamés et à moitié morts de fatigue. Ils n'ont pas besoin d'être surveillés de près.

Ahn-Kha semblait porter son fardeau avec aisance. Sa respiration était normale, et il paraissait presque revigoré par ce qu'ils faisaient.

Ils s'arrêtèrent sous la fenêtre convenue, même si aucun rai de lumière n'indiquait que les volets étaient déverrouillés. Ils réussirent à dresser le poteau à la verticale et l'appuyèrent en douceur contre le mur.

— Attends ici, dit Valentine.

Il commença l'escalade du mât, en regrettant qu'il ne soit pas en bois, ce qui lui aurait permis d'utiliser ses griffes.

Le volet s'ouvrit en silence. Il sauta à l'intérieur d'un bureau enténébré dans lequel planait l'odeur des Dos Dorés. Les rayonnages étaient encombrés de pots de peinture et de tout le nécessaire de nettoyage, et David comprenait pourquoi le soldat de garde ne vérifiait cette fenêtre qu'une seule fois après le coucher du soleil. Il n'y avait là rien qui soit susceptible d'être volé. Duvalier aurait peut-être pris l'essence de térébenthine pour… *mettre le feu au bâtiment !*

L'idée était séduisante, mais il se retourna vers la fenêtre.

— Débarrasse-toi du mât, dit-il, la voix comme cassée par une laryngite, car il faisait un effort pour être entendu sans parler trop fort.

Ahn-Kha obéit pendant que le Félin tordait et nouait ensemble deux longs chiffons en toile solide. Il les mouilla dans une cuvette d'eau, sachant que le tissu humide tiendrait mieux au niveau des nœuds. Il enroula la corde improvisée derrière ses épaules, s'assura une bonne prise et fit tomber l'autre extrémité à l'extérieur. Le Grog la saisit puis commença à y grimper. Valentine bloqua ses jambes contre le mur, sous la fenêtre, pour ne pas lâcher. Il avait l'impression qu'une demi-tonne de Grog se hissait le long de la corde.

Ahn-Kha parvint enfin à la fenêtre. Il avait laissé son fusil trop encombrant en bas du mur. Ils ouvrirent le sac contenant les armes de David, lequel offrit à son compagnon le choix entre le pistolet et le parang.

— Si nous devons nous battre, ce sera en silence, dit le Dos Doré en prenant le parang.

Il en fit passer le côté non tranchant entre ses lèvres, et ses yeux étincelèrent.

Valentine entendit marcher dans le couloir, de l'autre côté de la porte.

Il la désigna en barrant ses lèvres d'un index dressé. Les oreilles d'Ahn-Kha se dressèrent vers l'avant.

— Un Dos Doré, chuchota-t-il.

On frappa doucement à la porte. Avec un signe rassurant à l'adresse de son compagnon, le Grog alla ouvrir. Dans le couloir se tenait une version réduite de lui-même, sans les crocs agressifs, mais avec des oreilles plus longues et expressives. Ils conversèrent un moment, et Valentine se dit qu'il serait incapable de reproduire ces sons étranges, même si Ahn-Kha décidait un jour de lui enseigner la langue des Dos Dorés.

La Grog donna au mâle deux clés accrochées à un anneau de métal et repartit aussi discrètement qu'elle était venue.

— Elle s'était cachée dans la pièce voisine pour nous attendre. Vihy n'a aucune raison de s'attarder ici après ses heures de travail et, si on la surprenait, elle serait exécutée. Elle nous demande de bien verrouiller les volets de cette fenêtre derrière nous, juste pour le cas où.

Il montra l'anneau à Valentine.

— Ces clés ouvrent une grille en fer dans les sous-sols. Pour qu'un des nôtres employé au nettoyage puisse accéder à ce niveau, il faut qu'un officier de la Croix Torse lui ouvre. Elle les a volées au chef pendant qu'il dormait dans son bureau, durant ses heures de service. Tous les hommes ne sont pas en « acier inoxydable », apparemment…

Le courage de certaines des personnes qui vivaient sous la botte kuriane ne cessait d'impressionner Valentine. Les nouveaux maîtres régnaient par la peur, et soumettaient leurs sujets en recourant à l'intimidation. Mais pour quelques-uns, passé un certain stade, les menaces de torture et d'exécution n'avaient plus d'effet. Ces gens désespérés préféraient la mort, l'accueillaient même avec soulagement si elle arrivait, pourvu qu'ils puissent frapper leurs oppresseurs d'une façon ou d'une autre. Il se demanda s'il aurait cette sorte de hardiesse, et ce n'était pas la première fois qu'il se posait cette question.

Mais de telles pensées ne l'aidaient pas à dissimuler son aura. Il se concentra de nouveau sur sa propre personne et fit le vide intérieur, jusqu'à ce que ses inquiétudes ne soient plus qu'un petit cristal compact enfermé dans son esprit.

— Ahn-Kha, il y a toujours ce Fau… cet Encapuchonné dont nous devons nous débarrasser, au sous-sol. Je crains qu'il sente ou entende ton arrivée. Tu veux bien m'attendre ici, le temps que je m'occupe de lui ?

— Oui, mon David. Tout ce que tu voudras. Je préférerais quand même que ce soit autre chose qu'attendre.

— Tu pourrais ramasser un tas de chiffons et ouvrir un bidon d'essence de térébenthine. Il n'est pas impossible qu'un début d'incendie ici soit une diversion utile.

Le Grog acquiesça et entreprit de rassembler des serviettes sales dans le seau du gardien.

— Que ta lame trouve le chemin du cœur de ton ennemi, dit-il.

Valentine lui confia son revolver. Il dégaina à moitié son katana, en éprouva le fil avec le pouce.

— Un Faucheur possède deux cœurs, un de chaque côté de son corps. Je préfère le cou. Ils n'en ont qu'un seul.

Ahn-Kha étendit le bras, poing fermé, son long pouce dressé. David sourit. Malgré ses proportions singulières, le geste lui réchauffa le cœur. Il fit passer le harnais de l'épée sur son épaule et régla les sangles.

Il sortit comme une ombre du débarras. Le couloir menait à une zone ouverte et sombre. Il distingua une rambarde ouvragée par-delà la cour centrale que son compagnon avait décrite. Des ampoules électriques de faible puissance projetaient des motifs sur la pierre et les boiseries rénovées par les Grogs, qui recouvraient les anciennes décorations humaines.

À plat ventre, il rampa sur toute la longueur du passage, jusqu'à la cour. Il se figeait régulièrement pour tendre l'oreille, mais, s'il percevait les bruits d'une activité à l'étage inférieur, il n'entendait rien qui soit proche de lui. Arrivé au bord de la cour intérieure, il se redressa et se glissa sans bruit jusqu'à l'amorce de l'escalier. Il regarda, écouta, huma l'air. Puis il descendit les marches.

Au rez-de-chaussée, il patienta deux minutes entières dans une alcôve et surveilla les rythmes du bâtiment endormi. Les seuls sons qu'il distinguait provenaient de la salle de garde située juste derrière l'entrée principale, là où les Dos Dorés de faction se restauraient et bavardaient. Il détecta l'odeur de la racine-cœur, un parfum aussi riche que celui des carottes qu'on vient de déterrer. En suivant les instructions d'Ahn-Kha, il parvint à l'escalier menant aux sous-sols, sans remarquer autre chose que de vagues bruits qui montaient vers lui. Alors qu'il descendait les marches, odorat et ouïe en alerte, il saisit une très légère senteur médicinale, rappelant celle d'un désinfectant.

Le Faucheur était proche, à présent, aucun doute possible. Pour le Félin, la vie ou la mort dépendait de sa capacité à toujours le sentir sans que la créature puisse repérer sa signature vitale, jusqu'à ce qu'ils se situent trop près l'un de l'autre pour que ce facteur soit décisif. Un combat muet, comme dans ces livres de l'Ancien Monde, sur les sous-marins qui se traquaient mutuellement dans les ténèbres glacées des profondeurs. Il attendit que le Faucheur se trouve loin de la grille qui fermait l'escalier pour se servir des clés.

Valentine remarqua une sonnette d'alarme fixée au mur, près d'une porte sous laquelle passait un rai lumineux. Des voix s'élevaient dans cette pièce. Un interrupteur relié à l'alarme par un fil gainé permettait certainement de l'activer. La grille devant lui y était raccordée, détail que peut-être aucun des Grogs ne connaissait. Le Félin réfléchit quelques secondes, sans parvenir à échafauder un plan satisfaisant. Or ce Faucheur n'allait pas rester indéfiniment de l'autre côté du bâtiment…

Puisqu'il fallait agir, autant le faire vivement. Il ouvrit les deux serrures, sans pousser la grille, puis il plaqua le katana contre sa jambe.

— Eh ! appela-t-il. Quelqu'un peut débrancher l'alarme pour moi ?

— J'arrive, répondit une voix lasse.

Un humain en blouse blanche de laborantin apparut à la porte et coupa le circuit d'un geste nonchalant. Valentine repoussa la grille puis couvrit les trois mètres qui les séparaient d'un seul bond.

L'homme eut juste le temps de pousser une exclamation de surprise. Trop tard. Il leva la main pour enfoncer le bouton-poussoir rouge de l'alarme, mais la lame du Félin intercepta le geste et lui sectionna le bras à hauteur du coude. Bouche bée, l'autre baissait les yeux, stupéfait de cette amputation éclair, quand la pointe du katana lui transperça la gorge juste sous le menton. David dégagea aussitôt son arme et se rua dans la pièce brillamment éclairée. Une femme, elle aussi en blouse blanche, eut le temps de hurler avant qu'il l'égorge. Elle s'écroula, et le seul mouvement fut alors celui de son sang qui se répandait lentement sur le sol carrelé. Les reliefs d'un repas occupaient une table, sous l'éclat aveuglant des projecteurs. Des comptoirs en acier et des placards blancs étiquetés révélaient que cette pièce était un dispensaire, ou une salle d'examen. Il y avait tout un équipement médical, des pansements, des bouteilles contenant certainement de la teinture d'iode et d'autres produits apparentés, des plateaux débordant d'instruments chirurgicaux. Valentine aperçut de grosses machines dans la pièce suivante, mais il n'eut pas le temps d'en savoir plus.

Le cri de sa seconde victime avait eu l'effet d'une sirène d'alarme. Le Faucheur arrivait. David ressortit, verrouilla la grille et retourna dans l'infirmerie en traînant derrière lui le cadavre de l'homme. Il se positionna à côté de la porte, tenant son arme comme une batte de base-ball. Il entendit le pas du Crâne Noir dans le couloir ; puis la créature s'arrêta quand elle découvrit le sang sur le sol et l'avant-bras sectionné que le Félin avait oublié de ramasser. Alors le Faucheur fit quelque chose que jamais Valentine n'aurait attendu d'un de ces monstres : il tourna les talons et s'enfuit.

David s'élança à sa poursuite. Sa cape flottant dans son dos, le Crâne Noir tourna à un coin et Valentine dut ralentir, pour le cas où l'autre l'aurait attendu pour l'agresser. Mais non ; c'était l'entrée d'une salle. Il perçut la voix étrange du Faucheur qui parlait d'un ton angoissé :

— Alerte rouge ! Ici poste 12, nous avons une alerte rouge ! soufflait-il en pressant le bouton de transmission du microphone sur la radio portable. Le timbre était bien celui d'un Faucheur, mais quelque chose ne collait pas dans son débit et dans sa tension.

Il sentit Valentine ; se retourna – ses pupilles fendues aussi béantes que des bouches hurlantes reflétèrent la lame qui fondait vers son cou. Il se baissa, mais moins vite qu'on aurait été en droit de l'attendre de la part d'une de ces créatures, c'est-à-dire dans le temps d'un clignement de paupières, au lieu d'un demi.

Son corps se tassa sur lui-même quand sa tête s'envola en aspergeant d'un liquide poisseux et sombre le ciment des murs.

Un homme en tenue de camouflage de la Croix Torse se tenait à côté d'une chaise renversée, paralysé par l'exécution fulgurante du Crâne Noir. Le responsable du centre de communications voulut dégainer son revolver et David lui ouvrit le ventre d'un coup porté de droite à gauche, avant d'entailler son poignet, de lui arracher son arme et de l'empocher. L'autre s'effondra sur le carrelage où il râla de douleur en essayant de contenir ses intestins avec ses deux mains.

Valentine arracha le micro de la radio, sans plus se soucier de sa victime qui agonisait. Il débrancha le tout et coupa même le fil de raccordement.

La longueur de fil électrique qui pendait devant ses yeux lui rappela soudain quelque chose. Quelque chose en relation avec la femme qu'il avait tuée. Un objet qu'elle tenait. Une poche à perfusion, identique à celles qui étaient accrochées au-dessus des machines dans la salle adjacente au dispensaire. *Pourquoi un engin aurait-il besoin de poches à perfusion?* Tous ces éléments s'assemblèrent d'un coup dans son esprit.

Il revint en courant vers l'infirmerie qu'il traversa pour entrer dans la pièce suivante.

Douze cercueils métalliques de grande taille étaient alignés de chaque côté de la salle, et il en montait un bourdonnement électrique discret. Un treizième était placé dans l'allée, entre les deux rangées. Ils étaient plus grands et plus profonds que des bières ordinaires. Plus que tout, ils lui rappelèrent ces couchettes de bronzage qu'il avait jadis vues alors qu'il s'était réfugié dans un centre commercial datant de l'Ancien Monde. Sur les flancs se trouvaient des boutons mystérieux, sans indication écrite, et des voyants lumineux de contrôle qui clignotaient.

Il referma la porte métallique derrière lui et la bloqua avec la barre pivotante qui se calait dans un logement rivé au chambranle.

D'après les témoins lumineux et le bruit, il estima que sept de ces curieux cercueils étaient allumés et fonctionnaient. Au-dessus de chacun d'entre eux, un montant en forme de T retenait une poche à perfusion. Il s'approcha de celui situé au centre, lui aussi en activité, et le contourna. Il reconnut le son caractéristique d'un liquide circulant dans des tuyaux. Un panneau amovible était fixé sur l'ensemble, à une extrémité.

Sans trop savoir à quoi il devait s'attendre, il ouvrit le panneau. À l'intérieur, flottant dans l'eau comme un morceau de bois, se trouvait un homme très pâle et très maigre, avec une barbe hérissée. Des fils étaient attachés partout à son corps par de petites ventouses couleur chair, en plus grand nombre sur son crâne rasé. Une odeur à la fois iodée et fétide s'échappait de la cuve.

L'inconnu ouvrit des yeux verts que l'étonnement agrandit, et Valentine plongea son regard dans celui de l'homme qui, un moment plus tôt seulement, animait un Faucheur. Depuis combien d'années faisait-il cela ? Sous son contrôle, combien de personnes son avatar avait-il tuées ? Sortait-il de ce bassin avec le désir d'ouvrir la gorge de pauvres gens, comme ce membre humain de la Croix Torse que David avait rencontré à Chicago, celui qui avait déclaré être resté « dans la cuve » pendant plusieurs jours ?

C'était la raison pour laquelle les Faucheurs conversaient entre eux, comme Duvalier l'avait observé. Et celle pour laquelle ils tuaient avec des fusils d'assaut, gaspillant ainsi l'aura vitale de leurs victimes. La Croix Torse combinait l'esprit des soldats humains et les capacités physiques létales des Faucheurs.

Valentine saisit l'homme par le cou et le poussa au fond du bassin. L'autre se débattit, mais ses muscles au repos depuis des jours faiblirent, tandis qu'un senseur quelconque se mettait à émettre des bips d'alerte. Il tenta de lacérer le visage de son agresseur avec des ongles démesurés, et le Félin détourna la tête. Il y eut un jaillissement de bulles, puis l'inconnu cessa de bouger, et le capteur ajouta une plainte stridente aux bips. Valentine baissa les yeux sur le mort. Ses électrodes s'étaient détachées durant ses derniers soubresauts, et sous chacune d'entre elles apparaissait un tatouage minuscule de svastika.

David éteignit le moniteur. Dans le silence soudain revenu, le choc qu'il éprouvait toujours après le combat s'abattit sur lui, et il fut rude. Il vomit son repas de racines-cœurs dans l'eau salée du réservoir. Mais il n'avait pas terminé. Il se rinça la bouche avec un peu d'eau prise dans une cuve vide, et la recracha.

Il faut en finir.

Quelques minutes plus tard, six cadavres de plus gisaient dans la solution saline rougie de leur sang. Quelque part, sept Faucheurs erraient au hasard, en pleine confusion, privés de l'intelligence qui les contrôlait. Valentine essuya son katana ensanglanté sur une blouse de rechange et vérifia qu'aucun des autres conteneurs n'abritait un membre de la Croix Torse. Il avait envie de hurler comme un loup, de se déchaîner dans une frénésie d'activité, de faire n'importe quoi pour oublier les quelques dernières minutes.

Ce ne sont pas des hommes que tu as tués. Ils n'étaient plus humains, dit la voix de sa conscience. Il se demanda avec un détachement presque amusé s'il n'était pas en train de basculer dans la folie.

L'alarme se déclencha, dans un vacarme assourdissant.

Il arma le pistolet et ouvrit la porte. Le sous-sol était toujours aussi inanimé qu'un tombeau. Il jeta un œil dans le couloir principal et aperçut Ahn-Kha qui secouait la grille. Il voulut éteindre l'alarme, sans succès, et se résigna à tirer dans le haut-parleur. Partout ailleurs dans le bâtiment, l'ululement persistait.

— Vas-y doucement, fit-il au Grog. Si tu tords un peu trop le métal, elle ne s'ouvrira pas. Je ne tiens pas à rester coincé ici.

— Je suis heureux de te voir sain et sauf, mon David. As-tu trouvé le dépôt d'armes ?

— Le dépôt d'armes ? répéta le Félin sur le ton de quelqu'un qui a oublié d'acheter du sucre à l'épicerie.

Il s'avança d'un pas hésitant et ouvrit la grille.

— Es-tu blessé, mon ami ?

Les oreilles du Grog étaient pointées vers lui telles les cornes d'un taureau prêt à charger. Il renifla les égratignures laissées par les ongles sur le visage de Valentine.

— Non. Allez, il faut trouver le dépôt. Il doit être derrière une de ces portes.

Ils le découvrirent effectivement derrière une porte blindée qui n'était même pas verrouillée. L'armurerie n'était pas aussi bien fournie qu'ils l'avaient espéré : des pistolets, des fusils automatiques, quelques-uns de chasse, des boîtes de grenades et de mines, et deux lance-flammes. Il y avait aussi quantité de munitions pour armes individuelles dans des meubles de rangement et des caisses. Valentine chercha en vain des balles pour son PPD et se résigna à prendre un des fusils d'assaut de la Croix Torse. Il bourra ses poches de chargeurs.

Ahn-Kha choisit un fusil de chasse et un fusil-mitrailleur muni d'un bipied à l'avant du canon. Il passa autour de son cou des bandes de munitions, comme un prêtre son étole sacerdotale.

Ils ressortirent du dépôt et allèrent jusqu'à la grille. David déposa une partie de son fardeau au pied des marches qu'il gravit ensuite, la kalachnikov braquée devant lui. Ahn-Kha le suivit, et seul le cliquetis des bandes de munitions trahissait sa présence.

Le Félin perçut des voix qui émanaient du balcon et des escaliers menant aux étages supérieurs, dans la Grande Halle.

— Tu couvres le haut, dit-il. Je vais tenter d'atteindre la porte.

Le *staccato* du fusil-mitrailleur derrière lui le propulsa dans le vestibule d'entrée. Les Dos Dorés qui étaient de garde avaient fui.

Il entrouvrit un petit panneau coulissant dans la porte. En face du bâtiment, un groupe de Grogs étaient accroupis sur la colline, juste derrière le remblai, au-delà du trottoir en ciment. Ils portaient les blouses simples d'ouvriers. Deux autres s'abritaient derrière une fontaine à sec. Ceux-là étaient vêtus de salopettes tachées, et tous tenaient à la main des armes improvisées, barres de fer, masses et chaînes.

Valentine souleva la lourde barre, en travers des deux battants, et tira les verrous. Il sortit et voulut faire signe d'approcher aux Dos Dorés. Ceux-ci se tassèrent un peu plus sur place, le considérant comme s'ils s'attendaient à ce qu'il fasse feu sur eux. Une balle siffla et vint s'enfoncer dans le bois du montant de porte. Il rentra dans la bibliothèque.

Quand son compagnon eut fini de tirer une longue rafale, il l'appela :

— Ahn-Kha, il y a quelques-uns de tes frères dehors. Je pense qu'ils sont prêts à passer à l'action, mais je ne sais pas quoi faire. Échangeons nos places, et parle-leur.

Il courut jusqu'au pied de l'escalier et pointa la kalachnikov vers les hauteurs.

— Il ne reste plus qu'un tireur, lui dit le Grog. On ne peut pas le voir d'ici, mais, dès que tu atteins le milieu de l'escalier, il te prend pour cible.

Ahn-Kha alla jusqu'à la porte et en ouvrit largement les deux battants, pour aussitôt se mettre à beugler dans la nuit tout en agitant le fusil-mitrailleur au-dessus de sa tête.

Les Dos Dorés se précipitèrent dans l'ancienne bibliothèque et brandirent leurs armes de fortune. Il semblait bien que, sans le vouloir, Ahn-Kha et Valentine venaient de déclencher une révolte.

— Mon David, montre le dépôt d'armes à mes frères, je te prie. J'ai à faire ailleurs.

Et sans attendre il s'élança dans l'escalier. Son exemple inspira quelques Dos Dorés qui l'imitèrent. Un tir érafla la rampe, et le géant arrosa les hauteurs de courtes rafales assourdissantes.

— Vous me comprenez tous ? demanda Valentine.

— Oui, monsieur, répondit la foule croissante, avec des accents divers.

Il les guida jusqu'à la petite pièce. Il aurait souhaité qu'elle contienne trois fois plus d'armes. Il donna l'automatique pris à l'opérateur radio. Les Dos Dorés prirent les fusils et les grenades, mais négligèrent les explosifs, ce qui lui convenait tout à fait. Rien ne brisait autant l'élan d'une révolte que la mort de douze membres de l'avant-garde dans une explosion accidentelle.

De plus en plus de Grogs se joignaient aux premiers, à mesure que la nouvelle se répandait. L'un d'eux, un individu âgé, amputé d'une main, borgne et affligé d'une claudication sévère, aida Valentine à distribuer les armes et les munitions correspondantes.

— Mon ami, bizarre à la voie ferrée, lui dit-il dans une syntaxe approximative, d'une voix gutturale. Propres yeux vu Encapuchonné tomber mort. Pas tir, pas blessés. Gardes vu pareil, fuir. Maintenant fini avec Encapuchonnés ?

— Je l'espère, répondit Valentine, mais je n'en suis pas sûr.

Les dernières armes distribuées, il suivit le flot des géants simiesques jusqu'à la porte. On tirait à l'extérieur. Le vieux Grog le retint par le bras alors qu'il s'apprêtait à sortir.

— Prudence, monsieur ! l'implora-t-il. Ou balle pour vous, peut-être.

Devant l'ancienne bibliothèque, les Grogs avaient improvisé un bûcher avec tout le bois qu'ils avaient pu trouver, surtout des traverses de voie ferrée. Des Dos Dorés femelles en apportaient encore d'autres. Il entendit des détonations en provenance du baraquement de la Croix Torse, et vit que des flammes s'élevaient dans le ciel de ce côté-là aussi. Depuis les miradors situés derrière le mur d'enceinte, on tirait dans le ghetto, mais les gardes étaient trop loin de David pour qu'il puisse dire s'ils faisaient plus que simplement avertir tous les Grogs d'Omaha que quelque chose dérapait sérieusement dans le quartier des Dos Dorés. La situation lui échappait. Il retourna prendre son butin et le ramena sur les marches extérieures, sur lesquelles il s'assit. Le vieux Dos Doré aboyait des ordres à droite et à gauche à l'attention des plus jeunes, sans grand effet. La confusion était générale, et il voyait les oreilles des Grogs surexcités se tourner dans tous les sens.

— Mes frères étaient comme ce bûcher, mon David, dit Ahn-Kha qui l'avait rejoint.

La dernière bande de munitions était enclenchée dans son fusil-mitrailleur, et d'un coup de pied il poussa devant lui un de ses congénères. Celui-là avait la toison plus longue que les autres, et paraissait mieux nourri.

— Assis, chien ! ordonna-t-il au prisonnier, avant de se retourner vers le Félin. Le combustible était là. Ils avaient seulement besoin d'air et d'une étincelle. Tu leur as donné les deux…

— *Nous* leur avons donné les deux, rectifia Valentine.

— Non, *tu* leur as donné les deux, insista son compagnon. Quand tu as détruit les Encapuchonnés. C'est l'air qui leur a permis de respirer. D'après ce qu'on m'a dit, les Encapuchonnés se sont tous écroulés, inconscients, au même moment. L'étincelle s'est produite dans ce bâtiment.

— Intéressant. Quand le lien entre un Faucheur et son Maître est coupé, il agit par instinct. Il est toujours dangereux, mais plus du tout intelligent…

— Ah, mais c'est quand le Maître est toujours en vie, non ?

— Je ne sais pas. Serait-ce là le très estimé Khay-Hefle ?

Le prisonnier agrippa le bas du pantalon de David.

— Monsieur, emmenez-moi auprès de…

Ahn-Kha enroula ses longs orteils autour de son cou.

— Silence ! Oui, mon David. Mais mon rêve de vengeance ne se réalisera pas. C'est, enfin, c'était une des lois du clan, qui voulait qu'aucun de ses membres ne tue, sauf dans la bataille ou dans un duel d'honneur, et il n'était pas armé. Maintenant que cet usurpateur est tombé, je pense que les anciennes règles vont être restaurées. Et puis, il a imploré grâce. Il reviendra aux nouveaux Anciens de décider de son sort. Il n'y a aucune gloire à tuer un tel être alors qu'il est à genoux.

— Si tu le dis.

Dans les mêmes circonstances, et si sa famille avait été enterrée sous des latrines, Valentine doutait fort qu'il aurait été aussi charitable.

D'autres Grogs arrivèrent et attachèrent Khay-Hefle aux barreaux de fer devant les fenêtres de son propre palais, afin qu'il puisse assister aux événements. Il était accroché par les poignets et pleurait tandis que ses semblables venaient lui hurler des propos qui ne devaient rien avoir de sympathique.

— Il n'a pas à se plaindre, dit Valentine à Ahn-Kha. Mussolini n'a pas eu autant de chance.

Les Dos Dorés le surprenaient par leur retenue. Ils se contentaient d'apostropher le traître ; quelques-uns le montrèrent du doigt ou se moquèrent de lui, mais rien de plus. Des humains l'auraient probablement lynché, ou jeté sur le bûcher. Il avait entendu de la bouche de certains Loups vétérans des histoires assez horribles sur ce qui se passait quand les villes changeaient de mains.

— Ce Mussolini, il a dirigé ton Territoire Libre à une époque ?

— Laisse tomber, vieux.

Deux Grogs portant chacun une grosse timbale sur son dos coururent vers le feu de joie. C'étaient des objets magnifiquement conçus, faits d'un assemblage de différents bois et métaux. Un troisième Grog, muni d'une paire de baguettes de la taille de clubs de golf, se mit à les frapper sur un tempo rapide.

Le rythme puissant éveilla en Valentine un frisson primitif bienvenu et dissipa un peu la douleur lancinante qui lui nouait le ventre. Le tambourinement s'intensifia jusqu'à ce qu'il sente le martèlement des pieds se répercuter dans tout son être. Même les tirs venus des miradors hors de l'enceinte se turent. Puis le son ralentit, pour adopter insensiblement un rythme régulier et menaçant.

Les Grogs parurent galvanisés par ce qu'ils entendaient. Sans un mot, ils s'agenouillèrent et frappèrent le sol de leurs armes, oreilles pointées vers le ciel, telles des cornes sur un casque de Viking. Le battement des tambours s'intensifia et s'accéléra, de même que le vacarme des crosses de fusils sur le ciment. Comme un seul être, les Dos Dorés rejetèrent leur tête en arrière et se mirent à hurler.

Valentine se laissa submerger par le *crescendo*, et il trembla pour leurs ennemis.

Chapitre 10

La Caverne : l'ancien quartier général du Commandement des Forces Aériennes Stratégiques, sur la base militaire d'Offut, a connu des jours meilleurs, mais aussi d'autres qui étaient pires. Meilleurs quand il était une ruche bourdonnante d'avions et d'uniformes bleus, de traînées d'échappement dans le ciel, et lorsque régnait la camaraderie entre des hommes qui se savent les meilleurs au monde dans ce qu'ils font. Pires durant l'été 22, quand les missiles sont tombés et ont explosé en des floraisons apocalyptiques d'une chaleur thermonucléaire qui a remodelé le paysage. Cette attaque a vitrifié le sable et pulvérisé tout ce qui n'était pas construit selon les spécifications antiatomiques, dans un ouragan de vent s'écartant d'abord du point d'impact pour ensuite revenir vers les champignons de fumée.

À présent, certains des grands hangars ont été reconstruits, et les installations souterraines sont de nouveau occupées. Un nouveau général est arrivé, accompagné d'hommes à l'uniforme étrange. Le drapeau frappé du svastika flotte au vent, son symbole noir et blanc sinistre et dur sur le fond bleu du ciel d'Omaha.

Trente-six heures après que les feux de joie se furent éteints, Valentine, Ahn-Kha et un jeune Grog solide nommé Khiz-Mem observaient les ombres qui s'allongeaient sur l'ancienne base militaire, au sud de Bellevue.

Ahn-Kha avait choisi Khiz-Mem après la nuit de l'incendie dans le ghetto.

David conservait de la révolte une succession d'impressions assez confuses. Les baraquements de la Croix Torse en proie aux flammes. Des cris d'humains et de Grogs. Le rythme incessant des tambours. Une fusillade qui éclatait au loin, cessait puis reprenait. Les tourbillons de cendre soulevés par le vent.

Le Félin s'était tenu à l'écart des combats à la demande expresse de son compagnon. Ahn-Kha craignait en effet qu'un Dos Doré le prenne pour cible en le confondant avec un des hommes de la Croix Torse.

La tuerie ne prit fin qu'après le lever du soleil, lorsque les derniers gardes en poste dans les miradors extérieurs s'enfuirent ou furent abattus par des snipers. Les tours situées à l'intérieur de l'enceinte révélèrent des faiblesses de conception inattendues et, sur le signal d'un Dos Doré ingénieur, elles furent toutes mises à bas. Les insurgés tiraient aussi bien que leurs cousins Gris dont beaucoup gisaient morts dans les étages supérieurs de la Grande Halle et dans les petits baraquements, devant les deux portes du ghetto.

Après avoir pris quelques heures de repos et englouti un repas chaud, Valentine décida de repartir vers le sud. Il savait que la Croix Torse ne prendrait pas la révolte des Dos Dorés à la légère, et qu'elle reviendrait laver cet affront avec toutes les forces dont le Général pouvait disposer. Ahn-Kha partageait ces craintes, mais il refusait de se voir séparer de son ami. Le Félin tenta de le raisonner :

— Tes frères ont besoin de toi beaucoup plus que de moi.

— Mon David, ici je ne suis qu'un combattant de plus. Avec toi, je représente la moitié de la première alliance qui réunit les Dos Dorés et les Humains Libres, et je suis honoré de me tenir aux côtés d'un ami tel que toi. Dans quel rôle suis-je le plus utile à mes frères ?

Valentine voulait se rendre dans la Caverne du Général et mettre un peu de sable dans les rouages de sa machine de guerre avant que la Croix Torse rejoigne Omaha pour écraser le soulèvement des Grogs. Mais à présent il lui faudrait faire plus que détruire un pont. Dans cette optique, lui et Ahn-Kha prirent les lance-flammes et des explosifs dans le dépôt d'armes de la Halle.

Khiz-Mem transforma la paire en trio quand Ahn-Kha le recruta pour servir de cheval de bât et de guide. Il affirma à David que le jeune Dos Doré connaissait chaque recoin de la partie non enterrée de l'ancienne base militaire. Avec toute la force de sa vingtaine d'années, Khiz-Mem prit un lance-flammes, des charges explosives, de la nourriture en plus de son pistolet et de son fusil. Ahn-Kha portait l'autre lance-flammes et un paquetage un peu plus léger. Quant à Valentine, il choisit un sac empli de grenades – dont des incendiaires au phosphore blanc.

Ahn-Kha examina un des cylindres alors qu'ils sortaient du ghetto.

— Avec celles-là, ils brûlaient les maisons de ceux qu'ils voulaient punir. J'aimerais faire goûter aux Encapuchonnés leurs propres flammes.

La Caverne se trouvait à un peu plus d'un jour de marche au sud du ghetto, mais David ne voulait pas suivre la voie ferrée qui reliait la base au centre de la ville.

Ce qui restait de la police du ghetto mise en place par la Croix Torse avait pris cette route : des pièces d'équipement avaient été abandonnées au bord des rails, comme des jalons. L'ennemi s'était sans doute embusqué à quelque distance et attendait l'occasion de se venger.

Le trio partit donc plein ouest avant de bifurquer vers le sud, non sans que Valentine ait récupéré sa mitraillette et son paquetage là où il les avait cachés. Il endossa le rôle d'éclaireur pour les deux autres, qui suivaient à distance, et étudia les pistes empruntées par les trafiquants d'Omaha en faisant appel à ses sens aiguisés. Le petit groupe progressait sans hâte excessive. Le Félin regrettait de ne pas disposer de quelques jours supplémentaires pour s'adjoindre l'aide précieuse de Duvalier, d'autant qu'ils n'étaient pas très loin du point fixé pour leur rendez-vous.

On sentait l'approche de l'automne. Même dans la chaleur de l'après-midi, il régnait une fraîcheur diffuse inexistante en plein été.

À la mi-journée, ils aperçurent un avion de reconnaissance. Si celui-là n'était pas le petit appareil rouge et blanc de sinistre présage déjà vu, c'était son frère jumeau. Il apparut au sud et décrivit des cercles au-dessus de la ville. Alors qu'ils l'observaient, Valentine expliqua aux Grogs comment il avait été utilisé dans les Dunes.

— Donc sa présence signifie qu'ils vont bientôt attaquer, dit Ahn-Kha.

— Oui, ils frapperont tes frères avant que ceux-ci aient eu le temps de s'organiser.

— Nos frères, mon David, nos frères. Désormais, tu seras toujours considéré comme un membre de notre clan, et toujours tu seras le bienvenu dans la Halle.

— J'espère qu'il y aura encore une Halle, et des gens pour m'accueillir, répliqua Valentine sans quitter l'avion des yeux.

Lors d'une autre halte, dans un entrepôt en ruine et sans toit, Ahn-Kha montra au Félin comment manier le lance-flammes. L'arme était constituée de trois réservoirs montés sur un bâti qu'on portait comme un sac à dos, le plus petit contenant une réserve d'air comprimé, les deux autres l'essence et un agent épaississant. Le mélange était mis à feu par ce qui ressemblait à un gros tuyau d'arrosage attaché à un pulvérisateur d'insecticide. Il projetait un jet de flammes à trente mètres dans un rugissement effrayant.

— J'ai vu quelques ruines calcinées dans le Wisconsin, là où les Kurians s'étaient livrés à une sorte de séance d'entraînement sous la supervision des Faucheurs. Je me demande s'ils apprenaient à leurs hommes comment utiliser cette arme. Aucun de nous n'imaginait qu'on pouvait faire de tels dégâts sans explosifs.

— Tu dois être léger sur la détente, mon David, dit Ahn-Kha. Ces réservoirs sont à moitié vides. Il faut procéder par giclées courtes, et même ainsi, tu n'en obtiendras que quelques-unes. Pourquoi nous encombrer de ces armes ?

— Je veux faire dans la Caverne ce que j'ai fait dans la Halle, mais sur une plus grande échelle. Les Encapuchonnés sont redoutables, toutefois ceux qui les contrôlent sont vulnérables. Peut-être même plus vulnérables encore que le sait le Général.

Après une dernière marche, à allure soutenue celle-là, ils parvinrent dans les zones dévastées autour de la base. L'après-midi tirait à sa fin. Ils partagèrent un repas de racines-cœurs dans un coin herbu près de la vieille autoroute, tout en observant la limite du camp situé en contrebas. La clôture d'enceinte, double, était couronnée de barbelés. La majeure partie de la base était dissimulée par des collines basses parsemées de bunkers de surveillance. Une voie ferrée courait le long du côté ouest.

Khiz-Mem parla dans sa langue natale et désigna la double barrière et la zone au-delà.

Ahn-Kha tapota amicalement le crâne du jeune Grog et se tourna vers Valentine.

— Entre les deux clôtures, il y a des mines. On ne peut pas les voir, mais des postes de garde sont dissimulés plus loin. Tous ne sont pas occupés en même temps. Le Général ne dispose toujours pas des effectifs qu'il souhaiterait, mais il a des projets pour cet endroit. Il entraîne constamment de nouveaux soldats. Il estimait qu'Omaha constituait un bon terrain pour donner un peu d'expérience aux recrues.

— Et ils en ont fait une récemment, pas de doute, répondit Valentine.

Avec les jumelles, il scruta la prairie autour de la base. S'introduire dans celle-ci ne serait pas une partie de plaisir. Il y avait probablement des fils de détente entre les clôtures, à moins que des Faucheurs effectuent des rondes par ce chemin, comme des chiens de garde.

— À mon avis, inutile que j'envisage de me présenter poliment à la grille…, grommela-t-il.

— Je te l'ai dit, notre peuple est plein de ressources. Il existe un petit tunnel qui s'étend très loin. Son entrée se trouve de l'autre côté de la vieille route en béton, derrière nous. C'est par là que quelques-uns d'entre nous se sont enfuis. On ne peut pas être très nombreux à l'emprunter, parce que l'air manque vite. Khiz-Mem dit que c'est épuisant. Il faut ramper tout le temps. Il donne dans la base, au milieu de l'écoulement principal d'une porcherie, dans une ferme.

— Magnifique, fit David.

Il n'était pas sûr qu'Ahn-Kha connaisse assez bien sa langue pour manier le sarcasme.

— Non, mon David, pour nous c'est un atout. Ils ont des chiens sur la base, certains en liberté la nuit, pour chasser les intrus. L'odeur des cochons devrait les égarer.

Après un repas et un peu de repos, ils partirent vers l'ouest jusqu'à l'entrée du souterrain.

— Étrange comment les choses tournent. Nous l'avons creusé pour permettre à nos frères de s'échapper de la base, et nous allons l'emprunter pour nous y introduire.

— Pas *nous*, corrigea Valentine. *Je* vais l'utiliser. Je ne pense pas que nous devrions tous y aller, en particulier de nuit.

Ahn-Kha allait protester quand un grondement de moteurs les jeta tous au sol. Il remonta avec David jusqu'aux restes craquelés de la route et tous deux risquèrent un regard en direction de l'ouest.

Une colonne de véhicules avançait en cahotant sur la route parallèle à la voie ferrée, en bordure de la Caverne. Elle sortait par l'issue principale que Valentine apercevait maintenant là-bas, plus loin au sud. Un 4x4 de reconnaissance allait en tête, suivi d'un blindé équipé de pneus énormes. Puis venaient des camions, vingt-deux au total, pour la plupart des modèles militaires de deux tonnes et demie, réparés et peints, avec leurs remorques. Quelques-uns étaient équipés d'une mitrailleuse pivotante montée sur le toit de la cabine. Des canons tractés suivaient, ainsi que des camions bâchés. À l'intérieur, il aperçut des silhouettes en uniforme assises sur deux lignes, face à face.

David cueillit un brin d'herbe et le mâchonna pendant que la procession motorisée passait devant eux.

— Je vois que certains de nos frères servent toujours le Général, remarqua Ahn-Kha quand vinrent des transports découverts emplis de Dos Gris et Dorés armés.

— La race humaine n'a pas le monopole de la trahison, dit Valentine. Il y a du bon et du mauvais partout.

— Je préférerais qu'il y ait plus de bon, répondit Ahn-Kha en ramassant son paquetage digne du chargement d'une mule.

— Ça viendra un jour, mon vieux, répondit le Félin.

Il observa la poussière qui retombait tandis que la colonne roulait vers le nord à quinze kilomètres à l'heure.

Le soleil se couchait, les Faucheurs de la Croix Torse arriveraient bientôt à Omaha, et il lui fallait parcourir un tunnel en rampant.

Ils se rendirent à l'entrée du passage, une vieille canalisation d'écoulement à côté de la route, éventrée par quelque force naturelle, ou la guerre.

— Je pense que tu devrais me laisser t'accompagner, insista Ahn-Kha. Au moins, tu aurais une autre paire d'yeux.

— Imagine que nous jouions aux vers de terre dans ton tunnel alors qu'un Faucheur passe au-dessus. Il pourrait trouver étrange de découvrir une signature vitale en mouvement sous ses pieds, tu ne crois pas ?

Il donna au Grog son PPD et les munitions restantes.

— Garde mon arme. Si je ne suis pas de retour demain matin, rends-toi au lieu de rendez-vous dont je t'ai parlé, près du fleuve. Il devrait y avoir une femme là-bas. Si ce n'est pas le cas, cherche un empilement de quatre éléments identiques : des rocs, du bois de chauffe, n'importe. Il y aura un mot en dessous, et tu pourras agir comme tu le jugeras bon. Ou alors retourne auprès de tes frères à Omaha.

Il déplia son vieux hamac en nylon, plaça en son centre le lance-flammes, son katana et les charges explosives, et enroula le tout dans une couverture. Il entra dans le conduit en tirant son ballot derrière lui.

— On se revoit au lever du soleil, dit-il avant de disparaître dans les ténèbres.

Le tunnel était une merveille d'improvisation. Valentine avait pensé qu'il devrait s'y tortiller comme une taupe, mais il avait oublié quelle était la carrure des Grogs. À certains endroits, du bois maintenait l'ensemble en place.

À d'autres, c'était un renfort en aluminium rouillé, et sous la route et la voie ferrée il eut droit à une longue section en béton. La construction de l'ensemble devait être le sujet d'une histoire fascinante, et il se promit de l'écouter de la bouche de Khiz-Mem, s'il s'en sortait.

Très vite, il avança dans le noir absolu, ce qu'il détestait. Les ténèbres du tombeau, de la mort. Même sa vision nouvelle était inopérante. Ici, seuls les Faucheurs pouvaient chasser. Il imagina des doigts aussi durs que l'acier surgissant de l'obscurité pour se refermer sur son cou. Il glissa une main dans une de ses poches pour prendre une blague à tabac en cuir d'où il sortit la pyramide miniature que Ryu lui avait offerte en cadeau d'adieu. Le halo doré pareil à un petit soleil dans la nuit le réconforta, et ses inquiétudes refluèrent jusqu'à un niveau acceptable. Il huma l'air humide du souterrain et décela une très faible odeur. Celle des cochons.

Tirer son fardeau derrière lui était une tâche épuisante. Toutes les dix minutes, il devait s'accorder une pause pour se reposer un peu. Il apprit à le faire sous les tubes d'aération trop rares que les Grogs avaient plantés dans le sol. Des rats des champs avaient investi le tunnel pour s'y installer. Il les sentait et les entendait tout autour de lui, même s'il n'en apercevait jamais un seul.

Le dos et les épaules endoloris, il progressait lentement dans le boyau. C'était un peu comme ramer dans un bateau, à la différence près qu'il n'y avait pas d'embarcation, d'air frais ni d'eau. Il repliait les jambes au maximum, calait les genoux et le postérieur contre les parois, puis poussait pour avancer, en traînant son équipement derrière lui.

L'odeur des cochons était son Saint-Graal, la conclusion-puante-de-sa-quête-dans-le-tunnel. Elle devint enfin assez intense pour qu'il puisse la percevoir sans avoir recours à son odorat de Loup, et il redoubla d'efforts. Quand la main qui tâtonnait devant lui revint poisseuse de saleté, il sut qu'il arrivait au terme de l'épreuve.

Il laissa son équipement là où il était. Malgré son dégoût, il s'enduisit le visage et les mains de boue putride. À partir de ce jour, il se promit de toujours avoir sur lui un pot de la graisse de camouflage de Duvalier.

Parce que tu crois que tu vas t'en tirer, hein ? C'est un aller simple, et tu le sais.

Le tunnel s'inclinait vers le haut. Au-dessus de lui, il aperçut un tuyau de vingt-cinq centimètres terminé par un entonnoir qui descendait à la verticale dans le boyau. Il rangea la pyramide et laissa sa vue s'adapter. Les bords de l'entonnoir étaient nimbés d'une clarté pâle. Il dressa l'oreille et se concentra, mais il ne perçut que des grognements animaux indistincts.

Il déplaça l'entonnoir. Sa partie la plus large recouvrait un trou taillé dans un bassin en béton, juste sous une grille crasseuse apparemment posée sur le sol. Le tuyau nauséabond et l'entonnoir se détachèrent assez aisément. Il grimpa par le trou jusqu'à l'espace situé sous la grille.

Il s'immobilisa pour écouter de nouveau, puis souleva la grille. Se redressant de quelques centimètres, il put découvrir le sol en ciment de la porcherie. Dans un coin, un groupe de porcelets se prélassait sur un tas de paille. De l'autre côté d'une cloison basse, il vit une autre soue avec ses occupants endormis.

Il se hissa hors du trou. Un des cochons s'éveilla et le regarda fixement, avant de laisser sa tête retomber lourdement quand il comprit que l'humain n'apportait pas de seau à pâtée. Valentine effectua une rapide reconnaissance du niveau inférieur de la grange plongé dans la pénombre. D'après les sons et les odeurs, des vaches devaient occuper le rez-de-chaussée du bâtiment. Les porcs partageaient ce sous-sol avec un tracteur et un van posés sur des blocs de ciment, et transformés en poulaillers.

Il redescendit dans le tunnel et commença le transfert de son équipement. Il sentit la présence d'un Faucheur quelque part dans les environs, sous la forme d'une démangeaison désagréable aux limites de ses perceptions.

Il sortit son arsenal du conduit d'évacuation. Pour les cochons, le lance-flammes devait ressembler à une sorte de nouveau système de remplissage des auges, car ils s'en approchèrent et se mirent à pousser des grognements excités. Valentine passa dans le garage.

Il dissimula les charges explosives et le lance-flammes derrière le tracteur puis escalada plusieurs échelles qui le menèrent au grenier à foin. Le parfum de la luzerne ranima des souvenirs de Molly et de leur première étreinte. Prenant soin de rester dans l'ombre, il étudia ce qu'il pouvait voir de l'extérieur.

La grange était située non loin des quartiers des officiers. Plus loin, il discernait une tour en béton, du côté de l'aérodrome remis en service. Pour ce qu'il en savait, les forces aériennes de la Croix Torse se résumaient à un unique avion de reconnaissance à deux places, mais il était possible que le Général ait le projet d'étendre sa flotte dans un avenir plus ou moins proche. Un mamelon de terre flanqué d'un bunker marquait l'entrée de ce que Khiz-Mem appelait la « Caverne », l'abri antiatomique servant de quartier général de la Croix Torse.

La structure visible la plus importante était sans conteste l'énorme hangar ferroviaire. De son poste d'observation actuel, à une hauteur correspondant au deuxième étage d'une maison, Valentine avait une vue dégagée sur le bâtiment érigé sur les fondations en béton d'un hangar à avions. Un entrelacs de voies ferrées courait parallèlement à sa façade avant de tourner vers l'entrée principale. Le tout rappelait au Félin les photos qu'il avait vues des bases sous-marines allemandes de la Deuxième Guerre mondiale. D'après Khiz-Mem, l'ennemi travaillait à l'ajout d'énormes portes d'acier coulissantes. David apercevait des gerbes d'étincelles qui signalaient la présence de soudeurs à l'œuvre dans l'immense hangar, en dépit de l'heure tardive. Elles révélaient des convois de wagons de marchandises à l'intérieur, et Valentine aperçut les silhouettes de quelques ouvriers qui s'affairaient dans les ateliers et devant les établis.

Quelque part dans les profondeurs de la Caverne, une centrale à gaz naturel fournissait de l'électricité à toute la base, y compris au périmètre de sécurité. Il alla du côté nord de la grange et surveilla les gardes de l'entrée principale. Les rails étaient-ils reliés à des explosifs ? Si oui, il serait possible d'attaquer le camp en lançant un train à travers l'accès. D'autres baraquements étaient tapis derrière la ligne de collines basses qui abritait la base des regards indiscrets, et deux encore semblaient en construction. David ignorait si ces collines étaient naturelles, artificielles ou si elles avaient été créées par les explosions nucléaires de 22.

Un Faucheur rôdait non loin de l'entrée principale. Il en sentit un autre près de la Caverne, et peut-être deux de plus du côté du hangar, bien que ceux-ci soient à la limite de son rayon de perception.

Il s'obligea à prendre quinze minutes de repos dans le grenier à foin. La marche et surtout son passage laborieux dans le tunnel l'avaient épuisé, et il lui fallait réfléchir, maintenant qu'il avait vu le hangar. Il aurait encore beaucoup à faire avant la fin de la nuit.

Son côté rationnel l'incitait à retourner à la Région Militaire Sud pour transmettre tout ce qu'il avait découvert. La menace que représentait la Croix Torse devait être prise au sérieux, cela ne faisait plus aucun doute. S'il n'était pas stoppé, le Général disposerait bientôt d'un nombre assez grand de Faucheurs contrôlés par des humains pour balayer le Territoire Libre. Des équipes pourraient détruire les postes frontière et les bases principales aussi facilement que la Croix Torse l'avait fait à Fort Rowling. Il savait que la Région Sud avait mis au point un plan d'urgence pour se replier dans les zones montagneuses plus inaccessibles, mais comment nourrir des centaines de civils dans un environnement aussi rude ?

Derrière son étendard de terreur noir et blanc, la Croix Torse dissimulait des faiblesses. Ce Général, quelle que soit son identité, en était toujours au stade du recrutement et de la formation d'une armée, qu'il lançait contre des cibles faciles pendant qu'il entraînait d'autres soldats. Si la Région Sud se laissait convaincre, David guiderait tous les Ours disponibles jusqu'ici, et les forces prétendues invincibles du Général seraient décimées avant d'être réellement opérationnelles.

L'esprit de Valentine en revenait toujours aux Dos Dorés, trahis à deux reprises par les Kurians et maintenant en pleine révolte. Peut-être y avait-il d'autres Grogs, ailleurs, tout aussi maltraités et exploités, qui leur emboîteraient le pas si on leur montrait simplement le chemin. Avec un peu de patience et une formation minimale, les Félins pourraient…

Mais les Dos Dorés n'avaient pas le temps. La riposte était déjà en préparation, et David était certain que les Faucheurs de la Croix Torse frapperaient le ghetto de nuit. Ils l'investiraient pour tuer et non pour en reprendre le contrôle, et au matin les troupes de soutien réduiraient les dernières poches de résistance. La menace qui pesait sur la Région Sud ne deviendrait peut-être effective que dans plusieurs années, mais les Dos Dorés mourraient cette nuit même.

Si Valentine parvenait à utiliser les charges explosives au mieux, le Général perdrait encore quelques-uns de ses précieux Faucheurs. Le seul fait d'hésiter revenait à admettre la défaite, d'une certaine façon. Si c'était le destin des Dos Dorés contre son devoir, son devoir allait perdre.

Quelques minutes après minuit, Valentine rôdait à l'extérieur du hangar. Il avait trouvé une combinaison bleue accrochée dans la grange, et il l'avait mise, ainsi qu'une paire de gros souliers en caoutchouc tachés de boue. Il plaça le katana, le lance-flammes et les charges explosives dans une brouette, étala la couverture dessus et se dirigea en poussant le tout vers l'entrée principale. Il avançait lentement, d'un pas lourd. La sentinelle sortit de l'ombre et apparut dans la lumière, son fusil sous le bras et son col relevé contre le froid.

— Désolé, ça a pris plus de temps que je croyais, lui fit David. Elle a eu des veaux jumeaux, et je n'arrivais pas à faire sortir le second. Finalement j'ai dû passer une ficelle derrière sa tête et tirer.

Il venait de débiter l'intégralité de ses connaissances en matière de vêlage, mais ce petit discours l'avait amené à trois mètres de l'autre.

— Stop. Tout de suite !

La lame lança un éclair. Le garde s'écroula, une expression de stupéfaction sur le visage, comme s'il ne croyait pas qu'un être humain puisse se mouvoir aussi rapidement. Valentine le dépouilla de sa vareuse et de sa casquette, qu'il mit, et il plaça le fusil dans la brouette.

Il laissa son armement dans un creux de terrain, en plein champ, près de l'énorme bâtiment, le cacha sous la couverture et entreprit de reconnaître le hangar. Il dénicha une carriole à quatre roues, y empila divers morceaux de métal et la poussa sur l'immense dalle de ciment intérieure, en prenant l'air affairé. Il dénombra vingt-huit wagons de marchandises formant trois convois, dans le hangar. Des gardes et des chiens protégeaient ce qu'ils contenaient. Aucun des ouvriers ne s'approchait d'eux plus près que l'exigeait la nécessité absolue. Le Félin jeta un œil par la porte coulissante ouverte d'un wagon et vit à l'intérieur d'autres cercueils de métal. Chacun renfermait peut-être un soldat de la Croix Torse qui, flottant dans une solution saline, animait un des Faucheurs.

Valentine recourut à son ouïe « profonde » pour écouter ceux qui se trouvaient dans le hangar. Les ouvriers se demandaient ce qui était arrivé aux Dos Dorés qui d'ordinaire servaient de main-d'œuvre ici. Plus tôt dans la journée, des gardes étaient venus chercher les Grogs pour les rassembler dans un seul endroit. Certains supposaient qu'on les fouillait à la recherche d'armes. D'autres pensaient qu'ils avaient été pris comme otages afin d'assurer la loyauté de la marionnette mise sur le trône par le Général, à Omaha. Des rumeurs circulaient sur des affrontements dans la ville. Puis des ordres avaient été donnés et la base s'était vidée de presque tous ceux qui savaient se servir d'un fusil.

— Le Général a vraiment pété les plombs, murmura un ouvrier après que Valentine se fut éloigné, sans savoir que l'ex-Loup entendait chacune de ses paroles. D'abord il s'attaque à un trop gros morceau dans l'Ouest, où il perd une bonne partie de ses meilleures troupes, et maintenant on dirait qu'il y a des troubles à Omaha. Au lieu de laisser les choses se tasser, il veut toujours suivre une politique de terre brûlée. Ce n'est pas parce qu'il refuse de perdre une bataille qu'il peut gagner la guerre. Il se vante sans cesse d'être très patient, mais…

— Fais gaffe, toi. Je n'ai pas envie de me retrouver sur une liste parce que j'ai discuté trahison.

— Ce n'est pas une trahison de dire qu'on devrait tendre un peu plus souvent la carotte que le bâton. J'ai signé pour la carotte, une belle surface de terre à moi seul et un anneau de cuivre comme celui que mon vieux a. Quatre ans que j'en suis, et toujours pas d'anneau en cuivre, ni de terrain.

— Moi, je me contenterais qu'ils fassent revenir au boulot les dos poilus. Je suis éreinté.

Une tour de contrôle en béton se dressait au centre du hangar. Valentine vit que l'escalier en colimaçon menant à son sommet descendait également vers les sous-sols. Dans sa partie supérieure, l'édifice s'élargissait pour former une sorte de bol dans lequel se trouvaient quatre soldats de la Croix Torse. Les canons de leurs mitraillettes dépassaient du rebord du bol. David poussa son chariot devant des bunkers construits de chaque côté du hangar. Ces petites casemates ne l'inquiétaient pas, car leurs meurtrières s'ouvraient vers l'extérieur, afin de couvrir les abords du bâtiment, et non l'intérieur. Il scruta les profondeurs des lieux pour définir à quel endroit placer les charges pour qu'elles fassent un maximum de dégâts.

Il ressortit sans se cacher et poussa de nouveau sa carriole en direction du tas de rebuts. Il prit les armes dans la brouette et les déposa discrètement dans le chariot avant de repartir vers le hangar.

Alors qu'il approchait de la tour intérieure, une sentinelle le héla :

— Une seconde, toi ! Où crois-tu aller avec ces saloperies ? Rien ne doit être entreposé près des wagons, même de façon temporaire.

Valentine continua à pousser sa carriole en biais vers une série d'établis adossés au mur opposé. Les roues heurtèrent les derniers rails insérés dans la dalle de ciment du hangar près de la tour, et une tige de métal de deux mètres cinquante roula sur le sol, avec l'aide furtive de son genou.

Le garde vint se planter devant lui.

— Tu veux aller là-bas, abruti, tu fais le tour. Ce n'est pas parce que le lieutenant est absent que je ne peux pas relever ton matricule.

Le Félin ramassa la tige et fit mine de la remettre dans la carriole. Soudain il se redressa avec son arme improvisée et frappa le garde sous l'aisselle. Côtes et os de l'épaule craquèrent. Le soldat lâcha son fusil puis roula au sol.

Quelque part du côté des wagons, un sifflet strident retentit. David amena le chariot devant la porte de la tour. Il mit d'abord le lance-flammes à sa bretelle, puis passa les doubles sacoches contenant les charges explosives sur son épaule opposée, avant de prendre le fusil dans une main et son katana dans l'autre. Ainsi équipé, il s'élança dans l'escalier en colimaçon.

Un garde de la Croix Torse se trouvait quelque part en poste, plus haut sur les marches. Valentine percevait sa respiration heurtée aussi nettement que si l'inconnu avait haleté à son oreille. Il posa le sabre japonais, le lance-flammes et les explosifs.

Se ramassant sur lui-même, il effectua un bond qui le propulsa cinq degrés plus haut. Il pivota dans l'air et pressa la détente du fusil. La décharge toucha l'homme en plein visage, transformant celui-ci en une masse horrible.

Il reprit son ascension. Arrivé presque au sommet, il aperçut le plafond de la structure. Il dégoupilla une des grenades et la lança sur la terrasse.

— Grenade ! cria une voix, mais trop tard.

David dévalait déjà les marches pour atteindre ses autres armes. Il les ramassait quand le projectile explosa. Malgré la masse de béton et deux spires d'escalier pour le protéger, il sentit la puissance de la déflagration. Tout lui parut ralentir, et il eut l'impression d'être isolé du reste du monde, comme s'il nageait sous l'eau. Déséquilibré par l'onde de choc, il gravit les degrés en se tenant à la rampe, comme un homme ivre.

Les gardes en poste au sommet de la tour avaient été propulsés dans le vide ou y avaient sauté d'eux-mêmes. La terrasse circulaire avait un diamètre d'environ cinq mètres. Deux mitrailleuses reposaient toujours sur leur montant, et, spectacle incongru, il vit sur le sol une paire de chaussures.

Un déplacement d'air pareil à celui provoqué par les ailes d'un oiseau heurtant la vitre d'une fenêtre…

… Le Faucheur le manqua de peu quand il bondit sur la plate-forme. Mais ce n'était pas un tueur contrôlé par un Kurian, dans une symbiose découlant de longues années de pratique. L'homme dans la cuve qui tirait les fils de sa marionnette était un Apprenti et non un Maître, et le Crâne Noir vacilla en se recevant.

Valentine avait eu le temps de dégainer son katana quand l'autre se redressa. Avant que la créature ait pu pointer son arme, le Félin frappa de haut en bas et la toucha au genou. David s'écarta de sa ligne de tir ; les balles déchirèrent l'air à l'endroit où il s'était trouvé une fraction de seconde plus tôt. Le Faucheur était maintenant en déséquilibre sérieux, et un autre coup fulgurant du Félin l'atteignit au cou. Il ne fut pas décapité, mais la moelle épinière était sectionnée. Le Crâne Noir s'effondra et ses dents noires mordirent faiblement sa propre langue, dont l'extrémité était pareille à une seringue.

Sans plus se soucier de cet ennemi, Valentine arma une des charges. La sacoche qui la contenait se mit à fumer avec un sifflement bas. David tournoya sur lui-même comme un lanceur de marteau aux jeux Olympiques et envoya l'explosif vers les convois de wagons.

Ils étaient sans doute plus faciles à garder rassemblés de la sorte, mais ils offraient aussi une cible immanquable. Il entendit le son mat du projectile qui rebondissait sur le toit d'un wagon, et il plongea derrière le muret en ciment épais de trente centimètres, qui bordait la terrasse. La partie de son esprit toujours curieuse des détails pendant le combat se demanda pourquoi le Général avait privilégié le bois pour ses fourgons. La réponse lui vint immédiatement, alors qu'il ouvrait le sac de grenades : le métal aurait été trop chaud sous le soleil, avec le risque de cuire littéralement les hommes à l'intérieur des cuves. Mais le matériau choisi présentait aussi quelques désavantages.

Il prit une grenade au phosphore blanc et couvrit ses oreilles et ses narines en prévision de la suite.

Les murs épais du hangar démultiplièrent le fracas de l'explosion. Les débris divers n'étaient pas encore retombés qu'il dégoupillait la grenade et la lançait au beau milieu des wagons. Des tirs venus des quelques gardes au sol sifflèrent autour de sa tête, et il s'abrita vivement avant qu'ils puissent mieux viser. Il continua à lancer les grenades aussi vite qu'il pouvait les dégoupiller, et il entendit les premières déflagrations. Les charges au phosphore disséminaient des particules blanches incandescentes dans le bois éventré autour de chaque impact. Les flammes dévoraient déjà la peinture et les planches en une demi-douzaine d'endroits.

Il perçut un bruit de pas dans l'escalier et envoya son dernier projectile dévaler les marches. Il explosa quelque part plus bas, provoquant des cris de douleur qui procurèrent à David une satisfaction sauvage.

Il alluma le lance-flammes, se redressa au-dessus du parapet et pointa l'arme sur les wagons.

Il projeta un long jet sur les sentinelles qui le visaient, au milieu des fourgons les plus proches de la tour. Dans un déluge jaune orangé, les flammes dévastèrent les parois et les toits en bois. Elles s'écoulèrent en rivières brûlantes et emplirent le hangar d'une épaisse fumée noire. Le feu, la plus ancienne des armes de terreur, était aussi destructeur dans les rangs de la Croix Torse que dans ceux des Dos Dorés. Les détonations cessèrent.

Les gardes survivants s'enfuirent, et certains abandonnèrent leur arme pour échapper plus vite au brasier.

Du haut de son nid en béton, Valentine exultait devant le spectacle de dévastation en contrebas. Rien d'étonnant à ce qu'Ali aime allumer des incendies, avec les résultats spectaculaires que l'on pouvait obtenir. Le lance-flammes s'éteignit subitement, son réservoir vide. David le laissa tomber et se plaça derrière une des mitrailleuses. Mâchoires serrées, un rictus dur tordant ses lèvres, il lâcha une rafale sur un groupe de gardes qui couraient vers les wagons. L'arme hoqueta avec un recul minime. Il prit pour cible chaque personne cherchant à combattre les flammes qui se propageaient parmi les convois. À dix mètres du sol, la chaleur rugissante était presque douloureuse pour sa peau. Mais rien ne comptait à part la destruction des wagons et l'incendie.

Deux silhouettes nues et minces sortirent en vacillant d'un des trains. Elles tendaient les bras devant elles comme des somnambules. Il les abattit avant de faire feu sur une locomotive qui entrait à reculons dans le hangar pour tenter de sauver un train. Elle fut très vite criblée de balles de 50 assez puissantes pour transpercer les parois de métal. Ses conducteurs sautèrent hors de l'engin et prirent la fuite. Un autre opérateur nu de la Croix Torse rampa hors d'une carcasse de wagon en se brûlant les mains et les jambes. Valentine tira jusqu'à ce qu'il cesse de bouger.

Il entendit qu'on criait des ordres sous la tour. Il risqua un regard par-dessus le parapet et aperçut des fusils pointés sur lui. Il eut un brusque mouvement de retrait, mais trop tard. Un projectile effleura sa peau et il enregistra un coup sec, comme si un médecin voulant mesurer ses réflexes avait abattu son petit marteau sur sa pommette. Un instant plus tard, la douleur le frappa.

Bon sang, je suis touché.

Sans trop y croire encore, il porta une main à son visage et suivit du bout des doigts la chaleur de la blessure. La balle avait tracé un sillon de son menton au coin de son œil.

La brûlure, qui dura une seconde, n'était que le prélude de ce qui arriva ensuite, quand ses nerfs réagirent pleinement.

Ce fut comme si un tisonnier chauffé à blanc était tenu à un centimètre de sa figure. Il s'entendit crier, mais au loin, derrière le carillonnement soudain qui avait empli ses oreilles. Des éclairs l'éblouissaient, et il ne distinguait qu'à peine le monde, à travers un rideau de diamants scintillants. Quelque part au-dehors de son univers de douleur, il perçut des pas dans l'escalier. Il se concentra comme un ivrogne qui veut insérer sa clé dans la serrure de sa porte d'entrée, alla en titubant jusqu'au palier et tira au hasard vers le bas. Du sang coulait en abondance sur son visage. Gouttait sur le béton et les dernières marches. Inondait sa poitrine en une pluie tiède. Une pomme tomba du ciel et rebondit dans sa maison suspendue. Non, pas une pomme, une grenade.

Sauter était la seule solution. Il bondit par-dessus le parapet, tournoya dans le vide – *waouh ! exactement comme un félin !* – et se reçut rudement au sol, pour aussitôt s'élancer vers les ténèbres, à l'extérieur du hangar. Courir n'avait jamais été aussi facile : il sentait à peine la terre sous ses pieds.

Il n'y avait personne près de lui, et pourtant quelqu'un réussit à le frapper à la jambe gauche. Peu importait, son pied gauche ne fonctionnait pas très bien, de toute façon. Et puis il pouvait rejoindre l'obscurité à cloche-pied. Mais la nuit ne voulait pas attendre, et elle se précipita sur lui pour l'accueillir dans son étreinte réconfortante, comme un amour perdu depuis longtemps.

— Tout ira bien, Molly, dit-il alors qu'il s'égarait dans un tunnel étrange où il flotta parmi des tourbillons de brume. Si tu ne peux pas marcher, je te porterai.

Il trouva la force de tourner la tête, et les ténèbres le déposèrent doucement au sol. Il apercevait des feux de camp là-bas, au loin. Les flammes s'élevaient joyeusement pour s'unir en une seule flambée pareille au soleil levant. Le feu seul comptait. Le feu seul importait.

Dommage qu'il soit trop las pour se rappeler pourquoi.

Le corps de David Valentine lutta avec acharnement contre le réveil. Chaque fois que sa conscience partait à l'assaut de la colline, son organisme épuisé, endolori, exsangue tenait bon, et au dernier moment renvoyait la conscience rouler au bas de la pente, jusque dans les ténèbres de l'oubli. Elle tenta de revenir quand il fut soulevé et emporté de l'endroit où il était tombé, et elle essaya encore lorsqu'on l'étendit sur une table. Une lumière aveuglante braquée sur son visage et la pose d'un sparadrap sur sa joue déclenchèrent d'autres batailles. Plus tard, sur un lit d'hôpital, sa conscience lança une série d'attaques furtives. Dans des rêves nébuleux, il parla au capitaine LeHavre, puis à son père.

La mort ne vint jamais délivrer son corps de sa guerre contre la souffrance, et Valentine finit par s'éveiller. Il était totalement désorienté. Pour une raison obscure, il voulait plus que tout savoir depuis combien de temps il était prisonnier.

Alors qu'il revenait à l'horreur du monde réel, il chercha à lever la main, mais une entrave quelconque l'empêcha de se toucher la figure. De fait, il ne pouvait même pas bouger son corps. Une douleur lancinante pulsait dans tout le côté droit de son visage, et il était la proie d'une vague nausée. Il sentait une humidité froide entre ses cuisses, ainsi qu'une présence chaude et solide dans ses sous-vêtements. La jambe gauche de son pantalon manquait, mais il était toujours habillé. La souffrance était trop aiguë pour qu'il la supporte, et il se réfugia dans une somnolence brumeuse.

Il ne dormait pas très profondément. Une femme vint découper le reste de sa tenue et le lava, ce qui fut une épreuve étonnamment désagréable, même si elle le manipula aussi doucement qu'elle l'aurait fait pour un bébé. Quand on changea le pansement de son visage, sous les directives d'un homme beaucoup moins attentionné, il eut l'impression que la balle labourait ses chairs une seconde fois, et il s'évanouit, malheureusement pour une seule minute. Il revint à lui alors qu'on appliquait de la teinture d'iode avant de poser un nouveau pansement.

Les heures s'écoulèrent, interminables, et il tenta de jouer avec sa douleur, en lui accordant trente minutes de torture pour cinq de soulagement. Mais elle n'accepta pas ces règles.

Il sombra dans un sommeil agité dont il émergea un peu plus tard, quand on le secoua par l'épaule.

— Voulez-vous un peu d'eau ? demanda un homme en blouse blanche.

— Oui, s'il vous plaît, répondit-il dans une sorte de croassement.

Il éprouvait d'autres sensations, à présent. La douleur, toujours la douleur, mais il parvenait aussi à humer et analyser l'air, et quelque chose lui dit qu'il se trouvait dans un sous-sol.

L'inconnu lui présenta un gobelet, et Valentine aspira l'eau fraîche par une paille.

—Il est capable de parler, c'est bon.

À travers le brouillard qui l'environnait, il se sentit soulevé et transporté dans un couloir jusqu'à une autre pièce. On l'assit sur une chaise à cadre métallique, avec un siège en bois dur, alignée à côté de quatre autres. On lui menotta les mains dans le dos, ce qui l'amusa un instant, car il était trop faible pour ramper, et encore moins se battre. Quand on déplaça sa jambe pour attacher sa cheville à un des pieds du siège, la douleur devint si violente qu'un flot d'urine tiède inonda son pantalon. Il eut l'impression d'expulser un jet d'acide nitrique.

—Ah, la poisse, grogna un des gardes. Il s'est pissé dessus.

—Qu'est-ce que ça peut faire ?

David dodelina de la tête, et il contempla le dallage vert du sol. Il essaya de se rappeler s'il avait jamais vu des carreaux aussi petits, et posés avec une telle symétrie, et une fois encore il perdit connaissance.

Plus tard, il dut attendre ce qui lui sembla des jours entiers, mais peut-être n'étaient-ce que de petites heures. La conscience qu'il avait de son environnement se précisa un peu, et le brouillard commença à se dissiper. Il se rendit compte qu'il voulait désespérément vivre, même si ce n'était que quelques heures de plus. Il se demanda s'il serait simplement abattu, ou si on lui réservait une fin plus élaborée.

On lui redonna de l'eau. Il réussit à la boire, malgré la douleur qu'il ressentit au visage quand il accomplit cet acte pourtant très simple. La pièce était dénuée de tout intérêt. Hormis les cinq chaises, elle ne comportait aucun mobilier. Les petits carreaux verts recouvraient le sol et le premier tiers des murs. Au-dessus, il n'y avait que du béton uniforme, non peint. Il détecta l'odeur de la craie quelque part, et s'efforça de se souvenir s'il y avait un tableau dans la première salle. L'unique porte donnant dans la pièce où il se trouvait maintenant était derrière lui, et il entendait parfois des gens qui passaient dans le couloir.

Quand des pas lourds approchèrent, il sut d'instinct que le moment était venu. Il fit de son mieux pour se préparer mentalement, même si son corps lui semblait être en caoutchouc fatigué. Mais son esprit était l'esclave de son organisme. Son intellect s'était recroquevillé sur lui-même pour résister à la souffrance et à l'épuisement, juste au moment où il avait besoin de toutes ses facultés.

La porte s'ouvrit, et malgré la douleur à sa joue il réussit à tourner assez la tête pour voir deux grands Grogs pénétrer dans la salle. C'étaient des Dos Dorés vêtus de manteaux croisés en cuir noir dignes de ceux de l'Ancien Monde, et luisants comme les élytres d'un scarabée. L'un se plaça à sa droite, l'autre à sa gauche.

Un homme au corps ratatiné vint se camper devant lui. Sa peau avait l'apparence cireuse d'un malade souffrant d'un cancer au stade terminal. Ses lèvres étaient gercées. Une chevelure noire vigoureuse débutait en V sur le front pour cascader en arrière. Ses yeux étaient bleu pâle ou vert pâle, selon l'éclairage et l'observateur. Il portait un uniforme couleur rouille très simple, et une ceinture avec baudrier. Des pattes rouges marquées de svastikas dorés étaient visibles à son col. Il n'arborait ni vareuse, ni arme de poing, ni décorations.

— C'est une des meilleures choses lorsqu'on vit aussi longtemps : on en arrive à voir toutes les erreurs commises par les historiens quand ils abordent un sujet qu'ils ne connaissent pas réellement.

Il parlait avec une pointe d'accent européen que Valentine ne put situer.

— Par exemple, la seule histoire à avoir été largement diffusée et lue depuis 2022 est ce pamphlet lamentable intitulé *Les Dieux déchus*, de cette Kostos qui se prenait pour Margaret Bourke-White. Elle y affirme que les premiers nouveaux accès à Kur ont été ouverts en Haïti au XVIIIe siècle. Elle ne se trompe que d'un petit millier d'années. Comment je le sais ? J'étais là. Mes yeux ont dévisagé Charlemagne, jeune homme. Kur avait créé un portail durant le haut Moyen Âge, cette période que certains ont appelée l'« Âge Sombre ». Mais il n'a pas été sombre pour moi, oh non. Pendant l'Inquisition, nous avons réussi à ouvrir un autre passage, en Espagne.

Le Général passa derrière son prisonnier et revint à la même place en poussant devant lui un petit chariot d'hôpital sur lequel étaient placés le katana, les griffes de combat, la pyramide et quelques autres effets personnels du Félin.

— Vous les avez rejoints il y a tout ce temps ? demanda Valentine. Que vous ont-ils offert pour trahir un monde entier ?

— Ce qu'aucune récompense, aucune sagesse ne saurait acheter. Le temps.

— Alors vous vous nourrissez comme eux.

— Oui. Voilà très, très longtemps, j'ai reçu un don, une révélation de proportions bibliques, pourriez-vous dire. Pour mes services, les scientifiques m'ont appris comment atteindre l'immortalité.

— Une immortalité dont d'autres paient le prix, fit David d'une voix rauque.

— Le bétail, les volailles ne paient-ils pas le prix de votre vie ?

— Ce n'est pas la même chose.

— C'est là que vous et tant d'autres vous trompez. Le bétail et bien d'autres animaux sont consommés parce qu'ils sont agréables à manger, certainement, mais surtout parce qu'ils ne sont pas assez développés pour empêcher qu'on se régale d'eux. L'humanité a fait un grand bon en avant quand elle a appris à élever du bétail, ce qui l'a placée au-dessus de toutes les autres créatures sur terre, avec quelques exceptions intéressantes comme ces fourmis qui élèvent des pucerons. Il fut un temps où nous ne valions guère plus que les vaches, mais nous avons progressé ; pas elles. Alors les vaches en paient le prix, et nous ne nous en portons que mieux.

— Pourquoi me parlez-vous de tout ça ? demanda Valentine.

— Quand on atteint mon âge, quand on a vu les gens arriver et partir durant non pas des générations ni des siècles, mais presque des millénaires, on devient un bon juge des hommes. À l'époque où j'étais moine, avant mon éveil, j'avais une assez piètre opinion du troupeau humain. Il n'y avait dans la multitude aucune étincelle, aucune imagination, seulement l'incompréhension des concepts les plus simples que nous voulions transmettre.

» Avec le temps, il m'a été de plus en plus difficile de supporter les imbéciles. La plupart des gens ne valent pas mieux que le bétail. Ils ont simplement hérité d'habitudes plus complexes, mais toujours basées sur le principe de la réponse stimulée. Lorsque vous voyez des hommes reproduire les mêmes erreurs, encore et encore, vous perdez toute empathie pour eux, et vous ne reconnaissez que leur utilité. C'est ce que j'ai essayé de dire à Kant à l'époque où je vivais en Prusse.

Valentine entendit quelqu'un qui, dans le couloir, demandait à remettre un message au Général, et l'aide de camp de celui-ci qui s'interposait.

— Je vous situe au-dessus du troupeau, poursuivit le Général. À mes yeux, vous êtes un humain avec un potentiel. Vous aussi avez reçu des dons de la part des Tisseurs de Vie. Vous possédez un talent dont j'ai grand besoin. J'aimerais vous avoir à mes côtés plutôt que mort pour finir dans l'estomac d'un Grog. Si vous trouviez un lingot d'or terni sur le bord de la route, est-ce que vous le feriez briller ou est-ce que vous le rejetteriez dans la nature ? Je suis en position de vous offrir ce qui équivaut à la vie éternelle. Une chance de développer vos talents au lieu de les gaspiller.

— Comment pouvez-vous avoir une opinion sur moi alors que vous ne me connaissez pas ? rétorqua Valentine.

— Quand quelqu'un l'emporte sur moi, je tiens à savoir comment il s'y est pris. J'ai fait quelques recherches sur vous, posé quelques questions. Un homme très compétent vous a interrogé en douceur pendant que vous vous remettiez. Vous vous trouviez avec la Marque des Ailes de l'Aigle, dans ces maudites Dunes. Avant cela, vous étiez un jeune officier prometteur, jusqu'à ce qu'un supérieur ambitieux vous sacrifie pour sauver sa carrière. Eh oui, j'ai mes sources, même au sein de la Région Militaire Sud. Certaines personnes pour lesquelles vous travaillez désirent vivre éternellement, voyez-vous.

— D'accord, vous me connaissez. Et vous, qui êtes-vous ?

— Quelqu'un de très semblable à vous. J'aime lire. J'aime commander. Je suis plus réaliste, mais vous êtes encore jeune, et l'idéalisme est l'asile de la jeunesse.

— Dommage que vous vous soyez échappé de l'asile.

Le Général ne releva pas le sarcasme.

— Avant mon Éveil personnel, j'étais un moine de l'Âge Sombre, un de ces célibataires déprimants, qui prétendait maintenir vivante la culture après la chute de l'Empire romain d'Occident, alors qu'en fait j'inventais de nouvelles façons de tirer avantage de la crédulité générale. J'étais une sorte d'historien, et j'ai découvert à la lisière de certains documents anciens les traces d'une histoire bien plus ample. J'ai convaincu mes supérieurs de me laisser partir en pèlerinage en Terre Sainte et au-delà. J'ai fini par aller beaucoup plus loin que ce que mon ordre espérait de moi. J'ai trouvé les ruines de la cité kuriane de Brass, en Asie centrale, et là, j'ai fait la connaissance d'un Chinois à la peau d'adolescent qui m'a affirmé avoir deux mille ans. C'est ainsi qu'a débuté mon apprentissage des Arts de Kur. Plus tard, ils sont venus nous chercher. Mais c'est ce Chinois, ce vieux Zhao, qui a été mon véritable sauveur.

» Lorsque j'ai reçu ma première perfusion d'aura vitale, j'étais vieux et malade. Ça a été… bah, il faut en faire l'expérience, je ne peux pas trouver les mots. Là où il n'y avait eu que faiblesse, il y a eu une force nouvelle. J'avais oublié ce qu'est l'éclat de la jeunesse. C'est la sensation la plus merveilleuse au monde. Les possibilités qui s'ouvraient à moi… Je pouvais recommencer toute mon existence. J'ai vécu des dizaines de vies. J'ai connu la Horde d'Or. J'ai vu l'Empire ottoman grandir et s'effondrer, j'ai chevauché avec les Cosaques quand la Grande Armée de Napoléon battait en retraite après avoir incendié Moscou. J'ai investi et j'ai laissé le temps travailler pour moi pendant des générations.

» Ma richesse m'a apporté le pouvoir et l'influence, et j'ai mis ceux-ci au service de Kur. J'ai acheté des Premiers ministres et des diplomates, des généraux et des écrivains. Avez-vous jamais entendu parler des équipes de la Ligue Majeure, en base-ball ? Leurs propriétaires acquéraient, vendaient et échangeaient leurs joueurs afin de constituer l'équipe qui remporterait le championnat. J'ai fait la même chose, mais à une échelle globale, lentement, patiemment. C'est le grand avantage de ce que donnent les scientifiques kurians, Valentine : avec l'immortalité, ils vous offrent le luxe de la patience.

David dévisagea le vieux Général. Si quelqu'un avait jamais eu l'air très âgé et très malade, mis à part cette chevelure luxuriante, c'était bien l'ancien moine.

— Où avez-vous déniché la Croix Torse ?

Le Général effleura d'un doigt le svastika sur son col.

— C'est un symbole ancien, le signe du statut spécial qu'ont ceux qui comptent parmi les amis de Kur. Depuis la préhistoire, on le retrouve sur des artefacts, et dans le monde entier. Je l'ai choisi comme emblème du renouveau de l'ancienne alliance passée entre la Terre et Kur, entre les hommes et leurs anciens dieux. Des humains assez visionnaires pour non seulement s'accommoder du Nouvel Ordre, mais aussi pour le modeler à leur convenance, et pour leurs propres desseins.

— Donc la laisse qui vous tient est plus longue. Mais vous êtes quand même tenu en laisse.

Il parvint à mettre un peu de mépris dans sa voix enrouée.

— Les Kurians ont désespérément besoin de moi, parce que je livre bataille à leur place. Ils sont trop occupés à diriger leurs territoires, à se disputer et comploter entre eux. Maintenant qu'ils ont gagné tant, ils ne veulent plus risquer leurs précieux Faucheurs pour neutraliser les poches de résistance qui existent encore. Votre obstination à ne pas reconnaître la défaite et la fin de la guerre nous a causé quelques soucis, tout comme des soldats japonais affamés dans leur île transformée en bunker.

Valentine se sentait très fatigué, et il commençait à douter de pouvoir rester éveillé jusqu'à la fin de l'entrevue, ou l'interrogatoire, ou l'enquête.

— Général, c'est moi qui suis menotté, ici. Qu'est-ce qui m'attend ?

— Vous avez le choix, un choix que vous méritez, de par vos aptitudes et votre évidente intelligence, malgré ces talents gaspillés au service de gens ingrats. Et je ne parle pas seulement de ces Tisseurs de Vie pathétiques, mais aussi de vos prétendus frères qui restent chez eux pendant que vous risquez votre peau pour protéger leur misérable existence.

» Je ne vous ferai pas l'insulte de vous offrir une place dans les rangs de mon armée. Il vous suffit de demander une semaine de vie de plus. Et puis une autre. Et puis une autre. Je vous dévoilerai des visions, je vous initierai à des possibilités qui enflammeront votre imagination. Un jour on vous donnera peut-être des Pierres de Touche, et vous aurez alors à votre disposition un savoir dont Aristote en personne n'aurait pas osé rêver. Les bénéfices sont littéralement infinis. Alors, que préférez-vous ? Le pistolet, ou une semaine de vie ?

Que préfères-tu, le Félin ? Mourir en défendant le « troupeau » ? Ou t'en nourrir ?

Blessé, harassé, Valentine trouva la réponse dans sa propre souffrance. Des visages surgis du passé défilèrent dans son esprit. Il vit Molly, les Carlson, Sutton, le généreux éleveur de porcs. Linda, qui avait été Mme Poulos l'espace de quelques heures seulement, et le bébé brailleur. Donna, et son fils qui construisait des armoires. Les jeunes Grogs qui gambadaient avec des enfants humains autour de la fontaine, dans la petite enclave de Steiner. Ahn-Kha et les Dos Dorés. Jocelyn Hendricks. Qui se serait sacrifié pour qui ?

Il prit la parole, et cette fois sa voix était claire et ferme :

— Descends-moi, Judas.

— Une fin bien vaine à l'histoire des Valentine. Votre Golgotha sera pour vous seul.

— Et ton bunker, n'est-il pas unique, Général ?

Celui-ci effaça d'une gifle sèche le rictus de David. Du sang se mit à couler depuis le pansement.

— Vous m'avez vaincu au combat. Enfin, vous avez vaincu les hommes en qui j'avais confiance pour remporter mes batailles, ce qui est peut-être la même chose. Mais c'est une question pour les philosophes. Car qu'est-ce qu'un léger retard pour moi ? Croyez-vous vraiment que vous m'avez porté un coup très rude ?

Le feu de la colère s'était allumé dans ses yeux.

— Vous le croyez ? Votre tentative pathétique était aussi inutile que cracher dans un ouragan. Je peux m'offrir le luxe de penser en termes de milliers d'années. C'est la raison pour laquelle je fais construire cette base. Ce n'est pas pour lancer une campagne dans le Nebraska, mais pour contrôler tout le continent. Il faut des années pour sélectionner, élever et entraîner un binôme de combat. J'ai entamé ce projet avant votre naissance et j'ai connu des revers bien pires que l'incendie dans le hangar.

» La science de Kur et mon expérience du commandement ont démontré que ce système fonctionne. Les hommes peuvent contrôler les Faucheurs. Des Faucheurs qui se battent comme des soldats, mais sans les faiblesses et les désirs des Kurians dont ils sont issus. Les principes d'abord, mon jeune ami. J'ai démontré que je pouvais le faire avec un seul et, si je peux le faire avec un seul, je peux le faire avec mille. Et si je peux le faire avec mille…

Derrière Valentine, la porte s'ouvrit et un nouveau Dos Doré en uniforme de cuir de garde du corps entra en traînant presque dans son dos l'aide de camp qui protestait faiblement. Le Grog grogna quelque chose aux deux autres dans leur langue.

— Je suis désolé, monsieur, déclara-t-il au Général. Il semble que des troubles aient éclaté dans le ghetto. Nous devrions aller dans l'abri d'urgence immédiatement.

David leva les yeux vers le messager essoufflé, et son cœur s'arrêta un instant.

L'ancien moine poussa un soupir las puis hocha la tête.

Valentine essaya de se lever, pour attirer l'attention du Général.

— Tout ce que vous racontez est peut-être vrai, sur le plan de la logique. Mais je crois que quelqu'un va devoir reprendre là où vous vous êtes arrêté. Il apparaît que vous avez merdé avec les mauvaises espèces.

— Qu'est-ce que-eerrghh…, réussit à dire le Général avant que les doigts d'Ahn-Kha se referment sur sa gorge.

Le géant furieux le souleva du sol et le projeta contre l'aide de camp tétanisé.

La chaise de Valentine se renversa dans le mouvement, mais il put quand même assister au spectacle unique d'un homme battu à mort avec le corps d'un autre. En six coups monstrueux, Ahn-Kha réduisit le Général et son assistant à l'état de pulpe sanglante ; l'ancien moine se révéla une arme peu solide : il se désarticula après le troisième choc.

Les deux autres Grogs s'étaient écartés des êtres entrelacés, comme s'ils craignaient que le Général se redresse subitement dans un accès de rage démoniaque. Mais son organisme n'était plus agité que par de faibles soubresauts réflexes. Ils échangèrent quelques mots hésitants avec Ahn-Kha, puis vinrent l'étreindre.

Le Dos Doré avait du mal à respirer après une telle dépense d'énergie.

— Tu n'as pas l'air bien, mon David. Laisse-moi t'aider.

Sa face d'ours se pencha sur celle de Valentine qui luttait pour ne pas perdre connaissance.

Tiens bon. Ressens la douleur. Hume l'odeur du sang. Entends la… fusillade. Où est la fusillade ?

— Qu'est-ce que tu as dit aux deux autres ? demanda-t-il d'une voix assourdie.

Quelques coups de feu claquèrent dans le couloir.

— « Si vous ne faites rien, tout sera pardonné. » C'est un peu plus poétique dans ma langue.

La tension gonfla les muscles des épaules d'Ahn-Kha quand il saisit la chaîne des menottes. Elle céda.

La porte s'ouvrit, et la silhouette d'Alessa Duvalier surgit sur le seuil, engoncée dans une tenue d'assaut de la Croix Torse. Cet accoutrement lui donnait une apparence un peu absurde et évoquait une tortue dans une carapace trop grande. Elle épaulait un fusil pour couvrir le couloir, et son épée tachée de sang était glissée à sa ceinture. Un bandeau trempé de sueur empêchait sa chevelure flamboyante de retomber devant ses yeux étincelants.

— Pas le temps pour les politesses, les gars. C'est chaud, dans le coin.

Valentine se demandait s'il délirait à cause du sang perdu.

— Ali ? fit-il. Qu'est-ce que tu fabriques ici ?

Elle ôta le chargeur de sa kalachnikov et lui substitua celui qu'elle avait scotché tête-bêche au premier.

— Je suis en train de traire une autruche mâle, bien sûr ! À ton avis, Val ? Je donne un coup de main à ton ami aux oreilles pointues.

Ahn-Kha souleva Valentine dans ses bras et suivit la Féline dans le couloir. À une intersection, David vit un autre Dos Doré qui tenait une mitraillette sur sa hanche. Avant qu'il ait lâché une rafale, ils refluèrent dans le couloir opposé, et Valentine aperçut un nouvel embranchement jonché de corps. Il sentit qu'on le portait dans un escalier. Il se dit que ce n'était pas si mal d'être le partenaire d'une jeune femme « mentalement dérangée », parfois. Puis il s'évanouit.

— Le plus dur a été de te localiser, expliqua Duvalier le lendemain.

Valentine occupait son hamac, quelque part dans les bois denses en bordure de la Missouri River, loin au sud de la base de la Croix Torse. Ahn-Kha semblait profondément endormi, le PPD du Félin dans les mains. David but une autre gorgée de l'infusion de feuilles de saule pour calmer la douleur. D'après la Féline, il avait le coquart le plus magistral qu'elle ait jamais vu.

— J'ai titillé un peu la colonne qui avait attaqué les Ailes des Aigles, mais je voulais avant tout découvrir où se trouvait leur point d'appui. Il m'a suffi de me glisser dans leur campement et de tendre l'oreille. Les cascades auxquelles tu t'es livré, seuls les Ours sont assez stupides pour les tenter. Pour ma part, je préfère rester en dehors de la trajectoire d'une balle, merci beaucoup. Même si j'admets que tu ne manques pas de cran.

Elle déposa un baiser sur le bandage qui recouvrait la partie gauche de sa joue.

— Peut-être que je pourrai te montrer des acrobaties plus personnelles quand j'irai un peu mieux, suggéra-t-il.

— Dans tes rêves, Valentine. Donc je suis arrivée au point de rendez-vous et j'ai attendu, et bien entendu tu n'es pas venu. Alors je t'ai laissé un mot et je suis allée marauder dans les quartiers sud d'Omaha. J'ai étudié la base en détail, je me suis fait une idée du nombre d'ennemis et j'ai découvert que le périmètre de sécurité était disproportionné, et pas très bien gardé. Le Général se projetait déjà dans l'avenir, j'imagine. Mais c'est dans le présent qu'il a péché par orgueil.

» Un jour, alors que je surveille le côté ouest du périmètre, je vois ce singe très laid qui essaie de traverser les broussailles sans bruit, mais qui en fait plus qu'un bulldozer dans une usine de bouteilles. Je suis sur le point de lui tendre une embuscade et de l'éliminer, quand j'aperçois cette arme horrible entre ses grosses paluches. Impossible qu'il y en ait deux identiques au Nebraska. Alors je lui colle ma lame sur la gorge et je lui pose quelques questions.

Ahn-Kha ouvrit un œil et grogna. Il ne dormait donc pas. Mais il n'exprima pas de désaccord.

— J'apprends que tu as disparu dans le camp ennemi, qu'une explosion a retenti à plus de un kilomètre de là, mais le lendemain tu ne réapparais pas. Il avait envoyé son congénère chercher des renforts pour tenter un assaut frontal de l'entrée principale quand je suis arrivée.

» Cette nuit-là je me suis introduite dans la Caverne et je me suis conduite en *Féline* – au lieu de me croire une armée à moi toute seul, si tu vois la différence, Valentine... Je me suis contentée de regarder et d'écouter ce qui se disait. Et j'ai appris que tu étais emprisonné dans le centre médical souterrain situé sous le hangar. J'ai assisté au retour d'Omaha du Général, avec ce qui restait de ses forces après l'effondrement incompréhensible des Faucheurs en pleine bataille contre les Grogs. Il a dit quelque chose concernant son intention de rencontrer le captif, et j'en ai déduit que tu étais toujours vivant. J'ai aussi découvert que tu devais être interrogé le lendemain.

» Je suis revenue auprès de ton grand pote ici présent. Il avait avec lui une centaine de Grogs armés jusqu'aux dents et impatients de faire couler le sang de la Croix Torse. Et de te libérer. Et de faire couler un peu plus de sang ennemi.

Ahn-Kha cessa de simuler le sommeil et continua le récit :

— Le Big Boss est venu à notre aide, finalement. Il a caché quelques pistolets et des grenades dans la nourriture livrée aux Dos Dorés retenus en otages par le Général sur la base. Ce n'était pas grand-chose. Mais cela les a décidés à se révolter.

» Je leur ai dit de tout saccager. Ensuite, il a suffi que je me glisse ici avec ton amie, et nous avons attendu le bon moment pour agir.

— Que s'est-il passé à la base ?

— Ils possédaient encore une grosse puissance de feu, dit Duvalier. Il y a eu des pertes. Nous avions deux missions de sauvetage : une, réduite, pour toi, et une beaucoup plus importante pour libérer les Grogs sur la base. Je pense que nous devrons encore nous méfier de la Croix Torse. Il ne leur reste plus beaucoup de Faucheurs, et peut-être qu'ils parviendront à remonter leur opération ; mais cela leur demandera du temps. Leurs installations souterraines sont intactes. Nous n'avons même pas réussi à nous approcher de leur Caverne. Il nous faudra des équipes pour tout détruire.

Ahn-Kha bâilla, ce qui dévoila ses dents pareilles à des défenses courtes.

— Ah, pas si les Dos Dorés avaient leur mot à dire ! Tout ce que nous bâtissons, nous savons comment le démolir. En ce moment même, nous nous servons d'un de ces grands engins de construction pour créer un cairn en hommage à nos morts. Sur le bunker de la Croix Torse, bien sûr.

— Je crois que c'est moi qui te suis redevable, aujourd'hui, lui dit Valentine. C'est moi ton débiteur.

Le Grog avait refermé les yeux comme pour somnoler, et il adopta le geste humain de la tête.

— Non, non. Je t'ai dit qu'il n'existait pas de dettes entre des frères, mon David. J'ai toujours voulu voir le monde.

— Nous pourrions apprendre de vous aussi. Cette racine-cœur pourrait être cultivée dans toutes les fermes des monts Ozark. Là où sont des gens, il y a toujours de l'humidité et, hem, du fertilisant. Mais cette idée mettra peut-être un peu de temps à germer dans les esprits.

— J'ai des cosses à spores dans mon sac. Aucun Dos Doré ne voyage sans. Cela, je peux le faire pour vous.

— Qu'en dis-tu, Ali ? Si nous rentrions au bercail ?

— Tu as encore besoin de repos. Pourquoi faut-il toujours que tu précipites les choses ?

Valentine lui sourit.

— Parce que la vie est courte. Grâce au ciel.

Elle fronça les sourcils et entreprit de changer le bandage à sa jambe.

Il sentait le sommeil l'envahir peu à peu, et il se tourna vers Ahn-Kha. Que se serait-il passé si la Féline et le Grog n'étaient pas venus à son secours ? Sa conscience le faisait plus souffrir que ses blessures. L'avaient-ils sauvé d'une mort rapide, ou de la vie éternelle ? Il se remémorait la crispation de son ventre quand il avait redouté que sa dernière heure ait sonné. Il avait certes eu des paroles courageuses, mais ce n'étaient que des mots. S'il avait senti la froideur du canon sur sa nuque, quel aurait été son choix ? *Une question pour les philosophes*, avait dit le Général.

Huit semaines plus tard, dans les riches couleurs automnales qui paraient les Ozark, Valentine se jeta en boitant dans une embuscade. Bien évidemment, puisqu'il avait vu les hommes qui le guettaient et l'attendaient, on ne pouvait pas vraiment parler d'embuscade, mais les jeunes Loups furent manifestement fiers du résultat, et ils ne s'en cachèrent pas quand ils tinrent le trio sous la menace de leurs armes. Ahn-Kha, Duvalier et lui levèrent les mains.

— Où croyez-vous aller comme ça, amateurs de Grogs ? demanda le chef des premiers tireurs en les toisant sous le rebord de son feutre cabossé.

Valentine aurait tendu l'embuscade différemment s'il avait été aux commandes. Il aurait laissé le premier contact aux tireurs de l'arrière et gardé les premiers cachés, afin de faire une mauvaise surprise à leur cible si les choses tournaient mal.

— Mon nom de code est La Fumée, dit Duvalier en s'avançant. Et voici mon coéquipier, Le Spectre. Vérification : novembre, cinq-zéro-trois. Emmenez-nous jusqu'au poste le plus proche. Nous sommes porteurs d'un rapport prioritaire pour la Région Sud.

Le sergent qui dirigeait la patrouille repoussa son couvre-chef en arrière sur son crâne.

— Ah oui ? Eh bien, Félins ou pas, nous devons vous mettre sous bonne garde. Déchargez vos armes et passez-les à la bretelle, et nous vous escorterons. Et c'est qui, avec vous, un prisonnier ? Je crois n'avoir jamais vu un Grog comme lui. Où l'avez-vous capturé ?

— Ce n'est pas un prisonnier, corrigea Valentine qui s'appuya sur sa canne. C'est mon frère.

— Nom de Dieu ! marmonna à son camarade un des Loups restés en arrière. À quoi pensait son père ? J'ai déjà entendu parler de types désespérés, mais là, ça dépasse la mesure.

Détournant leurs armes du trio, les Loups les encadrèrent, autant pour les garder que pour les guider. Les Chasseurs firent demi-tour et se dirigèrent vers leurs foyers.

EN AVANT-PREMIÈRE

Découvrez le début du troisième tome de la série
TERRE VAMPIRE :

LA LÉGENDE DU TONNERRE

Bientôt disponible chez Milady.

— Thé et rhum, si vous avez, dit David Valentine.

L'eau ruisselait de tout son corps pour dégoutter sur le plancher saupoudré de sciure. Son manteau retenait mieux l'humidité de sa chemise qu'il le protégeait de la pluie.

— J'ai les deux, le Garde-Côte.

— Plus ce sera chaud et mieux ce sera.

Il passa les mains dans ses cheveux luisants pour les chasser de ses yeux. Le geste lui permit de couler un regard vers la table d'angle. Une alarme mentale s'était déclenchée dans son système nerveux, et elle le réchauffa mieux que n'importe quel feu. Certains détails se détachèrent de l'ensemble : le style chargé des étiquettes sur les bouteilles derrière le comptoir, les poils gris entremêlés sur les avant-bras du barman, un suçon au cou d'une prostituée, les pas étouffés par la sciure sur le plancher, l'odeur rance qui montait du crachoir.

L'officier était penché sur la table pour parler à ses hommes. Valentine frissonna tant son esprit était en ébullition.

— Tu as froid, Marine ? demanda une fille en lui ramenant d'un doigt une mèche mouillée derrière l'oreille.

Robe en lamé or et cheveux blonds recouvraient le peu de peau qu'elle n'exposait pas aux regards mâles.

— Je connais une méthode pour te réchauffer...

Elle avait été attirée par l'uniforme. Quelle ironie... Chaque fois qu'il endossait les épais vêtements aux gros boutons de cuivre, il éprouvait de la répulsion. Quand il regardait son reflet dans un miroir, c'était l'Ennemi qui le fixait avec ses propres yeux.

— Une autre fois, peut-être, fit-il en se détournant d'elle.

Il fournissait un tel effort de mémoire que ses yeux ne brillaient pas sous le seul effet de la pluie. *Imbécile ! Imbécile irresponsable et fainéant !* Plus d'une année de préparation, à servir dans l'Ordre Kurian sous une fausse identité, et tout cela en vain. Simplement parce qu'il était fatigué et avait eu envie de s'abriter un moment des intempéries.

Valentine fouillait ses souvenirs pour retrouver le nom. Il revoyait avec une parfaite netteté ce profil aquilin dans son hamac, lors de cet été d'entraînement passé dans le delta de la Yazoo. Lewand Alistar ! Un Loup ayant récemment subi le rite de l'Invocation quand il avait été porté manquant et supposé mort. Ainsi donc les Faucheurs ne l'avaient pas tué. Peut-être avait-il été capturé et convaincu de changer de camp, à moins qu'il ait été introduit dans la Région Sud comme espion et qu'il ait saisi l'occasion de disparaître sans être démasqué. Quelle que soit la raison pour laquelle il était à La Nouvelle-Orléans en uniforme de Carabinier, elle n'avait aucune importance. Il n'en demeurait pas moins qu'ils s'étaient mutuellement reconnus.

Valentine gardait du déserteur le souvenir d'un camarade vif d'esprit comme de corps. La chope de thé corsé arriva, et l'autre choisit cet instant pour se lever et prendre son manteau. David souffla sur sa boisson fumante. Les compagnons d'Alistar écartèrent leurs chaises de la table. Ils feignaient de lorgner les serveuses et les prostituées, mais ils avaient tous la tête tournée vers David.

Il entendit Alistar qui se déplaçait derrière lui. Il se prépara à faire volte-face pour se battre si les pas de l'ancien Loup se rapprochaient encore. Mais le Collab quitta l'*Easy*

Street en hâte. Caractéristique d'Alistar : pas héroïque, mais très malin. Rien d'étonnant à ce qu'il porte maintenant les galons de major dans la Zone Kuriane.

Valentine devait sortir du bar, lui aussi, sans être gêné par les camarades d'Alistar qui, il le devinait, avaient reçu pour consigne de le retenir. Il plongea la main dans sa poche et enroula la liasse de billets qui s'y trouvait. Puis il leva sa chope à l'adresse de la prostituée qui l'avait approché, comme pour l'inviter à trinquer avec lui.

— Intéressée par un peu d'animation et beaucoup d'argent ? lui demanda-t-il à voix basse.

— Toujours.

Elle le gratifia d'un sourire aux dents bien rangées, quoique tachées par le tabac, derrière des couches de rouge à lèvres.

— Je m'appelle Acor, ajouta-t-elle. Comme : « D'accord avec tout ce que tu veux, chou. »

Valentine fit mine de la peloter et glissa les billets dans son décolleté.

— Content de l'apprendre. Il y a un peu plus de cent, Acor. Quelle est la fille ici qui te hérisse le poil ?

— Hein ?

— Vite, ou un homme, n'importe. Qui te déplaît, ici ?

Elle cessa de jouer en percevant la tension de sa voix.

— Hum… Il y a Star, murmura-t-elle en se penchant sur le côté pour voir par-dessus sa large épaule. L'ébouriffée avec les boucles d'oreilles en or, là-bas. Elle cherche toujours à piquer mes clients.

Il suivit son regard.

— Laquelle, celle en rose ? demanda-t-il quand il eut repéré une prostituée dont la masse de cheveux ondulés encadrait le visage, comme la crinière d'un lion. Bon, écoute : je vais aller l'accoster. Je veux que tu déclenches une bagarre, et vite.

— Et c'est tout ce que j'ai à faire ?

— Fais autant de foin que tu le pourras. Oui, c'est tout.

— Elle est raide, celle-là, Marine ! Je l'aurais fait gratis, tu sais…

Valentine la laissa et s'avança vers la femme au mini-caraco rose.

— J'ai entendu dire que tu étais une femme aux talents… réputés, fit-il en haussant un sourcil de façon suggestive.

La prostituée inclina la tête et lui décocha un sourire incendiaire.

— Eh, pas touche, poufiasse ! hurla Acor. Le beau gosse est avec moi !

Du vacarme, encore mieux, songea Valentine.

Star réagit avec une vivacité qui aurait été tout à l'honneur des anciens camarades Loups de Valentine. Elle se campa solidement sur ses deux jambes fléchies, et écarta les bras.

Les deux femmes roulèrent au sol et se tortillèrent comme des lynx, en crachant et en sifflant. Un cercle de clients réjouis et braillards se forma aussitôt autour des furies. David recula, ramassa un chapeau sur une table déserte, le coiffa et passa la porte du bar avant que les soldats d'Alistar aient eu le temps de fendre la foule pour bloquer l'issue.

Les conditions auraient difficilement pu être pires pour traquer un homme intelligent et disposant de deux minutes d'avance dans une ville aussi peuplée – et aussi dangereuse, à cause des Faucheurs en maraude. La nuit, la pluie et les rues encombrées de pousse-pousse concouraient à dissimuler sa proie. La visibilité était nulle, car les sommités de la cité ne prenaient pas la peine d'entretenir un éclairage public. La plupart des hommes n'auraient pas eu une chance de réussir.

Mais David Valentine n'était pas n'importe quel homme. C'était un Félin, un de ces humains sélectionnés qu'on appelait « Chasseurs » et qui avaient été formés par les Tisseurs de Vie à combattre les abominations de leurs frères vampires, les Kurians. Ceux-ci contrôlaient la quasi-totalité de la planète, et les régions qui échappaient à leurs griffes, comme le foyer adoptif de Valentine dans les monts Ozark, devaient pour une grande part leur liberté aux sacrifices des Chasseurs.

Moins nombreux et plus faibles que les Faucheurs et les autres créations des Kurians, les Chasseurs comptaient sur leurs sens surdéveloppés, leurs aptitudes physiques hors norme et une discipline mentale très stricte. Cette dernière était d'une importance primordiale. Les Faucheurs, la Garde Prétorienne de Kur, traquaient leurs proies humaines en détectant leur signature vitale, l'aura psychique qui émanait de n'importe quel être doué d'intelligence.

Valentine devait absolument se débarrasser de toute peur. À cet instant précis, il était seul en territoire ennemi, entouré de milliers de personnes qui pouvaient gagner un badge de protection contre les Faucheurs, d'une durée de dix ans, simplement en le dénonçant comme rebelle au Nouvel Ordre Mondial. Et quelque part dans l'obscurité pluvieuse, un homme qu'il savait retors courait pour donner l'alerte.

Alistar ne commettrait pas l'erreur de se précipiter sur le premier téléphone. Il ignorait si Valentine travaillait seul ou avec d'autres, qui auraient pu réagir à un signal discret et le suivre hors du bar. David se souvenait de lui comme de quelqu'un qui aimait être aux commandes. Il n'était pas impossible qu'il cherche à rassembler un détachement de ses propres Carabiniers afin de s'attribuer tout le crédit de la capture ou de la mort d'un des « terroristes » de la Région Militaire Sud.

Mais rejoindre les baraquements des Carabiniers impliquait un long trajet qui lui ferait perdre trop de temps. Néanmoins, pour avoir travaillé sur le port des mois durant, Valentine savait qu'un de leurs contingents assurait la garde de leur entrepôt de ravitaillement, sur les quais. Quelques-uns des hommes d'Alistar s'y trouvaient certainement.

Ce n'était qu'une hypothèse, mais elle lui sembla valable. Il s'engouffra dans une ruelle qui débouchait sur une route parallèle à celle qu'Alistar empruntait probablement. Et même s'il se trompait, mieux valait pour lui qu'il s'éloigne le plus vite possible de l'*Easy Street*.

Il déboutonna son manteau pour mieux courir. Si on le voyait sprintant au milieu de la rue presque déserte, on pourrait aisément le prendre pour un Faucheur. Son allure ne faiblit pas. Il fit appel à ses réserves naturelles et elles le propulsèrent dans la nuit alors que ses jambes et ses poumons étaient en feu. Étonnamment, du moins pour quiconque ne savait pas ce dont un Chasseur était capable, sa vitesse s'accrut.

L'entrepôt auquel il pensait était situé dans la partie ancienne de la ville, aux rues en briques. Les détritus s'amoncelaient dans chaque recoin, et plus de la moitié des bâtiments n'étaient plus que des coquilles vides noircies par les incendies. Des fenêtres sans vitres béaient sur la chaussée, comme les orbites de crânes géants, quand elles n'étaient pas condamnées avec des planches. Une fenêtre aveugle arborait une tête de mort entourée d'un cœur fraîchement peinte sur ses lattes de bois. Selon le code en vigueur à La Nouvelle-Orléans, quelqu'un venait de perdre un être aimé qui habitait ici et avait été emporté par les Faucheurs.

N'importe laquelle des constructions alentour pouvait cacher une de ces créatures. C'était un des quartiers de la ville dans lesquels il était fortement déconseillé de se trouver après la tombée de la nuit, même si l'on portait un uniforme. Valentine se détendit mentalement, laissa sa vision se brouiller et tenta de sentir le point froid et dur qui signalait parfois la présence d'un de ces tueurs.

Parfois. Il pria pour que ses antennes psychiques fonctionnent au maximum de leurs capacités cette nuit-là.

Il fit halte à l'entrée d'une venelle nauséabonde en partie bloquée d'un côté par une carcasse de voiture renversée. D'après l'odeur, ses caniveaux servaient de latrines aux habitants du coin. La main posée sur la crosse de son pistolet, il décida de ne pas trop s'éloigner de la voie principale. Alistar était un ancien Loup, il devait donc tabler sur la possibilité de sentir son poursuivant avant même de le voir. Une puanteur pareille réduirait cet avantage à néant.

Un bruit sourd et un cliquetis métallique résonnèrent derrière une des fenêtres éventrées. Il se retourna et s'accroupit pour esquiver le bond offensif de l'ennemi, auquel il s'attendait. L'arme au poing, il tendit l'oreille et perçut le son ténu de griffes raclant le sol. Un rat qui fuyait à l'intérieur de la maison.

Valentine recula lentement dans la venelle, en se déplaçant de côté. Son regard ne cessa de passer d'une croisée à une autre, jusqu'à ce que son cœur reprenne un rythme apaisé.

Il fit halte dans un puits de ténèbres sous un escalier d'incendie, rengaina son pistolet et tira de sa botte un stylet. Il prit le temps de se conditionner pour ce qu'il allait faire. C'était une chose que de tuer dans la bataille, alors que les balles sifflaient autour de lui et que les explosions engourdissaient les sens. Mais le meurtre prémédité d'un adversaire en fuite exigeait de lui qu'il mobilise un côté totalement différent de sa personnalité. Cette partie de lui-même avait tué des hommes sans défense dans leurs cuves de contrôle à Omaha, fait sauter la tête d'un policier ligoté dans le Wisconsin, et poignardé des sentinelles effrayées sur des ponts isolés. Une nécessité impitoyable avait exigé ces assassinats, mais l'exaltation qu'il avait ressentie à les commettre le troublait plus que les actes en eux-mêmes.

Il perçut des pas dans le crépitement régulier de la pluie, qui venaient de la direction à laquelle il s'attendait. Deux personnes apparurent au milieu de la rue. Elles marchaient ensemble sous une sorte de bâche qui les abritait de l'averse. Ce n'était donc pas sa cible, quoique…

L'une entraînait visiblement l'autre. Et ce guide insistant était un homme de même corpulence que sa proie. Très malin, vraiment. Confiant en son instinct, Valentine se prépara à bondir. Alors qu'il se ramassait sur lui-même, il ne put s'empêcher d'apprécier l'ironie de la situation : comme lui dans le bar, Alistar se servait d'une femme pour fuir. La bâche apportait la petite touche supplémentaire à son déguisement. Il avait probablement saisi l'inconnue sous un porche, s'était collé à elle sous ce parapluie improvisé et lui avait ordonné de l'accompagner, sous la menace. Confronté au danger, le Collab avait toujours su faire preuve de sang-froid et d'opportunisme.

Alors qu'ils arrivaient à son niveau sans le remarquer dans la nuit et la pluie, David passa à l'action. Il effectua un saut de cinq mètres qui se termina quand il percuta Alistar au creux des reins. Le couple s'écroula en avant, puis l'homme se retrouva pris au piège dans la toile humide.

La fille poussa un cri de terreur, et Valentine l'entendit se relever en titubant. Il ne lui accorda aucune attention. Tout son être était concentré sur son stylet et la gorge du traître qu'il visait. L'autre se débattait dans les replis du morceau de bâche, comme un poisson pris dans un filet.

David se plaça à califourchon sur Alistar et plaqua au sol son torse de tout le poids de son corps, avant de découper la toile. La lame fine perça la peau du cou de son ancien camarade qui s'écria :

— Dave, non ! Attends !

Valentine se figea, sans retirer le stylet. On ne l'avait plus appelé Dave depuis l'époque où il n'était qu'une jeune recrue.

— Ce n'est pas ce que tu penses, dit Alistar, livide. Tu crois que je voulais ça ? Tu te souviens comment ça s'est passé, nous nous sommes retrouvés séparés… Les Faucheurs étaient après nous. Un d'eux m'a rattrapé. Ensuite ils m'ont amené jusque dans le Mississippi. Après m'avoir interrogé, ils m'ont mis le marché en main : les rejoindre ou mourir. Mais je ne les ai jamais vraiment rejoints, non, jamais vraiment. C'est pour ça que j'ai fini à l'arrière, dans ce trou, parce que je ne voulais pas vous combattre. Il faut que tu me croies. J'ai rencontré une fille, je me suis marié. Nous parlons de nous enfuir chaque fois que nous sommes seuls. Lois veut que nous nous échappions.

— Tu aurais pu me contacter dans le bar, en ce cas. Discrètement. Pourquoi avoir pris la fuite ?

— J'ai… J'ai eu peur.

— Et moi, j'ai eu l'impression que tu te défilais pour aller chercher de l'aide.

— Je n'ai pas dit aux gars que tu es de la Région Sud. Je leur ai raconté que nous nous étions querellés pour un boulot, et que tu avais menacé de me tuer si un jour l'occasion se présentait. Je me suis tiré pour aller voir ma femme, je voulais qu'elle aille au bar pour tout t'expliquer. Lois est quelqu'un de très droit, il suffit de parler avec elle pour s'en rendre compte. Tu as toujours su sentir les gens, Dave, je le sais. Tu pourrais nous exfiltrer.

Valentine restait aux aguets, ses sens affinés par l'exercice pareils à des radars guettant toute approche. Il laissa Alistar continuer.

— Nous pouvons être prêts en une heure. Nous nous cacherons où tu nous diras de le faire. J'ignore pour quelle raison tu es ici, mais peut-être as-tu besoin de quelques renseignements pour ressortir… Ou peut-être pas. Ce sera comme tu voudras. Fais-moi simplement confiance. Donne-moi une chance de te prouver que tu as raison de le faire.

Valentine se mit à la place d'Alistar. Cet été de ses dix-huit ans, si les rôles avaient été inversés et s'il avait dû choisir entre la mort et un enrôlement accepté à contrecœur, pouvait-il affirmer en toute honnêteté qu'il n'aurait pas suivi le même chemin que son ancien camarade ? Mais il portait les galons de major… et peut-être d'autres insignes.

Il fit passer le stylet dans sa main gauche et de la droite ouvrit le manteau d'Alistar. Sur la poitrine de celui-ci, une rangée de petits clous argentés couronnait le badge de cinq ans. David savait que chacun d'entre eux représentait cinq ennemis armés abattus, et que la décoration avait sans doute été reçue en récompense de la dénonciation aux Faucheurs d'amis, de voisins ou de camarades.

Alistar lut son destin dans les yeux de Valentine et ouvrit la bouche pour appeler à l'aide. La main de David jaillit pour lui écraser le cou dans un étau d'acier, broyant cartilages et artères. Un son pareil au froissement d'un papier de bonbon et un chuintement bas furent tout ce qui sortit de la gorge du Collab.

— Une autre fois, je t'aurais laissé partir, dit Valentine pendant les ultimes spasmes de son ancien ami. Mais je suis ici pour une chose trop importante.

Il se releva. Le fait de vider son esprit et d'apaiser ses pensées grâce à la discipline enseignée par les Tisseurs de

BRAGELONNE – MILADY,
C'EST AUSSI LE CLUB :

Pour recevoir la lettre de Bragelonne – Milady annonçant nos parutions et participer à des rencontres exclusives avec les auteurs et les illustrateurs, rien de plus facile !

Faites-nous parvenir vos noms et coordonnées complètes, ainsi que votre date de naissance, à l'adresse suivante :

Bragelonne
35, rue de la Bienfaisance
75008 Paris

club@bragelonne.fr

Venez aussi visiter nos sites Internet :
http://www.milady.fr
http://www.bragelonne.fr

Vous y trouverez toutes les nouveautés, les couvertures, les biographies des auteurs et des illustrateurs, et même des textes inédits, des interviews, des liens vers d'autres sites de Fantasy et de SF, un forum et bien d'autres surprises !

David se plaça à califourchon sur Alistar et plaqua au sol son torse de tout le poids de son corps, avant de découper la toile. La lame fine perça la peau du cou de son ancien camarade qui s'écria :

— Dave, non ! Attends !

Valentine se figea, sans retirer le stylet. On ne l'avait plus appelé Dave depuis l'époque où il n'était qu'une jeune recrue.

— Ce n'est pas ce que tu penses, dit Alistar, livide. Tu crois que je voulais ça ? Tu te souviens comment ça s'est passé, nous nous sommes retrouvés séparés... Les Faucheurs étaient après nous. Un d'eux m'a rattrapé. Ensuite ils m'ont amené jusque dans le Mississippi. Après m'avoir interrogé, ils m'ont mis le marché en main : les rejoindre ou mourir. Mais je ne les ai jamais vraiment rejoints, non, jamais vraiment. C'est pour ça que j'ai fini à l'arrière, dans ce trou, parce que je ne voulais pas vous combattre. Il faut que tu me croies. J'ai rencontré une fille, je me suis marié. Nous parlons de nous enfuir chaque fois que nous sommes seuls. Lois veut que nous nous échappions.

— Tu aurais pu me contacter dans le bar, en ce cas. Discrètement. Pourquoi avoir pris la fuite ?

— J'ai... J'ai eu peur.

— Et moi, j'ai eu l'impression que tu te défilais pour aller chercher de l'aide.

— Je n'ai pas dit aux gars que tu es de la Région Sud. Je leur ai raconté que nous nous étions querellés pour un boulot, et que tu avais menacé de me tuer si un jour l'occasion se présentait. Je me suis tiré pour aller voir ma femme, je voulais qu'elle aille au bar pour tout t'expliquer. Lois est quelqu'un de très droit, il suffit de parler avec elle pour s'en rendre compte. Tu as toujours su sentir les gens, Dave, je le sais. Tu pourrais nous exfiltrer.

Valentine restait aux aguets, ses sens affinés par l'exercice pareils à des radars guettant toute approche. Il laissa Alistar continuer.

— Nous pouvons être prêts en une heure. Nous nous cacherons où tu nous diras de le faire. J'ignore pour quelle raison tu es ici, mais peut-être as-tu besoin de quelques renseignements pour ressortir... Ou peut-être pas. Ce sera comme tu voudras. Fais-moi simplement confiance. Donne-moi une chance de te prouver que tu as raison de le faire.

Valentine se mit à la place d'Alistar. Cet été de ses dix-huit ans, si les rôles avaient été inversés et s'il avait dû choisir entre la mort et un enrôlement accepté à contrecœur, pouvait-il affirmer en toute honnêteté qu'il n'aurait pas suivi le même chemin que son ancien camarade ? Mais il portait les galons de major... et peut-être d'autres insignes.

Il fit passer le stylet dans sa main gauche et de la droite ouvrit le manteau d'Alistar. Sur la poitrine de celui-ci, une rangée de petits clous argentés couronnait le badge de cinq ans. David savait que chacun d'entre eux représentait cinq ennemis armés abattus, et que la décoration avait sans doute été reçue en récompense de la dénonciation aux Faucheurs d'amis, de voisins ou de camarades.

Alistar lut son destin dans les yeux de Valentine et ouvrit la bouche pour appeler à l'aide. La main de David jaillit pour lui écraser le cou dans un étau d'acier, broyant cartilages et artères. Un son pareil au froissement d'un papier de bonbon et un chuintement bas furent tout ce qui sortit de la gorge du Collab.

— Une autre fois, je t'aurais laissé partir, dit Valentine pendant les ultimes spasmes de son ancien ami. Mais je suis ici pour une chose trop importante.

Il se releva. Le fait de vider son esprit et d'apaiser ses pensées grâce à la discipline enseignée par les Tisseurs de

Vie pour dissimuler son aura vitale avait un effet secondaire très appréciable : il l'empêchait de penser à l'acte qu'il venait d'accomplir. Il transporta le cadavre dans la ruelle puante et se mit au travail avec des gestes rapides et précis. À l'aide du stylet, il pratiqua un trou juste sous la pomme d'Adam, puis il souleva le corps à l'envers. La chaleur du cadavre qui se vidait le mena au bord de la nausée. Immobile et frissonnant sous l'effort, le froid humide et la tension, il regarda le sang qui se mêlait à l'eau de pluie sur le sol craquelé et crasseux.

Entre cette blessure et le récit confus que la fille pourrait faire d'un agresseur surgi des ténèbres, en admettant qu'elle soit assez courageuse pour aller trouver les autorités, il y avait de grandes chances qu'on croie à une nouvelle attaque des Faucheurs.

Valentine avait examiné assez de victimes exsangues des Crânes Noirs pour imiter la blessure qu'ils leur infligeaient et disposer le cadavre comme ils le faisaient habituellement. Il coinça Alistar dans un renfoncement encombré de détritus. En général, les Faucheurs cachaient leurs victimes afin de ne pas troubler le reste de leur cheptel humain. Mais, même si l'enquête attribuait cette mort à une de ces créatures, cela n'assurait en rien le succès de sa mission.

Laquelle devrait donc commencer cette nuit même.

Achevé d'imprimer en Avril 2009
dépôt légal : avril 2009
Imprimé en Italie par Rotolito Lombarda
81120121-1